HEYNE
BÜCHER

W0014010

Das Buch

Darcy Scott und Erin Kelley sind schon seit ihrer Collegezeit eng befreundet. Beide haben es beruflich zu etwas gebracht. Darcy hat sich als Innenarchitektin einen Ruf erworben, Erin ist eine erfolgreiche Schmuckdesignerin. In New York fühlen sich die beiden jungen Frauen wohl. Hier gibt es immer neue, interessante Aufträge und dazu massenhaft Gelegenheit, sich zu amüsieren. Aus Spaß haben sich die beiden an den Recherchen zu einem Projekt ihrer gemeinsamen Bekannten Nona Roberts beteiligt, einem Dokumentarfilm zum Thema Bekanntschaftsanzeigen. Sie sollen auf Annoncen antworten, sich mit den Männern treffen und Nona dann ihre Erfahrungen berichten. Darcy, die tollkühnere der beiden Freundinnen, hatte sofort zugesagt und Erin erst zum Mitmachen überreden müssen. Doch bis auf einige seltsame Begegnungen bereitet die Aktion den beiden jungen Frauen großes Vergnügen. Doch eines Tages ist Erin spurlos verschwunden. Darcy weiß, daß Erin sich wieder mit einem Kandidaten verabredet hatte. Wenige Tage später bestätigt sich ihr schrecklicher Verdacht...

Mary Higgins Clark, die international unangefochtene »Königin der Spannung«, hat in diesem Psychothriller alle Register ihres Könnens gezogen.

Die Autorin

Mary Higgins Clark, Jahrgang 1928, begann erst spät, im Alter von 46 Jahren, zu schreiben. Doch schon mit ihrem ersten Roman *Wintersturm* gelang ihr 1975 der Durchbruch als Schriftstellerin. Sie gilt heute als eine der erfolgreichsten Spannungsautorinnen der Welt.

Im Wilhelm Heyne Verlag sind erschienen: *Schrei in der Nacht* (01/6826), *Das Haus am Potomac* (01/7602), *Wintersturm* (01/7649), *Die Gnadenfrist* (01/7734), *Schlangen im Paradies* (01/7969), *Doppelschatten* (01/8053), *Das Anastasia-Syndrom* (01/8141), *Wo waren Sie, Dr. Highley?* (01/8391), *Schlaf wohl, mein süßes Kind* (01/8434), *Tödliche Fesseln* (01/8622), *Träum süß, kleine Schwester* (01/8738), *Schrei in der Nacht/Schlangen im Paradies* (01/8827), *Daß du ewig denkst an mich* (01/9096), *Fürchte dich nicht* (01/9406).

MARY HIGGINS CLARK

SCHWESTERLEIN, KOMM TANZ MIT MIR

Roman

Aus dem Englischen
von Elke vom Scheidt

WILHELM HEYNE VERLAG
MÜNCHEN

HEYNE ALLGEMEINE REIHE
Nr. 01/12012

Titel der Originalausgabe
LOVES MUSIC, LOVES TO DANCE
erschienen bei Simon & Schuster, New York

Umwelthinweis:
Dieses Buch wurde auf
chlor- und säurefreiem Papier gedruckt.

Die Hardcover-Ausgabe ist im Scherz Verlag erschienen
Printed in Germany 1999
Umschlagillustration: The Image Bank/Simon Wilkinson,
München
Umschlaggestaltung: Martina Eisele, München
Gesamtherstellung: Elsnerdruck, Berlin
ISBN: 3-453-15339-1

http://www.heyne.de

1

MONTAG, 18. FEBRUAR

Das Zimmer war dunkel. Er kauerte im Sessel, die Arme um die Beine geschlungen. Es passierte wieder. Charley wollte nicht in seinem Versteck bleiben. Charley wollte unbedingt an Erin denken. *Nur noch zwei,* flüsterte Charley. *Dann höre ich auf.*

Er wußte, daß es keinen Sinn hatte, sich zu wehren. Aber es wurde immer gefährlicher. Charley wurde leichtsinnig. Charley wollte angeben. *Geh weg, Charley, laß mich in Ruhe,* flehte er. Charleys spöttisches Lachen gellte durch den Raum.

Hätte Nan ihn doch nur gemocht, dachte er. Hätte sie ihn doch vor fünfzehn Jahren zu ihrer Geburtstagsparty eingeladen... Er hatte sie so sehr geliebt! Er war ihr nach Darien gefolgt mit dem Geschenk, das er in einem Discountladen für sie gekauft hatte, einem Paar Tanzschuhen. Der Schuhkarton war schlicht und billig gewesen. Er hatte sich solche Mühe gegeben, ihn zu verzieren, und hatte eine Skizze der Schuhe auf den Deckel gezeichnet.

Ihr Geburtstag war am 12. März, während der Frühjahrsferien. Er war nach Darien hinuntergefahren, um sie mit dem Geschenk zu überraschen. Als er ankam, hatte er das Haus hell erleuchtet vorgefunden. Diener waren im Begriff, die Autos zu parken. Er war langsam vorbeigefahren, schockiert und wie vor den Kopf geschlagen, Studenten aus Brown hier zu sehen.

Es war ihm noch immer peinlich, wenn er daran dachte, daß er geweint hatte wie ein Kind, als er wendete, um zurückzufahren. Dann fiel ihm das Geburtstagsgeschenk wieder ein, und er überlegte es sich anders. Nan hatte ihm gesagt, sie jogge jeden Morgen um sieben Uhr, bei Regen oder Sonnenschein, in dem Waldgebiet in der Nähe ihres Hauses. Am nächsten Morgen war er da und wartete auf sie.

Noch immer erinnerte er sich lebhaft an ihre *Überraschung*, als sie ihn sah. *Überraschung*, nicht Freude. Sie war stehengeblieben, keuchend, eine dünne Mütze über dem seidigen blonden Haar, einen Schulsweater über dem Jogginganzug, die Füße in Nike-Laufschuhen.

Er hatte ihr zum Geburtstag gratuliert, zugesehen, wie sie die Schachtel öffnete, und sich ihren unaufrichtigen Dank angehört. Er hatte die Arme um sie gelegt. «Nan, ich liebe dich so sehr. Laß mich sehen, wie hübsch deine Füße in den Tanzschuhen aussehen. Ich werde sie dir zumachen. Wir können gleich hier zusammen tanzen.»

«Hau ab!» Sie stieß ihn weg, warf den Schuhkarton nach ihm und schickte sich an, an ihm vorbeizulaufen.

Da war ihr Charley nachgerannt, hatte sie gepackt und zu Boden geworfen. Charleys Hände hatten ihren Hals zugedrückt, bis ihre Arme zu wedeln aufhörten. Charley befestigte die Tanzschuhe an ihren Füßen und tanzte mit Nan. Ihr Kopf lehnte schlaff an seiner Schulter. Charley legte sie auf den Boden; einen Tanzschuh ließ er an ihrem rechten Fuß; dem linken zog er wieder den Nike-Laufschuh an.

Viel Zeit war vergangen. Charley war zu einer verschwommenen Erinnerung geworden, einer schattenhaften Figur, die irgendwo in einem entlegenen Winkel seiner Psyche lauerte – bis vor zwei Jahren. Da hatte Charley angefangen, ihn an Nan zu erinnern, an ihren schlanken Fuß mit dem hohen Spann, ihre schmalen Fesseln, ihre Schönheit und Anmut, wenn sie mit ihm tanzte ...

Eene meene muh. Pack die Tänzerin beim Schuh. Zehn rosige Zehen als Schweinchen. Das Spiel, das seine Mutter immer spielte, als er noch klein war. *Dies kleine Schweinchen ging zum Markt. Dies kleine Schweinchen blieb daheim.*

«Spiel es zehnmal!» pflegte er zu bitten, wenn sie aufhörte. «Einmal für jedes Zehenschweinchen.»

Seine Mutter hatte ihn so geliebt! Dann hatte sie sich verändert. Er konnte noch immer ihre Stimme hören. «*Was sollen diese Zeitschriften in deinem Zimmer? Warum hast du diese Pumps aus meinem Kleiderschrank genommen? Nach allem, was wir für dich getan haben! Du bist eine solche Enttäuschung für uns.*»

Als Charley vor zwei Jahren wieder aufgetaucht war, hatte er ihm befohlen, in Zeitungen Bekanntschaftsanzeigen aufzugeben. Eine ganze Reihe. Und Charley diktierte ihm, was in der besonderen Anzeige zu stehen hatte.

Jetzt waren sieben Mädchen auf dem Grundstück begraben, jede mit einem Tanzschuh am rechten Fuß und ihrem Schuh oder Turnschuh oder Stiefel am linken ...

Er hatte Charley angefleht, ihn für eine Weile aufhören zu lassen. Er wollte es nicht mehr tun. Er hatte Charley gesagt, der Boden sei noch gefroren – er könne sie nicht begraben, und es sei gefährlich, ihre Leichen in der Tiefkühltruhe aufzubewahren ...

Aber Charley schrie: «Ich will, daß diese beiden letzten gefunden werden. Ich will, daß sie genau so gefunden werden, wie ich Nan zurückließ.»

Charley hatte diese letzten beiden auf dieselbe Weise ausgesucht wie alle anderen nach Nan. Sie hießen Erin Kelley und Darcy Scott. Beide hatten auf zwei verschiedene Bekanntschaftsanzeigen geantwortet, die er aufgegeben hatte. Und noch wichtiger, sie hatten beide auch auf seine *besondere* Anzeige geantwortet.

Unter allen Antworten, die er bekommen hatte, waren *ihre* Briefe und Bilder Charley sofort ins Auge gesprungen. Die Briefe waren amüsant, sie klangen anziehend, fast, als höre er Nans Stimme mit ihrem selbstironischen Witz, ihrem trockenen, intelligenten Humor. Und dann waren da noch die Bilder. Beide waren einladend, auf verschiedene Weise...

Erin Kelley hatte einen Schnappschuß geschickt, auf dem sie auf der Kante eines Schreibtischs hockte. Sie saß ein bißchen vorgebeugt, als rede sie gerade; ihre Augen leuchteten, und der lange, schlanke Körper war sprungbereit, als warte sie auf eine Aufforderung zum Tanz.

Das Foto von Darcy Scott zeigte sie vor einer gepolsterten Fensterbank, die Hand auf dem Vorhang. Sie war halb der Kamera zugewandt. Eindeutig hatte man sie überrascht, als das Foto aufgenommen wurde. Sie trug Stoffmuster über dem Arm und einen konzentrierten, aber amüsierten Ausdruck im Gesicht. Sie hatte hohe Wangenknochen, war zierlich gebaut, und ihre langen Beine hatten schmale Fußgelenke; die schlanken Füße steckten in Gucci-Slippern.

Wieviel attraktiver würden sie in Tanzschuhen aussehen! dachte er bei sich.

Er stand auf und reckte sich. Die dunklen Schatten im Raum störten ihn nicht mehr. Charley war jetzt ganz da, und er war ihm willkommen. Keine nagende Stimme bat ihn mehr, sich zu wehren.

Als Charley bereitwillig wieder in der dunklen Höhle verschwand, aus der er aufgetaucht war, las er Erins Brief noch einmal und fuhr mit den Fingerspitzen über ihr Bild.

Er lachte laut auf, als er an die verlockende Anzeige dachte, die Erin zu ihm geführt hatte.

Sie begann so: *«Suche junge Frau, die gerne tanzt.»*

2

DIENSTAG, 19. FEBRUAR

Kälte. Schneematsch. Schmutz. Schrecklicher Verkehr. Es spielte keine Rolle. Es war gut, wieder in New York zu sein.

Fröhlich warf Darcy ihren Mantel ab, fuhr sich mit den Fingern durchs Haar und betrachtete die säuberlich sortierte Post auf ihrem Schreibtisch. Bev Rothhouse, mager, voller Arbeitseifer, intelligent, Abendschülerin in Parsons Designschule und ihre unentbehrliche Sekretärin, wies in der Reihenfolge ihrer Wichtigkeit auf die verschiedenen Stapel.

«Rechnungen», sagte sie und zeigte ganz nach rechts. «Dann Bankauszüge mit Zahlungseingängen. Etliche.»

«Hoffentlich beträchtliche», meinte Darcy.

«Ganz ordentlich», bestätigte Bev. «Dort sind Nachrichten. Sie haben Angebote, zwei weitere Mietwohnungen auszustatten. Also wirklich, Sie wußten schon, was Sie taten, als Sie ein Secondhand-Geschäft aufmachten.»

Darcy's Corner, Preiswerte Innenausstattung stand auf dem Schild an der Bürotür. Das Büro befand sich im Flatiron Building in der 23. Straße.

«Wie war's in Kalifornien?» fragte Bev.

Amüsiert nahm Darcy den ehrfürchtigen Unterton in der Stimme der anderen jungen Frau wahr. In Wirklichkeit meinte

Bev: «Wie geht's Ihrer Mutter und Ihrem Vater? Wie ist es, mit ihnen zusammen zu sein? Sind sie wirklich so großartig, wie sie in Filmen aussehen?»

Die Antwort, dachte Darcy, lautet: «Ja, sie sind großartig. Ja, sie sind wunderbar. Ja, ich liebe sie und bin stolz auf sie. Ich habe mich bloß in ihrer Welt nie zu Hause gefühlt.»

«Wann brechen sie nach Australien auf?» Bev versuchte, das beiläufig zu fragen.

«Sie sind schon unterwegs. Ich habe die Maschine nach New York noch erwischt, nachdem ich sie verabschiedet hatte.»

Darcy hatte einen Besuch zu Hause mit einer Geschäftsreise nach Lake Tahoe verbunden, wo man sie engagiert hatte, um im Skigebiet ein Musterhaus für preisbewußte Käufer einzurichten. Ihre Mutter und ihr Vater gingen mit ihrem Theaterstück auf eine internationale Tournee. Sie würde sie wenigstens sechs Monate lang nicht sehen.

Jetzt öffnete sie den Kaffeebecher, den sie an einem nahegelegenen Imbißstand gekauft hatte, und setzte sich an ihren Schreibtisch.

«Sie sehen fabelhaft aus», bemerkte Bev. «Das Ensemble ist toll.»

Das rote Wollkleid mit dem eckigen Ausschnitt und der passende Mantel stammten von dem Einkaufsbummel am Rodeo Drive, auf dem ihre Mutter bestanden hatte. «Für ein so hübsches Mädchen achtest du einfach zu wenig auf deine Kleidung, Liebling», hatte ihre Mutter sich aufgeregt. «Du solltest deinen wunderbar ätherischen Typ unterstreichen.»

Von einer irischen Vorfahrin hatte Darcy nicht nur ihren Vornamen, sie hatte auch die gleichen, weit auseinanderstehenden Augen, mehr grün als braun, das gleiche weiche braune Haar mit den goldenen Lichtreflexen, die gleiche gerade Nase. Nur war sie nicht so zierlich wie die frühere Darcy, und sie hatte nie vergessen, wie sie mit sechs Jahren zufällig einen Regisseur sagen hörte: «Wie ist es möglich, daß zwei so schöne Menschen ein so unansehnliches Kind in die Welt setzen?» Sie erinnerte sich noch, daß sie sich ganz still verhalten und den Schock in sich aufgenommen hatte.

Nachdem sie heute morgen vom Kennedy-Airport aus ihr Gepäck in ihre Wohnung gebracht hatte, war sie direkt ins Büro gefahren, ohne sich noch die Zeit zu nehmen, ihre übliche Arbeitskleidung anzuziehen, Jeans und einen Pullover. Bev wartete, bis Darcy den ersten Schluck Kaffee getrunken hatte, und griff dann nach den Botschaften. «Möchten Sie, daß ich anfange, diese Leute für Sie zurückzurufen?»

«Ich möchte mich zuerst rasch bei Erin melden.»

Erin nahm beim ersten Läuten den Hörer ab. Ihr etwas zerstreuter Gruß verriet Darcy, daß sie schon an ihrem Arbeitstisch saß. Im College in Mount Holyoke hatten sie ein Zimmer geteilt. Dann hatte Erin Schmuckdesign studiert. Kürzlich hatte sie den renommierten N.W.-Ayer-Preis für junge Designer gewonnen.

Auch Darcy hatte ihre berufliche Nische gefunden. Vier Jahre lang hatte sie sich in einer Werbeagentur hochgearbeitet und dann den Beruf gewechselt und sich statt mit Buchhaltung mit preiswerter Innendekoration beschäftigt. Beide Frauen waren jetzt achtundzwanzig Jahre alt, und sie standen sich noch immer so nahe wie während ihres Zusammenlebens im College.

Darcy konnte Erin an ihrem Arbeitstisch vor sich sehen, gekleidet in Jeans und einen weiten Sweater, das rote Haar mit einer Spange oder als Pferdeschwanz zurückgebunden, in ihre Arbeit vertieft, ohne äußere Ablenkungen wahrzunehmen.

Auf das zerstreute «Hallo» folgte ein freudiger Juchzer, als Erin Darcys Stimme hörte.

«Du arbeitest», sagte Darcy. «Ich stör dich nicht lange. Wollte nur sagen, daß ich wieder da bin, und natürlich wollte ich mich erkundigen, wie es Billy geht.»

Billy war Erins Vater. Er war bettlägerig und lebte seit drei Jahren in einem Pflegeheim in Massachusetts.

«Ziemlich unverändert», antwortete Erin.

«Was macht das Collier? Als ich dich am Freitag anrief, schienst du besorgt zu sein.» Unmittelbar nach Darcys Abreise im vorigen Monat hatte Erin vom Juweliergeschäft Bertolini den Auftrag bekommen, eine Halskette zu entwerfen, in die die Familienjuwelen eines Kunden eingearbeitet werden sollten. Bertolini war gleichrangig mit Cartier und Tiffany.

«Da hatte ich noch Angst, der Entwurf sei nicht zu verwirklichen. Er war wirklich ziemlich kompliziert. Aber alles ist gutgegangen. Morgen früh liefere ich die Kette ab, und ich muß sagen, ich finde sie selbst sensationell. Wie war Bel-Air?»

«Glamourös.» Sie lachten beide. Dann sagte Darcy: «Und wie steht's mit dem Bekanntschaften-Projekt?»

Nona Roberts, Redakteurin bei Hudson Cable Network, einem Kabelsender, hatte sich im Fitneßclub mit Darcy und Erin angefreundet. Nona bereitete einen Dokumentarfilm über Bekanntschaftsanzeigen vor – über die Art von Leuten, die solche Anzeigen aufgaben und beantworteten, und deren gute oder schlechte Erfahrungen. Nona hatte Darcy und Erin gebeten, ihr bei den Recherchen zu helfen und auf einige der Anzeigen zu antworten. «Ihr braucht niemanden mehr als einmal zu treffen», hatte sie sie gedrängt. «Fast alle Singles im Sender machen mit, und es gibt eine Menge zu lachen. Wer weiß, vielleicht lernt ihr ja auch jemand ganz Tolles kennen. Wie auch immer, überlegt's euch mal.»

Erin, die eigentlich die Kühnere war, hatte ungewöhnlich widerstrebend reagiert. Darcy hatte sie überzeugt, daß es vielleicht Spaß machen könnte. «Wir geben selbst keine Annoncen auf», meinte sie. «Wir beantworten nur ein paar, die interessant aussehen. Wir geben auch unsere Adressen nicht an, nur eine Telefonnummer. Und wir treffen die Männer an öffentlichen Orten. Was haben wir da zu verlieren?»

Vor sechs Wochen hatten sie angefangen. Darcy hatte nur Zeit für ein einziges Treffen gehabt, ehe sie nach Lake Tahoe und Bel-Air abreiste. Dieser Mann hatte geschrieben, er sei einsfünfundachtzig groß. Wie sie Erin hinterher erzählte, mußte er auf einer Leiter gestanden haben, als er sich maß. Außerdem hatte er behauptet, er sei leitender Mitarbeiter einer Werbeagentur. Aber als Darcy beiläufig die Namen einiger Agenturen und Kunden erwähnte, war er total ins Schwimmen geraten. Ein Lügner und eine Null, berichtete sie Erin und Nona. Jetzt lächelte Darcy erwartungsvoll und bat Erin, von ihren neusten Begegnungen zu erzählen.

«Das heb ich mir für morgen abend auf, wenn wir mit Nona zusammenkommen», sagte Erin. «Ich schreibe alle Einzelheiten in das Notizbuch, das du mir zu Weihnachten geschenkt hast. Jetzt nur soviel: Seit unserem Gespräch habe ich zwei weitere Treffen gehabt. Das macht insgesamt acht Verabredungen in den letzten drei Wochen. Die meisten waren Trottel, für die es sich nicht gelohnt hat. Einen kannte ich schon vorher, wie sich herausstellte. Einer der Neuen war wirklich attraktiv, und der hat natürlich nicht wieder angerufen. Heute abend treffe ich wieder einen. Hörte sich gut an, aber warten wir's ab.»

Darcy grinste. «Offenbar hab ich eine Menge verpaßt. Wie viele Anzeigen hast du für mich beantwortet?»

«Ungefähr ein Dutzend. Ich dachte, es könnte lustig sein, wenn wir auf einige Anzeigen beide antworten würden. Dann können wir unsere Notizen vergleichen, falls die Typen anrufen.»

«Wunderbar. Und wo triffst du heute abend deinen Kandidaten?»

«In einem Lokal in der Nähe vom Washington Square.»

«Was macht er?»

«Er ist Anwalt. Aus Philadelphia. Er läßt sich gerade hier nieder. Du kannst doch morgen abend kommen, oder?»

«Natürlich.» Sie wollten sich mit Nona zum Abendessen treffen.

Erins Ton veränderte sich. «Ich bin froh, daß du wieder in der Stadt bist, Darce. Ich hab dich vermißt.»

«Ich dich auch», sagte Darcy, und es kam von Herzen. «Okay, bis morgen.» Sie wollte sich schon verabschieden, fragte aber noch: «Wie heißt denn die heutige Katze im Sack?»

«Charles North.»

«Hört sich nach was Besserem an, gehobene weiße Mittelklasse. Also dann viel Spaß, Erin.» Darcy legte auf.

Bev wartete geduldig mit den Nachrichten. Jetzt war ihr Ton eindeutig neidisch. «Ehrlich, wenn Sie beide reden, hören Sie sich an wie zwei Schulmädchen. Sie stehen sich näher als Schwestern. Wenn ich an *meine* Schwester denke, dann würde ich sagen, viel näher.»

«Da haben Sie vollkommen recht», sagte Darcy leise.

In der Sheridan-Galerie in der 78. Straße unweit der Madison Avenue war eine Auktion in vollem Gange. Der Inhalt des riesigen Landhauses eines verstorbenen Ölbarons hatte eine große Menge von Händlern und Sammlern angelockt.

Chris Sheridan beobachtete die Szene aus dem Hintergrund des Raumes und dachte zufrieden, welcher Triumph es gewesen war, Sotheby's und Christie's das Privileg wegzuschnappen, diese Sammlung zu versteigern. Absolut wundervolle Möbel aus der Queen-Ann-Periode; Gemälde, die sich weniger durch ihre Technik als durch ihre Seltenheit auszeichneten; Revere-Silber, von dem er wußte, daß es fieberhafte Gebote auslösen würde.

Mit seinen dreiunddreißig Jahren glich Chris Sheridan noch immer mehr der Sportskanone, die er im College gewesen war, als einer führenden Autorität auf dem Gebiet antiker Möbel. Seine Größe von fast einsneunzig wurde noch betont durch seine gerade Haltung. Er hatte breite Schultern und schmale Hüften. Sandfarbenes Haar rahmte ein Gesicht mit ausgeprägten Zügen ein. Die blauen Augen schauten entwaffnend und freundlich. Seine Konkurrenten hatten allerdings die Erfahrung gemacht, daß diese Augen rasch ein durchdringendes, zielstrebiges Funkeln annehmen konnten.

Chris verschränkte die Arme, während er den letzten Geboten für einen Domenico-Cucci-Schrank mit Paneelen aus *pietra dura* und in der Mitte eingelegten Steinreliefs zuhörte. Er war kleiner und weniger fein ausgeführt als die beiden Schränke, die Cucci für Ludwig XIV. angefertigt hatte, aber dennoch ein herrliches, makelloses Stück, von dem er wußte, daß das Metropolitan-Museum es unbedingt haben wollte.

Es wurde still im Raum, als die beiden hochrangigen Konkurrenten, das Met und der Vertreter einer japanischen Bank, ihren Kampf fortsetzten. Jemand tippte Chris auf den Arm, und mit zerstreutem Stirnrunzeln wandte er sich um. Es war Sarah Johnson, seine Assistentin, eine Kunstexpertin, die er aus einem Privatmuseum in Boston abgeworben hatte. «Chris, ich fürchte, es gibt ein Problem», sagte sie mit besorgter Miene. «Ihre Mutter ist am Telefon. Sie sagt, sie müsse Sie sofort sprechen. Sie wirkt ziemlich aufgeregt.»

«Das Problem ist diese verdammte Fernsehsendung!» Chris ging zur Tür, stieß sie auf, ignorierte den Aufzug und rannte die Treppe hinauf.

Vor einem Monat war in der beliebten Fernsehserie *Authentische Verbrechen* eine Folge gezeigt worden, die den unaufgeklärten Mord an Chris' Zwillingsschwester Nan behandelt hatte. Mit neunzehn Jahren war Nan erwürgt worden, als sie in der Nähe ihres Hauses in Darien, Connecticut, ihren Waldlauf machte. Trotz seiner heftigen Proteste war es Chris nicht gelungen, das Kamerateam daran zu hindern, lange Einstellungen von Haus und Grundstück zu drehen, und er hatte auch nicht verhindern können, daß sie Nans Tod im nahegelegenen Wald, wo ihre Leiche gefunden worden war, nachstellten.

Er hatte seine Mutter angefleht, sich die Sendung nicht anzusehen, aber sie hatte darauf bestanden, sie mit ihm zusammen zu verfolgen. Es war den Produzenten gelungen, eine junge Schauspielerin zu finden, die Nan verblüffend ähnlich sah. Der Dokumentarfilm zeigte sie beim Joggen; er zeigte, wie eine Gestalt sie im Schutz der Bäume beobachtete; dann die Konfrontation; den Fluchtversuch; den Mörder, der sie packte und erwürgte und dann den Nike-Laufschuh von ihrem rechten Fuß zog und durch einen hochhackigen Abendschuh ersetzte.

Den Kommentar lieferte ein Sprecher, dessen sonore Stimme unnötig entsetzt klang. «War es ein Fremder, der sich an die schöne, begabte Nan Sheridan heranmachte? Sie und ihr Zwillingsbruder hatten am Vorabend im Landhaus der Familie ihren neunzehnten Geburtstag gefeiert. Wurde jemand, den Nan kannte, der vielleicht an ihrem Geburtstag mit ihr angestoßen hatte, zu ihrem Mörder? In fünfzehn Jahren ist nicht die kleinste Information zutage getreten, die dieses schreckliche Verbrechen vielleicht aufklären könnte. Wurde Nan Sheridan das zufällige Opfer eines geisteskranken Ungeheuers, oder war ihr Tod ein Akt persönlicher Rache?»

Dann folgte eine Reihe von Nahaufnahmen. Das Haus und das Grundstück aus verschiedenen Blickwinkeln. Die Telefonnummer, die man anrufen sollte, «falls Sie irgendeine Information haben». Die letzte Nahaufnahme war das Polizeifoto von Nans Leiche, wie man sie gefunden hatte, ordentlich auf dem Boden ausgestreckt, die Hände über der Taille gefaltet, den linken Fuß im Nike-Turnschuh, den rechten in einem paillettenbesetzten Abendschuh.

Der letzte Satz lautete: «Wo sind die Gegenstücke dieses Turnschuhs und dieses graziösen Abendschuhs? Sind sie noch im Besitz des Mörders?»

Greta Sheridan hatte sich die Sendung angesehen, ohne zu weinen. Als sie zu Ende war, hatte sie gesagt: «Chris, ich hab immer wieder darüber nachgedacht. Deshalb wollte ich den Film sehen. Nach Nans Tod war ich so durcheinander, ich konnte gar nicht klar denken. Aber Nan hatte mir so viel von allen in der Schule erzählt ... Ich ... ich dachte einfach, wenn ich diese Sendung ansähe, würde mir vielleicht etwas einfallen, das wichtig sein könnte. Erinnerst du dich an den Tag der Beerdigung? Die Menschenmenge. Alle diese jungen Leute aus dem College. Weißt du noch, wie Polizeichef Harriman sagte, er sei überzeugt, ihr Mörder sitze in der Trauergemeinde? Weißt du noch, wie sie Kameras aufstellten, um in der Aussegnungshalle und in der Kirche von allen Leuten Fotos zu machen?»

Dann, als habe eine riesige Hand sie ins Gesicht geschlagen, war Greta Sheridan in herzzerreißendes Schluchzen ausgebrochen. «Dieses Mädchen sah Nan so ähnlich, nicht? Ach, Chris, ich hab sie so vermißt in all den Jahren. Dad wäre noch am Leben, wenn sie hier wäre. Dieser Herzinfarkt war seine Art, um sie zu trauern.»

Ich wünschte, ich hätte mit einer Axt jeden Fernseher im Haus zertrümmert, statt Mutter diese verdammte Sendung sehen zu lassen, dachte Chris, während er den Gang hinunter zu seinem Büro lief. Die Finger seiner linken Hand trommelten auf den Schreibtisch, als er nach dem Hörer griff. «Was ist los, Mutter?»

Greta Sheridans Stimme klang angespannt und zittrig. «Chris, tut mir leid, daß ich dich mitten in der Auktion störe, aber gerade ist ein äußerst seltsamer Brief gekommen.»

Noch eine Folge dieser gräßlichen Sendung, dachte Chris erbost. Alle diese verrückten Briefe. Sie reichten von den Angeboten von Medien, Séancen abzuhalten, bis zu Geldforderungen im Austausch für Gebete. «Ich wünschte, du würdest diesen Unsinn nicht lesen», sagte er. «Die Briefe regen dich nur auf.»

«Dieser ist anders, Chris. Jemand schreibt, zum Gedenken an Nan würde ein Mädchen aus Manhattan am Abend des 19. Februar beim Tanzen auf genau die gleiche Weise sterben wie Nan.» Greta Sheridans Stimme wurde lauter. «Chris, was ist, wenn der Brief nicht von einem Geisteskranken kommt? Was können wir tun? Können wir jemanden warnen?»

Doug Fox zog an seiner Krawatte, band sie sorgfältig zu einem präzisen Knoten und betrachtete sich im Spiegel. Gestern hatte er eine Gesichtsmaske aufgelegt, und seine Haut glänzte rosig. Die Volumen-Packung hatte seinem dünner werdenden Haar Fülle gegeben, und die bräunliche Farbspülung verdeckte das Grau, das an seinen Schläfen auftauchte.

Gutaussehender Bursche, versicherte er sich selbst und bewunderte, wie sein gestärktes weißes Hemd die Linien seiner muskulösen Brust und seiner schlanken Taille nachzeichnete. Er griff nach seiner Anzugjacke und freute sich im stillen darüber, wie fein sich die schottische Wolle anfühlte. Dunkelblau mit dünnen Nadelstreifen, betont durch das kleine rote Druckmuster auf seiner Hermès-Krawatte. Von Kopf bis Fuß der Investment-Banker, der hervorragende Bürger von Scarsdale, der hingebungsvolle Ehemann von Susan Frawley Fox und Vater von vier lebhaften, hübschen Kindern.

Niemand, dachte Doug mit amüsierter Befriedigung, würde

auf die Idee kommen, daß er noch ein anderes Leben hatte: als lediger, freischaffender Illustrator mit einem Apartment in der gesegneten Anonymität von «London Terrace» in der 23. Straße, einem weiteren Versteck in Pawling und einem neuen Volvo-Kombi.

Doug warf einen letzten Blick in den hohen Spiegel, zupfte das Taschentuch in der Brusttasche zurecht, vergewisserte sich, daß er nichts vergessen hatte, und ging zur Tür. Immer irritierte ihn dieses Schlafzimmer. Es war mit ländlichen, antiken Möbeln aus Frankreich ausgestattet, und zwar von einem hochrangigen Innenarchitekten, aber Susan schaffte es trotzdem, daß es unordentlich und kleinbürgerlich aussah. Kleider waren achtlos auf die Chaiselongue geworfen, und die silbernen Toilettengegenstände lagen wild durcheinander auf der Kommode. Kinderzeichnungen waren mit Klebeband an die Wände geheftet. Nichts wie raus hier, dachte Doug.

In der Küche herrschte das übliche Tohuwabohu. Der dreizehnjährige Donny und die zwölfjährige Beth stopften sich ihr Frühstück in den Mund. Susan ermahnte sie, der Schulbus werde gleich um die Ecke biegen. Das Baby krabbelte mit nasser Windel und klebrigen Händen herum. Trish maulte, sie wolle heute nachmittag nicht in den Kindergarten gehen, sondern zu Hause bleiben und mit Mami *Alle meine Kinder* anschauen.

Susan trug einen alten flanellenen Morgenrock über ihrem Nachthemd. Als sie geheiratet hatten, war sie ein hübsches Mädchen gewesen. Ein hübsches Mädchen, das sich hatte gehenlassen. Sie lächelte Doug zu und goß ihm Kaffee ein. «Möchtest du nicht einen Pfannkuchen oder sonst etwas?»

«Nein.» Würde sie je aufhören, ihm jeden Morgen diese Dickmacher aufzudrängen? Doug sprang zurück, als das Baby versuchte, sein Bein zu umarmen. «Verdammt, Susan, wenn du ihn nicht sauberhalten kannst, dann laß ihn wenigstens nicht in meine Nähe. Ich kann nicht schmutzig ins Büro gehen.»

«Der Schulbus!» kreischte Beth. «Tschüs, Mami, tschüs, Dad.»

Donny griff nach seinen Büchern. «Kannst du heute abend zu meinem Basketballspiel kommen, Dad?»

«Ich komm erst spät nach Hause, Junge. Wichtige Konferenz. Nächstes Mal ganz sicher, ich versprech's.»

«Klar.» Donny ließ krachend die Tür hinter sich zufallen.

Drei Minuten später saß Doug in dem Mercedes und war auf dem Weg zum Bahnhof, Susans vorwurfsvolles «Komm-nicht-zu-spät-nach-Hause» noch im Ohr. Doug spürte, wie er sich allmählich entspannte. Sechsunddreißig Jahre alt, und da saß er mit einer fetten Ehefrau, vier lauten Kindern und einem Haus in der Vorstadt. Der amerikanische Traum. Mit zweiundzwanzig hatte er es für einen geschickten Schachzug gehalten, Susan zu heiraten.

Leider war die Ehe mit der Tochter eines reichen Mannes nicht gleichbedeutend mit einer reichen Heirat. Susans Vater war ein Geizkragen. Leihen, nie schenken! Dieses Motto war in sein Gehirn tätowiert.

Nicht, daß er die Kinder nicht liebte oder nicht genug an Susan hing. Er hätte sich nur nicht so früh auf diese Familienvater-Routine einlassen sollen. Als Douglas Fox, Investment-Banker, hervorragender Bürger von Scarsdale, war sein Leben ein Muster an Langeweile.

Er parkte und rannte, um den Zug zu erwischen. Er tröstete sich mit dem Gedanken, daß sein Leben als Doug Fields, unverheirateter Künstler und Fürst der Bekanntschaftsanzeigen, bunt und geheimnisvoll war, und wenn der dunkle Drang ihn überkam, gab es eine Möglichkeit, ihn zu befriedigen.

3

MITTWOCH, 20. FEBRUAR

Am Mittwoch abend traf Darcy pünktlich um halb sieben in Nona Roberts' Büro ein. Sie hatte am Riverside Drive einen Termin mit einem Kunden gehabt und Nona angerufen, um ihr vorzuschlagen, gemeinsam ein Taxi zum Restaurant zu nehmen.

Nonas Büro war eine vollgestopfte Kabine in einer ganzen Reihe vollgestopfter Kabinen im neunten Stock des Gebäudes von Hudson Cable Network. Es enthielt einen etwas ramponierten, mit Papieren und mehreren Aktenordnern beladenen Eichenschreibtisch, dessen Schubladen nicht mehr richtig schlossen, Regale mit Nachschlagewerken und Bändern, ein sichtlich unbequemes Zweiersofa und einen Chefdrehsessel, von dem Darcy wußte, daß er sich nicht mehr drehte. Auf dem schmalen Fensterbrett ließ eine Pflanze, die Nona ständig zu gießen vergaß, müde die Blätter hängen.

Nona liebte dieses Büro. Darcy fragte sich insgeheim, wieso es sich eigentlich nicht durch spontane Entzündung selbst verbrannte. Als sie kam, war Nona am Telefon; also ging sie hinaus, um Wasser für die Pflanze zu holen. «Sie fleht um Gnade», sagte sie, als sie zurückkam.

Nona hatte den Anruf eben beendet. Sie sprang auf, um

Darcy zu umarmen. «Ich hab halt keinen grünen Daumen.» Sie trug einen khakifarbenen Wolloverall, der die Linien ihres schlanken Körpers getreulich nachzeichnete. Ein schmaler Ledergürtel mit einer weißgoldenen Schnalle in Form verschränkter Hände umschloß ihre Taille. Ihr mittelblondes Haar mit grauen Strähnen war streng geschnitten und reichte kaum bis zum Kinn. Ihr lebhaftes Gesicht war eher interessant als hübsch.

Darcy war froh zu sehen, daß der Kummer in Nonas dunkelbraunen Augen fast völlig einem Ausdruck trockenen Humors gewichen war. Nona war frisch geschieden, und das hatte ihr hart zugesetzt. Wie sie es ausdrückte: «Es ist schon traumatisch genug, vierzig zu werden, ohne daß der Ehemann einen wegen eines einundzwanzigjährigen Gänschens sitzenläßt.»

«Bißchen spät geworden», entschuldigte sich Nona. «Treffen wir Erin um sieben?»

«Zwischen sieben und Viertel nach sieben», sagte Darcy, deren Finger danach juckten, die toten Blätter der Pflanze abzuzupfen.

«Also fünfzehn Minuten für den Weg, vorausgesetzt, ich werfe mich vor einem leeren Taxi auf die Fahrbahn. Großartig. Eins möchte ich noch machen, bevor wir gehen. Komm doch mit und schau dir die mitfühlende Seite des Fernsehens an.»

«Ich wußte gar nicht, daß es eine hat.» Darcy griff nach ihrer Umhängetasche.

Alle Büros waren um einen großen Mittelraum herum angeordnet, in dem Sekretärinnen und Schreibkräfte an ihren Schreibtischen saßen. Computer surrten, Faxmaschinen ratterten. Am Ende des Raumes saß ein Sprecher vor einer Kamera und verlas Nachrichten. Nona winkte einen allgemeinen Gruß, als sie vorbeiging. «Hier gibt es keine einzige unverheiratete Person, die nicht für mich auf Bekanntschaftsanzeigen antwortet. Ich hab sogar den Verdacht, daß ein paar vermutlich verheiratete Typen sich ebenfalls heimlich mit attraktiven Chiffrenummern treffen.»

Sie führte Darcy in einen Vorführraum und machte sie mit Joan Nye bekannt, einer hübschen Blondine, die nicht älter aussah als zweiundzwanzig. «Joan macht die Nachrufe», erklärte sie. «Sie hat gerade einen wichtigen fertig und bat mich, ihn mir anzusehen.» Sie wandte sich Joan Nye zu. «Ich bin sicher, er ist prima», sagte sie beruhigend.

Joan seufzte. «Hoffentlich», sagte sie und drückte auf den Knopf, um den Film abzuspielen.

Das Gesicht der großen Filmschauspielerin Ann Bouchard füllte den Bildschirm. Die einschmeichelnde Stimme von Gary Finch, dem Moderator von Hudson Cable, klang angemessen gedämpft, als er zu sprechen begann.

«Ann Bouchard gewann ihren ersten Oscar im Alter von neunzehn Jahren, als sie 1928 in dem Klassiker ‹Gefährlicher Weg› für die erkrankte Lillian Marker eingesprungen war ...»

Auf Filmausschnitte der bemerkenswertesten Rollen von Ann Bouchard folgten Glanzlichter aus ihrem Privatleben: ihre sieben Ehemänner, ihre Häuser, ihre durch alle Zeitungen gehenden Kämpfe mit Studiochefs, Auszüge aus Interviews aus ihrer langen Karriere, ihre emotionale Reaktion, als sie einen Preis für ihre Lebensleistung erhielt: «Ich war gesegnet. Ich bin geliebt worden. Und ich liebe euch alle.»

Dann war es zu Ende. «Ich wußte gar nicht, daß Ann Bouchard gestorben ist», rief Darcy aus. «Mein Gott, noch letzte Woche hat sie mit meiner Mutter telefoniert. Wann ist das passiert?»

«Überhaupt nicht», sagte Nona. «Die Nachrufe auf berühmte Leute machen wir im voraus, genau wie die Zeitungen. Und wir bringen sie regelmäßig auf den neusten Stand. Wenn dann das Unvermeidliche passiert, brauchen wir nur noch die Einleitung nachzudrehen.» Sie wandte sich zu Joan Nye um. «Das war super und hat mich fast zu Tränen gerührt. Ach, übrigens, haben Sie auf irgendwelche neuen Bekanntschaftsanzeigen geantwortet?»

Joan grinste. «Das kann Sie teuer zu stehen kommen, Nona. Neulich hatte ich eine Verabredung mit irgendeinem Trottel. Blieb natürlich im Verkehr stecken. Ich stellte mein Auto in der zweiten Reihe ab, um rasch hineinzulaufen und ihm zu sagen, ich käme gleich wieder. Draußen war schon ein Polizist dabei, mir ein Strafmandat zu verpassen. Schließlich fand ich sechs Blocks entfernt eine Garage, und als ich zurückkam –»

«– war er weg», vermutete Nona.

«Woher wissen Sie das?» fragte Joan mit aufgerissenen Augen.

«Weil das einigen anderen auch schon passiert ist. Nehmen Sie's nicht persönlich. Und jetzt müssen wir uns beeilen.» An der Tür rief Nona über die Schulter: «Geben Sie mir den Strafzettel. Ich kümmere mich darum.»

Im Taxi auf dem Weg, um Erin zu treffen, dachte Darcy darüber nach, warum jemand sich so benahm. Joan Nye war wirklich attraktiv. War sie zu jung für den Mann, den sie getroffen hatte? Als sie die Anzeige beantwortete, mußte sie ihr Alter angegeben haben. Hatte er eine Vorstellung im Kopf, der Joan nicht entsprach?

Das war ein beunruhigender Gedanke. Als das Taxi sich stoßweise durch den Verkehr in der 72. Straße schlängelte, sagte sie: «Nona, als wir anfingen, diese Annoncen zu beantworten, hab ich es für einen Spaß gehalten. Jetzt bin ich nicht mehr so sicher. Es ist wie ein Rendezvous mit einem Unbekannten, aber ohne die Sicherheit, mit dem Burschen bekannt gemacht zu werden, weil er der beste Freund von jemandes Bruder ist. Kannst du dir vorstellen, daß irgendein Mann, den du kennst, so etwas macht? Selbst wenn Joans Kandidat aus irgendeinem Grund die Art, wie sie sich anzieht, oder ihre Frisur nicht leiden konnte, hätte er doch bloß rasch einen Drink nehmen und dann sagen können, er müsse ein Flugzeug erwischen. So wäre er sie losgeworden und hätte sie nicht mit dem Gefühl zurückgelassen, genarrt worden zu sein.»

«Machen wir uns nichts vor, Darcy», erwiderte Nona. «Nach allem, was ich so höre, sind die meisten Leute, die solche Anzeigen aufgeben oder beantworten, ganz schön unsicher. Viel beängstigender finde ich, daß ich gerade heute einen Brief von einem FBI-Agenten bekommen habe, der von dem Projekt gehört hat und mit mir sprechen will. Er möchte, daß wir eine Warnung aussprechen, weil diese Anzeigen ein Tummelplatz für sexuelle Psychopathen sind.»

«Was für ein entzückender Gedanke!»

Wie gewöhnlich bot das «Bella Vita» Geborgenheit und Wärme. Das wunderbar vertraute Aroma von Knoblauch lag in der Luft. Man hörte das leise Summen von Gesprächen und Lachen. Adam, der Besitzer, begrüßte sie. «Ah, die schönen Damen. Ich habe einen Tisch für Sie.» Er wies auf einen Tisch am Fenster.

«Erin müßte jede Minute kommen», sagte Darcy zu ihm, als sie Platz genommen hatten. «Es überrascht mich, daß sie noch nicht da ist. Sie ist so pünktlich, daß ich richtige Komplexe bekomme.»

«Vermutlich steckt sie im Verkehr fest», sagte Nona. «Laß uns Wein bestellen. Wir wissen ja, daß sie Chablis trinkt.»

Eine halbe Stunde später schob Darcy ihren Stuhl zurück. «Ich gehe und rufe Erin an. Ich kann mir nur vorstellen, daß irgendeine Änderung nötig war, als sie das Collier ablieferte, das sie für Bertolini entworfen hat. Und wenn sie arbeitet, vergißt sie die Zeit.»

In Erins Wohnung war der Anrufbeantworter eingeschaltet.

Darcy kehrte an den Tisch zurück und stellte fest, daß Nonas ängstlicher Gesichtsausdruck ihre eigenen Gefühle widerspiegelte. «Ich habe hinterlassen, daß wir hier auf sie warten und daß sie anrufen soll, wenn sie es nicht schafft.»

Sie bestellten das Essen. Darcy liebte dieses Restaurant, doch heute abend merkte sie kaum, was sie aß. Alle paar Minuten schaute sie zur Tür und hoffte, Erin werde hereinstürzen mit einer völlig vernünftigen Erklärung, warum sie zu spät kam.

Doch sie kam nicht.

Darcy lebte im obersten Stockwerk eines Sandsteinhauses in der 49. Straße, Nona in einer Eigentumswohnung am Central Park West. Als sie das Restaurant verließen, nahmen sie getrennte Taxis und verabredeten, wer zuerst von Erin höre, werde die andere anrufen.

Sofort, als sie nach Hause kam, wählte Darcy erneut Erins Nummer. Eine Stunde später, unmittelbar vor dem Schlafengehen, versuchte sie es noch einmal. Diesmal hinterließ sie eine eindringliche Nachricht: «Erin, ich mach mir Sorgen um dich. Es ist Mittwoch, dreiundzwanzig Uhr fünfzehn. Egal, wie spät du nach Hause kommst, ruf mich auf jeden Fall noch an.»

Schließlich fiel Darcy in einen unruhigen Schlaf.

Als sie um sechs Uhr früh erwachte, war ihr erster Gedanke, daß Erin nicht angerufen hatte.

Jay Stratton starrte aus dem Eckfenster seines Apartments im «Waterside Plaza» Ecke 25. Straße und East River Drive. Der Blick war phantastisch: der East River, überwölbt von der Brooklyn Bridge und der Williamsburg Bridge, dahinter die Zwillingstürme, hinter diesen der Hudson; der Verkehrsstrom, der zur abendlichen Stoßzeit nur quälend langsam vorankam, floß jetzt recht schnell dahin. Es war halb acht.

Jay runzelte die Stirn; seine schmalen Augen wurden dadurch fast unsichtbar. Sein dunkelbraunes Haar, teuer geschnitten und von attraktiven grauen Strähnen durchzogen, unterstrich sein kultiviertes Aussehen und seine lässige Eleganz. Er war sich seiner Neigung zum Dickwerden bewußt und trieb darum eisern Sport. Er wußte, daß er etwas älter aussah, als er war, nämlich siebenunddreißig, aber das hatte sich als vorteilhaft erwiesen. Die meisten Leute fanden ihn immer ungewöhnlich gutaussehend.

Ganz bestimmt hatte ihn die Witwe des Zeitungsmagnaten attraktiv gefunden, die er letzte Woche ins Tadsch-Mahal-Casino in Atlantic City begleitet hatte. Als er allerdings erwähnt hatte, er fände es gut, wenn sie sich ein Schmuckstück entwerfen ließe, war ihr Gesicht versteinert. «Kein Verkaufsgespräch, bitte», hatte sie scharf gesagt. «Das wollen wir klarstellen.»

Er hatte sich nicht die Mühe gemacht, sie wiederzusehen. Jay hielt nichts von Zeitverschwendung. Heute hatte er im «Jockey Club» zu Mittag gegessen, und während er auf einen Tisch wartete, hatte er ein Gespräch mit einem älteren Ehepaar begonnen. Die Ashtons waren auf Urlaub in New York, um ihren vierzigsten Hochzeitstag zu feiern. Sie waren offensichtlich wohlhabend, aber etwas verwirrt außerhalb ihres vertrauten North Carolina, und sie reagierten bereitwillig auf seine Konversationsversuche.

Der Ehemann hatte erfreut ausgesehen, als Jay ihn fragte, ob er seiner Frau ein angemessenes Schmuckstück geschenkt habe, um an die vierzig gemeinsamen Jahre zu erinnern. «Ich sage Frances dauernd, sie solle mich ihr ein wirklich schönes Stück kaufen lassen, aber sie findet, wir sollten das Geld für Frances junior sparen.»

Jay hatte gemeint, irgendwann in ferner Zukunft würde es Frances junior vielleicht gefallen, ein wunderschönes Halsband oder Armband zu tragen und ihrer eigenen Tochter oder Enkelin zu erzählen, dies sei ein ganz besonderes Geschenk von Großvater an Großmutter gewesen. «Königliche Familien machen das seit Jahrhunderten so», erklärte er, als er ihnen seine Karte gab.

Das Telefon läutete. Jay eilte hin und nahm den Hörer ab. Vielleicht sind es die Ashtons, dachte er.

Es war Aldo Marco, der Manager von Bertolini. «Also», sagte Jay herzlich, «ich wollte Sie eben anrufen. Es ist doch sicher alles in Ordnung, nicht?»

«Gar nichts ist in Ordnung.» Marcos Ton war eisig. «Als Sie mich mit Erin Kelley bekannt gemacht haben, war ich sehr beeindruckt von ihr und ihrer Mappe. Der Entwurf, den sie vorlegte, war hervorragend, und wie Sie wissen, gaben wir ihr den Familienschmuck unseres Kunden zur Verarbeitung. Das Halsband hätte heute morgen geliefert werden sollen. Miss Kelley hat den Termin nicht eingehalten und auf unsere wiederholten Anrufe nicht reagiert. Mr. Stratton, ich möchte entweder dieses Halsband, oder Sie bringen mir auf der Stelle die Juwelen meines Klienten zurück.»

Jay fuhr sich mit der Zunge über die Lippen. Er merkte, daß seine Hand, die den Hörer hielt, feucht war. Er hatte das Halsband ganz vergessen. Sorgfältig legte er sich seine Antwort zurecht. «Ich habe Miss Kelley vor einer Woche gesehen. Sie hat mir das Collier gezeigt. Es war hinreißend. Da muß ein Mißverständnis vorliegen.»

«Das Mißverständnis besteht darin, daß sie das Collier nicht abgeliefert hat, und es wird am Freitag abend für eine Verlobungsparty benötigt. Ich wiederhole, morgen möchte ich das Halsband haben oder die Steine meines Kunden. Ich mache Sie dafür verantwortlich, daß eines von beiden geschieht.»

Das scharfe Klicken, mit dem der Hörer aufgelegt wurde, hallte in Strattons Ohr wider.

Michael Nash sah am Mittwoch nachmittag um fünf Uhr seinen letzten Patienten, Gerald Renquist. Renquist war pensionierter Manager einer internationalen pharmazeutischen Firma. Seine persönliche Identität war so stark mit den Intrigen und der Politik des Vorstandszimmers verknüpft, daß die Pensionierung ihm vorkam, als habe er jeden Status verloren.

«Ich weiß, ich sollte eigentlich froh sein», sagte Renquist, «aber ich fühle mich so verdammt nutzlos. Selbst meine Frau zieht mich mit dem alten Scherz auf, sie habe mich für gute und für schlechte Tage geheiratet, aber nicht dazu, daß ich zum Mittagessen zu Hause bin.»

«Sie müssen doch Pläne für ihre Pensionierung gehabt haben», meinte Nash milde.

Renquist lachte. «Und ob. Nämlich, sie um jeden Preis zu verhindern.»

Depression, dachte Nash. Unter den psychischen Krankheiten das, was unter den körperlichen ein gewöhnlicher Schnupfen ist. Er merkte, daß er müde war und Renquist nicht seine volle Aufmerksamkeit schenkte. Unfair, dachte er bei sich. Er bezahlt mich dafür, daß ich ihm zuhöre. Trotzdem war er spürbar erleichtert, als er um zehn vor sechs die Sitzung beenden konnte.

Nachdem Renquist gegangen war, begann Nash abzuschließen. Seine Praxis befand sich im Eckhaus der 77. Straße und Park Avenue; seine Wohnung lag im neunzehnten Stock desselben Gebäudes. Er ging durch die Tür hinaus, die in die Halle führte.

Die neue Bewohnerin von 19 B, eine Blondine Anfang Dreißig, wartete auf den Aufzug. Er unterdrückte seine Gereiztheit über die Aussicht, mit ihr nach oben zu fahren. Das unverblümte Interesse in ihrem Blick war ihm lästig, genau wie ihre fast unvermeidlichen Einladungen, auf einen Drink vorbeizukommen.

Michael Nash hatte dasselbe Problem mit einigen seiner Patientinnen. Er konnte ihre Gedanken lesen. Gutaussehender Bursche, geschieden, keine Kinder, Mitte bis Ende Dreißig, zu haben. Zurückhaltende Reserviertheit war ihm zur zweiten Natur geworden.

Zumindest heute abend wiederholte die neue Nachbarin ihre Einladung nicht. Vielleicht lernte sie dazu. Als sie aus dem Aufzug traten, murmelte er: «Guten Abend.»

Seine Wohnung spiegelte die präzise Sorgfalt wider, mit der er alles in seinem Leben tat. Die elfenbeinfarbenen Bezüge der beiden Sofas im Wohnzimmer wiederholten sich an den Stühlen im Eßzimmer, die um den runden Eichentisch standen. Diesen Tisch hatte er auf einer Antiquitätenversteigerung in Bucks County erstanden. Die Teppiche wiesen gedämpfte geometrische Muster auf elfenbeinfarbenem Hintergrund auf. Eine Wand war mit Bücherregalen bedeckt, auf den Fensterbänken standen Pflanzen, ein altes Waschbecken im Kolonialstil diente ihm als Bar. Überall waren hübsche Kleinigkeiten, die er auf Auslandsreisen entdeckt hatte, und gute Gemälde verteilt. Ein komfortabler, hübscher Raum.

Küche und Arbeitszimmer lagen links vom Wohnzimmer, die Schlafzimmer und das Bad rechts. Eine angenehme Wohnung und eine attraktive Ergänzung des großen Hauses in Bridgewater, das Stolz und Freude seiner Eltern gewesen war. Nash war oft versucht, es zu verkaufen, aber er wußte, er würde das Reiten an den Wochenenden vermissen.

Er zog sein Jackett aus und überlegte, ob er sich den Rest der 6-Uhr-Nachrichten oder seine neue CD anhören sollte, eine Mozart-Symphonie. Mozart gewann. Als die vertrauten Takte des Anfangs sanft den Raum füllten, läutete es an der Tür.

Nash wußte genau, wer das sein würde. Resigniert ging er öffnen. Die neue Nachbarin stand da, einen Eiskübel in der Hand – der älteste Trick der Welt. Gott sei Dank hatte er noch nicht angefangen, seinen Drink zu mixen. Er gab ihr das Eis, erklärte, er könne leider nicht zu ihr kommen, da er ausgehen müsse, und lotste sie zur Tür. Als sie fort war, noch immer etwas von «Vielleicht nächstes Mal» flötend, ging er schnurstracks an die Bar, mixte sich einen trockenen Martini und schüttelte bedauernd den Kopf.

Er setzte sich auf das Sofa am Fenster, schlürfte den Cocktail, genoß seinen weichen, beruhigenden Geschmack und dachte über die junge Frau nach, die er um acht Uhr zum Dinner treffen würde. Ihre Antwort auf seine Annonce war ausgesprochen amüsant gewesen.

Sein Verleger war begeistert von der ersten Hälfte des Buches, an dem er schrieb; er analysierte darin Menschen, die Bekanntschaftsanzeigen aufgaben oder beantworteten, ihre psychologischen Bedürfnisse und ihre Flucht in Phantasien bei der Art, wie sie sich selbst beschrieben.

Sein Arbeitstitel lautete: *Bekanntschaftsanzeigen – Suche nach Gefährten oder Flucht vor der Realität?*

4

DONNERSTAG, 21. FEBRUAR

Darcy saß an ihrem kleinen Tisch in der Eßecke, trank Kaffee und starrte aus dem Fenster auf die Gärten hinunter, ohne etwas zu sehen. Jetzt waren sie kahl und von noch nicht geschmolzenem Schnee gesprenkelt, aber im Sommer waren sie exquisit bepflanzt und makellos gepflegt. Zu den prominenten Besitzern der privaten Sandsteinhäuser, hinter denen sie lagen, gehörten dem Aga Khan und Katharine Hepburn.

Erin liebte es, Darcy zu besuchen, wenn die Gärten blühten. «Von der Straße aus würde man nie vermuten, daß es sie überhaupt gibt», seufzte sie dann. «Wirklich, Darcy, du hast Glück gehabt, als du diese Wohnung gefunden hast.»

Erin. Wo war sie? Gleich, als sie aufgewacht war und ihr bewußt wurde, daß Erin nicht angerufen hatte, hatte Darcy mit dem Pflegeheim in Massachusetts telefoniert. Mr. Kelleys Verfassung war unverändert. Der halbkomatöse Zustand, in dem er sich befand, konnte unbegrenzt anhalten; allerdings wurde Billy immer schwächer. Die Tagschwester wußte nicht, ob Erin gestern abend wie üblich angerufen hatte.

«Was soll ich machen?» fragte Darcy sich laut. Sie als vermißt melden? Die Polizei anrufen und mich nach Unfällen erkundigen?

Ein plötzlicher Einfall ließ sie erschauern. Angenommen, Erin hätte einen Unfall in der Wohnung gehabt ... Sie hatte die Angewohnheit, mit ihrem Stuhl zu schaukeln, wenn sie sich konzentrierte. Angenommen, sie hätte die ganze Zeit bewußtlos dagelegen!

Darcy brauchte drei Minuten, um in Hosen und einen Pullover zu schlüpfen und Mantel und Handschuhe überzustreifen. In der Second Avenue mußte sie quälende Minuten warten, ehe sie ein Taxi erwischte.

«Christopher Street einhunderteins, und bitte, beeilen Sie sich.»

«Alle sagen immer, ich soll mich beeilen. Ich sage, lassen Sie sich Zeit, dann leben Sie länger.» Der Taxifahrer zwinkerte in den Rückspiegel.

Darcy wandte den Kopf ab. Sie war nicht in der Stimmung, mit dem Fahrer zu scherzen. Warum hatte sie nicht an die Möglichkeit eines Unfalls gedacht? Vorigen Monat, kurz vor ihrer Abreise nach Kalifornien, war Erin zum Abendessen vorbeigekommen. Sie hatten die Fernsehnachrichten angeschaut. Einer der Werbespots zeigte eine gebrechliche alte Frau, die gestürzt war und Hilfe herbeirief, indem sie das Notsignal berührte, das sie an einer Kette um den Hals trug. «So werden wir in fünfzig Jahren sein», hatte Erin gesagt. Sie hatte den Werbespot nachgeahmt und gestöhnt: «Hilfe! Hilfe! Ich bin hingefallen und kann nicht mehr aufstehen!»

Gus Boxer, der Hausmeister von Christopher Street 101, hatte einen Blick für hübsche Frauen. Als er in die Halle eilte, um das ausdauernde Läuten an der Haustür zu beantworten, wich sein verärgerter Ausdruck daher schnell einem schmeichlerischen Lächeln.

Was er sah, gefiel ihm. Das hellbraune Haar der Besucherin war vom Wind zerzaust. Es fiel ihr ins Gesicht und erinnerte ihn an die Filme mit Veronica Lake, die er sich spät in der Nacht ansah. Ihre hüftlange Lederjacke war alt, besaß aber die Klasse, die Gus inzwischen erkannte, seit er seinen Job in Greenwich Village hatte.

Sein anerkennender Blick verweilte auf ihren langen, schlanken Beinen. Dann wurde ihm klar, wieso sie ihm bekannt vorkam. Er hatte sie ein paarmal mit 3 B gesehen, Erin Kelley. Er öffnete die Flurtür und trat zur Seite. «Zu Ihren Diensten», sagte er in einem Ton, den er für gewinnend hielt.

Darcy ging an ihm vorbei und versuchte, ihren Abscheu nicht zu zeigen. Von Zeit zu Zeit beklagte sich Erin über den sechzigjährigen Casanova in seinem schmutzigen Unterhemd. «Boxer ist mir zuwider», hatte sie gesagt. «Ich hasse die Vorstellung, daß er einen Generalschlüssel zu meiner Wohnung hat. Einmal kam ich nach Hause und fand ihn dort vor, und er erzählte mir irgendeine erlogene Geschichte über ein undichtes Rohr in der Wand.»

«Hat jemals etwas aus der Wohnung gefehlt?» hatte Darcy gefragt.

«Nein. Den Schmuck, an dem ich arbeite, bewahre ich immer im Safe auf. Und sonst gibt es nichts, das zu stehlen sich lohnen würde. Es sind eher seine scheußlichen, schleimigen Annäherungsversuche, bei denen ich eine Gänsehaut bekomme. Ach, was soll's! Wenn ich in der Wohnung bin, schiebe ich den Riegel vor, und außerdem ist die Miete billig. Vermutlich ist er harmlos.»

Darcy kam gleich zur Sache. «Ich mache mir Sorgen um Erin Kelley», sagte sie dem Hausmeister. «Ich war gestern abend mit ihr verabredet, und sie ist nicht erschienen. Am Telefon meldet sie sich nicht. Ich möchte in ihrer Wohnung nachsehen. Vielleicht ist ihr etwas passiert.»

Boxer zwinkerte. «Gestern war sie okay.»

«Gestern?»

Dicke Augenlider senkten sich über farblose Augen. Er befeuchtete sich mit der Zunge die Lippen. Wirre Falten erschienen auf seiner Stirn. «Nein, stimmt nicht. Ich hab sie am Dienstag gesehen. Spätnachmittags. Sie kam mit irgendwelchen Lebensmitteln nach Hause.» Jetzt schlug er einen rechtschaffenen Ton an. «Ich hab ihr angeboten, sie nach oben zu tragen.»

«Das war am Dienstag nachmittag. Haben Sie sie am Dienstag abend ausgehen oder nach Hause kommen sehen?»

«Nein. Hab ich nicht. Aber wissen Sie, ich bin kein Portier. Die Mieter haben ihren eigenen Schlüssel. Und Boten melden sich über die Sprechanlage, wenn sie hereinwollen.»

Darcy nickte. Obwohl sie wußte, daß es nutzlos war, hatte sie bei Erins Wohnung geläutet, ehe sie beim Hausmeister klingelte. «Bitte, ich habe Angst, daß etwas nicht stimmt. Ich muß in ihre Wohnung. Haben Sie Ihren Generalschlüssel bei sich?»

Das verzerrte Lächeln erschien wieder. «Verstehen Sie, normalerweise lasse ich Leute nicht in Wohnungen, nur, weil sie sagen, sie wollten rein. Aber Sie habe ich mit Miss Kelley gesehen. Ich weiß, daß Sie Freundinnen sind. Sie sind wie sie. Sie haben Klasse und sehen gut aus.»

Darcy ignorierte das Kompliment und ging auf die Treppe zu.

Treppen und Treppenabsätze waren sauber, aber unansehnlich. Die fleckigen Wände waren grau wie Schlachtschiffe, die Fliesen auf den Stufen uneben. Wenn man in Erins Wohnung kam, hatte man das Gefühl, aus einem Keller ins Tageslicht zu treten. Als Erin vor drei Jahren hier eingezogen war, hatte Darcy ihr beim Tapezieren und Anstreichen geholfen. Sie hatten einen Anhänger gemietet und waren nach Connecticut und New Jersey gefahren, um billige Gebrauchtmöbel zu erstehen.

Die Wände hatten sie strahlend weiß gestrichen. Bunte Indianerteppiche lagen auf dem zerkratzten, aber blankpolierten Parkettboden. Gerahmte Museumsplakate hingen über einer Couch, die mit leuchtendrotem Samt bezogen und mit passenden bunten Kissen bedeckt war.

Die Fenster gingen auf die Straße hinaus. Obwohl der Himmel bedeckt war, hatte man ausgezeichnetes Licht. Unter den Fenstern lagen ordentlich aufgeräumt Erins Werkzeuge auf dem langen Arbeitstisch: Lötlampe, Handbohrer, Feilen und Zangen, Schraubzwingen und Pinzetten, Lötblock, Meßzangen, Bohrer. Darcy hatte es immer faszinierend gefunden, Erin bei der Arbeit zuzusehen und zu beobachten, wie geschickt ihre schlanken Finger mit zarten Schmuckstücken hantierten.

Neben dem Tisch stand Erins einziges extravagantes Stück, eine hohe Kommode mit mehreren Dutzend kleinen Schubladen. Ein Apothekenschrank aus dem neunzehnten Jahrhundert, dessen untere Schubladen nur Fassade waren, hinter der sich ein Safe verbarg. Ein bequemer Sessel, ein Fernsehapparat und eine gute Stereoanlage vervollständigten die gemütliche Einrichtung.

Darcys erster Eindruck erleichterte sie. Hier war nichts in Unordnung. Gus Boxer im Schlepptau, ging sie in die winzige Küche, einen kleinen, fensterlosen Raum, den sie hellgelb gestrichen und mit eingerahmten Geschirrhandtüchern dekoriert hatten.

Der schmale Flur führte ins Schlafzimmer. Das Messingbett und eine Frisierkommode waren die einzigen Möbelstücke in dem engen Raum. Das Bett war gemacht. Nichts lag herum.

Auf dem Halter im Badezimmer hingen saubere, trockene Handtücher. Darcy öffnete den Medizinschrank. Mit geübtem Blick sah sie, daß Erins Zahnbürste, ihre Kosmetika und Cremes alle da waren.

Boxer wurde ungeduldig. «Sieht so aus, als wär alles in Ordnung. Zufrieden?»

«Nein.» Darcy ging zurück ins Wohnzimmer und trat an den Arbeitstisch. Der Anrufbeantworter zeigte an, daß zwölf Anrufe gespeichert waren. Sie drückte auf die Rücklauftaste.

«Also, ich weiß nicht –»

Sie unterbrach Boxers Protest. «Erin wird vermißt. Haben Sie das begriffen? Sie wird *vermißt*. Ich werde mir dieses Band anhören, um festzustellen, ob es vielleicht einen Hinweis darauf enthält, wo sie sein könnte. Dann werde ich die Polizei anrufen. Vielleicht liegt sie bewußtlos in einem Krankenhaus. Sie können bei mir bleiben, aber wenn Sie zu tun haben, können Sie auch gehen. Also, was möchten Sie?»

Boxer zuckte die Achseln. «Wahrscheinlich ist nichts dagegen einzuwenden, daß ich Sie hier allein lasse.»

Darcy drehte ihm den Rücken zu, griff in ihre Handtasche und nahm ihr Notizbuch und einen Stift heraus. Sie hörte Boxer nicht hinausgehen, als das Band ablief. Der erste Anruf war am Dienstag abend um Viertel vor sieben gekommen. Jemand namens Tom Swartz. Bedankte sich für die Antwort auf seine Anzeige. Hatte gerade ein hervorragendes, preiswertes Restaurant entdeckt. Könnten sie sich dort zum Abendessen treffen? Er würde wieder anrufen.

Am Dienstag abend hatte Erin Charles North um sieben Uhr in einem Lokal in der Nähe des Washington Square treffen wollen. Um Viertel vor sieben war sie zweifellos schon unterwegs gewesen, dachte Darcy.

Der nächste Anruf war um fünf vor halb acht gekommen. Michael Nash. «Erin, es hat mich wirklich gefreut, Sie zu treffen, und ich hoffe, daß Sie diese Woche irgendwann Zeit haben, mit mir zu Abend zu essen. Falls Sie können, rufen Sie mich doch heute abend zurück.» Nash hatte sowohl seine private Telefonnummer als auch die seiner Praxis hinterlassen.

Am Mittwoch morgen begannen die Anrufe um neun Uhr. Die ersten paar waren belanglose Geschäftsanrufe. Doch der von Aldo Marco von Bertolini ließ Darcys Kehle eng werden. «Miss Kelley, ich bin enttäuscht, daß Sie unsere Verabredung um zehn Uhr nicht eingehalten haben. Es ist sehr wichtig, daß ich das Collier sehe und mich vergewissere, daß keine Änderungen in letzter Minute mehr nötig sind. Bitte, rufen Sie mich sofort zurück.»

Dieser Anruf war um elf gekommen. Drei weitere Anrufe von Marco folgten, zunehmend gereizt und dringlich. Außer Darcys eigenen Anrufen gab es noch einen, der mit dem Auftrag von Bertolini zu tun hatte.

«Erin, hier ist Jay Stratton. Was ist los? Marco nervt mich wegen der Halskette und macht mich haftbar, weil ich Sie zu ihm gebracht habe.»

Darcy wußte, daß Stratton der Juwelier war, der Erins Mappe zu Bertolini gebracht hatte. Er hatte Mittwoch abend gegen sieben angerufen. Darcy wollte das Band schon zurückspulen, doch dann hielt sie inne. Vielleicht wäre es besser, diese Anrufe nicht zu löschen. Sie schaute im Telefonbuch nach der Nummer des nächstgelegenen Polizeireviers. «Ich möchte jemanden als vermißt melden», sagte sie, als der Hörer abgenommen wurde. Man sagte ihr, sie müsse persönlich vorbeikommen. Solche Informationen über eine erwachsene Person im Vollbesitz ihrer Kräfte könnten telefonisch nicht entgegengenommen werden.

Ich gehe auf dem Heimweg dort vorbei, dachte Darcy. Sie ging in die Küche und kochte Kaffee. Dabei bemerkte sie, daß die einzige Milchflasche ungeöffnet war. Erin begann den Tag mit Kaffee und trank ihn immer mit viel Milch. Boxer hatte sie am Dienstag nachmittag mit Lebensmitteln gesehen. Darcy schaute in den Abfalleimer unter der Spüle. Es gab ein paar leere Packungen, aber keine leere Milchflasche. Sie war gestern morgen nicht hier, dachte Darcy. Sie ist am Dienstag abend überhaupt nicht zurückgekommen.

Sie trug den Kaffee zum Arbeitstisch. In der obersten Schublade lag ein Terminkalender. Sie blätterte ihn durch, anfangend beim heutigen Tag. Für heute gab es keine Eintragungen. Gestern, Mittwoch, waren zwei Termine notiert: Bertolini, 10 Uhr; Bella Vita, 19 Uhr (Darcy und Nona).

In den vorherigen Wochen gab es Eintragungen über Verabredungen mit Männern, die Darcy unbekannt waren. Gewöhnlich lagen sie zwischen siebzehn und neunzehn Uhr. Die meisten waren mit Treffpunkt notiert: O'Neal's, Mickey Mantle's, J. P. Clarke's, Plaza, Sheraton ... lauter Cocktailbars in Hotels und bekannte Lokale.

Das Telefon läutete. Laß es Erin sein, betete Darcy, als sie den Hörer abnahm. «Hallo?»

«Erin?» Eine Männerstimme.

«Nein. Hier ist Darcy Scott. Erins Freundin.»

«Wissen Sie, wo ich Erin erreichen kann?»

Intensive, überwältigende Enttäuschung stieg in Erin auf. «Wer spricht da?»

«Jay Stratton.»

Jay Stratton hatte die Nachricht wegen des Bertolini-Schmucks hinterlassen. Was sagte er da?

«... wenn Sie irgendeine Ahnung haben, wo Erin ist, dann sagen Sie ihr bitte, wenn sie das Collier nicht bekommen, erstatten sie Anzeige bei der Polizei.»

Darcy schaute rasch nach dem Apothekenschrank. Sie wußte, daß Erin die Kombination für den Safe in ihrem Adreßbuch unter den Namen der Herstellerfirma geschrieben hatte. Stratton redete noch immer.

«Ich weiß, daß sie das Collier in einem Safe in ihrem Arbeitszimmer aufbewahrte. Gibt es irgendeine Möglichkeit, daß Sie nachschauen, ob es da ist?» drängte er.

«Warten Sie einen Augenblick.» Darcy legte die Hand auf die Sprechmuschel. Was für eine dumme Idee, dachte sie. Hier ist ja gar niemand, den ich fragen könnte. Aber in gewisser Weise fragte sie Erin. Wenn das Collier nicht im Safe war, könnte das bedeuten, daß Darcy Opfer eines Raubes geworden war, als sie versuchte, es abzuliefern. Wenn es aber da war, so war es ein fast sicherer Beweis dafür, daß ihr etwas passiert war. Nichts hätte Erin davon abhalten können, dieses Collier pünktlich zu liefern.

Sie öffnete Erins Adreßbuch und schlug die Seite mit D auf. Neben «Dalton-Safes» stand eine Reihe von Zahlen. «Ich habe die Kombination», sagte sie zu Stratton. «Ich warte hier auf Sie. Ich möchte Erins Safe nicht ohne Zeugen öffnen. Und falls das Collier da ist, möchte ich, daß Sie mir eine Quittung dafür geben.»

Er sagte, er käme gleich. Nachdem sie den Hörer wieder aufgelegt hatte, beschloß Darcy, auch den Hausmeister kommen zu lassen. Sie wußte nichts über Jay Stratton, nur, daß Erin ihr gesagt hatte, er sei Juwelier und habe ihr den Auftrag von Bertolini verschafft.

Während sie wartete, sah Darcy Erins Aktenordner durch. Unter «Projekt Bekanntschaftsanzeigen» fand sie herausgerissene Inseratenseiten aus Zeitschriften und Zeitungen. Auf allen Blättern waren einige Anzeigen mit einem Kreis versehen. Waren das diejenigen, die Erin beantwortet hatte oder beantworten wollte? Bestürzt stellte Darcy fest, daß es mindestens zwei Dutzend waren. Wenn überhaupt, welche war dann von Charles North aufgegeben worden, dem Mann, mit dem Erin sich Dienstag abend treffen wollte?

Als sie und Erin sich darauf geeinigt hatten, auf die Anzeigen zu antworten, waren sie systematisch vorgegangen. Sie hatten sich preiswertes Briefpapier zugelegt, auf dem nur ihre Namen standen. Sie hatten beide einen Schnappschuß gewählt, der ihnen gefiel, um ihn mitzuschicken, wenn Bilder verlangt wurden. Einen heiteren Abend hatten sie damit zugebracht, Briefe aufzusetzen, die abzuschicken sie nicht die Absicht hatten. «Ich liebe nichts so sehr wie Putzen», hatte Erin vorgeschlagen. «Mein bevorzugtes Hobby ist die Handwäsche. Von meiner Großmutter habe ich den Schrubber geerbt. Meine Kusine wollte ihn auch haben. Das war Anlaß zu einem großen Familienkrach. Wenn ich meine Periode habe, bin ich etwas unwirsch, aber sonst bin ich ein sehr lieber Mensch. Bitte, rufen Sie bald an.»

Schließlich hatten sie einigermaßen ansprechende Antworten aufgesetzt. Als Darcy nach Kalifornien abreiste, hatte Erin gesagt: «Darce, ich schicke deine ungefähr zwei Wochen vor deiner Rückkehr ab. Ich ändere nur hin und wieder einen Satz, damit deine Zuschrift zur Anzeige paßt.»

Erin besaß keinen Computer. Darcy wußte, daß sie die Briefe auf ihrer elektrischen Schreibmaschine schrieb, aber nicht fotokopierte. Alle Informationen trug sie in das Notizbuch ein, das sie in der Handtasche hatte: die Chiffrenummern der Anzeigen, die sie beantwortete, die Namen der Leute, die sie anrief, und ihre Eindrücke von denen, mit denen sie sich traf.

Jay Stratton lehnte sich im Taxi zurück, die Augen halb geschlossen. Aus dem Lautsprecher hinter seinem rechten Ohr dröhnte Rockmusik. «Können Sie das leiser stellen?» sagte er barsch.

«Mann, wollen Sie mir vielleicht meine Musik verbieten?» Der Taxifahrer war Anfang Zwanzig. Dünnes, gelocktes Haar hing ihm bis in den Nacken. Er warf einen Blick nach hinten, sah den Ausdruck in Strattons Gesicht, murmelte halblaut etwas vor sich hin und drehte die Musik leiser.

Stratton fühlte, daß sich in seinen Achselhöhlen Schweiß

bildete. Er mußte diesen Coup landen. Er tippte auf seine Brusttasche. Die Quittungen, die Erin ihm für die Bertolini-Juwelen gegeben hatte, als er sie ihr letzte Woche brachte, waren in seiner Brieftasche. Darcy Scott hatte sich intelligent angehört. Er durfte nicht den leisesten Argwohn erwecken.

Der neugierige Hausmeister mußte ihn erwartet haben. Er war in der Halle, als Stratton ankam. Offensichtlich erkannte er ihn. «Ich bringe Sie nach oben», sagte er. «Ich soll dabei bleiben, wenn sie den Safe öffnet.»

Stratton fluchte lautlos, als er dem gedrungenen Mann die Treppe hinauf folgte. Er brauchte keinen zweiten Zeugen.

Als Darcy ihnen die Tür öffnete, hatte Stratton eine freundliche, leicht beunruhigte Miene aufgesetzt. Er hatte vorgehabt, beschwichtigend zu wirken, aber die Sorge in Darcys Augen zeigte ihm, daß Banalitäten nicht angebracht waren. Also stimmte er ihr zu, irgend etwas müsse ganz und gar nicht in Ordnung sein.

Kluges Mädchen, dachte er. Offenbar hatte Darcy sich die Kombination des Safes eingeprägt. Sie würde also niemandem zeigen, wo Erin sie aufbewahrte. Sie hielt Notizblock und Stift bereit. «Ich möchte alles auflisten, was wir darin finden.»

Stratton drehte ihr absichtlich den Rücken zu, während sie die Kombination einstellte. Dann hockte er sich neben sie, als sie die Tür öffnete. Der Safe war ziemlich tief. Schachteln und Beutel lagen in den Fächern.

«Lassen Sie mich die Sachen herausnehmen und Ihnen geben», schlug er vor. «Ich beschreibe das, was wir finden, und Sie schreiben es auf.»

Darcy zögerte, sah dann aber ein, daß sein Vorschlag vernünftig war. Schließlich war er der Juwelier. Sein Arm streifte ihren. Instinktiv rückte sie zur Seite.

Stratton schaute über die Schulter zurück. Der gereizt aussehende Boxer zündete sich eine Zigarette an und sah sich im Zimmer um, vermutlich auf der Suche nach einem Aschenbecher. Das war Strattons einzige Chance. «Ich glaube, das ist das Samtetui, in dem Erin das Collier aufbewahrte.» Er griff danach und stieß dabei absichtlich an eine kleinere Schachtel, die herausfiel.

Darcy fuhr zusammen, als die glitzernden Steine über den Boden rollten, und kroch ihnen nach, um sie wieder einzusammeln. Eine Sekunde später war Stratton an ihrer Seite und verfluchte seine Ungeschicklichkeit. Sie suchten den Boden gründlich ab. «Ich bin sicher, daß wir alle haben», sagte er. «Das sind Halbedelsteine, geeignet für guten Modeschmuck. Aber wichtiger ...» Er öffnete die Samtschachtel. «Hier ist das Bertolini-Collier.»

Darcy starrte die exquisite Halskette an. Smaragde, Brillanten, Saphire, Mondsteine, Opale und Rubine waren zu einem Schmuckstück verarbeitet, das sie an mittelalterliche Juwelen erinnerte, die sie auf Porträts im Metropolitan-Museum gesehen hatte.

«Wunderschön, nicht?» sagte Stratton. «Sie verstehen sicher, warum der Direktor von Bertolini so aufgeregt war bei dem Gedanken, etwas könne damit passiert sein. Erin ist bemerkenswert talentiert. Sie hat es nicht nur verstanden, eine Fassung zu entwerfen, die diese Steine zehnmal wertvoller aussehen läßt, als sie tatsächlich sind – und sie sind einiges wert –, sie hat sie auch im byzantinischen Stil gearbeitet. Die Familie, die die Kette in Auftrag gegeben hat, stammt ursprünglich aus Rußland. Diese Steine waren das einzig Wertvolle, das sie mitnehmen konnten, als sie 1917 flohen.»

Darcy konnte Erin vor sich sehen, wie sie an ihrem Arbeitstisch saß, die Fußknöchel um die Streben des Stuhls geschlungen; so hatte sie im College immer dagesessen, wenn sie lernte. Das Gefühl bevorstehenden Unheils war überwältigend. Wo konnte Erin freiwillig hingegangen sein, ohne dieses Collier rechtzeitig abzuliefern?

Freiwillig nirgends, entschied sie.

Sie biß sich auf die Lippen, um deren Zittern zu unterdrükken, und nahm den Stift zur Hand. «Würden Sie es mir beschreiben? Ich glaube, wir sollten jeden Edelstein darin identifizieren, damit kein Zweifel daran besteht, daß alle da sind.»

Während Stratton weitere Beutel, Samtschachteln und Etuis aus dem Safe nahm, fiel ihr auf, daß er immer erregter wurde. Schließlich sagte er: «Die übrigen öffne ich alle auf einmal, und dann schreiben wir den Inhalt auf.» Er sah sie direkt an. «Das Bertolini-Collier ist da, aber ein Beutel mit Brillanten im Wert von einer Viertelmillion Dollar, den ich Erin gegeben hatte, ist nicht dabei.»

Darcy verließ die Wohnung mit Stratton. «Ich gehe zum Polizeirevier, um eine Vermißtenanzeige aufzugeben», sagte sie zu ihm.

«Das ist ganz richtig», sagte er. «Ich sorge dafür, daß Bertolini das Collier sofort bekommt, und wenn wir in einer Woche noch nichts von Erin gehört haben, setze ich mich wegen der Brillanten mit der Versicherungsgesellschaft in Verbindung.»

Es war Punkt zwölf Uhr mittags, als Darcy das Sechste Polizeirevier in der Charles Street betrat. Da sie darauf beharrte, etwas sei ganz und gar nicht in Ordnung, kam ein Inspektor heraus, um mit ihr zu sprechen. Ein großgewachsener Schwarzer Mitte Vierzig mit militärischer Haltung, der sich ihr als Dean Thompson vorstellte und teilnehmend zuhörte, als sie ihm ihre Befürchtungen mitteilte.

«Wir können wirklich keine Vermißtenanzeige für eine erwachsene Frau aufnehmen, nur, weil ein oder zwei Tage lang niemand von ihr gehört hat», erklärte er. «Das verstößt gegen das Recht auf Bewegungsfreiheit. Aber wenn Sie mir eine Beschreibung von ihr geben, werde ich sie mit den eingegangenen Unfallprotokollen vergleichen.»

Voller Besorgnis gab Darcy ihm die Informationen: einssiebenundsechzig groß, vierundfünfzig Kilo schwer, kastanienbraunes Haar, blaue Augen, achtundzwanzig Jahre alt. «Warten Sie, ich habe ein Foto von ihr in der Brieftasche.»

Thompson betrachtete es und gab es ihr dann zurück. «Eine sehr attraktive Frau.» Er gab ihr seine Karte und bat sie um ihre. «Wir bleiben in Verbindung.»

Susan Frawley Fox umarmte die fünfjährige Trish und führte das widerstrebende kleine Mädchen zu dem wartenden Schulbus, der sie für den Nachmittag in den Kindergarten bringen würde. Trishs jammervoller Gesichtsausdruck ließ erkennen, daß sie gleich in Tränen ausbrechen würde. Das Baby, das Susan fest unter dem anderen Arm hielt, griff nach unten und zog Trish an den Haaren. Das war der benötigte Vorwand. Trish begann zu heulen.

Susan biß sich auf die Lippen, hin und her gerissen zwischen Ärger und Mitgefühl. «Er hat dir nicht weh getan, und du wirst nicht zu Hause bleiben.»

Die Busfahrerin, eine matronenhafte Frau mit warmherzigem Lächeln, sagte einladend: «Komm nur, Trish. Du darfst dich ganz vorn neben mich setzen.»

Susan winkte lebhaft und seufzte erleichtert, als der Bus abfuhr. Sie verschob das Gewicht des Babys auf ihrer Hüfte und eilte von der Straßenecke zurück in ihr verwinkeltes Haus aus Ziegeln und weißem Verputz. Noch immer lag Schnee an schattigen Stellen des Rasens. Die Bäume wirkten öde und blutleer vor dem grauen Himmel. In ein paar Monaten würde das Grundstück von üppig blühenden Hecken umgeben sein, und die Weiden würden dichtes Laub tragen. Schon als Kind hatte Susan darauf geachtet, wann die Weiden die ersten Anzeichen von Frühling zeigten.

Sie stieß die Seitentür auf, wärmte eine Flasche für das Baby, brachte es in sein Zimmer, wickelte es und legte es zum Schlafen hin. Ihre ruhige Zeit hatte begonnen: anderthalb Stunden, bis der Kleine wieder aufwachte. Sie wußte, daß sie einen Haufen Arbeit vor sich hatte. Die Betten waren noch nicht gemacht. Die Küche war ein Chaos. Heute morgen hatte Trish unbedingt Törtchen backen wollen, und noch immer klebte übergelaufener Teig auf dem Tisch.

Susan betrachtete die Backform auf der Anrichte und lächelte ein wenig. Die Törtchen sahen köstlich aus. Wenn Trish sich nur wegen des Kindergartens nicht so anstellen würde. Es ist fast März, dachte Susan besorgt. Wie soll das werden, wenn sie in die erste Klasse kommt und den ganzen Tag von zu Hause fort sein muß?

Doug gab Susan die Schuld dafür, daß Trish so ungern in den Kindergarten ging. «Wenn du selbst öfter ausgehen würdest, zum Mittagessen in den Club oder als freiwillige Mitarbeiterin bei irgendeinem Komitee, dann wäre Trish daran gewöhnt, von anderen Leuten betreut zu werden.»

Susan setzte den Kessel auf, wischte den Tisch sauber und machte sich ein gegrilltes Sandwich mit Käse und Schinken. Es gibt einen Gott, dachte sie dankbar, während sie die wohltuende Stille genoß.

Bei einer zweiten Tasse Tee gestattete sie sich, die Wut zuzulassen, die in ihr brannte. Doug war letzte Nacht wieder nicht nach Hause gekommen. Wenn er noch spät eine Konferenz hatte, pflegte er in der Firmensuite im «Gateway-Hotel» in der Nähe seines Büros im World Trade Center zu übernachten. Er wurde wütend, wenn sie ihn dort anrief. «Zum Donner, Susan, außer bei welterschütternden Notfällen darfst du nicht anrufen. Sie können mich nicht aus einer Konferenz herausholen, und bis sie zu Ende sind, ist es gewöhnlich weit nach Mitternacht.»

Susan nahm ihren Tee, stand auf und ging durch den langen Flur ins Elternschlafzimmer. Entschlossen stellte sie sich vor den großen Spiegel und betrachtete sich. Tagsüber hielt sie sich selten mit Make-up auf, aber sie brauchte auch keins. Ihre Haut war rein und faltenlos, ihr Teint frisch. Bei ihrer Größe von etwas über einssechzig hätte es gewiß nicht geschadet, fünf Kilo abzunehmen. Als sie und Doug vor vierzehn Jahren geheiratet hatten, hatte sie weniger als fünfzig Kilo gewogen. Sweatshirts und Turnschuhe waren zu ihrer üblichen Bekleidung geworden, vor allem, seit Trish und Conner geboren waren.

Ich bin fünfunddreißig Jahre alt, sagte sich Susan. Ich könnte etwas abnehmen, aber im Gegensatz zu dem, was mein Mann denkt, bin ich nicht fett. Ich bin keine besonders gute Hausfrau, aber ich weiß, daß ich eine gute Mutter bin. Und auch eine gute Köchin. Ich mag meine Zeit nicht außer Haus verbringen, solange ich kleine Kinder habe, die mich brauchen. Vor allem, da ihr Vater sich überhaupt nicht um sie kümmert.

Sie trank den restlichen Tee, und ihr Zorn wuchs. Am Dienstag abend, als Donny von dem Basketballspiel zurückkam, schwankte er zwischen Ekstase und Kummer. Er hatte den Siegestreffer erzielt. «Alle sind aufgestanden und haben mir zugejubelt, Mami!» Dann fügte er hinzu: «Daddy war praktisch der einzige Vater, der nicht da war.»

Susan hatte der Schmerz in den Augen ihres Sohnes fast das Herz zerrissen. Der Babysitter hatte in letzter Minute abgesagt, und darum hatte sie selbst auch nicht zu dem Spiel gehen können. «Dies ist ein welterschütterndes Ereignis», hatte sie entschlossen gesagt. «Schauen wir mal, ob wir Dad erreichen und es ihm erzählen können.»

Douglas Fox war im Hotel nicht eingetragen. Kein Konferenzsaal wurde benutzt. Die Suite für Mitarbeiter von Keldon Equities stand leer.

«Vermutlich irgendeine neue Telefonistin, die sich nicht auskennt», hatte Susan zu Donny gesagt und sich bemüht, ruhig zu bleiben.

«Ja, wahrscheinlich, Mami.» Aber Donny ließ sich nichts vormachen. Im Morgengrauen war Susan erwacht, weil sie gedämpftes Schluchzen hörte. Sie hatte vor seiner Tür gestanden, aber gewußt, er würde nicht wollen, daß sie ihn weinen sah.

Mein Mann liebt weder mich noch seine Kinder, sagte Susan zu ihrem Spiegelbild. Er belügt uns. Er bleibt jede Woche mehrmals über Nacht in New York. Er hat mich so unter Druck gesetzt, daß ich ihn fast nie anrufe. Er gibt mir das Gefühl, eine fette, oberflächliche, langweilige, nutzlose Kuh zu sein. Und das bin ich leid.

Sie wandte sich vom Spiegel ab und betrachtete das unordentliche Schlafzimmer. Ich könnte sehr viel organisierter sein, räumte sie ein. Früher war ich das. Wann habe ich aufgegeben? Wann war ich so verdammt entmutigt, daß ich meinte, es sei gar keinen Versuch wert, ihm zu gefallen?

Nicht schwer zu beantworten. Vor beinahe zwei Jahren, als sie mit dem Baby schwanger war. Sie hatten ein schwedisches Au-pair-Mädchen gehabt, und Susan war sicher, daß Doug ein Verhältnis mit ihr hatte.

Warum habe ich der Sache damals nicht ins Auge gesehen? fragte sie sich, während sie begann, das Bett zu machen. Weil ich noch in ihn verliebt war? Weil ich nicht zugeben wollte, daß mein Vater in bezug auf ihn recht gehabt hatte?

Sie und Doug hatten eine Woche nach ihrem College-Abschluß in Bryn Mawr geheiratet. Ihr Vater hatte ihr eine Weltreise angeboten, falls sie es sich anders überlegte. «Unter seinem Schuljungencharme versteckt sich ein skrupelloser, mieser Charakter», hatte er sie gewarnt.

Ich bin mit offenen Augen da hineingerannt, gestand Susan sich ein, während sie in die Küche zurückkehrte. Wenn Dad auch nur die Hälfte gewußt hätte, würde er einen Herzinfarkt bekommen haben, dachte sie.

Auf dem Wandtisch in der Küche lag ein Stapel Zeitschriften. Sie blätterte sie durch, bis sie diejenige fand, die sie suchte. Eine Ausgabe von *People* mit einem Artikel über eine Privatdetektivin in Manhattan. Berufstätige Frauen engagierten sie, um Nachforschungen über die Männer anzustellen, die sie eventuell heiraten wollten. Sie beschäftigte sich auch mit Scheidungsfällen.

Susan ließ sich von der Auskunft ihre Telefonnummer geben und rief gleich an. Sie konnte mit der Privatdetektivin einen Termin für den folgenden Montag, den 25. Februar, vereinbaren. «Ich glaube, mein Mann trifft sich mit anderen Frauen», erklärte sie ruhig. «Ich denke an Scheidung, und ich möchte alles über seine Aktivitäten wissen.»

Als sie aufgelegt hatte, widerstand sie der Versuchung, einfach sitzen zu bleiben und weiter über alles nachzudenken. Statt dessen machte sie sich energisch über die Küche her. Es war an der Zeit, das Haus wieder in Schuß zu bringen. Wenn sie Glück hätte, konnte es bis zum Sommer zum Verkauf stehen.

Es würde nicht leicht sein, allein vier Kinder aufzuziehen. Susan wußte, Doug würde sich nach der Scheidung wenig oder gar nicht um die Kinder kümmern. Im Geldausgeben war er groß, aber in hundert unbedeutenden Dingen war er kleinlich. Er würde sich gegen einen angemessenen Unterhalt für die Kinder wehren. Doch es würde viel einfacher sein, mit einem schmalen Budget zu leben, als diese Farce fortzusetzen.

Das Telefon läutete. Es war Doug, der sich wieder einmal

über die verfluchten späten Konferenzen der beiden letzten Abende beklagte. Heute war er erschöpft, aber sie waren noch immer nicht mit allem fertig. Er würde nach Hause kommen, aber spät. Sehr spät.

«Mach dir keine Sorgen, Lieber», sagte Susan besänftigend. «Ich verstehe vollkommen.»

Die Landstraße war schmal, kurvenreich und dunkel. Charley begegnete keinem einzigen anderen Auto. Seine Einfahrt war an der Stelle, wo sie von der Straße abging, von Büschen fast verdeckt. Ein geheimer, stiller Ort, neugierigen Blicken entzogen. Er hatte das Haus vor sechs Jahren gekauft. Es war ein Nachlaßverkauf gewesen. Oder vielmehr die Verschleuderung eines Nachlasses. Das Haus hatte einem exzentrischen Junggesellen gehört, der es als Hobby selbst renovierte.

Das Äußere des 1902 erbauten Hauses war unprätentiös. Innen hatte die Renovierung darin bestanden, aus dem ganzen Untergeschoß einen einzigen Raum zu machen, mit Küchenzeile und offenem Kamin. Die breiten Eichendielen des Fußbodens hatten einen seidigen Glanz. Die Möbel waren Pennsylvania Dutch, schmucklos und schön.

Charley hatte eine breite, gepolsterte Couch mit braunem Stoffbezug, einen passenden Sessel und einen Teppich zwischen Couch und Kamin hinzugefügt.

Der erste Stock war ganz so geblieben, wie er ihn vorgefunden hatte. Zwei kleine Räume waren zu einem größeren Schlafzimmer zusammengelegt worden. Shaker-Möbel, ein Bett mit geschnitztem Kopfteil und eine hohe Kommode. Beide aus Kiefernholz. In dem modernisierten Bad hatte man die ursprüngliche Badewanne auf ihren geschwungenen Füßen frei stehen lassen.

Nur der Keller war verändert. Die zwei Meter fünfzig breite Gefriertruhe enthielt keinerlei Lebensmittel mehr, die Gefriertruhe, in der er, wenn es nötig war, die Leichen der Mädchen aufbewahrte. Hier hatten sie als Eisjungfrauen darauf gewartet, daß unter den wärmenden Strahlen der Frühlingssonne ihre Gräber gegraben wurden. Es gab auch einen Arbeitstisch im Keller, den Arbeitstisch mit einem Stapel aus zehn Schuhkartons. Nur einer mußte noch verziert werden.

Ein reizendes Haus, das in den Wäldern versteckt lag. Er hatte nie jemanden hierher gebracht bis vor zwei Jahren, als er angefangen hatte, von Nan zu träumen. Davor hatte es genügt, das Haus zu besitzen. Wenn er fliehen wollte, war es seine Zuflucht. Das Alleinsein. Die Möglichkeit, so zu tun, als tanze er mit schönen Mädchen. Er pflegte auf dem Videorecorder alte Filme abzuspielen, Filme, in denen er Fred Astaire wurde und mit Ginger Rogers und Rita Hayworth und Leslie Caron tanzte. Er folgte Astaires anmutigen Bewegungen, bis er jeden Schritt mittanzen und Astaires Bewegungen genau nachahmen konnte. Immer spürte er Ginger und Rita und Leslie und Freds andere Partnerinnen in seinen Armen, die ihn verehrend ansahen, die Musik liebten, die gern mit ihm tanzten.

Dann, vor zwei Jahren, war es eines Tages plötzlich vorbei. Mitten im Tanz verschwand Ginger, und Charley hielt wieder Nan in den Armen. Genau wie in den Augenblicken, nachdem er sie getötet hatte und auf dem Waldweg Walzer tanzte; ihr leichter, schlanker Körper war so mühelos zu halten, und ihr Kopf lehnte an seiner Schulter.

Als diese Erinnerung zurückkehrte, rannte er in den Keller, nahm die Gegenstücke des paillettenbesetzten Tanzschuhs und des Nike-Turnschuhs, die er an ihren Füßen gelassen hatte, aus dem Schuhkarton und hielt sie in den Armen, während er zur Musik aus der Stereoanlage tanzte. Es war, als sei er wieder mit Nan zusammen, und da hatte er gewußt, was er tun mußte.

Zuerst hatte er eine versteckte Videokamera angebracht, damit er jeden einzelnen Moment dessen, was geschehen sollte, noch einmal erleben konnte. Dann hatte er angefangen, die Mädchen eine nach der anderen hierherzubringen. Erin war die achte, die hier gestorben war. Aber Erin würde sich nicht zu den anderen in der bewaldeten Erde rings um das Haus gesellen. Heute nacht würde er Erins Leiche wegbringen. Er hatte genau geplant, wo er sie zurücklassen würde.

Der Kombiwagen glitt geräuschlos in die Einfahrt und an die hintere Seite des Hauses. Er hielt vor der Metalltür an, die in den Keller führte.

Charleys Atemzüge wurden kürzer und gingen in ein erregtes Keuchen über. Er streckte die Hand nach dem Griff aus, um die Kofferraumtür des Wagens zu öffnen, und hielt dann unentschlossen inne. Alle seine Instinkte warnten ihn, die Sache nicht zu verzögern. Er mußte Erins Leiche aus der Kühltruhe nehmen, sie in den Wagen tragen, in die Stadt zurückfahren und sie auf dem verlassenen Dock in der 56. Straße neben dem West Side Highway zurücklassen. Aber der Gedanke, das Videoband von Erin anzuschauen, noch ein einziges Mal mit ihr zu tanzen, war unwiderstehlich.

Charley eilte um das Haus herum zur Vordertür, schloß auf, schaltete das Licht ein, und ohne sich damit aufzuhalten, seinen Mantel auszuziehen, lief er durch den Raum zum Videorecorder. Erins Band lag zuoberst auf den anderen. Er legte es ein, setzte sich auf die Couch und lächelte erwartungsvoll.

Das Band setzte sich in Gang.

Erin, so hübsch, kam lächelnd zur Tür herein, entzückt über das Haus. «Ich beneide Sie um diese Zuflucht.» Er bereitete Drinks für sie zu. Sie saß zusammengerollt auf der Couch, er in dem Sessel ihr gegenüber. Er stand auf und zündete ein Streichholz an, um das Feuer im Kamin anzufachen.

«Machen Sie sich doch nicht die Mühe, ein Feuer anzuzünden», hatte sie gesagt. «Ich muß wirklich zurück.»

«Sogar für eine halbe Stunde ist es der Mühe wert», hatte er sie

beruhigt. Dann hatte er die Stereoanlage eingeschaltet, leise, weich und angenehm, Songs aus den vierziger Jahren. «Nächstes Mal gehen wir in den ‹Rainbow Room›», sagte er. «Sie tanzen ja genauso gern wie ich.»

Erin hatte gelacht. Die Lampe neben ihr betonte die roten Glanzlichter in ihrem kastanienbraunen Haar. «Wie ich Ihnen ja schrieb, als ich auf Ihre Anzeige antwortete, tanze ich für mein Leben gern.»

Er war aufgestanden und hatte die Arme ausgestreckt. «Warum nicht jetzt gleich?» Dann, als sei ihm plötzlich etwas eingefallen, hatte er gesagt: «Warten Sie einen Moment. Wir wollen es richtig machen. Was für eine Schuhgröße haben Sie? Sieben? Siebeneinhalb? Acht?»

«Siebeneinhalb, schmal.»

«Perfekt. Ob Sie's glauben oder nicht, ich habe ein Paar Abendschuhe, die Ihnen passen müßten. Meine Schwester hatte mich gebeten, sie abzuholen, nachdem sie sie bestellt hatte. Und als guter Bruder tat ich, was sie verlangte. Dann rief sie an und sagte mir, ich solle sie zurückbringen. Sie hätte ein Paar gefunden, das ihr besser gefiel.»

Erin hatte mit ihm zusammen gelacht. «Typisch kleine Schwester.»

«Es ist mir zu lästig, sie wieder zurückzutragen.»

Die Kamera blieb auf sie gerichtet und fing ihren lächelnden, zufriedenen Gesichtsausdruck ein, als sie sich im Raum umsah.

Er war nach oben ins Schlafzimmer gegangen und hatte den Schrank aufgemacht, wo Kartons mit neuen Abendschuhen auf dem Fachbrett standen. Die Schuhe, die er für sie ausgesucht hatte, hatte er in verschiedenen Größen gekauft. Rosa und silbern. Vorn und hinten offen. Bleistiftdünne Absätze. Hauchdünne Fesselriemen. Er griff nach dem Paar in ihrer Größe und trug es nach unten, noch in Seidenpapier gewickelt.

«Probieren Sie sie an, Erin.»

Nicht einmal da schöpfte sie Verdacht. «Sie sind entzückend.»

Er war niedergekniet und hatte ihr mit unpersönlichen Griffen die kurzen Lederstiefel abgestreift. Sie hatte gesagt: «Ach wirklich, ich glaube nicht ...» Er hatte ihren Protest ignoriert und die Schuhe an ihren Füßen befestigt.

«Versprechen Sie, sie zu tragen, wenn wir nächsten Sonntag in den ‹Rainbow Room› gehen?»

Sie hatte den rechten Fuß ein wenig vom Teppich gehoben und über die Schönheit der Schuhe gelächelt. «Ich kann sie nicht als Geschenk annehmen ...»

«Bitte.» Er hatte zu ihr aufgelächelt.

«Gut, aber dann kaufe ich sie Ihnen ab. Es ist komisch, sie passen genau zu einem neuen Kleid, das ich erst einmal getragen habe.»

«Ich habe Sie in dem Kleid gesehen», hatte ihm auf der Zunge gelegen. Statt dessen hatte er gemurmelt: «Über die Bezahlung reden wir später.» Dann hatte er seine Hand auf ihren Knöchel gelegt und gerade so lange verweilt, daß sie argwöhnisch wurde. Er war aufgestanden und zur Stereoanlage gegangen. Die Kassette, die er extra vorbereitet hatte, lag bereits darin. «Till There Was You» war das erste Lied. Das Tommy-Dorsey-Orchester begann zu spielen, und die unvergeßliche Stimme des jungen Frank Sinatra füllte den Raum.

Er ging zurück zur Couch und griff nach Erins Händen.

«Lassen Sie uns üben.»

Der Blick, auf den er gewartet hatte, trat in Erins Augen. Das erste, winzige Aufflackern des Bewußtseins, daß etwas nicht ganz stimmte. Sie erkannte die subtile Veränderung in seinem Ton und seinem Verhalten.

Erin war wie die anderen. Alle reagierten auf die gleiche Weise. Redeten zu schnell, nervös. «Ich glaube, wir sollten uns besser auf den Rückweg machen. Ich habe morgen sehr früh einen Termin.»

«Nur einen Tanz.»

«Also gut.» Ihr Ton war widerstrebend gewesen.

Als sie zu tanzen begannen, schien sie sich zu entspannen. Alle Mädchen waren gute Tänzerinnen gewesen, aber Erin war perfekt. Er war sich illoyal vorgekommen, weil er gedacht hatte, sie tanze viel-

leicht sogar besser als Nan. Sie war schwerelos in seinen Armen. Reine Anmut. Aber als die letzten Noten verklungen waren, trat sie zurück. «Jetzt muß ich aber gehen.»

Dann, als er gesagt hatte: «Sie werden nirgendwohin gehen», hatte Erin zu laufen begonnen. Wie die anderen rutschte sie auf dem Fußboden, den er so liebevoll gebohnert hatte, aus. Die Tanzschuhe wurden ihr Feind, als sie vor ihm davonrannte und zur Tür lief, die verriegelt war, und auf den Notrufknopf der Alarmanlage drückte, nur, um festzustellen, daß er eine Attrappe war. Als sie ihn berührte, ertönte ein manisches, hohles Lachen, eine zusätzliche kleine Ironie, die die meisten von ihnen zum Schluchzen brachte, während er nach ihrer Kehle griff.

Erin war besonders befriedigend gewesen. Am Ende schien sie zu wissen, daß Bitten zwecklos war, und kämpfte mit animalischer Kraft, krallte sich an den Händen fest, die um ihren schlanken Hals lagen. Erst, als er an der schweren Goldkette um ihren Hals gedreht hatte und sie anfing, das Bewußtsein zu verlieren, hatte sie geflüstert: «Lieber Gott, bitte hilf mir, oh, Daddy ...»

Als sie tot war, tanzte er erneut mit ihr. Kein Widerstand war jetzt mehr in dem schönen Körper. Sie war seine Ginger, seine Rita, seine Leslie, seine Nan und all die anderen. Als die Musik verstummte, zog er ihr den linken Tanzschuh aus und ersetzte ihn durch ihren Stiefel.

Das Videoband endete, als er ihre Leiche nach unten in den Keller trug, wo er sie in die Kühltruhe legte und den einen Tanzschuh und den Stiefel in den wartenden Schuhkarton packte.

Charley stand vom Sofa auf und seufzte. Er ließ das Band zurücklaufen, nahm es heraus und schaltete den Videorecorder aus. Die Musikkassette, die er für Erin vorbereitet hatte, war noch in der Stereoanlage. Er drückte auf «Play».

Als die Musik den Raum füllte, eilte Charley nach unten und öffnete die Tiefkühltruhe. «Entzückend, entzückend», seufzte er, als er das stille Gesicht sah, die bläulichen Venen, die in der eisblauen Haut sichtbar waren. Zärtlich griff er nach ihr.

Es war das erste Mal, daß er mit einem der Mädchen tanzte, deren Leichen er eingefroren hatte. Es war eine neue, aber prickelnde Erfahrung. Erins Gliedmaßen waren jetzt nicht mehr geschmeidig. Ihr Rücken bog sich nicht nach hinten. Er drückte ihre Wange an seinen Hals, sein Kinn ruhte auf dem kastanienbraunen Haar. Das vorher so weiche Haar hatte jetzt Eisperlen. Minuten vergingen. Endlich, nach dem Schluß des dritten Liedes, wirbelte er sie ein letztes Mal herum, blieb dann zufrieden stehen und verbeugte sich.

Alles hatte mit Nan vor fünfzehn Jahren am dreizehnten März angefangen, dachte er. Er küßte Erins Lippen genauso, wie er die von Nan geküßt hatte. Der dreizehnte März war noch drei Wochen entfernt. Bis dahin würde er Darcy nach hier geholt haben, und es wäre vorbei.

Er merkte, daß Erins Bluse sich allmählich feucht anfühlte. Er mußte sie in die Stadt schaffen. Er hielt sie mit einem Arm fest und schleifte sie halb zur Stereoanlage.

Während er die Apparate ausschaltete, merkte Charley nicht, daß ein Onyxring mit einem goldenen E von Erins gefrorenem Finger glitt. Er hörte auch nicht das leise Klirren, mit dem er auf dem Fußboden landete und fast zwischen den Teppichfransen verschwand.

5

FREITAG, 22. FEBRUAR

Ohne etwas zu sehen, starrte Darcy auf den Plan des Apartments, das sie ausstattete. Die Besitzerin verbrachte ein Jahr in Europa und hatte genau gesagt, was sie brauchte: «Ich will die Wohnung möbliert vermieten, aber meine eigenen Sachen lagere ich ein. Ich will nicht, daß irgendein ungehobelter Klotz Löcher in meine Teppiche oder Polstermöbel brennt. Richten Sie die Wohnung geschmackvoll, aber billig ein. Wie ich höre, sind Sie darin ein Genie.»

Gestern, nachdem sie auf dem Polizeirevier gewesen war, hatte Darcy sich gezwungen, zu einer Wohnungsauflösung in Old Tappan, New Jersey, zu fahren. Sie hatte eine Goldgrube an guten Möbeln gefunden, die praktisch verschleudert wurden. Einige davon würden genau in dieses Apartment passen; den Rest konnte sie für zukünftige Aufträge einlagern.

Sie nahm ihren Stift und ihren Skizzenblock. Das Anbausofa sollte an der langen Wand stehen, den Fenstern gegenüber. Das ... Sie legte den Stift hin und verbarg das Gesicht in den Händen. Ich muß diesen Job erledigen. Ich muß mich konzentrieren, dachte sie verzweifelt.

Unwillkürlich stieg eine Erinnerung in ihr auf. Die letzten Wochen ihres zweiten Studienjahres mit den Abschlußprüfungen. Sie und Erin in ihrem Zimmer, in ihre Bücher vertieft. Die Musik von Bruce Springsteen aus der Stereoanlage im Nebenzimmer, die durch die Wände drang und sie verlockte, sich den Feiernden anzuschließen, deren Prüfungen schon vorbei waren. Erin, die jammerte: «Darce, wenn Bruce spielt, kann ich mich nicht konzentrieren.»

«Du mußt aber. Vielleicht kann ich uns Ohrstöpsel kaufen.»

Erin, mit einem verschmitzten Blick: «Ich habe eine bessere Idee.» Nach dem Abendessen waren sie in die Bibliothek gegangen. Als sie geschlossen wurde, versteckten sie sich in den Kabinen der Toilette, bis die Aufseher gegangen waren. Sie hatten sich im sechsten Stock an die Schreibtische beim Aufzug gesetzt, wo fluoreszierende Lampen die ganze Nacht hindurch brannten, und in völliger Ruhe gelernt; bei Morgengrauen hatten sie sich durch ein Fenster davongemacht.

Darcy biß sich auf die Lippen. Sie merkte, daß ihr schon wieder die Tränen kamen. Ungeduldig betupfte sie ihre Augen, griff nach dem Telefon und rief Nona an. «Ich hab's gestern abend schon versucht, aber du warst nicht da.» Sie erzählte von ihrem Besuch in Erins Wohnung, von Jay Stratton, von dem Bertolini-Collier, das sie gefunden hatte, und von den fehlenden Brillanten.

«Stratton will ein paar Tage abwarten, ob Erin wieder auftaucht, ehe er es der Versicherung meldet. Und die Polizei kann keine Vermißtenanzeige aufnehmen, weil das gegen Erins Recht auf Bewegungsfreiheit verstößt.»

«So ein Blödsinn», sagte Nona rundweg.

«Natürlich ist es Blödsinn. Nona, Erin hat sich am Dienstag abend mit jemand getroffen. Sie hatte auf seine Anzeige geantwortet. Das ist es, was mir Sorgen macht. Meinst du, man sollte diesen FBI-Agenten anrufen, der dir geschrieben hat, und mit ihm reden?»

Ein paar Minuten später streckte Bev den Kopf in Darcys

Büro. «Ich will Sie nicht stören, aber es ist Nona.» Ihr Gesicht zeigte mitfühlendes Verständnis. Darcy hatte ihr von Erins Verschwinden erzählt.

Nona faßte sich kurz. «Ich habe dem FBI-Mann eine Nachricht hinterlassen, er solle mich anrufen. Sobald er es tut, melde ich mich bei dir.»

«Wenn er sich mit dir treffen will, wäre ich gern dabei.» Als Darcy auflegte, schaute sie hinüber zu der Kaffeemaschine auf einem Beistelltisch am Fenster. Sie füllte die Kanne und gab absichtlich eine großzügige Menge gemahlenen Kaffee in den Filter.

Erin hatte in der Nacht, als sie sich in der Bibliothek versteckten, eine Thermoskanne mit schwarzem, starkem Kaffee mitgebracht. «Das läßt die grauen Zellen strammstehen», hatte sie nach der zweiten Tasse verkündet.

Jetzt, nach der zweiten Tasse, war Darcy endlich in der Lage, sich voll auf den Plan des Apartments zu konzentrieren. Du hast immer recht, Erin, dachte sie, als sie nach ihrem Skizzenblock griff.

Vince D'Ambrosio kehrte aus dem Konferenzraum des FBI-Hauptquartiers in sein Büro im 27. Stock zurück. Er war groß und schlank, und niemand, der ihn sah, hätte daran gezweifelt, daß er nach fünfundzwanzig Jahren noch immer den Geschwindigkeitsrekord seiner High-School über eine Meile hielt.

Sein rötlichbraunes Haar war kurz geschnitten. Seine warmen braunen Augen standen weit auseinander. Auf seinem mageren Gesicht erschien bereitwillig ein Lächeln. Instinktiv mochten die Leute Vince D'Ambrosio und vertrauten ihm.

Vince hatte als Offizier zur Untersuchung von Kriminalfällen in Vietnam gedient, nach seiner Rückkehr sein Psychologiestudium abgeschlossen und dann beim FBI begonnen. Vor zehn Jahren hatte er bei der Ausbildungsakademie des FBI in der Marinebasis Quantico in der Nähe von Washington an der Aufstellung des *Violent Criminal Apprehension Program* teilgenommen, eines Programms zur Auswertung von Gewaltverbrechen. VICAP, wie es genannt wurde, war ein computerisiertes nationales Hauptregister, das besonderen Nachdruck auf Serienmorde legte.

Vince hatte soeben einen Kurs geleitet, der Kriminalbeamte aus dem New Yorker Bereich, die in Quantico VICAP-Kurse belegt hatten, auf den neuesten Stand bringen sollte. Der Zweck der heutigen Zusammenkunft war die Mitteilung gewesen, daß der Computer, der scheinbar nicht miteinander verbundenen Verbrechen nachging, ein Warnsignal gegeben hatte. Möglicherweise lief in Manhattan ein Serienmörder frei herum.

Es war das dritte Mal in ebenso vielen Wochen, daß Vince dieselbe ernüchternde Mitteilung gemacht hatte: «Wie Sie alle wissen, ist VICAP in der Lage, Gemeinsamkeiten in Fällen festzustellen, von denen man vorher annahm, sie hätten nichts miteinander zu tun. Die Analytiker und Ermittler von VICAP haben uns kürzlich auf eine mögliche Verbindung zwischen sechs jungen Frauen hingewiesen, die in den letzten beiden Jahren verschwunden sind.

Sie alle hatten Apartments in New York. Niemand weiß genau, ob sie wirklich *in* New York waren, als sie verschwanden. Sie sind noch immer offiziell als vermißt registriert. Wir glauben inzwischen, daß das ein Fehler ist. Möglicherweise ist ihnen etwas zugestoßen.

Die Ähnlichkeiten zwischen diesen Frauen sind auffallend. Alle sind schlank und sehr attraktiv. Ihr Alter reicht von zweiundzwanzig bis vierunddreißig. Alle gehören nach Herkunft und Ausbildung der oberen Mittelschicht an. Waren kontaktfreudig. Extravertiert. Und schließlich hatten sie alle angefangen, regelmäßig auf Bekanntschaftsanzeigen zu antworten. Ich bin überzeugt, daß wir es hier mit einem weiteren Serienmörder zu tun haben, der mit Kontaktanzeigen arbeitet, und zwar mit einem verdammt cleveren.

Wenn das stimmt, so sieht das Profil des Täters folgendermaßen aus: gut ausgebildet; kultiviert; Ende Zwanzig bis Anfang Vierzig; physisch attraktiv. Für einen ungeschliffenen Diamanten hätten sich diese Frauen nicht interessiert. Möglicherweise ist er nie wegen eines Gewaltverbrechens verhaftet worden, aber es kann sein, daß er eine jugendliche Vorgeschichte als Voyeur hat oder als jemand, der in der Schule persönliche Gegenstände von Frauen stahl. Sein Hobby könnte Fotografieren sein.»

Die Kriminalbeamten waren gegangen und hatten versprochen, besonders auf Berichte über vermißte junge Frauen zu achten, die in diese Kategorie paßten. Dean Thompson, der Inspektor aus dem Sechsten Revier, blieb hinter den anderen zurück. Vince und er hatten sich in Vietnam kennengelernt und waren seither Freunde geblieben.

«Vince, gestern ist eine junge Frau gekommen, um eine Freundin als vermißt zu melden, Erin Kelley. Sie ist seit Dienstag abend nicht mehr gesehen worden. Sie paßt in das Profil, das du beschrieben hast. *Und* sie hatte auf eine Kontaktanzeige geantwortet. Ich bleibe der Sache auf der Spur.»

«Halt mich auf dem laufenden.»

Vince, der jetzt die Nachrichten auf seinem Schreibtisch durchblätterte, nickte zufrieden, als er sah, daß Nona Roberts ihn angerufen hatte. Er wählte ihre Nummer, sagte ihrer Sekretärin seinen Namen und wurde sofort durchgestellt.

Er runzelte die Stirn, als Nona Roberts mit besorgter Stimme erklärte: «Erin Kelley, eine junge Frau, die ich dazu überredet habe, für meine Dokumentarsendung Bekanntschaftsanzeigen zu beantworten, wird seit Dienstag abend vermißt. Erin wäre nie und nimmer verschwunden, wenn ihr nicht ein Unfall oder Schlimmeres zugestoßen wäre. Dafür lege ich meine Hand ins Feuer.»

Vince schaute auf seinen Terminkalender. Für den Rest des Vormittags hatte er Verabredungen im Haus. Um halb zwei wurde er im Büro des Bürgermeisters erwartet. Absagen konnte er nichts. «Würde Ihnen drei Uhr passen?» fragte er Nona Roberts. Und nachdem er den Hörer aufgelegt hatte, sagte er laut: «Noch eine.»

Kurz nachdem sie Darcy telefonisch von der Verabredung mit Vince D'Ambrosio um drei Uhr erzählt hatte, erhielt Nona unerwarteten Besuch von Austin Hamilton, dem Vorstandsvorsitzenden und alleinigen Eigentümer von Hudson Cable Network.

Hamilton hatte eine eisige, sarkastische Art, die seinen Angestellten Schrecken einjagte. Nona hatte es geschafft, Hamilton zu dem Dokumentarfilm über Kontaktanzeigen zu überreden, obwohl seine erste Reaktion gelautet hatte: «Wen interessiert schon ein Haufen Verlierer, die andere Verlierer treffen?»

Widerstrebend hatte er ihr grünes Licht gegeben, nachdem sie ihm Seiten um Seiten mit Kontaktanzeigen in Zeitungen und Zeitschriften gezeigt hatte. «Das ist *das* soziale Phänomen unserer Gesellschaft», hatte sie argumentiert. «Diese Anzeigen sind alles andere als billig. Die alte Geschichte. Junge möchte Mädchen kennenlernen. Älterer Angestellter möchte reiche Geschiedene kennenlernen. Der springende Punkt ist die Frage, ob der Märchenprinz Dornröschen findet. Oder ob diese Anzeigen eine kolossale und sogar erniedrigende Zeitverschwendung sind.»

Hamilton hatte zähneknirschend eingeräumt, daß das eine Geschichte hergeben könnte. «Zu meiner Zeit», hatte er bemerkt, «lernte man die Leute in den entsprechenden Schulen und im College und bei Einführungsparties kennen. Man gewann einen ausgewählten Freundeskreis, und durch diese Freunde lernte man andere sozial Gleichgestellte kennen.»

Hamilton war sechzig Jahre alt, hochnäsig und ein perfekter Snob. Doch er hatte Hudson Cable ganz allein aufgebaut, und sein innovatives Programm war eine ernsthafte Herausforderung für die drei großen Networks.

Als er in Nonas Büro kam, war er frostig gestimmt. Obwohl er immer makellos gekleidet war, fand Nona, daß es ihm trotzdem gelang, bemerkenswert unattraktiv auszusehen. Sein Maßanzug aus der Savile Row verbarg nicht ganz seine schmalen Schultern und seine rundliche Taille. Sein spärliches Haar war in einem silbrig blonden Ton gefärbt, der unnatürlich wirkte. Seine dünnen Lippen, die sich zu einem herzlichen Lächeln verziehen konnten, wenn er sich dazu entschlossen hatte, bildeten einen fast unsichtbaren Strich. Seine blaßblauen Augen waren eiskalt.

Er kam direkt zur Sache. «Nona, ich habe Ihr Projekt verdammt satt. Ich glaube, es gibt keinen ungebundenen Menschen in diesem Gebäude, der nicht Kontaktanzeigen aufgibt oder beantwortet und Zeit damit vergeudet, die Resultate ad nauseam zu vergleichen. Bringen Sie dieses Projekt entweder schnell zu Ende, oder vergessen Sie's.»

Wenn man den richtigen Moment erwischte, konnte man Hamilton beschwichtigen oder neugierig machen. Nona entschied sich für letztere Möglichkeit. «Ich hatte keine Ahnung, wie explosiv die Sache mit den Anzeigen sein würde.» Sie suchte auf ihrem Schreibtisch nach dem Brief von Vincent D'Ambrosio und reichte ihn Hamilton. Als er ihn las, zog er die Augenbrauen hoch.

«Er kommt um drei Uhr her.» Nona schluckte. «Wie Sie sehen, weist er darauf hin, daß es bei diesen Anzeigen eine dunkle Seite gibt. Eine gute Freundin von mir, Erin Kelley, hat Dienstag abend auf eine geantwortet. Sie ist verschwunden.»

Hamiltons Instinkt für Nachrichten siegte über seinen Starrsinn. «Glauben Sie, daß da ein Zusammenhang besteht?»

Nona wandte den Kopf ab und bemerkte zerstreut, daß die Pflanze, die Darcy vor zwei Tagen gegossen hatte, schon wieder die Blätter hängen ließ. «Ich hoffe nicht. Ich weiß nicht.»

«Berichten Sie mir, wenn Sie mit diesem Mann gesprochen haben.»

Angewidert erkannte Nona, daß Hamilton beim potentiellen Medienwert von Erins Verschwinden das Wasser im Munde zusammenlief. Sichtlich bemüht, mitfühlend zu klingen, sagte er: «Wahrscheinlich ist mit Ihrer Freundin alles in Ordnung. Machen Sie sich keine Sorgen.»

Als er fort war, streckte Nonas Sekretärin Connie Frender den Kopf durch die Tür. «Leben Sie noch?»

«Mit Müh und Not.» Nona versuchte zu lächeln. War sie jemals einundzwanzig gewesen? fragte sie sich. Connie war das schwarze Gegenstück von Joan Nye, die die Nachrufe machte. Jung, hübsch, intelligent, clever. Matts neue Frau war jetzt zweiundzwanzig. Und ich werde einundvierzig, dachte Nona. Ohne Kind und Kegel. Reizender Gedanke.

«Ich habe einen ganzen Stapel neuer Antworten von einigen der Chiffreanzeigen, auf die Sie geschrieben haben. Möchten Sie sie anschauen?»

«Natürlich.»

«Noch etwas Kaffee? Nach Austin dem Schrecklichen haben Sie ihn vermutlich nötig.»

Diesmal wußte Nona, daß ihr Lächeln beinahe mütterlich war. Connie schien nicht zu wissen, daß einige Feministinnen die Stirn runzelten, wenn man seiner Chefin eine Tasse Kaffee anbot. «Schrecklich gern.»

Fünf Minuten später kam Connie mit dem Kaffee zurück.

«Nona, Matt ist am Telefon. Ich sagte, Sie seien in einer Besprechung, aber er sagte, es sei sehr wichtig, er müsse Sie unbedingt sprechen.»

«Natürlich.» Nona wartete, bis die Tür sich geschlossen hatte, und trank einen Schluck Kaffee, ehe sie nach dem Hörer griff. Matthew, dachte sie. Was bedeutete der Name? Gabe Gottes. Na, sicher. «Hallo, Matt. Wie geht's dir und der Schönheitskönigin?»

«Nona, kannst du nicht aufhören, giftig zu sein?» Hatte er sich immer so nörglerisch angehört?

«Nein, kann ich nicht.» Verdammt, dachte Nona. Nach fast zwei Jahren tut es mir immer noch weh, mit ihm zu reden.

«Nona, ich habe mir etwas überlegt. Warum zahlst du mir nicht meinen Anteil am Haus aus? Jeanie mag die Hamptons nicht. Der Markt ist noch immer lausig, ich mache dir also einen wirklich guten Preis. Du weißt ja, du kannst dir von deiner Familie immer etwas leihen.»

Matty, der Schnorrer, dachte Nona. Das hatte die Ehe mit der Kleinen aus ihm gemacht. «Ich will das Haus nicht», sagte sie ruhig. «Ich kaufe mir selbst eines, wenn wir es los sind.»

«Nona, du liebst doch das Haus. Du tust das nur, um mich zu bestrafen.»

«Ich muß Schluß machen.» Nona legte den Hörer auf. Du irrst dich, Matt, dachte sie. Ich liebte das Haus, weil wir es zusammen gekauft und Hummer gekocht haben, um unsere erste Nacht darin zu feiern, und jedes Jahr haben wir etwas anderes gemacht, damit es noch schöner wurde. Jetzt will ich ganz von vorn anfangen. Keine Erinnerungen.

Sie begann den Stapel neuer Briefe durchzusehen. Sie hatte mehr als hundert Briefe an Leute geschrieben, die in letzter Zeit Anzeigen aufgegeben hatten, und sie gebeten, ihr ihre Erfahrungen mitzuteilen. Sie hatte auch den Moderator des

Senders, Gary Finch, dazu überredet, die Zuschauer zu bitten, über die Ergebnisse von Kontaktanzeigen zu berichten, die sie entweder aufgegeben oder beantwortet hatten, und auch Gründe mitteilen, warum sie so etwas eventuell nicht mehr taten.

Das Ergebnis dieser über den Sender ausgestrahlten Aufforderung erwies sich als Goldgrube. Eine relativ geringe Zahl von Zuschauern schrieb begeistert über die Begegnung «mit der wunderbarsten Person der Welt, und jetzt sind wir verlobt»... «leben zusammen»... «sind verheiratet».

Viele andere äußerten Enttäuschung. «Er sagte, er sei Unternehmer. In Wirklichkeit war er pleite. Versuchte beim ersten Kennenlernen, Geld von mir zu leihen.» Jemand, der sich als «schüchterner, lediger Weißer» beschrieben hatte: «Sie kritisierte mich während des ganzen Essens. Sagte, es sei ganz schön frech, in der Anzeige zu schreiben, ich sei attraktiv. Junge, Junge, ich fühlte mich wirklich lausig.» – «Plötzlich bekam ich mitten in der Nacht obszöne Anrufe.» – «Als ich von der Arbeit nach Hause kam, saß er auf der Treppe vor meinem Haus und schnupfte Koks.»

Einige Briefe waren anonym. «Ich möchte nicht, daß Sie erfahren, wer ich bin, aber ich bin sicher, daß einer der Männer, die ich durch eine Kontaktanzeige kennenlernte, derjenige ist, der in mein Haus eingebrochen ist.» – «Ich nahm einen sehr attraktiven leitenden Angestellten in den Vierzigern mit nach Hause und ertappte ihn dabei, wie er versuchte, meine siebzehnjährige Tochter zu küssen.»

Nona war bestürzt, als sie den letzten Brief des Stapels las. Er kam von einer Frau aus Lancaster, Pennsylvania. «Meine zweiundzwanzigjährige Tochter, Schauspielerin, ist vor fast zwei Jahren verschwunden. Als sie auf unsere Anrufe nicht reagierte, sind wir zu ihrer New Yorker Wohnung gefahren. Es war offensichtlich, daß sie sie seit Tagen nicht mehr betreten hatte. Sie antwortete auf Bekanntschaftsanzeigen. Wir sind verzweifelt. Es gibt absolut keine Spur von ihr.»

Oh, Gott, dachte Nona, bitte, laß mit Erin alles in Ordnung sein. Mit zitternden Händen begann sie, die Briefe zu sortieren und die interessantesten in einen von drei Aktenordnern einzuheften: *Glücklich mit den Anzeigen. Enttäuscht. Ernsthafte Probleme.* Den letzten Brief heftete sie nicht ab, weil sie ihn D'Ambrosio zeigen wollte.

Um ein Uhr brachte ihr Connie ein Sandwich mit Schinken und Käse. «Es geht doch nichts über ein bißchen Cholesterin», bemerkte Nona.

«Es hat ja keinen Zweck, für Sie Thunfisch zu bestellen, wenn Sie ihn doch nie essen», antwortete Connie.

Um zwei hatte Nona Briefe an potentielle Gäste diktiert. Sie nahm sich vor, für die Sendung noch einen Psychiater oder Psychologen einzuladen. Ich brauche jemanden, der eine Gesamtanalyse der ganzen Kontaktanzeigenszene geben kann, beschloß sie.

Vincent D'Ambrosio kam um Viertel vor drei. «Er weiß, daß er zu früh dran ist», sagte Connie zu Nona, «und es macht ihm nichts aus, wenn er warten muß.»

«Nein, ist schon gut. Bitten Sie ihn herein.»

Nach weniger als einer Minute vergaß Vincent D'Ambrosio die bemerkenswerte Unbequemlichkeit des grünen Zweiersofas in Nona Roberts' Büro. Er hielt sich selbst für einen guten Menschenkenner und mochte Nona auf Anhieb. Ihre Art war direkt und angenehm. Ihr Aussehen gefiel ihm. Nicht hübsch, aber attraktiv, vor allem diese großen, nachdenklichen braunen Augen. Sie trug wenig oder gar kein Make-up. Er mochte auch die grauen Fäden in ihrem dunkelblonden Haar. Alice, seine Ex-Frau, war ebenfalls blond, aber ihre goldenen Locken waren das Ergebnis regelmäßiger Besuche bei Vidal Sassoon.

Nun ja, wenigstens war sie jetzt mit einem Burschen verheiratet, der sich das leisten konnte.

Es war nicht zu übersehen, daß Nona Roberts sich verzweifelte Sorgen machte. «Ihr Brief stimmt mit den neuesten Antworten überein, die ich bekommen habe», sagte sie zu ihm. «Leute schreiben, sie hätten Diebe, Schnorrer, Süchtige, Wüstlinge, Perverse kennengelernt. Und jetzt ...» Sie biß sich auf die Lippen. «Und jetzt ist jemand, der nie im Traum daran gedacht hätte, eine Kontaktanzeige zu beantworten, und mir nur einen Gefallen tun wollte, verschwunden.»

«Erzählen Sie mir von ihr.»

Einen Moment lang war Nona Vince D'Ambrosio dankbar, weil er keine Zeit mit leeren Tröstungen vergeudete. «Erin ist sieben- oder achtundzwanzig. Wir lernten uns vor sechs Monaten in unserem Fitneßclub kennen. Sie, Darcy Scott und ich waren im selben Tanzkurs und freundeten uns an. Darcy wird in ein paar Minuten hier sein.» Sie nahm den Brief von der Frau aus Lancaster und reichte ihn Vince. «Der ist gerade gekommen.»

Vince las ihn rasch und pfiff lautlos vor sich hin. «Diesen Bericht haben wir nicht bekommen. Das Mädchen steht nicht auf unserer Liste. Mit ihr sind es jetzt sieben Vermißte.»

Im Taxi auf dem Weg zu Nonas Büro dachte Darcy an die Zeit, als sie und Erin in ihrem letzten Collegejahr zum Skilaufen nach Stowe gefahren waren. Die Hänge waren vereist gewesen, und die meisten Leute waren früh in die Hütte gegangen. Auf ihr Drängen hin hatten sie und Erin eine letzte Abfahrt gemacht. Erin geriet auf eine eisige Stelle, stürzte und brach sich das Bein.

Als der Rettungsdienst kam und eine Rutsche für Erin brachte, war Darcy auf Skiern nebenher gefahren und dann mit in den Krankenwagen gestiegen. Sie erinnerte sich noch an Erins kalkweißes Gesicht und ihren Versuch, es scherzhaft zu nehmen. «Hoffentlich schadet das meiner Tanzerei nicht. Ich habe nämlich vor, Königin des Stardust Ballroom zu werden.»

«Wirst du auch.»

Im Krankenhaus zog der Chirurg die Augenbrauen hoch, als die Röntgenaufnahmen entwickelt waren. «Das haben Sie wirklich sauber hingekriegt, aber wir flicken Sie schon wieder zusammen.» Er hatte Darcy zugelächelt. «Schauen Sie nicht so besorgt. Sie kommt wieder in Ordnung.»

«Ich bin nicht bloß besorgt. Ich fühle mich so verdammt schuldig», hatte sie zu dem Arzt gesagt. «Erin wollte die letzte Abfahrt gar nicht machen.»

Als sie jetzt Nonas Büro betrat und mit dem Agenten D'Ambrosio bekannt gemacht wurde, merkte Darcy, daß sie ganz genauso wie damals reagierte. Dieselbe Erleichterung, daß jemand sich der Sache annahm, dieselben Schuldgefühle, weil sie Erin gedrängt hatte, mit ihr zusammen die Kontaktanzeigen zu beantworten.

«Nona hatte nur gefragt, ob wir es nicht *versuchen* wollten. Ich war diejenige, die Erin dazu überredet hat», sagte sie D'Ambrosio. Er machte sich Notizen, als sie von dem Anruf am Dienstag sprach und erzählte, daß Erin gesagt hatte, sie werde in einem Lokal in der Nähe des Washington Square einen Mann namens Charles North treffen. Sie bemerkte die Veränderung in D'Ambrosios Verhalten, als sie berichtete, daß sie den Safe geöffnet und Jay Stratton das Bertolini-Collier gegeben hatte und daß Stratton behauptete, es fehlten Brillanten.

Er fragte sie nach Erins Familie.

Darcy starrte auf ihre Hände.

Ich weiß noch, wie ich am ersten Tag des ersten Collegejahres nach Mount Holyoke kam. Erin war schon da, ihre Koffer waren ordentlich in der Ecke gestapelt. Wir haben uns gegenseitig gemustert und uns gleich gemocht. Erins Augen hatten sich geweitet, als sie Mutter und Dad erkannte, aber sie hatte nicht die Haltung verloren.

«Als Darcy mir diesen Sommer schrieb und sich vorstellte, wurde mir nicht klar, daß ihre Eltern Barbara Thorne und Robert Scott sind», hatte sie gesagt. «Ich glaube, ich habe keinen Ihrer Filme versäumt.» Sie hatte hinzugefügt: «Darcy, ich wollte mich nicht einrichten, bevor du hier warst. Ich dachte, du würdest vielleicht ein bestimmtes Bett oder einen bestimmten Schrank haben wollen.»

Sie erinnerte sich an den Blick, den Vater und Mutter getauscht hatten. Sie dachten, was Erin doch für ein nettes Mädchen sei. Und sie luden sie ein, mit uns zu Abend zu essen.

Erin war allein ins College gekommen. Ihr Vater sei Invalide, hatte sie erklärt. Wir fragten uns, warum sie ihre Mutter nicht einmal erwähnte. Später erzählte sie mir, als sie sechs Jahre alt war, habe ihr Vater multiple Sklerose bekommen und einen Rollstuhl gebraucht. Als sie sieben war, ging ihre Mutter fort. «Das stand nicht im Ehevertrag», hatte sie gesagt. «Erin, du kannst mit mir kommen, wenn du willst.»

«Ich kann Daddy nicht allein lassen. Er braucht mich.»

Im Laufe der Jahre hatte Erin den Kontakt zu ihrer Mutter ganz verloren. «Zuletzt hörte ich, daß sie mit einem Mann zusammenlebt, der ein Charter-Segelboot in der Karibik hat.» Ihr Aufenthalt in Mount Holyoke wurde durch ein Stipendium finanziert. «Wie Daddy sagt, hat man im Rollstuhl viel Zeit, seinem Kind bei den Schularbeiten zu helfen. Wenn man ihr schon kein College zahlen kann, kann man wenigstens dazu beitragen, daß sie kostenlos studieren darf.» Oh, Erin, wo bist du? Was ist mit dir passiert?

Darcy merkte, daß D'Ambrosio auf die Beantwortung seiner Frage wartete. «Ihr Vater ist seit einigen Jahren in einem Pflegeheim in Massachusetts», sagte sie. «Er bekommt nicht mehr viel mit. Ich nehme an, außer ihm bin ich so etwas wie Erins nächste Angehörige.»

Vince sah den Schmerz in Darcys Augen. «In meinem Beruf habe ich die Erfahrung gemacht, daß ein einziger guter Freund manchmal mehr wert ist als ein Haufen Verwandte.»

Darcy brachte ein Lächeln zustande. «Erins Lieblingszitat stammt von Aristoteles. ‹Was ist ein Freund? Eine einzige Seele, die in zwei Körpern weilt.›»

Nona stand auf, trat neben Darcys Stuhl und legte ihr tröstend die Hände auf die Schultern. Sie sah D'Ambrosio unverwandt an. «Was können wir tun, damit man Erin findet?»

Vor langer Zeit war Petey Potters Bauarbeiter gewesen. «*Riesenjobs*», wie er sich gern vor jedem brüstete, der zuhören wollte. «World Trade Center. Ich war auf einem dieser Stahlträger. Ich kann euch sagen, der Wind da oben bläst so heftig, daß man sich dauernd fragt, ob man auch oben bleibt.» Dann lachte er krächzend. «Toller Blick, sag ich euch, toller Blick!»

Aber abends machte der Gedanke, wieder da oben auf dem Stahlträger zu stehen, Petey allmählich zu schaffen. Ein paar Whiskys, ein paar Bierchen, und Wärme strömte in seine Magengrube und breitete sich in seinem Körper aus.

«Du bist genau wie dein Vater», begann seine Frau ihn anzuschreien. «Ein nichtsnutziger Trunkenbold.»

Petey war niemals beleidigt. Er verstand. Er hatte zu lachen angefangen, als seine Frau über Pop schimpfte. Pop war vielleicht 'ne Nummer gewesen. Manchmal verschwand er wochenlang, nüchterte sich dann in einem Abbruchhaus in der Bowery aus und kam wieder nach Hause. «Wenn ich Hunger habe, ist es kein Problem», hatte er dem achtjährigen Petey anvertraut. «Ich geh zur Heilsarmee, tauche ein, bekomme eine Mahlzeit, ein Bad und ein Bett. Das klappt immer.»

«Was bedeutet ‹tauche ein›?» hatte Petey gefragt.

«Wenn man zur Heilsarmee geht, dann erzählen sie einem was von Gott und Vergebung und daß wir alle Brüder sind und gerettet werden möchten. Dann sagen sie, jeder, der an das gute Buch glaubt, soll vortreten und seinem Schöpfer danken. So bekommst du Religion. Du läufst nach vorn, fällst auf die Knie und redest was von Gerettetsein. Das ist Eintauchen.»

Fast vierzig Jahre später brachte die Erinnerung den heimatlosen Penner Petey Potters noch immer zum Lachen. Er hatte sich selbst eine Zuflucht geschaffen, eine Ansammlung von Holz und Blech und alten Lumpen, aus der er sich im verlassenen Terminal des Piers in der 56. Straße eine Art Zelt gebaut hatte.

Peteys Bedürfnisse waren schlicht. Wein. Glimmstengel. Ein bißchen Essen. Papierkörbe waren eine ständige Quelle von Dosen und Flaschen, die man gegen Pfand abgeben konnte. Wenn er ehrgeizig war, nahm Petey einen Fensterwischer und eine Flasche mit Wasser und stellte sich an die Ausfahrt des West Side Highway in der 56. Straße. Kein Fahrer wollte sich von ihm die Autofenster verschmieren lassen, aber die meisten hatten Angst, ihn wegzuwinken. Erst letzte Woche hatte er gehört, wie eine alte Krähe zur Fahrerin eines Mercedes gesagt hatte: «Jane, wieso läßt du es dir gefallen, daß man dich so aufhält?»

Die Antwort hatte Petey Spaß gemacht: «Weil ich nicht möchte, Mutter, daß er mir den Kotflügel zerkratzt, wenn ich ablehne.»

Aber Petey zerkratzte nichts, wenn er abgewiesen wurde. Er ging einfach weiter zum nächsten Wagen, bewaffnet mit seiner Wasserflasche, ein aufforderndes Lächeln im Gesicht.

Gestern war einer der guten Tage gewesen. Gerade genug Schnee, um den Highway mit Matsch zu bedecken, der von den Reifen der vorderen Wagen auf die Windschutzscheiben der hinteren spritzte. Kaum jemand hatte sich Peteys Dienstleistungen an der Ausfahrt verbeten. Er hatte 18 Dollar eingenommen, genug für ein Jumbo-Sandwich, Zigaretten und drei Flaschen spanischen Rotwein.

Gestern abend hatte er sich in seinem Zelt niedergelassen, in die alte Armeedecke gewickelt, die die armenische Kirche in der Second Avenue ihm gegeben hatte, eine Skimütze auf dem Kopf, die ihn warm hielt, und in einem zerlumpten Mantel, dessen mottenzerfressener Pelzkragen behaglich seinen Hals einhüllte. Das Sandwich hatte er zur ersten Flasche Wein gegessen, und dann hatte er geraucht und weiter getrunken, zufrieden und warm in seiner trunkenen Benommenheit. Pop, der eintaucht. Mutter, die in die Wohnung in der Tremont Avenue zurückkommt, müde vom Putzen bei anderen Leuten. Birdie, seine Frau. *Harpie*, nicht Birdie. So hätten sie sie nennen sollen.

Petey zitterte vor Heiterkeit über das Wortspiel. Wo mag sie jetzt wohl sein? Und das Kind? Nettes Kind.

Petey war nicht sicher, ob er einen Wagen heranfahren hörte. Er versuchte krampfhaft, richtig wach zu werden, weil er instinktiv sein Territorium schützen wollte. Hoffentlich keine Bullen, die sein Zelt abreißen wollten. Nee. Mitten in der Nacht gaben sich die Bullen nicht mit solchen Kleinigkeiten ab.

Vielleicht ein Junkie. Petey packte den Hals einer leeren Weinflasche. Sollte bloß keiner versuchen, hier hereinzukommen. Aber niemand kam. Nach ein paar Minuten hörte er den Wagen wieder anfahren; vorsichtig spähte er nach draußen. Die Rücklichter verschwanden auf dem leeren West Side Highway. Vielleicht mußte jemand pinkeln, entschied Petey, während er nach der letzten Flasche griff.

Als Petey die Augen wieder öffnete, war später Nachmittag. Sein Kopf fühlte sich leer an und dröhnte. In seinen Eingeweiden brannte es. Sein Mund war wie der Boden eines Vogelkäfigs. Er rappelte sich auf. Die drei leeren Flaschen boten keinen

Trost. In den Manteltaschen fand er zwanzig Cents. Ich habe Hunger, jammerte er im stillen. Er streckte den Kopf hinter der Blechplatte hervor, die ihm als Tür diente, und entschied, es müsse später Nachmittag sein. Auf dem Dock lagen lange Schatten. Seine Augen versuchten, sich auf etwas zu konzentrieren, das eindeutig kein Schatten war. Petey blinzelte, murmelte halblaut einen Fluch und stand mühsam auf.

Seine Beine waren steif und sein Gang unbeholfen, als er taumelnd auf das zuging, was da auf dem Pier lag.

Es war eine schlanke Frau. Jung. Rote Locken umgaben ihr Gesicht. Petey war sicher, daß sie tot war. Eine Halskette war in ihren Hals gedreht. Sie trug eine Bluse und Hosen. Ihre Schuhe paßten nicht zusammen.

Die Halskette glitzerte im verblassenden Licht. Gold. Richtiges Gold. Nervös leckte Petey sich die Lippen. Er wappnete sich gegen den Schock, das tote Mädchen zu berühren, und griff um ihren Hals nach dem Verschluß der fein gearbeiteten Halskette. Seine Finger fummelten ungeschickt herum. Sie waren dick und zittrig und konnten den Verschluß nicht öffnen. Himmel, sie fühlte sich kalt an.

Er wollte nichts kaputtmachen. War die Kette lang genug, um sie ihr über den Kopf zu ziehen? Er versuchte, den strangulierten, mit blauen Adern durchzogenen Hals zu ignorieren, und zerrte an der Kette.

Schmutzige Fingerabdrücke waren auf Erins Gesicht zu sehen, als Petey die Halskette gelöst hatte und in seine Tasche gleiten ließ. Die Ohrringe. Die waren auch gut.

Aus der Ferne hörte Petey das Heulen einer Polizeisirene. Wie ein erschrockenes Kaninchen sprang er auf und vergaß die Ohrringe. Das war kein Ort für ihn. Er würde seine Sachen nehmen und sich eine neue Zuflucht suchen müssen. Wenn die Leiche gefunden wurde, könnte es den Bullen schon reichen, daß er sich bloß hier herumtrieb.

Das Bewußtsein einer möglichen Gefahr machte Petey nüchtern. Stolpernd eilte er zurück in seine Zuflucht. Alles, was er besaß, konnte er in die Armeedecke wickeln. Sein Kissen. Einige Sockenpaare, etwas Unterwäsche. Ein Flanellhemd. Einen Teller, eine Gabel, eine Tasse. Streichhölzer. Alte Zeitungen für kalte Nächte.

Fünfzehn Minuten später war Petey in der Welt der Heimatlosen verschwunden. Er schnorrte ein bißchen in der Seventh Avenue und bekam vier Dollar und zweiunddreißig Cents zusammen. Er benutzte sie, um Wein und eine Brezel zu kaufen. In der 57. Straße gab es einen jungen Burschen, der heißen Schmuck verkaufte. Er gab Petey für die Halskette 25 Dollar. «Die ist gut, Mann. Versuch, mehr davon aufzutreiben.»

Um zehn Uhr schlief Petey auf einem U-Bahn-Schacht, der warme, feuchte Luft verströmte. Um elf wurde er wachgerüttelt. Eine nicht unfreundliche Stimme sagte: «Komm, Junge. Heute nacht wird's richtig kalt. Wir bringen dich an einen Ort, wo du ein anständiges Bett und eine gute Mahlzeit kriegst.»

Freitag abend um Viertel vor sechs fuhr Wanda Libbey, gemütlich und sicher in ihrem neuen BMW, im Schneckentempo über den West Side Highway. Wanda war zufrieden mit den Einkäufen, die sie in der Fifth Avenue gemacht hatte, aber sie ärgerte sich, weil es so spät geworden war, als sie sich auf den Rückweg nach Tarrytown machte. Die Stoßzeit an Freitagabenden war die schlimmste der ganzen Woche, weil viele New Yorker zu ihren Häusern auf dem Land aufbrachen. Sie wollte nie wieder in New York leben. Zu schmutzig. Zu gefährlich.

Wanda schaute auf die Handtasche von Valentino auf dem Beifahrersitz. Als sie heute morgen auf dem Kinney-Parkplatz ausgestiegen war, hatte sie sie fest unter den Arm geklemmt und den ganzen Tag dort gehalten. Sie war nicht so dumm, sie von ihrem Arm baumeln zu lassen, wo jemand sie packen konnte.

Noch eine verdammte Ampel. Nun ja, nach ein paar Blocks würde sie die Ausfahrt erreichen und diesen schrecklichen Abschnitt des sogenannten Highways hinter sich haben.

Ein Klopfen an der Scheibe ließ Wanda rasch nach rechts schauen. Ein bärtiges Gesicht grinste sie an. Ein Stoffetzen begann mit wischenden Bewegungen über die Windschutzscheibe zu fahren.

Wandas Lippen zogen sich zu einer strengen Linie zusammen. Verdammt. Sie schüttelte heftig den Kopf. Nein. Nein.

Der Mann ignorierte sie.

Ich lasse mich von solchen Leuten nicht aufhalten, dachte Wanda wütend und drückte heftig auf den Knopf, der das Beifahrerfenster öffnete. «Ich will nicht –» Sie begann zu kreischen. Der Fetzen wurde gegen die Windschutzscheibe geworfen. Eine Flasche mit einer Flüssigkeit fiel von der Motorhaube. Eine Hand griff in den Wagen. Sie sah, wie ihre Tasche verschwand.

Ein Streifenwagen fuhr auf der 55. Straße nach Westen. Der Fahrer reckte plötzlich den Kopf. «Was ist da los?» Auf der Zufahrt zum Highway sah er stehenden Verkehr und Leute, die aus ihren Autos stiegen. «Los!» Mit heulender Sirene und eingeschaltetem Blinklicht schoß der Streifenwagen vorwärts und schlängelte sich geschickt zwischen fahrenden Autos und in zweiter Reihe geparkten Fahrzeugen durch.

Noch immer schreiend vor Wut und Frustration, zeigte Wanda auf den einen Block entfernten Pier. «Meine Handtasche. Da ist er hingelaufen.»

«Gehen wir.» Der Streifenwagen steuerte nach links und dann in eine scharfe Rechtskurve, als sie auf den Pier rasten.

Der Polizist auf dem Beifahrersitz schaltete den Scheinwerfer ein; das Zelt wurde sichtbar, das Petey aufgegeben hatte. «Ich schaue drinnen nach.» Dann rief er plötzlich: «He, da drüben, hinter dem Terminal. Was ist das?»

Die Leiche von Erin Kelley, vom Schneeregen glänzend, mit einem silbrigen Schuh, der im mächtigen Strahl des Scheinwerfers glitzerte, war zum zweiten Mal entdeckt worden.

Darcy verließ Nonas Büro zusammen mit Vince D'Ambrosio. Sie nahmen ein Taxi zu ihrer Wohnung, und sie gab ihm Erins Terminkalender und ihre Akten mit den Kontaktanzeigen. Vince untersuchte sie sorgfältig. «Nicht viel da», sagte er dann. «Wir werden feststellen, wer die Annoncen aufgegeben hat, die sie eingekringelt hat. Mit etwas Glück ist Charles North einer davon.»

«Erin ist mit ihren Aufzeichnungen nicht allzu sorgfältig gewesen», sagte Darcy. «Ich könnte in ihre Wohnung zurückgehen und noch einmal ihren Schreibtisch durchsuchen. Vielleicht ist mir etwas entgangen.»

«Das könnte nützlich sein. Aber machen Sie sich keine Sorgen. Wenn North ein Rechtsanwalt aus Philadelphia ist, sollte es kein Problem sein, ihn zu finden.» Vince stand auf. «Ich werde mich sofort darum kümmern.»

«Und ich fahre jetzt gleich in Erins Wohnung zurück. Ich komme mit Ihnen.» Darcy zögerte. Das Licht des Anrufbeantworters blinkte. «Können Sie einen Moment warten, bis ich die Nachrichten abgehört habe?» Sie versuchte zu lächeln und sagte: «Es besteht ja immer noch die Möglichkeit, daß Erin etwas hinterlassen hat.»

Es gab zwei Anrufe. Beide drehten sich um Bekanntschaftsanzeigen. Einer war freundlich. «Hallo, Darcy. Ich versuch's wieder. Ihr Brief hat mir gefallen. Hoffe, daß wir uns mal treffen können. Ich bin Chiffre 4358. David Weld, 555-4890.»

Der andere war ganz anders. «He, Darcy, warum verschwenden Sie *Ihre* Zeit, indem Sie auf Anzeigen antworten, und *meine* Zeit, da ich Sie nicht erreichen kann? Dies ist mein vierter Anruf. Ich hinterlasse nicht gern Nachrichten, aber hier ist eine. Fallen Sie tot um!»

Vince schüttelte den Kopf. «Ziemlich ungeduldiger Bursche.»

«Ich hatte den Anrufbeantworter nicht eingeschaltet, während ich fort war», sagte Darcy. «Falls jemand versucht hat, mich nach den wenigen Briefen, die ich selbst abgeschickt hatte, zu erreichen, hat er vermutlich aufgegeben. Erin hat vor zwei Wochen angefangen, Anzeigen in meinem Namen zu beantworten. Das sind die ersten Anrufe, die ich bekommen habe.»

Gus Boxer war überrascht und nicht sonderlich erfreut, als er auf die Türklingel reagierte und dieselbe junge Frau vor sich sah, die ihn gestern so viel Zeit gekostet hatte. Er war entschlossen, sich strikt zu weigern, sie noch einmal in Erin Kelleys Wohnung zu lassen, aber er hatte keine Gelegenheit dazu. «Wir haben Erins Verschwinden dem FBI gemeldet», sagte Darcy zu ihm. «Der zuständige Beamte hat mich gebeten, ihren Schreibtisch zu durchsuchen.»

Das FBI. Gus spürte ein nervöses Zittern durch seinen Körper gehen. Aber das war lange her. Er brauchte sich keine Sorgen zu machen. In letzter Zeit hatten einige Leute ihre Namen hinterlassen für den Fall, daß eine Wohnung frei würde. Ein gutaussehendes Mädchen hatte gesagt, es sei ihr tausend Dollar in bar und ohne Quittung wert, wenn er sie an die Spitze der Liste setzen würde. Wenn also Kelleys Freundin feststellen sollte, daß ihr etwas passiert war, dann bedeutete das für ihn ein schönes Stück Geld.

«Ich mach mir genau solche Sorgen wie Sie um das Mädchen», jammerte er, und der ungewohnt mitfühlende Ton fiel ihm nicht leicht. «Kommen Sie mit nach oben.»

In der Wohnung schaltete Darcy sofort alle Lampen ein, weil es schon dämmrig wurde. Gestern hatte das Apartment noch einigermaßen heiter gewirkt. Heute hatte Erins fortgesetzte Abwesenheit schon ihre Spuren hinterlassen. Ein wenig Ruß lag auf der Fensterbank. Auch der Arbeitstisch mußte abgestaubt werden. Die gerahmten Plakate, die dem Zimmer immer Helligkeit und Farbe gegeben hatten, schienen sich über sie lustig zu machen.

Der Picasso aus Genf. Erin hatte ihn von ihrer einzigen Studienreise ins Ausland mitgebracht. «Ich mag das Plakat, obwohl es nicht mein Lieblingsthema ist», hatte sie dazu gesagt. Es stellte eine Mutter mit Kind dar.

Auf Erins Anrufbeantworter waren keine neuen Anrufe. Eine Durchsuchung des Schreibtischs brachte nichts Bedeutsames zutage. In der Schublade lag eine neue Kassette für den Anrufbeantworter. Wahrscheinlich würde Agent D'Ambrosio das alte Band, das die Nachrichten enthielt, haben wollen. Darcy wechselte die Bänder aus.

Das Pflegeheim. Um diese Zeit rief Erin gewöhnlich dort an. Darcy schlug die Nummer nach und wählte. Die Oberschwester von Billy Kelleys Abteilung kam an den Apparat. «Ich habe Dienstag abend gegen fünf Uhr wie üblich mit Erin gesprochen. Ich habe ihr gesagt, daß es mit ihrem Vater wohl bald zu Ende geht. Sie sagte, sie würde das Wochenende in Wellesley verbringen.» Dann fügte sie hinzu: «Wie ich höre, wird sie vermißt. Wir alle beten, daß ihr nichts passiert ist.»

Weiter kann ich hier nichts tun, dachte Darcy, und plötzlich verspürte sie den überwältigenden Wunsch, nach Hause zu gehen.

Es war Viertel vor sechs, als sie in ihre Wohnung zurückkam. Jetzt wäre eine heiße Dusche gut, beschloß sie, und ein heißer Grog.

Um zehn nach sechs ließ sie sich, in ihren Lieblingsbademantel gehüllt, mit einem dampfenden Grog auf der Couch nieder und drückte auf den Einschaltknopf der Fernbedienung.

Gerade liefen die Nachrichten. John Miller, der Kriminalreporter von Channel 4, stand am Eingang eines Piers der West Side. Hinter ihm waren in einem abgesperrten Bereich die Silhouetten Dutzender von Polizisten vor dem kalten Wasser des Hudson zu sehen. Darcy stellte den Ton lauter.

«...Leiche einer unbekannten jungen Frau wurde soeben auf diesem verlassenen Pier in der 56. Straße gefunden. Anscheinend ist sie erwürgt worden. Die Frau ist schlank, Mitte Zwanzig und hat kastanienbraunes Haar. Sie trägt Hosen und eine buntgemusterte Bluse. Merkwürdig ist, daß sie verschiedene Schuhe trägt, einen braunen, knöchelhohen Stiefel am linken Fuß, einen Abendschuh am rechten.»

Darcy starrte auf den Fernseher. Kastanienbraunes Haar. Mitte Zwanzig. Buntgemusterte Bluse. Sie hatte Erin eine buntgemusterte Bluse zu Weihnachten geschenkt. Erin war entzückt gewesen. «Sie hat alle Farben von Josephs Mantel», hatte sie gesagt. «Hinreißend.»

Kastanienbraun. Schlank. Josephs Mantel.

Der biblische Mantel Josephs war blutbefleckt gewesen, als seine verräterischen Brüder ihn als Beweis für Josephs Tod ihrem Vater gezeigt hatten.

Irgendwie gelang es Darcy, in ihrer Handtasche die Karte zu finden, die Agent D'Ambrosio ihr gegeben hatte.

Vince war gerade im Begriff, sein Büro zu verlassen. Er war mit seinem fünfzehnjährigen Sohn Hank beim Madison Square

Garden verabredet. Sie wollten rasch zu Abend essen und sich dann ein Spiel der Rangers ansehen. Während er Darcy zuhörte, wurde ihm klar, daß er diesen Anruf erwartet hatte; er hatte nur nicht damit gerechnet, daß er so schnell kommen würde.

«Hört sich nicht gut an», sagte er zu ihr. «Ich werde das Revier anrufen, in dessen Bezirk sie gefunden wurde. Warten Sie. Ich rufe Sie gleich zurück.»

Nachdem er aufgelegt hatte, rief er «Hudson Cable» an. Nona war noch in ihrem Büro. «Ich fahre sofort zu Darcy hinüber», sagte sie.

«Man wird sie auffordern, die Leiche zu identifizieren», warnte Vince.

Er rief das Revier Innenstadt Nord an und wurde zum Chef der Mordkommission durchgestellt. Die Leiche war noch nicht vom Fundort entfernt worden. Wenn sie ins Leichenschauhaus kam, würden sie einen Streifenwagen zu Miss Scott schicken. Vince erklärte sein Interesse an dem Fall. «Wir wären Ihnen für Ihre Hilfe dankbar», sagte man ihm. «Wenn sich dieser Fall nicht als sonnenklar herausstellt, würden wir ihn gern durch VICAP laufen lassen.»

Vince rief Darcy zurück und sagte ihr, ein Streifenwagen werde sie abholen und Nona sei auf dem Weg zu ihr. Sie bedankte sich. Ihre Stimme klang flach und gepreßt.

Chris Sheridan verließ die Galerie um zehn nach fünf und ging mit langen Schritten die vierzehn Blocks von der Ecke 78. Straße und Madison Avenue bis zur 56. Straße und Fifth Avenue. Es war eine geschäftige und höchst erfolgreiche Woche gewesen, und er genoß den Luxus, das ganze Wochenende frei und für sich zu haben. Kein einziger Termin.

Seine Wohnung im neunten Stock ging auf den Central Park hinaus. «Direkt gegenüber dem Zoo», wie er seinen Freunden sagte. Er hatte einen eklektischen Geschmack, und seine Wohnung war eine Mischung aus antiken Tischen, Lampen und Teppichen und breiten, bequemen Polstersofas, die er mit einem nach einem mittelalterlichen Gobelin kopierten heraldischen Muster hatte beziehen lassen. Die Gemälde waren englische Landschaften. Jagddrucke aus dem neunzehnten Jahrhundert und ein seidener Wandbehang mit einem Lebensbaum ergänzten den Chippendale-Tisch und die Stühle im Eßbereich.

Es war ein bequemer, einladender Raum, und in den letzten acht Jahren hatten viele junge Frauen ihn hoffnungsvoll beäugt.

Chris ging ins Schlafzimmer und zog ein langärmliges Sporthemd und leichte Baumwollhosen an. Ein sehr trockener Martini, beschloß er. Vielleicht würde er später ausgehen, um eine Kleinigkeit zu essen. Mit dem Drink in der Hand schaltete er die 6-Uhr-Nachrichten ein und sah dieselbe Sendung, die auch Darcy verfolgte.

Sein Mitgefühl mit dem toten Mädchen und dem Kummer ihrer Familie schlug rasch in blanken Schrecken um. Erwürgt! Ein Tanzschuh an einem Fuß! «Mein Gott», sagte Chris laut. Wer auch immer dieses Mädchen ermordet hatte – konnte es derselbe Mann sein, der seiner Mutter den Brief geschickt hatte? Darin hatte es geheißen, ein Mädchen, das in Manhattan lebte, würde Dienstag abend beim Tanzen auf genau die gleiche Weise sterben wie Nan.

Dienstag nachmittag, nach dem Anruf seiner Mutter, hatte er Glenn Moore angerufen, den Polizeichef von Darien. Moore hatte Greta aufgesucht, den Brief mitgenommen und ihr versichert, wahrscheinlich stamme er von einem Geistesgestörten. Dann hatte er Chris zurückgerufen. «Chris, selbst wenn etwas dran ist, wie sollten wir es wohl anstellen, alle jungen Frauen in New York zu beschützen?»

Jetzt wählte Chris die Nummer der Polizeistation von Darien und wurde zum Chef durchgestellt. Moore hatte noch nichts von dem Mordfall in New York gehört. «Ich werde das FBI anrufen», sagte er. «Wenn dieser Brief von dem Mörder stammt, ist er ein Beweisstück. Ich muß Sie warnen, das FBI wird wahrscheinlich mit Ihnen und Ihrer Mutter über Nans Tod reden wollen. Tut mir leid, Chris. Ich weiß, was das für Ihre Mutter bedeutet.»

Am Eingang zu «Charlie's Beefsteak-Restaurant» im Madison Square Garden legte Vince einen Arm um die Schultern seines Sohnes. «Ich könnte schwören, daß du seit voriger Woche gewachsen bist.» Sie waren jetzt gleich groß. «Demnächst wirst du deinen blauen Teller von meinem Kopf essen.»

«Was in aller Welt ist ein blauer Teller?» Hanks mageres Gesicht mit den Sommersprossen auf der Nase war dasselbe, das Vince vor fast dreißig Jahren im Spiegel gesehen hatte. Nur die Farbe der blaugrauen Augen hatte er von seiner Mutter geerbt.

Der Kellner führte sie an einen Tisch. Als sie saßen, erklärte Vince: «Ein blauer Teller war früher immer das Tagesgericht in einem billigen Restaurant. Für neunundsiebzig Cents bekam man ein Stück Fleisch, ein bißchen Gemüse, eine Kartoffel. Der Teller war unterteilt, damit die Säfte nicht durcheinanderliefen. Dein Großvater war selig, wenn er etwas so billig bekam.»

Sie entschieden sich für Hamburger mit allen Zutaten, Pommes frites und Salat. Vince trank ein Bier, Hank eine Cola. Vince zwang sich, nicht an Darcy Scott und Nona Roberts zu denken, wie sie ins Leichenschauhaus fuhren, um die Leiche des Opfers zu sehen. Ein verdammt schwerer Gang für beide.

Hank berichtete ihm von seiner Staffelmannschaft. «Nächsten Samstag laufen wir in Randall's Island. Meinst du, du kannst kommen?»

«Na klar, es sei denn...»

«Ja, sicher.» Im Gegensatz zu seiner Mutter verstand Hank die Anforderungen von Vinces Job. «Arbeitest du an einem neuen Fall?»

Vince berichtete ihm von der Sorge, ein Serienmörder laufe frei herum, von dem Treffen in Nona Roberts' Büro und der Überzeugung, daß die tote Frau, die man auf dem Pier gefunden hatte, wahrscheinlich Erin Kelley war.

Hank hörte aufmerksam zu. «Und du glaubst, du würdest in die Sache eingeschaltet, Dad?»

«Nicht unbedingt. Vielleicht ist es auch ein lokaler Fall, für den nur die New Yorker Polizei zuständig ist, aber sie haben die Unterstützung der verhaltenswissenschaftlichen Abteilung in Quantico angefordert, und ich werde ihnen helfen, so gut ich kann.» Er bat um die Rechnung. «Wir sollten uns besser auf den Weg machen.»

«Dad, ich komme am Sonntag wieder her. Warum läßt du mich das Spiel nicht allein anschauen? Ich weiß ja, daß du an der Sache dranbleiben willst.»

«Aber du sollst es nicht ausbaden müssen.»

«Schau, das Spiel ist ausverkauft. Wir machen ein Geschäft. Ich will niemanden übers Ohr hauen, aber wenn ich deine Eintrittskarte für genau den gleichen Preis verkaufe, den du dafür bezahlt hast, darf ich dann das Geld behalten? Ich hab morgen abend eine Verabredung. Ich bin nämlich blank, und ich hasse es, Mutter um ein Darlehen anzubetteln. Sie schickt mich dann immer zu diesem Jammerlappen, den sie geheiratet hat.»

Vince lächelte. «Du kriegst wirklich jeden rum. Also gut, dann bis Sonntag, Junge.»

Auf dem Weg ins Leichenschauhaus hielten sich Nona und Darcy im Streifenwagen fest an den Händen. Als sie ankamen, führte man sie in einen Raum neben der Eingangshalle. «Sie werden Sie abholen, wenn sie so weit sind», erklärte der Beamte, der sie gefahren hatte. «Wahrscheinlich machen sie Fotos.»

Fotos. *Mach dir keine Sorgen, Erin. Schick ein Bild von dir, wenn sie es verlangen. Wenn schon, denn schon.* Darcy sah starr vor sich hin, war sich des Zimmers und Nonas Arms um ihre Schulter kaum bewußt. Charles North. Erin hatte ihn Dienstag abend um sieben Uhr getroffen. Erst vor ein paar kurzen Tagen. Dienstag morgen hatten sie und Erin noch über diese Verabredung gescherzt.

Laut sagte Darcy: «Und ich sitze im Leichenschauhaus von New York City und warte darauf, eine tote Frau zu sehen, von der ich sicher bin, daß sie Erin ist.» Vage fühlte sie, wie Nonas Arm sich fester um sie legte.

Der Polizist kam zurück. «Ein FBI-Agent ist unterwegs. Er möchte, daß Sie warten, bis er kommt, ehe Sie nach unten gehen.»

Vince ging zwischen Darcy und Nona. Seine Hände stützten energisch ihre Ellbogen. Vor dem Glasfenster, das sie von der reglosen Gestalt auf der Bahre trennte, blieben sie stehen. Auf Vinces Nicken hin zog der Beamte das Laken vom Gesicht des Opfers.

Aber Darcy wußte es schon. Eine Strähne des kastanienbraunen Haars hatte unter dem Laken hervorgeschaut. Dann sah sie das vertraute Profil, die jetzt geschlossenen Augen, die Wimpern, die dunkle Schatten waren, und die immer lächelnden Lippen, jetzt still und unbewegt.

Erin. Ach, Erin. Liebe Erin, dachte sie und merkte, wie sie in gnädige Dunkelheit versank.

Vince und Nona fingen sie auf. «Nein. Nein. Schon gut.» Sie kämpfte die Wellen der Benommenheit nieder und richtete sich auf. Sie stieß die stützenden Arme weg und starrte auf Erin, studierte entschlossen das kalkige Weiß ihrer Haut, die blauen Flecken an ihrem Hals. «Erin», sagte sie wild, «ich schwöre dir, ich werde Charles North finden. Ich gebe dir mein Wort, er wird für das bezahlen, was er dir angetan hat.»

Gequältes Schluchzen hallte in dem nüchternen Gang wider. Darcy merkte, daß es von ihr kam.

Der Freitag war für Jay Stratton ein überaus erfolgreicher Tag gewesen. Morgens war er im Büro von Bertolini vorbeigegangen. Gestern, als er das Collier gebracht hatte, war Aldo Marco, der Manager, noch immer wütend über die Verzögerung gewesen. Heute schlug Marco einen anderen Ton an. Sein Kunde war begeistert. Miss Kelley hatte genau das verwirklicht, was sie sich vorgestellt hatten, als sie sich entschlossen hatten, die Steine neu fassen zu lassen. Sie freuten sich darauf, weiter mit ihr zusammenzuarbeiten. Auf Jays Bitte hin wurde für ihn als Erin Kelleys Manager ein Scheck über zwanzigtausend Dollar ausgestellt.

Von dort war Stratton zum Polizeirevier gegangen, um Anzeige wegen der fehlenden Brillanten zu erstatten. Mit der Kopie der Anzeige in der Hand hatte er das Stadtbüro seiner Versicherung aufgesucht. Die betrübte Versicherungsangestellte sagte ihm, Lloyd's in London habe diese Steine rückversichert. «Sie werden zweifellos eine Belohnung aussetzen», sagte sie nervös. «Lloyd's regt sich schrecklich über die Juwelendiebstähle in New York auf.»

Um vier Uhr war Jay im «Stanhope» gewesen und hatte mit Enid Armstrong, einer Witwe, die eine seiner Bekanntschaftsanzeigen beantwortet hatte, einen Drink genommen. Aufmerksam hatte er zugehört, wie sie von ihrer überwältigenden Einsamkeit erzählte. «Es ist jetzt ein Jahr her», hatte sie mit feuchten Augen gesagt. «Wissen Sie, die Leute sind mitfühlend und führen einen gelegentlich aus, aber es ist eine Tatsache, daß das Leben sich paarweise abspielt, und eine überzählige Frau ist einfach lästig. Letzten Monat habe ich allein eine Kreuzfahrt durch die Karibik gemacht. Es war absolut grauenhaft.»

Jay gab die passenden verständnisvollen Zischlaute von sich und griff nach ihrer Hand. Enid Armstrong war einigermaßen hübsch, Ende Fünfzig, gut gekleidet, aber ohne Stil. Er hatte den Typ oft genug getroffen. Jung geheiratet. Hausfrau geblieben. Kinder großgezogen und dem Country Club beigetreten. Ein Ehemann, der erfolgreich wurde, aber selbst den Rasen mähte. Die Art, die dafür sorgt, daß seine Frau gut versorgt ist, wenn er den Löffel abgibt.

Jay betrachtete Enid Armstrongs Verlobungs- und Ehering. Alle Brillanten waren von erster Qualität. Der Solitär war ein Prachtexemplar. «Ihr Mann war sehr großzügig», bemerkte er.

«Den habe ich zum silbernen Hochzeitstag bekommen. Sie hätten den Stecknadelkopf sehen sollen, den er mir schenkte, als wir uns verlobten. Wir waren noch solche Kinder.» Wieder feuchte Augen.

Jay winkte nach einem weiteren Glas Champagner. Als er sich von Enid Armstrong trennte, war sie ganz aufgeregt über seinen Vorschlag, sich nächste Woche wieder zu treffen. Sie hatte sogar eingewilligt, sich zu überlegen, ob er ihren Schmuck nicht umarbeiten solle. «Ich würde Sie gern mit einem großen Ring sehen, der alle diese Steine faßt. Der Solitär und die Baguettes in der Mitte, auf beiden Seiten abwechselnd von Brillanten und Smaragden eingerahmt. Wir nehmen die Brillanten aus Ihrem Ehering, und ich kann Ihnen zu einem sehr günstigen Preis Smaragde von bester Qualität besorgen.»

Bei einem geruhsamen Abendessen im «Water Club» dachte er über das Vergnügen nach, den Solitär in Enid Armstrongs Ring durch einen gleich geschliffenen Zirkon zu ersetzen.

Manche davon waren so gut, daß sich sogar ein Juwelier mit bloßem Auge täuschen ließ. Aber natürlich würde er den neuen Ring für sie schätzen lassen, solange der Solitär noch darin war. Erstaunlich, wie leicht alleinstehende Frauen darauf hereinfielen. «Wie aufmerksam von Ihnen, daß Sie ihn mit mir schätzen lassen wollen. Ich trage ihn gleich zu meiner Versicherungsgesellschaft.»

Nach dem Essen verweilte er an der Bar des «Water Club». Es tat gut, sich zu entspannen. Das Geschäft, für diese alten Mädchen charmant und attraktiv zu sein, war anstrengend, wenn auch lukrativ.

Es war halb zehn, als er die wenigen Blocks vom Restaurant zu seiner Wohnung zurückging. Um zehn Uhr trug er einen Pyjama und einen Morgenrock, den er kürzlich bei Armani gekauft hatte. Mit einem Bourbon on the Rocks ließ er sich auf der Couch nieder und schaltete die Nachrichten ein.

Das Glas bebte in Strattons zitternden Händen, und der Whisky floß auf seinen Morgenrock, während er auf den Bildschirm starrte und von der Entdeckung von Erin Kelleys Leiche erfuhr.

Michael Nash überlegte reumütig, ob er Anne Thayer, der Blondine, die unglücklicherweise die Wohnung neben seiner gekauft hatte, eine kostenlose Analyse anbieten sollte. Als er am Freitag nachmittag um zehn nach sechs die Praxis verließ, stand sie am Tisch in der Halle und sprach mit dem Portier. Sobald sie ihn sah, eilte sie an seine Seite und wartete mit ihm auf den Lift. Während der Fahrt plapperte sie ununterbrochen, als müsse sie ihn in der knappen Zeit, bis sie den neunzehnten Stock erreichten, um jeden Preis bestricken.

«Ich war heute bei ‹Zabar's› und habe herrlichen Lachs gefunden. Und eine Platte mit Hors d'œuvres. Meine Freundin wollte herüberkommen, aber sie schafft es nicht. Ich kann den Gedanken nicht ertragen, das alles zu vergeuden. Ich dachte gerade...»

Nash unterbrach sie. «Der Lachs von ‹Zabar's› ist wunderbar. Legen Sie ihn in den Kühlschrank. Er hält sich ein paar Tage.» Der mitleidige Blick des Aufzugführers war ihm bewußt. «Bis gleich, Ramon, ich muß nachher noch fort.»

Er sagte der niedergeschlagenen Miss Thayer entschlossen guten Abend und verschwand in seiner eigenen Wohnung. Er wollte tatsächlich ausgehen, aber erst in einer Stunde oder später. Und wenn er sie dann zufällig traf, würde sie vielleicht allmählich begreifen, daß er in Ruhe gelassen werden wollte. «Abhängige Persönlichkeit, vermutlich neurotisch, könnte unangenehm werden, wenn ihr etwas nicht paßt», sagte er laut und lachte dann. He, du hast Feierabend. Vergiß es.

Er wollte das Wochenende in Bridgewater verbringen. Morgen abend fand bei den Balderstons eine Dinnerparty statt. Sie hatten immer interessante Gäste. Und, was wichtiger war, er wollte den größten Teil der nächsten beiden Tage mit der Arbeit an seinem Buch zubringen. Nash gestand sich ein, daß ihn das Projekt inzwischen so fesselte, daß er sich nur ungern davon ablenken ließ.

Unmittelbar vor dem Aufbruch rief er Erin Kelleys Nummer an. Mit einem halben Lächeln hörte er die Nachricht, die ihre fröhliche Stimme hinterlassen hatte. «Hier ist Erin. Tut mir leid, daß ich Ihren Anruf verpasse. Bitte, hinterlassen Sie eine Nachricht.»

«Hier spricht Michael Nash. Tut mir auch leid, daß ich Sie verpasse, Erin. Ich hab neulich schon versucht, Sie zu erreichen. Vermutlich sind Sie weggefahren. Ich hoffe, mit Ihrem Vater ist alles in Ordnung.» Wieder hinterließ er seine Privatnummer und die seiner Praxis.

Die Fahrt nach Bridgewater am Freitag abend war wie immer lästig wegen der verstopften Straßen. Erst als er auf Route

80 Paterson passiert hatte, ließ der Verkehr nach. Dann wurde die Gegend mit jeder Meile ländlicher. Nash merkte, daß er sich zu entspannen begann. Als er das Tor von Scothays hinter sich hatte, fühlte er sich vollkommen wohl.

Sein Vater hatte den Besitz gekauft, als Michael elf war. Vierhundert Morgen Gärten, Wälder und Felder. Schwimmbad, Tennisplätze, Stall. Das Haus war die Kopie eines alten Herrenhauses in England. Steinmauern, rote Dachziegel, grüne Fensterläden, weißer Säulenvorbau. Insgesamt zweiundzwanzig Zimmer. Die Hälfte davon hatte Michael seit Jahren nicht mehr betreten. Irma und John Hughes, das Hauswartsehepaar, unterhielten das Haus für ihn.

Irma wartete mit dem Abendessen. Sie servierte es im Arbeitszimmer. Michael setzte sich in seinen alten Lieblingsledersessel, um die Notizen zu studieren, die er morgen verwenden wollte, wenn er das nächste Kapitel seines Buches schrieb. Das Kapitel würde sich auf die psychologischen Probleme von Menschen konzentrieren, die bei der Beantwortung von Kontaktanzeigen fünfundzwanzig Jahre alte Fotos von sich beilegten. Er würde sich damit beschäftigen, welche Motive sie veranlaßten, diesen Trick zu versuchen, und welche Erklärungen sie abgaben, wenn sie den anderen dann persönlich kennenlernten. Einer Reihe von Mädchen, die er interviewt hatte, waren solche Dinge passiert. Einige waren empört gewesen. Andere hatten die Begegnung sehr komisch geschildert.

Um Viertel vor zehn schaltete Michael den Fernseher ein, um auf die Nachrichten zu warten, und ging dann an seine Notizen zurück. Der Name Erin Kelley ließ ihn verblüfft aufblicken. Er griff nach der Fernbedienung und drückte so hektisch auf den Lautstärkeregler, daß die Stimme des Sprechers plötzlich durch den Raum brüllte.

Als die Meldung beendet war, schaltete Michael den Apparat aus und starrte auf den dunklen Bildschirm.

«Erin», sagte er laut, «wer konnte Ihnen das antun?»

Doug Fox machte am Freitag abend in «Harry's Bar» halt, um einen Drink zu nehmen, ehe er den Heimweg nach Scarsdale antrat. «Harry's Bar» war die Stammkneipe der Wall-Street-Leute. Wie gewöhnlich standen sie in Viererreihen an der Bar, und keiner achtete auf die Nachrichten im Fernsehen. Doug sah die Meldung über die Leiche nicht, die man auf dem Pier gefunden hatte.

Wenn sie sicher war, daß er nach Hause kommen würde, fütterte Susan die Kinder gewöhnlich vorher und wartete dann, um mit ihm zusammen zu essen, doch als er um acht heimkam, saß Susan im Wohnzimmer und las. Sie hob kaum den Blick, als er den Raum betrat, und wandte den Kopf ab, als er sie auf die Stirn zu küssen versuchte.

Donny und Beth seien mit den Goodwyns ins Kino gegangen, erklärte sie. Trish und das Baby schliefen. Sie erbot sich nicht, ihm etwas zurechtzumachen. Ihre Augen kehrten zu ihrem Buch zurück.

Einen Augenblick lang blieb Doug unsicher neben ihr stehen. Dann drehte er sich um und ging in die Küche. Ausgerechnet an dem Abend, an dem ich einmal Hunger habe, muß sie diese Schau abziehen, dachte er bitter. Sie ist einfach sauer, weil ich ein paar Nächte nicht nach Hause gekommen bin und es gestern so spät war. Er öffnete die Tür des Kühlschranks. Eines konnte Susan wirklich, nämlich kochen. Mit wachsendem Ärger dachte er, wenn er es schon schaffte, nach Hause zu kommen, könnte sie wenigstens etwas für ihn vorbereitet haben.

Er zerrte Päckchen mit Schinken und Käse heraus und ging zum Brotkasten. Die Wochenzeitung der Gemeinde lag auf dem Küchentisch. Doug machte sich ein Sandwich, goß sich ein Bier ein und überflog die Zeitung, während er aß. Die

Sportseite fiel ihm ins Auge. Beim Turnier zur Mitte des Schuljahres hatte Scarsdale Dobbs Ferry unerwartet geschlagen. Den spielentscheidenden Korb hatte Donald Fox geworfen.

Donny! Warum hatte ihm das keiner gesagt?

Doug spürte, wie seine Handflächen feucht wurden. Hatte Susan Dienstag abend versucht, ihn anzurufen? Donny war enttäuscht und mürrisch gewesen, als Doug ihm gesagt hatte, er könne nicht zu dem Spiel kommen. Es würde Susan ähnlich sehen, ihm vorzuschlagen, Daddy die Nachricht am Telefon zu übermitteln.

Dienstag abend. Mittwoch abend.

Die neue Telefonistin im Hotel. Sie war nicht wie die jungen Dinger, die bereitwillig die hundert Dollar nahmen, die er ihnen von Zeit zu Zeit zusteckte. «Nicht vergessen, wenn irgendwelche Anrufe für mich kommen und ich nicht da bin, dann bin ich in einer Konferenz. Und wenn es wirklich spät ist, dann habe ich hinterlassen, daß ich nicht gestört werden will.»

Die neue Telefonistin sah aus, als entstamme sie einem Plakat der moralischen Mehrheit. Er überlegte noch immer, wie er sie dazu bringen könnte, für ihn zu lügen. Er hatte sich allerdings keine allzu großen Sorgen gemacht. Er hatte Susan abgewöhnt, ihn anzurufen, wenn er «Konferenzen» hatte.

Doch am Dienstag abend hatte sie es bestimmt versucht. Da war er ganz sicher. Sonst hätte sie dafür gesorgt, daß Donny ihn Mittwoch nachmittag im Büro anrief. Und diese dumme Telefonistin hatte ihr wahrscheinlich gesagt, es finde keine Konferenz statt und die Firmensuite stehe leer.

Doug sah sich in der Küche um. Sie war überraschend sauber. Als sie das Haus vor acht Jahren kauften, hatten sie es völlig renovieren lassen. Die Küche war der Traum jedes Kochs. Schrankinsel mit Ausguß und Hackklotz in der Mitte. Geräumige Arbeitsflächen. Modernste Geräte. Oberlichter.

Susans alter Herr hatte ihnen das Geld für die Renovierung geliehen. Er hatte ihnen auch den größten Teil der Anzahlung geliehen. *Geliehen!* Nicht geschenkt.

Wenn Susan wirklich böse würde...

Doug warf den Rest seines Sandwichs in den Müllzerkleinerer und trug sein Bier ins Wohnzimmer.

Susan sah ihn hereinkommen. Mein gutaussehender Mann, dachte sie. Sie hatte absichtlich die Zeitung auf dem Küchentisch liegenlassen und gewußt, daß Doug sie sicher lesen würde. Jetzt schwitzt er Blut. Er denkt, daß ich wahrscheinlich im Hotel angerufen habe, damit Donny ihm die Neuigkeit mitteilt. Komisch, wenn man sich endlich der Realität stellt, kann man die Dinge erstaunlich klar sehen.

Doug setzte sich ihr gegenüber auf die Couch. Er hat Angst, weil er nicht weiß, wie er anfangen soll, dachte sie bei sich. Sie klemmte ihr Buch unter den Arm und stand auf. «Die Kinder kommen gegen halb elf zurück», sagte sie zu ihm. «Ich lese im Bett weiter.»

«Ich werde auf die Kinder warten, Schatz.»

Schatz! Er muß sich wirklich Sorgen machen.

Susan ging mit dem Buch zu Bett. Sie merkte, daß sie sich nicht auf die gedruckten Worte konzentrieren konnte, legte es weg und schaltete den Fernseher ein.

Doug kam genau in dem Augenblick ins Schlafzimmer, als die 10-Uhr-Nachrichten begannen. «Da draußen ist es so einsam.» Er setzte sich aufs Bett und griff nach ihrer Hand. «Wie geht's meinem Mädchen?»

«Gute Frage», sagte Susan. «Wie geht's ihr?»

Er versuchte, es scherzhaft zu übergehen. Er hob ihr Kinn und sagte: «Für mich sieht sie recht wohl aus.»

Beide wandten sich dem Fernseher zu, als der Nachrichtensprecher die Schlagzeilen verlas. «Erin Kelley, eine preisgekrönte junge Schmuckdesignerin, wurde erwürgt auf dem Pier in der 56. Straße aufgefunden. Mehr in wenigen Augenblicken.»

Ein Werbespot.

Susan sah Doug an. Er starrte auf den Bildschirm und war kreidebleich geworden. «Doug, was ist los?»

Er schien sie nicht gehört zu haben.

«... die Polizei sucht nach Petey Potters, einem Obdachlosen, von dem man weiß, daß er dort lebte, und der vielleicht beobachtet hat, wie die Leiche auf dem kalten, mit Unrat übersäten Pier abgelegt wurde.»

Als die Meldung beendet war, wandte sich Doug Susan zu. Als habe er ihre Frage gerade erst gehört, sagte er barsch: «Nichts ist los. Nichts.» Auf seiner Stirn hatten sich Schweißperlen gebildet.

Um drei Uhr morgens erwachte Susan aus ihrem unruhigen Schlaf, weil Doug sich neben ihr herumwarf. Er murmelte etwas. Ein Name? «... nein, kann nicht ...» Wieder der Name. Susan stützte sich auf einen Ellbogen und lauschte aufmerksam.

Erin. Das war es. Der Name der jungen Frau, die ermordet aufgefunden worden war.

Sie wollte Doug gerade wachrütteln, doch da hielt sie inne. Mit wachsendem Entsetzen wurde Susan sich darüber klar, warum die Meldung ihn so aufgeregt hatte. Zweifellos brachte er sie mit dieser schrecklichen Zeit im College in Verbindung, als er einer der Studenten war, die man wegen des erwürgten Mädchens verhört hatte.

6

SAMSTAG, 23. FEBRUAR

Am Samstag morgen las Charley mit wachsender Faszination die *New York Post*. MORD DURCH NACHAHMUNGSTÄTER, lautete die überdimensionale Schlagzeile.

Hauptthema des Berichts auf den Innenseiten war die Ähnlichkeit von Erin Kelleys Tod mit der *Authentische Verbrechen*-Sendung über Nan Sheridan.

Jemand hatte einem Kriminalreporter der *Post* von dem Brief an Nan Sheridans Mutter erzählt, in dem angekündigt worden war, Dienstag abend würde eine junge Frau aus New York ermordet werden. Der Reporter zitierte eine nicht genannte Quelle und schrieb, das FBI sei einem möglichen Serienmörder auf der Spur. In den letzten zwei Jahren seien sieben junge Frauen aus Manhattan verschwunden, nachdem sie auf Bekanntschaftsanzeigen geantwortet hatten. Auch Erin Kelley hatte das getan.

Nan Sheridans Tod wurde noch einmal geschildert.

Erin Kelleys Hintergrund; Interviews mit Kollegen aus der Juweliersbranche. Alle gaben die gleiche Antwort. Erin war ein reizender, warmherziger Mensch und ungeheuer begabt. Das Bild, das die *Post* abdruckte, war das gleiche, das Erin Charley geschickt hatte. Das entzückte ihn.

Am Mittwoch abend würde der Sender in der Reihe *Authentische Verbrechen* die Episode über Nans Tod wiederholen. Das würde interessant sein. Natürlich hatte er die Sendung letzten Monat aufgezeichnet, aber es würde trotzdem reizvoll sein, sie noch einmal zu sehen und dabei zu wissen, daß jetzt Hunderttausende von Leuten Amateurdetektiv spielten.

Charley runzelte die Stirn. *Nachahmungstäter!*

Nachahmungstäter bedeutete, daß sie meinten, jemand anders imitiere ihn. Wut stieg in ihm auf, heftige, wilde Wut. Sie hatten kein Recht, nicht ihn für den Täter zu halten. Genauso, wie Nan kein Recht gehabt hatte, ihn vor fünfzehn Jahren nicht zu ihrer Party einzuladen.

In den nächsten paar Tagen würde er in sein Versteck zurückkehren. Er mußte einfach hingehen. Er würde den Videorecorder einschalten und die gleichen Schritte tanzen wie Fred Astaire. Und dabei würde er nicht Ginger, Leslie oder Ann Miller in den Armen halten.

Sein Herz begann schneller zu schlagen. Diesmal würde es auch nicht Nan sein. Es würde Darcy sein.

Er nahm Darcys Bild zur Hand. Das weiche braune Haar, der schlanke Körper, die großen, fragenden Augen. Wieviel schöner würde dieser Körper sein, wenn er ihn steif und kalt in den Armen hielt!

Nachahmungstäter.

Wieder runzelte er die Stirn. Die Wut pochte in seinen Schläfen und begann eine seiner schrecklichen Migränen auszulösen. Nur ich allein, Charley, habe die Macht über Leben und Tod dieser Frauen. Ich, Charley, bin in das Gefängnis der anderen Seele eingedrungen und beherrsche sie nun.

Er würde Darcy nehmen und das Leben aus ihr herauswürgen, wie er es bei den anderen getan hatte. Und er würde die Behörden mit seinem Genie an der Nase herumführen und ihren langsamen Verstand narren und verwirren.

Nachahmungstäter.

Die Leute, die das schrieben, sollten die Schuhkartons im Keller sehen. Dann würden sie Bescheid wissen. Diese Kartons, die einen Schuh und einen Abendschuh vom Fuß aller toten Mädchen enthielten, angefangen mit Nan.

Natürlich.

Es gab eine Möglichkeit zu beweisen, daß er kein Nachahmungstäter war. Sein Körper zitterte in lautlosem, unfrohem Lachen.

Ja, natürlich. Es gab eine Möglichkeit.

7

SAMSTAG, 23. FEBRUAR,
bis
DIENSTAG, 26. FEBRUAR

Die folgende Woche verging für Darcy, als sei sie ein Roboter, den man aufgezogen und darauf programmiert hatte, bestimmte Aufgaben zu erfüllen.

Begleitet von Vince D'Ambrosio und einem Inspektor des örtlichen Polizeireviers, ging sie am Samstag in Erins Wohnung. Nachdem sie am Freitag morgen dagewesen war, waren drei weitere Anrufe gekommen. Darcy spulte das Band zurück. Eine Nachricht stammte von dem Manager Bertolinis. «Miss Kelley, wir haben Ihrem Manager, Mr. Stratton, Ihren Scheck gegeben. Wir können Ihnen gar nicht sagen, wie sehr uns das Collier gefällt.»

Darcy zog die Augenbrauen hoch. «Ich habe nie gehört, daß Erin Stratton als ihren Manager bezeichnet hätte.»

Der zweite Anruf stammte von jemandem, der sich als Chiffrenummer 2695 bezeichnete. «Erin, hier ist Milton. Wir sind vorigen Monat zusammen ausgegangen. Ich war verreist. Ich würde Sie gern wiedersehen. Meine Telefonnummer ist 555-3681. Und hören Sie, es tut mir leid, wenn ich letztes Mal ein bißchen zu aufdringlich war.»

Der dritte Anruf stammte von Michael Nash. «Er hat neulich abends auch eine Nachricht hinterlassen», sagte Darcy.

Vince schrieb sich die Namen und Telefonnummern auf. «Wir lassen den Anrufbeantworter noch ein paar Tage eingeschaltet.»

Vince hatte Darcy gesagt, in Kürze würden Experten der New Yorker Polizei eintreffen, um Spuren zu sichern und Erins Wohnung nach möglichen Beweismitteln zu durchsuchen. Sie hatte ihn gefragt, ob sie mit ihm kommen und Erins private Papiere an sich nehmen könnte. «Ich bin bei ihrer Bank und ihren Versicherungen als Treuhänderin für ihren Vater eingetragen. Sie sagte mir, die Papiere seien unter seinem Namen bei ihren Akten.»

Erins Instruktionen waren einfach und klar. Wenn ihr etwas zustieße, sollte Darcy wie vereinbart Erins Versicherung dazu verwenden, die Kosten für das Pflegeheim zu bezahlen. Mit einem Beerdigungsunternehmer in Wellesley hatte sie abgemacht, daß er sich zu gegebener Zeit um das Begräbnis ihres Vaters kümmern würde. Alles in ihrer Wohnung sowie ihren privaten Schmuck und ihre Kleidung sollte Darcy Scott bekommen.

Für Darcy gab es eine kurze Notiz: «Darce, dies nur für alle Fälle. Aber ich weiß, Du wirst Dein Versprechen halten, Dich um Dad zu kümmern, wenn ich nicht mehr da bin. Und falls das jemals passieren sollte, vielen Dank für all die schönen Zeiten, die wir miteinander hatten. Genieße das Leben für uns beide.»

Mit trockenen Augen betrachtete Darcy die vertraute Unterschrift.

«Ich hoffe, Sie werden den Rat befolgen», sagte Vince leise.

«Eines Tages schon», antwortete Darcy, «aber nicht jetzt. Würden Sie mir eine Kopie der Akte mit den Bekanntschaftsanzeigen machen, die ich Ihnen gab?»

«Natürlich», sagte Vince. «Aber wozu? Wir werden feststellen, wer die Anzeigen aufgegeben hat, die sie eingekreist hatte.»

«Aber Sie werden sich nicht mit ihnen treffen. Einige Annoncen hat sie für uns beide beantwortet. Vielleicht bekomme ich Anrufe von Männern, mit denen sie ausgegangen ist.»

Darcy ging, als die Leute von der Spurensicherung eintrafen. Sie fuhr direkt nach Hause und begann zu telefonieren. Mit dem Beerdigungsunternehmer in Wellesley. Anteilnahme, dann praktische Dinge. Er würde einen Leichenwagen zum Leichenschauhaus schicken, wenn Erins Leiche freigegeben wurde. Wie sollte sie bekleidet werden? Offener oder geschlossener Sarg?

Darcy dachte an die Male an Erins Hals. Bestimmt würden Reporter in die Aussegnungshalle kommen. «Geschlossener Sarg. Kleidung für sie bringe ich vorbei.» Aufbahrung am Montag. Totenmesse am Dienstag in St. Paul.

St. Paul, die Kirche, in die sie so oft mit Erin und ihrem Vater gegangen war.

Sie fuhr zurück in Erins Wohnung. Vince D'Ambrosio war noch da. Er begleitete sie ins Schlafzimmer und sah zu, wie sie die Tür des Kleiderschranks öffnete.

«Erin hatte so viel Stil», sagte Darcy mit zitternder Stimme, während sie nach dem Kleid suchte, an das sie dachte. «Sie sagte mir immer, sie hätte sich so unscheinbar gefühlt, als ich damals am ersten Tag im College mit meinen Eltern ins Zimmer kam. Ich trug ein Designerkostüm und italienische Stiefel, die meine Mutter mir aufgezwungen hatte. Dabei fand ich, daß sie hinreißend aussah in ihren Baumwollhosen, dem Pullover und dem herrlichen Schmuck. Schon damals entwarf sie ihre eigenen Stücke.»

Vince war ein guter Zuhörer, und Darcy empfand es als wohltuend, daß er sie reden ließ. «Niemand wird sie sehen», sagte sie, «außer vielleicht ich, nur für eine Minute. Aber ich möchte das Gefühl haben, daß sie mit dem zufrieden wäre, was ich für sie aussuche ... Erin hat mich immer gedrängt, mit meinen Kleidern etwas mutiger zu sein. Und ich sagte ihr, sie solle ihrem eigenen Instinkt vertrauen. Sie hatte einen fabelhaften Geschmack.»

Sie zog ein zweiteiliges Cocktailkleid heraus: blaßrosa Jacke, tailliert und mit zarten Silberknöpfen, dazu ein fließender Chiffonrock in Rosa und Silber. «Das hat Erin gerade erst gekauft, um es bei einer Wohltätigkeitsveranstaltung zu tragen, einem Dinner mit Tanz. Sie war eine wunderbare Tänzerin. Wir tanzten beide gern. Nona auch. Wir lernten Nona bei einem Tanzkurs in unserem Fitneßclub kennen.»

Vince erinnerte sich, daß Nona ihm das erzählt hatte. «Nach dem, was Sie sagen, könnte ich mir vorstellen, daß Erin mit diesem Kleid zufrieden wäre.»

Es gefiel ihm nicht, daß Darcys Pupillen so geweitet waren. Am liebsten hätte er Nona Roberts angerufen. Aber sie hatte ihm gesagt, sie müsse heute unbedingt zu Dreharbeiten wegfahren. Darcy Scott sollte nicht zuviel allein sein.

Darcy merkte, daß sie D'Ambrosios Gedanken lesen konnte. Sie merkte auch, daß es keinen Zweck hatte, ihn zu beruhigen. Den besten Dienst erwies sie ihm, wenn sie von hier verschwand und die Experten für Fingerabdrücke und weiß Gott was sonst noch ihre Arbeit tun ließ. Sie versuchte, sachlich zu klingen, als sie fragte: «Was tun Sie, um den Mann zu finden, den Erin Dienstag abend getroffen hat?»

«Wir haben Charles North schon gefunden. Was Erin Ihnen sagte, hat gestimmt. Es war ein glücklicher Zufall, daß Sie sie nach dem Mann gefragt hatten. Er ist letzten Monat aus einer Anwaltssozietät in Philadelphia ausgetreten und in eine in der Park Avenue eingetreten. Gestern ist er nach Deutschland geflogen. Wenn er am Montag zurückkommt, werden wir auf ihn warten. Kriminalbeamte aus dem örtlichen Revier gehen in der Nähe vom Washington Square mit Erins Bild durch Bars und Lokale. Wir wollen wissen, ob irgendein Barkeeper oder Kellner sich erinnert, daß er sie am Dienstag abend gesehen hat, und möglicherweise North identifizieren kann, wenn wir ihn haben.»

Darcy nickte. «Ich fahre nach Wellesley und bleibe dort bis nach der Beerdigung.»

«Wird Nona Roberts Sie dort treffen?»

«Am Dienstag morgen. Früher kann sie nicht kommen.» Darcy versuchte zu lächeln. «Bitte, machen Sie sich keine Sorgen. Erin hatte eine Menge Freunde. Viele von den Absolventen von Mount Holyoke haben sich gemeldet. Sie werden da sein. Und auch eine Menge unserer Freunde aus New York. Außerdem hat sie ihr ganzes Leben in Wellesley verbracht. Ich wohne bei den Leuten, die ihre Nachbarn waren.»

Die Beerdigung war ein Medienereignis. Fotografen und Kameras. Nachbarn und Freunde. Neugierige. Vince hatte ihr gesagt, versteckte Kameras würden jeden aufnehmen, der in die Aussegnungshalle, in die Kirche und zur Beerdigung käme, für den Fall, daß Erins Mörder dabei sein sollte.

Der weißhaarige Monsignore, der Erin ihr ganzes Leben lang gekannt hatte. «Wer kann den Anblick des kleinen Mädchens vergessen, das den Rollstuhl seines Vaters in diese Kirche schob?»

Der Solist. «*... Ich will nur, daß ihr euch immer daran erinnert, daß ich euch geliebt habe ...*»

Die Beerdigung. «Wenn alle Tränen getrocknet sein werden ...»

Die Stunden, die sie mit Billy verbrachte. Ich bin froh, daß du es nicht weißt, dachte sie. Sie hielt seine Hand. Wenn er etwas begreift, dann hoffe ich, er hält mich für Erin.

Dienstag nachmittag saß sie neben Nona im Flugzeug zurück nach New York. «Kannst du dir ein paar freie Tage nehmen, Darce?» fragte Nona. «Das war eine schreckliche Zeit für dich.»

«Sobald ich weiß, daß sie Charles North in Gewahrsam haben, werde ich eine Woche wegfahren. Freunde von mir wohnen in St. Thomas. Sie möchten, daß ich sie besuche.»

Nona zögerte. «So wird das nicht laufen, Darcy. Vince hat mich gestern abend angerufen. Sie haben Charles North gesprochen. Letzten Dienstag abend war er mit zwanzig anderen Teilnehmern bei einer Besprechung in seiner Anwaltssozietät. Wer immer sich mit Erin getroffen hat, hat seinen Namen benutzt.»

Nachdem er die Sendung gesehen und mit Polizeichef Moore telefoniert hatte, entschloß sich Chris Sheridan, über das Wochenende nach Darien zu fahren. Er wollte in der Nähe sein, wenn das FBI mit seiner Mutter sprach.

Er wußte, daß Greta vorhatte, an einem feierlichen Abendessen im Club teilzunehmen. Er kehrte unterwegs bei «Nicola» ein, um zu essen, kam gegen zehn im Haus an und beschloß, sich einen Film anzusehen. Als Liebhaber klassischer Filme entschied er sich für *Die Brücke von San Luis Rey* und wunderte sich dann über seine Wahl. Der Gedanke, daß verschiedene Leben in einem bestimmten Augenblick miteinander verknüpft wurden, faszinierte ihn immer wieder. Wieviel war Schicksal? Wieviel war Zufall? Gab es eine Art unerklärlichen und unausweichlichen Plan für all das?

Kurz vor Mitternacht hörte er das Summen des Garagentors und ging zum Absatz der Kellertreppe, um auf Greta zu warten. Wieder einmal wünschte er sich, sie hätte eine Angestellte, die im Haus wohnte. Ihm gefiel der Gedanke nicht, daß sie spät in der Nacht allein in dieses große Haus zurückkehrte.

Greta weigerte sich beharrlich, seinem Vorschlag zuzustimmen. Dorothy, die seit drei Jahrzehnten tagsüber kam und den Haushalt führte, genügte ihr vollkommen. Sie und der wöchentliche Reinigungsdienst. Wenn sie eine Dinnerparty gab, ließ sie sich die Speisen ins Haus liefern. Fertig.

Als sie sich der Treppe näherte, rief er nach unten: «Hallo, Mutter!»

Sie keuchte hörbar. «Was! Ach, du lieber Gott, Chris. Du hast mich erschreckt. Ich bin ein Nervenbündel.» Sie schaute nach oben und versuchte zu lächeln. «Ich war so froh, dein Auto zu sehen.» Im Dämmerlicht erinnerte ihn ihr feingeschnittenes Gesicht an die zarten Züge von Nan. Ihr silbern schimmerndes Haar war zu einem französischen Knoten zurückgesteckt. Sie trug ein langes, schmales Samtkleid in Schwarz und darüber eine Zobeljacke. Greta wurde demnächst sechzig. Eine schöne, elegante Frau, deren Lächeln nie ganz die Traurigkeit aus ihren Augen vertrieb.

Plötzlich fiel Chris auf, daß seine Mutter immer auf etwas zu warten oder zu lauschen schien, eine Art Signal. Als er noch ein Kind war, hatte ihm sein Großvater eine Geschichte aus dem Ersten Weltkrieg erzählt. Ein Soldat hatte eine Nachricht verloren, die vor einem bevorstehenden feindlichen Angriff warnte. Später gab er sich für alle Zeit die Schuld an den schrecklichen Verlusten und hörte sein Leben lang nicht auf, in Straßenrinnen und unter Steinen nach der verlorenen Nachricht zu suchen.

Bei einem Schlaftrunk erzählte er Greta von Erin Kelley, und ihm wurde klar, warum ihm der Ausdruck seiner Mutter aufgefallen war. Greta meinte immer, Nan habe ihr vor ihrem Tod etwas erzählt, das sie instinktiv alarmierte. Vorige Woche hatte sie wieder eine Warnung erhalten und hatte wieder nichts tun können, um eine Tragödie zu verhindern.

«Das Mädchen, das sie fanden, hatte einen hochhackigen

Abendschuh an?» fragte Greta. «Wie Nan? So eine Art Tanzschuh? In dem Brief stand, ein Tanzmädchen werde sterben.»

Chris wählte seine Worte sorgfältig. «Erin Kelley war Schmuckdesignerin. Soweit ich hörte, nimmt man an, daß da ein Nachahmungstäter am Werk ist. Jemand, der durch die Sendereihe *Authentische Verbrechen* auf die Idee gekommen ist. Ein FBI-Agent möchte mit uns darüber sprechen.»

Polizeichef Moore rief am Samstag an. Ein Agent des FBI, Vincent D'Ambrosio, würde die Sheridans gern am Sonntag aufsuchen.

Chris war froh, als D'Ambrosio ausdrücklich betonte, niemand hätte nach dem Brief, den Greta erhalten hatte, etwas unternehmen können. «Mrs. Sheridan», sagte er zu ihr, «wir bekommen oft viel präzisere Hinweise als diesen und können doch nicht verhindern, daß eine Tragödie passiert.»

Vince bat Chris, mit ihm hinauszugehen. «Die Polizei von Darien hat die Akten über den Tod Ihrer Schwester», erklärte er. «Sie machen Kopien für mich. Würde es Ihnen etwas ausmachen, mich an die genaue Stelle zu führen, wo sie gefunden wurde?»

Sie gingen die Straße entlang, die vom Grundstück der Sheridans zu dem Waldstück mit dem Jogging-Weg führte. Die Bäume waren in den fünfzehn Jahren gewachsen, die Äste dicker geworden, doch sonst sei die Stelle ziemlich unverändert, erklärte Chris.

Eine malerische Szenerie in einer reichen Stadt; als Kontrast dazu ein verlassener Pier an der West Side. Nan Sheridan war ein neunzehnjähriges Mädchen gewesen. Studentin. Joggerin. Erin Kelley war eine achtundzwanzigjährige Karrierefrau. Nan stammte aus einer wohlhabenden Familie der Gesellschaft. Erin stand auf eigenen Füßen. Die beiden einzigen Ähnlichkeiten waren die Todesart und die Schuhe. Beide waren erwürgt worden. Beide hatten einen Abendschuh getragen. Vince fragte Chris, ob Nan während ihrer Schulzeit irgendwelche Verabredungen mit Unbekannten getroffen habe, die sie durch Kontaktanzeigen fand.

Chris lächelte. «Glauben Sie mir, Nan hatte so viele Verehrer, die ihr nachliefen, daß sie nicht auf Anzeigen zu antworten brauchte. Außerdem gab es diese Art Anzeigen noch gar nicht, als wir im College waren.»

«Sie waren in Brown?»

«Nan war da. Ich war in Williams.»

«Ich nehme an, daß die engeren Freunde Ihrer Schwester befragt wurden?»

Sie gingen den Weg entlang, der sich durch den Wald schlängelte. Chris blieb stehen. «Hier habe ich sie gefunden.» Er schob die Hände in die Taschen seines Anoraks. «Nan meinte, jede, die sich an einen festen Freund binde, sei verrückt. Sie flirtete gern. Sie amüsierte sich gern. Sie versäumte nie freiwillig eine Party, und sie ließ keinen Tanz aus.»

Vince drehte sich zu ihm um. «Das ist wichtig. Sind Sie sicher, daß der Tanzschuh, den Ihre Schwester trug, als sie gefunden wurde, nicht ihr gehörte?»

«Vollkommen. Nan haßte hohe Absätze. Sie hätte solche Schuhe einfach nicht gekauft. Und natürlich fand man in ihrem Kleiderschrank auch nicht den zweiten Schuh.»

Als er nach New York zurückfuhr, dachte Vince weiter über die Ähnlichkeiten und die Unterschiede zwischen Nan Sheridan und Erin Kelley nach. Es muß ein Nachahmungstäter sein, sagte er sich. *Ein Mädchen beim Tanzen.* Das ließ ihn nicht los. Der Brief, den Greta Sheridan bekommen hatte. Nan Sheridan hatte keinen Tanz ausgelassen. War das in der Fernsehsendung erwähnt worden? Erin hatte Nona Roberts in einem Tanzkurs kennengelernt. War das ein Zufall?

Am Dienstag nachmittag wurde Charles North zum zweiten Mal von Vincent D'Ambrosio vernommen. Am Montag abend hatten sie ihn auf dem Kennedy Airport erwartet, und sein Erstaunen, von zwei FBI-Agenten begrüßt zu werden, war rasch in Ärger umgeschlagen. «Ich habe nie von Erin Kelley gehört. Ich habe nie eine Kontaktanzeige beantwortet. Ich finde so etwas lächerlich. Und ich kann mir nicht vorstellen, wer meinen Namen benutzt haben sollte.»

Es war leicht festzustellen, daß North am vergangenen Dienstag abend um sieben Uhr, zu der Zeit, als Erin Kelley ihn angeblich treffen sollte, bei einer Konferenz gewesen war.

Diesmal fand die Vernehmung im Hauptquartier des FBI statt. North war mittelgroß und kräftig gebaut. Sein leicht gerötetes Gesicht deutete auf jemanden, der gern Martinis trinkt. Dennoch fand Vince, daß er eine gewisse Autorität und Kultiviertheit ausstrahlte, die Frauen vermutlich anzogen. Er war vierzig Jahre alt und vor seiner kürzlich erfolgten Scheidung zwölf Jahre verheiratet gewesen. Er machte kein Hehl daraus, daß er ganz und gar nicht mit der Forderung einverstanden war, er solle zu einer zweiten Vernehmung in Vinces Büro kommen.

«Sie müssen doch verstehen, ich bin gerade Partner in einer sehr angesehenen Anwaltssozietät geworden. Es wäre äußerst unangenehm, wenn man mich in irgendeiner Weise mit dem Tod dieser jungen Frau in Verbindung brächte. Unangenehm für mich persönlich und gewiß auch für meine Firma.»

«Tut mir sehr leid, daß ich Ihnen Unannehmlichkeiten bereite, Mr. North», sagte Vince kühl. «Ich kann Ihnen versichern, daß Sie im Augenblick nicht als Verdächtiger im Fall

Erin Kelley gelten. Aber Erin Kelley ist tot, Opfer eines brutalen Mordes. Es ist möglich, daß sie eine von etlichen jungen Frauen ist, die auf Kontaktanzeigen geantwortet haben und verschwunden sind. Jemand hat Ihren Namen benutzt, um diese Anzeige aufzugeben. Ein sehr cleverer Jemand, der wußte, daß Sie zur Zeit seiner Verabredung mit Erin Kelley nicht mehr in Philadelphia sein würden.»

«Wollen Sie mir bitte erklären, warum das irgend jemanden interessieren sollte?» versetzte North barsch.

«Weil einige Frauen, die auf Kontaktanzeigen antworten, klug genug sind, sich nach dem Mann zu erkundigen, mit dem sie sich treffen wollen. Nehmen wir an, Erin Kelleys Mörder glaubte, sie könne so vorsichtig sein. Welcher Name hätte sich besser geeignet als der von jemandem, der gerade seine Anwaltsfirma in Philadelphia verlassen hat, um sich in New York niederzulassen. Nehmen wir an, Erin hätte Sie im Anwaltsverzeichnis von Pennsylvania gefunden und in Ihrem früheren Büro angerufen. Sie hätte erfahren, daß Sie die Firma gerade verlassen haben, um nach New York zu gehen. Vielleicht hätte sie sogar in Erfahrung bringen können, daß Sie geschieden sind. Dann hätte sie keine Bedenken mehr gehabt, sich mit Charles North zu treffen.»

Vince beugte sich über seinen Schreibtisch. «Ob Ihnen das gefällt oder nicht, Mr. North, Sie sind ein Verbindungsglied zu Erin Kelleys Tod. Jemand, der Ihre Aktivitäten kennt, hat Ihren Namen benutzt. Wir gehen einer Menge Hinweisen nach. Wir nehmen Kontakt auf mit den Leuten, auf deren Annoncen Erin Kelley möglicherweise geantwortet hat. Wir fragen ihre Freunde aus, ob sie sich vielleicht an irgendwelche Namen erinnern, die Erin erwähnt hat und die wir nicht kennen. Und in jedem einzelnen Fall werden wir mit Ihnen reden, um festzustellen, ob diese Person jemand ist, der irgendeine Verbindung zu Ihnen hat.»

North stand auf. «Wie ich sehe, werde ich nicht gefragt, sondern habe mich nach Ihnen zu richten. Nur eines noch: Ist mein Name in die Medien gelangt?»

«Nein, ist er nicht.»

«Dann sorgen Sie dafür, daß das so bleibt. Und wenn Sie mich im Büro anrufen, melden Sie sich nicht als FBI. Sagen Sie», er lächelte unfroh, «daß es eine persönliche Angelegenheit ist. Und erwähnen Sie um Gottes willen keine Kontaktanzeigen.»

Als er gegangen war, lehnte Vince sich auf seinem Stuhl zurück. Ich mag keine Klugscheißer, dachte er. Er nahm den Hörer der Sprechanlage. «Betsy, ich möchte eine komplette Überprüfung des Hintergrundes von Charles North. Wirklich komplett. Und dann noch jemand. Gus Boxer, der Hausmeister von Christopher Street 101. Das ist das Apartmenthaus, in dem Erin Kelley wohnte. Sein Gesicht verfolgt mich seit Samstag. Wir haben eine Akte über ihn, da bin ich sicher.»

Vince schnippte mit den Fingern. «Warten Sie eine Sekunde. Das ist gar nicht sein Name. Jetzt erinnere ich mich. Er heißt *Hoffman*. Vor zehn Jahren war er Hausmeister in dem Gebäude, in dem eine zwanzigjährige Frau ermordet wurde.»

Dr. Michael Nash war nicht überrascht, als er am Sonntag abend nach Manhattan zurückkehrte und auf seinem Anrufbeantworter die Mitteilung vorfand, er solle sich mit dem FBI-Agenten Vincent D'Ambrosio in Verbindung setzen. Offenbar überprüften sie die Leute, die Nachrichten für Erin Kelley hinterlassen hatten.

Er erwiderte den Anruf am Montag morgen und vereinbarte mit Vince, daß dieser vor seinem ersten Termin am Dienstag bei ihm vorbeikommen sollte.

Pünktlich um acht Uhr fünfzehn am Dienstag morgen erschien Vince in Nashs Praxis. Die Empfangssekretärin erwartete ihn und führte ihn zu Nash, der bereits an seinem Schreibtisch saß.

Es war ein angenehmer Raum, fand Vince. Mehrere bequeme Sessel, Wände in Sonnengelb, Vorhänge, die das Tageslicht durchließen, aber vor den Blicken der vorbeigehenden Fußgänger schützten. Die traditionelle Couch, eine lederne Version der Chaiselongue, die Alice vor Jahren gekauft hatte, stand rechtwinklig zum Schreibtisch.

Ein beruhigender Raum. Der Ausdruck in den Augen des Mannes am Schreibtisch war freundlich und nachdenklich. Vince dachte an Samstagnachmittage. Beichte. «Segnen Sie mich, Pater, denn ich habe gesündigt.» Die Verstöße reichten vom Ungehorsam gegenüber den Eltern bis zu gröberen Sünden in den Teenagerjahren.

Es störte ihn jedesmal, wenn jemand äußerte, die Psychoanalyse habe die Beichte ersetzt. «Bei der Beichte klagt man sich selbst an», pflegte er dann zu sagen. «In der Analyse klagt man alle anderen an.» Sein eigener Hochschulabschluß in Psychologie hatte ihn in dieser Ansicht bestärkt.

Er hatte das Gefühl, daß Nash seine instinktive Feindseligkeit gegen die meisten Seelenklempner spürte. Spürte und verstand.

Sie beäugten einander. Gut gekleidet, aber unauffällig, dachte Vince. Er war sich bewußt, daß er selbst nicht sehr dafür begabt war, zu jedem Anzug die richtige Krawatte zu wählen. Alice hatte das für ihn getan. Nicht, daß ihm viel daran gelegen war. Er trug lieber eine braune Krawatte zu einem blauen Anzug, als sich dauernd ihr Lamentieren anzuhören. «Warum gehst du nicht vom FBI weg und suchst dir einen Job, in dem du wirklich Geld verdienen kannst?» Alice war jetzt Mrs. Malcolm Drucker. Malcolm trug Krawatten von Hermès und Maßanzüge.

Nash hatte eine graue Tweedjacke und einen rotgrauen Schlips an. Gutaussehender Mann, räumte Vince ein. Starkes Kinn, tiefliegende Augen. Die Haut leicht gebräunt. Vince mochte es, wenn ein Mann so aussah, als verkrieche er sich bei schlechtem Wetter nicht im Haus.

Er kam gleich zur Sache. «Dr. Nash, Sie haben zwei Nachrichten für Erin Kelley hinterlassen. Sie hören sich an, als hätten Sie sie gekannt und sich mit ihr getroffen. Ist das der Fall?»

«Ja. Ich bin dabei, ein Buch zu schreiben, in dem ich das soziale Phänomen der Bekanntschaftsanzeigen analysiere. Kearns und Brown ist mein Verlag, Justin Crowell mein Lektor.»

Für den Fall, daß ich denke, er habe wirklich versucht, ein Rendezvous zu bekommen, dachte Vince, hütete sich aber, darauf einzugehen. «Wie kam es dazu, daß Sie mit Erin Kelley ausgingen? Hat sie auf Ihre Anzeige geantwortet oder umgekehrt?»

«Sie hat meine beantwortet.» Nash griff in seine Schublade. «Ich hatte Ihre Frage erwartet. Hier ist die Anzeige, auf die sie geantwortet hat, und hier ist ihr Brief. Ich habe sie am 13. Januar im ‹Pierre› zu einem Drink getroffen. Sie war eine reizende junge Frau. Ich äußerte meine Überraschung, daß jemand, der so attraktiv aussah, es nötig hätte, Bekanntschaften zu suchen. Sie erzählte mir ganz offen, daß sie die Anzeigen einer Freundin zuliebe beantwortete, die eine Dokumentation plant. Normalerweise verrate ich nicht, daß solche Begegnungen für mich Recherchen sind, aber ihr gegenüber war ich ganz aufrichtig.»

«Und das war das einzige Mal, daß Sie sie gesehen haben?»

«Ja. Ich habe schrecklich viel zu tun. Ich bin fast fertig mit meinem Buch und wollte es abschließen. Ich hatte vor, Erin wieder anzurufen, nachdem ich es abgeliefert hätte. Aber vorige Woche wurde mir klar, daß die Fertigstellung noch einen Monat dauern wird; es kommt nichts dabei heraus, wenn man zu schnell arbeiten will.»

«Und darum haben Sie sie angerufen.»

«Ja, Anfang der Woche. Und am Donnerstag noch einmal. Nein, es war am Freitag, kurz bevor ich zum Wochenende wegfuhr.»

Vince las den Brief, den Erin an Nash geschrieben hatte. Seine Anzeige war angeheftet: Arzt, weiß, 37, 1,85, attraktiv, erfolgreich, Sinn für Humor. Liebt Skifahren, Reiten, Museen und Konzerte. Sucht kreative, attraktive, weiße Sie. Chiffre 3295.

Erins maschinengeschriebener Brief lautete:

Hallo, Chiffre 3295. Habe vielleicht alle gewünschten Eigenschaften. Nein, nicht ganz. Sinn für Humor habe ich. Ich bin 28, knapp 1,70 groß, wiege 54 Kilo, und meine beste Freundin sagt, ich sei sehr attraktiv! Ich bin Schmuckdesignerin und fange allmählich an, Erfolg zu haben. Ich bin eine gute Skifahrerin; reiten kann ich, wenn das Pferd langsam und fett ist. Museen besuche ich sehr gern. Tatsächlich finde ich in Museen eine Menge guter Ideen für meine Schmuckentwürfe. Und Musik ist ein Muß. Sehen wir uns? Erin Kelley, 212-555-1432.

«Sie verstehen, warum ich sie angerufen habe», sagte Nash.

«Und Sie haben sie nie wiedergesehen?»

«Ich hatte keine Gelegenheit dazu.» Michael Nash stand auf. «Es tut mir leid. Wir müssen Schluß machen. Mein erster Patient kommt früher als gewöhnlich. Aber ich bin hier, wenn Sie mich brauchen. Wenn ich Ihnen irgendwie helfen kann, lassen Sie es mich wissen.»

«Wieso glauben Sie, daß Sie helfen könnten, Doktor?» Vince stand auf, während er ihm diese Frage stellte.

Nash zuckte mit den Schultern. «Ich weiß nicht. Ich nehme an, es ist der instinktive Wunsch, daß ein Mörder vor Gericht kommt. Erin Kelley liebte offensichtlich das Leben und hatte eine Menge zu bieten. Sie war erst achtundzwanzig.» Er streckte die Hand aus. «Sie halten nicht viel von uns Seelenklempnern, nicht wahr, Mr. D'Ambrosio? Sie finden, daß neurotische, selbstsüchtige Leute gutes Geld dafür bezahlen, zu mir zu kommen und sich zu beklagen. Lassen Sie mich erklären, wie ich meinen Job sehe. Mein Berufsleben ist dem Versuch gewidmet, Menschen zu helfen, die aus irgendeinem Grund in Gefahr sind, unterzugehen. Manche Fälle sind einfach. Ich bin wie ein Rettungsschwimmer, der hinausschwimmt, weil er sieht, daß jemand am Ertrinken ist, und ihn zurückholt. Andere Fälle sind wesentlich schwieriger. Die sind so, als versuchte ich, während eines Hurrikans das Opfer eines Schiffsuntergangs zu bergen. Es dauert lange, bis ich herankomme, und die Dünung treibt mich zurück. Es ist ziemlich befriedigend, wenn die Bergung gelingt.»

Vince steckte Erins Brief in seine Aktenmappe. «Vielleicht können Sie uns helfen, Doktor. Wir versuchen, die Leute zu finden, die Erin durch Kontaktanzeigen kennenlernte. Wären Sie bereit, mit einigen von ihnen zu reden und mir Ihre berufliche Meinung darüber zu sagen, was sie antreibt?»

«Selbstverständlich.»

«Ach, übrigens, sind Sie Mitglied der AAPL?» Psychiater, die der *American Association of Psychiatry and the Law* angehörten, waren, wie Vince wußte, besonders geübt im Umgang mit Psychopathen.

«Nein, bin ich nicht. Aber meine Recherchen, Mr. D'Ambrosio, haben mir gezeigt, daß die meisten Leute, die solche Anzeigen aufgeben oder beantworten, das aus Einsamkeit oder Langweile tun. Andere haben vielleicht finsterere Motive.»

Vince wandte sich um und ging zur Tür. Während er den Türknopf drehte, blickte er zurück. «Auf Erin Kelleys Fall trifft das wahrscheinlich zu.»

Am Dienstag abend fuhr Charley in sein Versteck und ging geradewegs in den Keller. Er nahm den Stapel Schuhkartons und stellte ihn auf die Tiefkühltruhe. An jeden war der Name des Mädchens geheftet, zu dem er gehörte. Natürlich brauchte er diese Gedächtnisstütze nicht. Er erinnerte sich an jede einzelne in allen Details. Überdies hatte er außer von Nan von allen Videobänder. Und er hatte die *Authentische Verbrechen-*Sendung über Nans Tod aufgezeichnet. Sie hatten es geschafft, ein Mädchen zu finden, das ihr wirklich ähnlich sah.

Er öffnete Nans Schachtel. Der zerkratzte Nike-Turnschuh und der schwarze, paillettenbesetzte Abendschuh. Er war ziemlich protzig. Inzwischen hatte sich sein Geschmack verbessert.

Sollte er Nans und Erins Schuhe gleichzeitig zurückschikken? Sorgfältig überdachte er die Idee. Es war eine so interessante Entscheidung.

Nein. Wenn er das tat, würden die Polizei und die Medien sofort erkennen, daß ihre Theorie über einen Nachahmungstäter nicht stimmte. Sie würden wissen, daß beide Mädchen von derselben Hand getötet worden waren.

Vielleicht würde es mehr Spaß machen, sie eine Weile an der Nase herumzuführen.

Vielleicht sollte er zuerst Nans Schuh und den des ersten anderen Mädchens zurückschicken. Das war Claire gewesen, vor zwei Jahren. Eine aschblonde Musical-Darstellerin aus Lancaster. Sie konnte so gut tanzen. Begabt. Wirklich begabt. Ihre Brieftasche lag mit ihrer weißen Sandale und dem goldenen Abendschuh im Karton. Inzwischen hatte ihre Familie sicher ihre Wohnung aufgelöst. Er würde das Päckchen an die Adresse in Lancaster schicken.

Dann würde er alle paar Tage ein weiteres Päckchen abschicken. Janine. Marie. Sheila. Leslie. Annette. Tina. Erin.

Er würde es zeitlich so einrichten, daß bis zum dreizehnten März alle Päckchen angekommen wären. In fünfzehn Tagen also. Und an diesem Abend, ganz gleich, wie er das anstellen mußte, würde Darcy hier sein und mit ihm tanzen.

Charley starrte auf die Tiefkühltruhe. Darcy würde die letzte sein. Vielleicht würde er sie für immer bei sich behalten...

Als Darcy am Dienstag abend vom Flughafen nach Hause kam, waren ein Dutzend Nachrichten auf ihrem Anrufbeantworter. Alte Freunde hatten ihr kondoliert. Sieben Anrufe bezogen sich auf Kontaktanzeigen, die Erin für sie beantwortet haben mußte. Wieder dieser David Weld mit der angenehmen Stimme. Diesmal hatte er eine Telefonnummer hinterlassen. Das hatten auch Len Parker, Cal Griffin und Albert Booth.

Gus Boxer hatte angerufen und gesagt, er habe einen Bewerber für Erin Kelleys Wohnung. Ob Miss Scott sie bis zum Wochenende räumen könne? Wenn sie das täte, bräuchte sie die Miete für März nicht zu bezahlen.

Darcy spulte das Band zurück, schrieb sich die Namen und Telefonnummern der Anrufer auf, die sich auf die Kontaktanzeigen bezogen, und wechselte die Kassette aus. Vince D'Ambrosio würde vielleicht die Stimmaufzeichnungen haben wollen.

Sie machte sich eine Dose Suppe heiß und aß sie auf einem Tablett im Bett. Als sie fertig war, griff sie nach dem Telefon und der Liste der Männer, die wegen einer Verabredung angerufen hatten. Sie wählte die erste Nummer. Als es zu läuten begann, warf sie den Hörer wieder auf die Gabel. Tränen strömten über ihre Wangen, und sie schluchzte: «Ach, Erin, ich möchte *dich* anrufen.»

8

MITTWOCH, 27. FEBRUAR

Um neun Uhr ging Darcy ins Büro. Bev war schon dort. Sie hatte Kaffee gekocht, frischen Saft und warme Brötchen besorgt. Auf dem Fensterbrett stand eine neue Pflanze. Bev umarmte sie kurz; Mitgefühl stand in ihren extravagant geschminkten Augen. «Sie wissen vermutlich schon alles, was ich sagen will.»

«Ja, ich weiß.» Darcy merkte, daß der Duft des Kaffees verlockend war. Sie griff nach einem Brötchen. «Ich habe gar nicht gewußt, daß ich hungrig bin.»

Bev gab sich geschäftsmäßig. «Gestern hatten wir zwei Anrufe. Leute, die gesehen haben, was Sie aus der Wohnung in Ralston Arms gemacht haben. Möchten, daß Sie für sie auch so etwas machen. Und wären Sie wohl bereit, ein Hotel garni an der Ecke 30. Straße und Ninth Avenue einzurichten? Neue Besitzer, die behaupten, sie hätten mehr Geschmack als Geld.»

«Bevor ich irgend etwas anderes tue, muß ich Erins Wohnung räumen.» Darcy nahm einen Schluck Kaffee und strich ihr Haar zurück. «Mir graut davor.»

Bev machte den Vorschlag, sie solle einfach alle Möbel einlagern. «Sie sagten doch, die Einrichtung sei entzückend. Könnten Sie nicht Erins Möbel nach und nach für Ihre Aufträge verwenden? Eine der Frauen, die anrief, wollte, daß Sie das Zimmer ihrer Tochter ganz besonders schön einrichten. Das Mädchen ist sechzehn und kommt nach langer Krankheit aus dem Krankenhaus nach Hause. Sie wird noch eine ganze Weile liegen müssen.»

Der Gedanke, daß ein solches Mädchen sich an Erins Messingbett freuen würde, gefiel ihr. Er machte es leichter. «Ich will mich nur erkundigen, ob es in Ordnung ist, wenn ich alles ausräume.» Sie rief Vince D'Ambrosio an.

«Ich weiß, daß die New Yorker Polizei mit der Spurensicherung fertig ist», sagte er ihr.

Bev bestellte für den nächsten Tag einen Möbelwagen in die Christopher Street. «Ich kümmere mich darum. Zeigen Sie mir nur, was Sie haben wollen.» Mittags ging sie mit Darcy zu Erins Wohnung. Boxer ließ sie ein.

«Nett von Ihnen, daß Sie die Wohnung räumen», säuselte er. «Die neue Bewohnerin ist reizend.»

Ich frage mich, wieviel du unter der Hand bekommen hast, dachte Darcy. Ich möchte die Wohnung nie wieder betreten.

Es gab ein paar Blusen und Schals, die sie als Andenken behalten wollte. Den Rest von Erins Kleidern schenkte sie Bev. «Sie haben Erins Größe. Aber bitte, tragen Sie die Sachen nicht im Büro.»

Die Schmuckstücke, die Erin angefertigt hatte. Rasch packte sie sie zusammen, da sie jetzt nicht an Erins Talent denken wollte. Was war es nur, das da an ihr nagte? Schließlich legte sie alle Stücke auf den Arbeitstisch. Ohrringe, Halsketten, Anstecknadeln, Armbänder. Gold. Silber. Halbedelsteine. Alles war phantasievoll, ob es nun echter oder Modeschmuck war. *Was störte sie bloß?*

Die neue Kette, die Erin angefertigt hatte, die mit den dicken goldenen Nachbildungen römischer Münzen. Erin hatte darüber gewitzelt. «Die werde ich für dreitausend Dollar verkaufen. Ich hab sie für eine Modenschau im April entworfen. Kann mir nicht leisten, sie selbst zu behalten, aber bis dahin werde ich sie ein paarmal tragen.»

Wo war diese Kette?

Hatte Erin sie getragen, als sie zum letzten Mal ausging? Diese Kette und den Ring mit ihren Initialen und ihre Uhr? Waren sie bei den Kleidern, die sie getragen hatte, als ihre Leiche gefunden wurde?

Darcy packte Erins privaten Schmuck zusammen mit dem Inhalt des Safes in einen Koffer. Sie würde die losen Steine schätzen lassen und verkaufen, um damit Billys Pflegeheim zu bezahlen. Sie drehte sich nicht um, als sie zum letzten Mal die Tür von Apartment 3B hinter sich schloß.

Am Mittwoch nachmittag um vier Uhr machte ein Inspektor des Sechsten Reviers, bewaffnet mit Erin Kelleys Bild, die Runde durch die Lokale am Washington Square. Bisher war seine Suche ergebnislos gewesen. Einige Barkeeper hatten freimütig eingeräumt, Erin zu kennen. «Sie kam gelegentlich vorbei. Manchmal in Begleitung. Manchmal traf sie jemanden. Letzten Dienstag? Nein. Ich habe sie die ganze letzte Woche nicht gesehen.»

Das Foto von Charles North löste überhaupt keine Wirkung aus. «Nein. Nie gesehen.»

Endlich, in «Eddie's Aurora» in der 4. Straße, sagte ein Barkeeper entschieden: «Ja, dieses Mädchen war letzten Dienstag hier. Ich bin am Mittwoch morgen nach Florida geflogen. Gerade zurückgekommen. Deswegen bin ich sicher, daß es Dienstag war. Ich habe mich mit ihr unterhalten. Ich sagte ihr, daß ich endlich in die Sonne fliegen könne. Sie sagte, sie sei eine typische Rothaarige und bekäme immer Sonnenbrand. Sie wartete auf jemanden und saß etwa vierzig Minuten hier. Er erschien nicht. Nettes Mädchen. Schließlich bezahlte sie ihre Rechnung und ging.»

Der Barkeeper war sicher, daß es am Dienstag gewesen war; sicher, daß Erin Kelley um sieben Uhr gekommen war; sicher, daß sie versetzt worden war. Er beschrieb zutreffend die Kleider, die sie getragen hatte, und auch eine ungewöhnliche Halskette, die an römische Münzen erinnerte. «Die Kette war wirklich ausgefallen. Sah teuer aus. Ich sagte ihr, sie solle damit nicht draußen herumlaufen, ohne ihren Mantelkragen darüberzuziehen.»

Vom Münztelefon in der Bar aus erstattete der Inspektor Vince D'Ambrosio Bericht. Vince rief sofort Darcy an, die bestätigte, daß Erin eine Halskette mit Goldmünzen besessen hatte. «Ich dachte, man hätte sie vielleicht bei ihr gefunden.» Sie sagte Vince, daß auch Erins Ring mit ihren Initialen und ihre Uhr fehlten.

«Sie trug eine Uhr und Ohrringe, als sie gefunden wurde», sagte Vince leise und fragte, ob er hinüberkommen könne.

«Natürlich», sagte Darcy. «Ich werde lange arbeiten.»

Als Vince im Büro ankam, hatte er eine Kopie von Erins Unterlagen über die Kontaktanzeigen bei sich. «Wir haben sämtliche Papiere gründlich untersucht. Dabei haben wir eine Quittung für eines der privaten Schließfächer gefunden, die rund um die Uhr zugänglich sind. Erin hat es erst letzte Woche gemietet. Sie hat dem Manager gesagt, daß sie Schmuckdesignerin sei und sich nicht wohl fühle, wenn sie so wertvolle Steine in ihrer Wohnung aufbewahre.»

Darcy hörte Vince D'Ambrosio aufmerksam zu, als er ihr berichtete, daß Erin am Dienstag abend versetzt worden war. «Sie verließ diese Bar allein, und zwar gegen Viertel vor acht. Wir neigen zu der Theorie, daß es ein Raubmord war. Sie trug am Dienstag abend diese Halskette, aber sie trug sie nicht mehr, als sie gefunden wurde. Von dem Ring wissen wir nichts.»

«Sie trug diesen Ring immer», sagte Darcy.

Vince nickte. «Vielleicht hatte sie den Beutel Brillanten bei sich.» Er fragte sich, ob Darcy ihn überhaupt gehört hatte. Sie saß an ihrem Schreibtisch; ein blaßgelber Pullover betonte die blonden Glanzlichter in ihrem braunen Haar; ihr Gesichtsausdruck war vollkommen beherrscht, und ihre Augen wirkten heute mehr grün als braun. Es paßte ihm überhaupt nicht, ihr Kopien von Erin Kelleys Unterlagen über die Kontaktanzeigen zu geben. Er war sicher, daß sie anfangen würde, auf diejenigen zu antworten, die umkringelt waren.

Unbewußt wurde seine Stimme tiefer, als er nachdrücklich sagte: «Darcy, ich weiß, welchen Zorn Sie empfinden, weil Sie eine Freundin wie Erin verloren haben. Aber bitte, fangen Sie nicht an, diese Kontaktanzeigen zu beantworten in der törichten Annahme, Sie würden den Mann finden, der sich Charles North nannte. Wir tun alles, was in unserer Macht steht, um Erins Mörder zu finden. Aber Tatsache bleibt, daß ein Serienmörder diese Anzeigen benutzt, um junge Frauen anzulocken, und selbst wenn Erin vielleicht nicht sein Opfer war, will ich nicht, daß Sie seine nächste Bekanntschaft sind.»

Doug Fox hatte Scarsdale am Wochenende nicht verlassen. Er hatte sich Susan und den Kindern gewidmet, und seine Bemühungen wurden dadurch belohnt, daß Susan ihm sagte, sie habe für Montag nachmittag einen Babysitter bestellt. Sie wollte Einkäufe machen und schlug vor, sie sollten sich zum Abendessen in New York treffen und dann zusammen nach Hause fahren.

Daß sie vor ihren Einkäufen einen Termin bei einer Privatdetektei hatte, hatte sie ihm nicht gesagt.

Doug hatte sie zum Abendessen ins «San Domenico» geführt

und sich bemüht, besonders charmant zu sein. Er hatte sogar gesagt, manchmal vergesse er, wie hübsch sie eigentlich sei.

Susan hatte gelacht.

Dienstag abend war Doug um Mitternacht nach Hause gekommen. «Diese verdammten langen Konferenzen», hatte er geseufzt.

Mittwoch morgen hatte er sich sicher genug gefühlt, um Susan zu sagen, er müsse Kunden zum Abendessen ausführen und werde vielleicht im «Gateway» bleiben. Er war erleichtert, wie verständnisvoll sie es aufnahm. «Ein Kunde ist ein Kunde, Doug. Lade dir bloß nicht zuviel auf.»

Als er am Mittwoch nachmittag das Büro verlassen hatte, ging er direkt in die Wohnung im «London Terrace». Um halb acht wollte er sich mit einer geschiedenen, zweiunddreißigjährigen Immobilienmaklerin in SoHo zu einem Drink treffen. Aber zuvor wollte er sich leger anziehen und einen Anruf erledigen.

Er hoffte, daß er heute abend Darcy Scott erreichen würde.

Am Mittwoch nachmittag erhielt Jay Stratton einen Anruf von Merrill Ashton aus Winston-Salem in North Carolina. Ashton hatte lange und gründlich über Strattons Vorschlag nachgedacht, er solle seiner Frau zu ihrem vierzigsten Hochzeitstag ein wertvolles Schmuckstück schenken. «Wenn ich mit Frances darüber spreche, wird sie versuchen, es mir auszureden», sagte Ashton, und seine Stimme klang, als lächle er. «Tatsächlich muß ich nächste Woche geschäftlich nach New York. Haben Sie irgend etwas, das Sie mir zeigen könnten? Ich dachte an ein Brillantarmband.»

Jay versicherte ihm, selbstverständlich könne er ihm etwas zeigen. «Ich habe kürzlich ein paar besonders schöne Brillanten gekauft, die gerade zu einem Armband verarbeitet werden. Das wäre genau das Richtige für Ihre Frau.»

«Ich möchte eine Schätzung.»

«Selbstverständlich. Wenn das Armband Ihnen gefällt, können Sie es einem Juwelier Ihres Vertrauens in Winston-Salem zeigen, und wenn er nicht der Meinung ist, daß es seinen Preis wert ist, dann machen wir das Geschäft eben nicht. Sind Sie bereit, vierzigtausend Dollar auszugeben? Tausend für jedes Ehejahr?»

Er hörte, wie Ashton mit der Antwort zögerte. «Tja, das ist eine Menge Geld.»

«Ein wirklich exquisites Armband», versicherte Jay ihm. «Etwas, das Frances junior stolz ihrer eigenen Tochter hinterlassen wird.»

Sie verabredeten sich zu einem Drink am nächsten Montag, den 4. März.

Als er das tragbare Telefon auf den Couchtisch stellte, fragte Stratton sich, ob nicht alles zu glatt laufe. Der Scheck über zwanzigtausend Dollar für das Bertolini-Collier. Würde jemand auf die Idee kommen, danach zu suchen? Die Versicherungssumme für den Beutel Brillanten. Da Erins Leiche gefunden worden war, konnte die Möglichkeit, daß man sie beraubt hatte, nicht ausgeschlossen werden. Er würde Ashton die Steine zu einem vernünftigen, aber nicht fragwürdigen Preis geben. Ein Juwelier in Winston-Salem würde nicht nach Steinen Ausschau halten, die als vermißt oder gestohlen gemeldet waren.

Eine Welle reinen Vergnügens überschwemmte ihn. Stratton lachte und erinnerte sich an das, was sein Onkel vor zwanzig Jahren zu ihm gesagt hatte. «Jay, ich habe dich auf eine Ivy-League-Schule geschickt. Du hast den Grips, aus eigener Kraft gute Noten zu schaffen, und du betrügst trotzdem. Dein Vater wird nie tot sein, solange du in der Nähe bist.»

Als er seinem Onkel erzählt hatte, er habe den Rektor in

Brown dazu überredet, ihn die Prüfung wiederholen zu lassen, falls er für zwei Jahre zum Peace Corps ginge, hatte dieser sarkastisch erwidert: «Sei vorsichtig. Im Peace Corps gibt es nichts zu stehlen, und du könntest tatsächlich arbeiten müssen.»

So schlimm war es mit der Arbeit nicht gewesen. Mit zwanzig hatte er in Brown wieder neu angefangen. Laß dich nie erwischen, hatte sein Vater ihn gewarnt. Und wenn du doch erwischt wirst, dann sorg dafür, daß es nicht in die Akten kommt, ganz gleich, wie du das anstellst.

Natürlich war er älter gewesen als die anderen Studenten. Sie waren ihm alle vorgekommen wie Kinder, sogar die, die offensichtlich reich waren.

Bis auf eine.

Das Telefon läutete. Es war Enid Armstrong. Enid Armstrong? Natürlich, die Witwe, die so nah am Wasser gebaut hatte.

Sie klang aufgeregt. «Ich habe mit meiner Schwester über Ihren Vorschlag mit dem Ring gesprochen, und sie hat gesagt: ‹Enid, wenn dir das Auftrieb gibt, dann mach es. Du darfst dich ruhig ein bißchen verwöhnen.›»

In den 6-Uhr-Nachrichten auf Channel 4 verlas der Reporter John Miller eine Meldung über Erin Kelley. Man hatte festgestellt, daß Brillanten im Wert von einer Viertelmillion Dollar aus ihrem Safe fehlten. Lloyd's of London hatte eine Belohnung von fünfzigtausend Dollar für ihre Wiederbeschaffung ausgesetzt. Die Polizei glaubte noch immer, sie sei das Opfer eines Nachahmungstäters, der vielleicht nicht gewußt hatte, daß sie Wertsachen bei sich trug. Der Bericht endete mit dem Hinweis, daß in der Reihe *Authentische Verbrechen* um acht Uhr die Sendung über Nan Sheridans Tod wiederholt werde.

Darcy schaltete den Apparat mit der Fernbedienung aus.

«Es hatte nichts mit einem Raub zu tun», sagte sie laut. «Es hatte nichts mit einer Nachahmungstat zu tun. Ganz gleich, was sie sagen, es hatte nur mit einer Kontaktanzeige zu tun.»

Vince D'Ambrosio würde zweifellos die Identität einiger der Leute feststellen, mit denen Erin sich getroffen hatte. Aber Erin war zum ersten Mal mit einem Mann verabredet gewesen, der sich Charles North genannt hatte, und er war nicht aufgetaucht. Und wenn er gerade die Bar betreten und sie an der Tür getroffen hätte? Und wenn er einer von denen gewesen wäre, denen sie ein Bild geschickt hatte? Wenn er gesagt hätte: «Erin Kelley, ich bin Charles North. Ich bin im Verkehr steckengeblieben. Hier ist es so voll. Gehen wir anderswo hin?»

Das ergibt einen Sinn, dachte Darcy. Wenn da draußen ein Serienmörder herumläuft und auch für andere Todesfälle verantwortlich ist, dann wird er jetzt nicht aufhören. Wenn sie nur wüßte, welche Anzeigen Erin tatsächlich beantwortet und welche davon sie für sie beide beantwortet hatte!

Es war sieben Uhr, eine gute Zeit, um die Anrufe zu erwidern, die ihr Anrufbeantworter aufgenommen hatte. In den nächsten vierzig Minuten erreichte sie drei Personen und hinterließ den anderen vier Nachrichten. Jetzt hatte sie eine Verabredung zu einem Drink mit Len Parker im «McMullen's» am Donnerstag, eine mit David Weld im «Smith and Wollensky's Grill» am Freitag, eine zum Brunch mit Albert Booth im «Victory Café» am Samstag.

Was war mit den Männern, die auf Erins Anrufbeantworter Nachrichten hinterlassen hatten? Ein paar hatten Telefonnummern angegeben, die sie sich aufgeschrieben hatte. Vielleicht würde sie sie zurückrufen, ihnen von Erin erzählen, falls sie es nicht schon wußten, und versuchen, sich mit ihnen zu verabreden. Wenn sie viele Mädchen trafen, hatten sie vielleicht jemanden über eine Bekanntschaft berichten hören, die sich als unheimlich herausstellte.

Die beiden ersten meldeten sich nicht. Der nächste nahm sofort den Hörer ab. «Michael Nash.»

«Hello, ich bin Darcy Scott, eine gute Freundin von Erin Kelley. Wahrscheinlich wissen Sie, was ihr zugestoßen ist.»

«Darcy Scott.» Die angenehme Stimme wurde tiefer und klang betroffen. «Erin hat mir von Ihnen erzählt. Es tut mir so leid. Gestern habe ich mit einem FBI-Agenten gesprochen und ihm versichert, daß ich nach Kräften helfen möchte. Erin war ein reizendes Mädchen.»

Darcy merkte, daß sich ihre Augen mit Tränen füllten. «Ja, das war sie.»

Offenbar hatte er ihrer Stimme die Tränen angehört. «Das ist furchtbar hart für Sie. Kann ich Sie bald einmal abends zum Essen ausführen? Vielleicht hilft es Ihnen, wenn Sie darüber reden.»

«Ja, gern.»

«Morgen?»

Darcy dachte rasch nach. Sie traf Len um sechs. «Wenn acht Uhr Ihnen paßt?»

«Sehr gut. Ich reserviere einen Tisch im ‹Le Cirque›. Übrigens, wie erkenne ich Sie?»

«Ich werde ein blaues Wollkleid mit weißem Kragen tragen.»

«Ich bin der am durchschnittlichsten aussehende Mann im Lokal. Ich warte an der Bar.»

Darcy legte auf und fühlte sich irgendwie getröstet, und gleich ertappte sie sich dabei, wie sie sich instinktiv vornahm, Erin anzurufen und ihr das zu erzählen.

Sie stand auf und massierte ihren Nacken. Dumpfe Kopfschmerzen machten ihr bewußt, daß sie seit Mittag nichts gegessen hatte. Jetzt war es Viertel vor acht. Schnell eine heiße Dusche, beschloß sie. Dann wärme ich mir eine Suppe und schaue mir diese Sendung an.

Die Suppe, die dampfend heiß sehr appetitlich war, wurde zu einem dicken Brei aus in Tomatenbrühe schwimmenden Gemüsestückchen, während Darcy auf den Bildschirm starrte. Das Foto der toten Neunzehnjährigen, einen Fuß in einem verschrammten Nike-Turnschuh, den anderen in einem paillettenbesetzten schwarzen Satinpumps, war entsetzlich. Hatte Erin so ausgesehen, als man sie gefunden hatte? Die Hände in der Taille gefaltet, die Spitzen der nicht zueinander passenden Schuhe in die Luft zeigend? Welches kranke Gehirn konnte dieses Bild sehen und es nachahmen wollen? Die Sendung endete mit dem Hinweis, daß möglicherweise ein Nachahmungstäter für den Mord an Erin Kelley verantwortlich sei.

Als es vorbei war, schaltete sie den Apparat aus und vergrub das Gesicht in den Händen. Vielleicht hatte das FBI recht mit dem Nachahmungstäter. Es konnte kein Zufall sein, daß ein paar Wochen nach der Ausstrahlung der Sendung Erin auf die gleiche Weise gestorben war.

Aber warum Erin? Und hatte der Schuh, den sie trug, gepaßt? Wenn ja, woher kannte der Mörder ihre Schuhgröße? Vielleicht bin ich verrückt, dachte sie. Vielleicht sollte ich mich heraushalten und die ganze Sache Leuten überlassen, die wissen, was sie tun.

Das Telefon läutete. Am liebsten hätte sie den Hörer nicht abgenommen. Sie war plötzlich zu müde, um mit irgend jemandem zu reden. Aber vielleicht gab es Neuigkeiten von Billy. Das Pflegeheim hatte für Notfälle ihre Telefonnummer. Sie hob ab. «Darcy Scott.»

«Persönlich? Na, *endlich!* Ich habe alle paar Tage versucht, Sie zu erreichen. Ich bin Chiffre 2721. Doug Fields.»

9

DONNERSTAG, 28. FEBRUAR

Am Donnerstag morgen stellte Nona zusammen mit ihrer Kollegin Liz Kroll die Planung des Dokumentarfilms fertig. Liz, eine junge Frau mit hagerem Gesicht und scharfen Zügen, hatte die potentiellen Gäste interviewt und die Nieten aussortiert, wie sie sich ausdrückte.

«Wir haben eine gute Mischung», versicherte sie Nona. «Zwei Paare, die geheiratet haben. Die Cairones verliebten sich beim ersten Treffen ineinander und sind gefühlsduselig genug, um die romantischen Gemüter zufriedenzustellen. Die Quinlans haben gegenseitig auf ihre Anzeigen geschrieben und erzählen recht lustig, wie ihre Briefe sich in der Post kreuzten. Wir haben jemanden, der aussieht wie der junge Abraham Lincoln. Er gesteht seine Schüchternheit ein und sagt auch, daß er noch immer das richtige Mädchen sucht. Wir haben eine junge Frau, deren Anzeige sich versehentlich so anhörte, als sei sie eine reiche Geschiedene. Sie bekam siebenhundert Zuschriften und hat sich bisher mit zweiundfünfzig Männern getroffen. Wir haben eine Frau, die sich mit ihrem Partner zum Essen verabredete, und am Schluß brach er einen Streit mit ihr vom Zaun, ging einfach weg und ließ sie mit der Rechnung sitzen. Der nächste Typ fiel buchstäblich über sie her, als er sie nach Hause fuhr. Jetzt lungert er vor ihrem Haus herum. Eines Morgens wachte sie auf und sah, daß er in ihr Schlafzimmerfenster spähte. Wenn Ihre Freundin Erin Kelley ihren Kandidaten an diesem Abend wirklich getroffen hätte, dann hätten wir einen sensationellen Aufmacher.»

«Ach, wirklich?» sagte Nona ruhig und stellte fest, daß sie Liz nie gemocht hatte.

Liz Kroll schien das nicht zu bemerken. «Dieser FBI-Agent, Vince D'Ambrosio, ist süß. Gestern hab ich mit ihm gesprochen. Er wird in der Sendung Bilder von all diesen vermißten Mädchen zeigen und die Leute warnen, weil sie alle Kontaktanzeigen beantwortet haben. Er wird fragen, ob irgend jemand Informationen hat, solche Sachen. Das beunruhigt mich ein bißchen. Wir wollen ja schließlich nicht klingen wie *Authentische Verbrechen*, aber was können wir machen?» Sie stand auf, um zu gehen. «Noch etwas. Sie erinnern sich sicher an diese Mrs. Barnes aus Lancaster, deren Tochter Claire seit zwei Jahren verschwunden ist? Mir kam gestern eine Idee. Wie wär's, wenn wir sie in die Sendung holten? Nur für ein kurzes Gespräch. Ich habe zufällig Hamilton getroffen, und er fand die Idee prima, sagte aber, ich solle das mit Ihnen absprechen.»

«Niemand trifft Austin Hamilton zufällig.» Nona spürte, wie Ärger die dumpfe Lethargie durchbrach, die mit jedem Tag mehr von ihr Besitz ergriff. Keine einzige Minute lang konnte sie Erin vergessen. Dieses Gesicht, immer zu einem Lächeln bereit, dieser schlanke, anmutige Körper. Wie die anderen in dem Walzerkurs, in dem sie sich kennengelernt hatten, war Nona eine recht gute Tänzerin, aber sowohl Erin als auch Darcy waren hervorragend. Vor allem Erin. Alle anderen blieben stehen, um zuzusehen, wenn sie mit dem Kursleiter tanzte. Und ich habe mich mit ihnen angefreundet und ihnen von meiner großartigen Idee für eine Dokumentarsendung über Kontaktanzeigen erzählt. Wenn Vince D'Ambrosio bloß recht hätte. Er glaubt, Erin sei das zufällige Opfer eines Nachahmungstäters geworden. Bitte, lieber Gott, laß es so sein, betete Nona. Laß es so sein.

Aber wenn Erin gestorben war, weil sie Kontaktanzeigen beantwortet hatte, dann sollte dieses Programm dazu beitragen, anderen das Leben zu retten. «Ich werde Mrs. Barnes in Lancaster anrufen», sagte sie zu Liz Kroll, und ihr Ton war eindeutig ein Hinauswurf.

Darcy saß auf dem Fensterbrett des Schlafzimmers, das sie für das junge Mädchen einrichtete, das bald aus dem Krankenhaus entlassen werden sollte. Erins Bett würde ausgezeichnet passen. Die reizende kleine Damenkommode aus der Zeit der Jahrhundertwende, die sie letzte Woche in Old Tappan erstanden hatte, besaß tiefe Schubladen. Sie wirkte wie eine kleine Ankleidekommode und würde den Raum nicht zu voll machen. Die gegenwärtige Kommode mit den doppelten Schubladenreihen, ein verschrammtes Möbel mit Mahagonifurnier, war scheußlich. Umfangreichere Gegenstände wie dicke Pullover könnte man auf zusätzlichen Fachbrettern oben im Wandschrank unterbringen.

Sie merkte, daß die Mutter des Mädchens, einen müden Ausdruck in den sympathischen Zügen, sie ängstlich beobachtete. «Lisa liegt schon so lange in einem öden Krankenhauszimmer, daß ich dachte, es würde ihr Auftrieb geben, wenn ich ihr Zimmer neu einrichte. Sie braucht noch viel Therapie, aber sie hat Mumm. Sie hat den Ärzten gesagt, in zwei Jahren würde sie wieder Ballettunterricht nehmen. Schon seit sie laufen konnte, fing sie an zu tanzen, sobald sie Musik hörte.»

Lisa war von einem Fahrradboten angefahren worden, der in halsbrecherischem Tempo in der falschen Richtung durch eine Einbahnstraße raste. Er prallte gegen sie und brach ihr Beine, Fußknöchel und Fersenbeine. «Sie tanzt so gern», fügte ihre Mutter wehmütig hinzu.

Junge Frau, die gerne tanzt. Darcy lächelte, als sie an das gerahmte Poster mit diesem Titel dachte, das in Erins Schlafzimmer gehangen hatte. Erin sagte immer, das sähe sie morgens als erstes, und es helle ihren Tag auf. Entschlossen unterdrückte sie den Wunsch, das Poster als Andenken zu behalten. «Für diese Wand habe ich genau das Richtige», sagte sie und spürte, wie der ständige Schmerz ein wenig nachließ. Es war fast, als hätte Erin zustimmend genickt.

Die Agentur Harkness in der 45. Straße war das diskrete Detektivbüro, das Susan Fox beauftragt hatte, ihren Ehemann Douglas bei seinen nächtlichen Streifzügen zu beschatten. Die Vorauszahlung von fünfzehnhundert Dollar kam ihr vor wie ein Symbol. Genau diese Summe hatte sie auf ihrem persönlichen Sparkonto für Dougs Geburtstag im August angesammelt. Sie lächelte traurig, als sie den Scheck ausschrieb.

Am Mittwoch rief sie Carol Harkness an. «Heute abend hat mein Mann eine seiner berühmten Nicht-Konferenzen.»

«Wir werden Joe Pabst, einen unserer besten Leute, auf ihn ansetzen», wurde ihr versichert.

Am Donnerstag erstattete Pabst, ein kräftig gebauter Mann mit jovialen Zügen, seiner Chefin Bericht. «Der Kerl hat mich ganz schön in Trab gehalten. Er verläßt sein Büro, fährt im Taxi nach ‹London Terrace›. Er hat dort ein Apartment, das ihm der Besitzer, ein Ingenieur namens Carter Fields, für zwei Jahre untervermietet hat. Er ist als Douglas Fields registriert. Praktisch. Auf diese Weise kommt keiner hinter die illegale Untervermietung, und von seiner Familie und aus seinem Büro findet ihn niemand. Außerdem haben die beiden Namen dieselben Initialen. Das ist ein Glücksfall. Er braucht sich also keine Sorgen über das Monogramm auf seinen Manschettenknöpfen zu machen.»

Mit widerwilliger Bewunderung schüttelte Pabst den Kopf. «Die Nachbarn glauben, er sei Illustrator. Der Hausmeister erzählte mir, er habe eine Menge gerahmter Federzeichnungen in der Wohnung hängen sehen. Ich habe dem Hausmeister die Schwindelgeschichte erzählt, Fields käme für einen Regierungsauftrag in Frage, und ihm die üblichen zwanzig Dollar gegeben, damit er den Mund hält.»

Mit ihren achtunddreißig Jahren sah Carol Harkness aus wie einer der weiblichen Manager in den AT & T-Werbespots. Nur eine goldene Reversnadel zierte ihr gutgeschnittenes schwarzes Kostüm. Ihr aschblondes Haar trug sie schulterlang. Die haselnußbraunen Augen zeigten einen kühlen, unpersönlichen Ausdruck. Als Tochter eines Inspektors der Polizei von New York City lag die Liebe zur Polizeiarbeit ihr im Blut.

«Ist er dort geblieben oder ausgegangen?» fragte sie.

«Ausgegangen. Gegen sieben Uhr. Sie hätten sehen sollen, wie verändert er war. So frisiert, daß sein Haar ganz lockig wirkte. Pullover mit hoch angeschnittenem Hals. Jeans. Lederjacke. Verstehen Sie mich nicht falsch, er sah nicht billig aus. Eher so, wie Künstlertypen mit Geld sich anziehen. Er traf sich in einer Bar in SoHo mit einem Mädchen. Attraktiv. Um die Dreißig. Sie hatte Klasse. Ich saß am Tisch hinter ihnen. Sie nahmen ein paar Drinks, und dann sagte sie, sie müsse gehen.»

«Wollte sie ihn loswerden?» fragte Carol Harkness schnell.

«Ganz und gar nicht. Sie hatte nur Augen für ihn. Er ist ein gutaussehender Bursche und kann charmant sein, wenn er will. Sie haben eine Verabredung für Freitag abend. Sie wollen in irgendeinem Nachtclub in der Innenstadt tanzen gehen.»

Mit vor Konzentration gerunzelter Stirn studierte Vince D'Ambrosio den Autopsiebericht über Erin Kelley. Er besagte, daß sie etwa vier Stunden vor ihrem Tod gegessen hatte. Ihr Körper wies keine Anzeichen von Zersetzung auf. Ihre Kleidung war von Nässe durchweicht. Diese Tatsachen waren ursprünglich dem kalten, matschigen Wetter am Tag ihres Auffindens zugeschrieben worden. Die Autopsie ergab, daß ihre Organe teilweise aufgetaut waren. Der Mediziner schloß daraus, daß man ihren Leichnam unmittelbar nach dem Tod eingefroren hatte.

Eingefroren! Warum? Weil es für den Mörder zu gefährlich war, sich der Leiche sofort zu entledigen? Wo hatte er sie aufbewahrt? War sie am Dienstag abend gestorben? Oder war es möglich, daß sie irgendwo gefangengehalten wurde und erst am Donnerstag starb?

Hatte sie vorgehabt, den Beutel mit den Brillanten in das Schließfach zu bringen? Allen Schilderungen nach war Erin Kelley eine intelligente junge Frau. Sie schien ganz gewiß nicht der Typ, der einem Fremden anvertraut, daß er ein Vermögen an Juwelen in seiner Handtasche bei sich trägt.

Oder doch?

Sie hatten die Identität der Männer überprüft, die einige der Anzeigen aufgegeben hatten, von denen sie annahmen, Erin habe sie beantwortet. Bislang war bei allen ungefähr das gleiche herausgekommen wie bei diesem Rechtsanwalt North. Hieb- und stichfeste Alibis, wo sie an dem fraglichen Dienstag abend gewesen waren. Einige von ihnen holten die Zuschriften bei den Zeitschriften oder Zeitungen, in denen sie inseriert hatten, selbst ab. Drei der Nachsendeadressen für die anderen erwiesen sich als Postfächer. Vermutlich verheiratete Männer, die nicht Gefahr laufen wollten, daß ihre Frauen die Briefe öffneten.

Es war fast fünf, als Vince einen Anruf von Darcy Scott

erhielt. «Ich wollte schon den ganzen Tag mit Ihnen reden, aber ich hatte außerhalb des Büros zu tun», erklärte sie.

Das ist das beste für sie, dachte Vince. Er mochte Darcy Scott. Nachdem man Kelleys Leiche gefunden hatte, hatte er Nona Roberts nach Darcys Familie gefragt und zu seinem Erstaunen erfahren, daß sie die Tochter von zwei Superstars war. Dabei hatte dieses Mädchen nichts von Hollywood an sich. Sie war natürlich. Überraschend, daß sie noch nicht in festen Händen war. Er fragte, wie es ihr gehe.

«Ganz gut soweit», sagte Darcy.

Vince versuchte zu analysieren, was er in ihrer Stimme hörte. Als er sie in Nonas Büro zum ersten Mal traf, verriet ihr leiser, angestrengter Ton akute Sorge. Im Leichenschauhaus hatte sie bis zu ihrem Zusammenbruch mit der emotionslosen Monotonie eines Menschen gesprochen, der unter Schock steht. Jetzt hörte er eine gewisse Forschheit. Entschlossenheit. Vince wußte sofort, Darcy Scott war noch immer überzeugt, daß Erin gestorben war, weil sie auf Kontaktanzeigen geantwortet hatte.

Er wollte darüber gerade mit ihr sprechen, als sie fragte: «Vince, etwas hat mir keine Ruhe gelassen. Dieser hochhakkige Schuh, den Erin trug – paßte er? Ich meine, hatte er ihre Größe?»

«Er hatte die gleiche Größe wie ihr Stiefel, siebeneinhalb, schmal.»

«Wer immer ihn ihr angezogen hat, wieso hatte er zufällig einen Schuh genau in ihrer Größe?»

Kluges Mädchen, dachte Vince. Vorsichtig wägte er seine Worte ab. «Miss Scott, daran arbeiten wir gerade. Wir versuchen den Hersteller dieses Schuhs zu finden, um feststellen zu können, wo er gekauft wurde. Er ist nicht billig. Das Paar hat vermutlich sogar mehrere hundert Dollar gekostet. Das schränkt die Zahl der Geschäfte im New Yorker Raum, die diese Schuhe führen, beträchtlich ein. Ich verspreche Ihnen, wenn es etwas Neues gibt, halte ich Sie auf dem laufenden.» Er zögerte und fügte dann hinzu: «Ich hoffe, Sie haben sich die Idee aus dem Kopf geschlagen, irgendwelche Kontaktanzeigen weiterzuverfolgen, die Erin Kelley für Sie beantwortet hat.»

«Tatsache ist», antwortete ihm Darcy, «daß ich in einer Stunde die erste Verabredung mit einem dieser Leute habe.»

Len Parker um sechs. Sie trafen sich im «McMullen's» an der Ecke 76. Straße und Third Avenue. Ziemlich im Trend, dachte Darcy, und bestimmt ungefährlich. Ein Lieblingslokal derer, die in New York «in» waren. Sie war dort ein paarmal verabredet gewesen und mochte den Besitzer, Jim McMullen. Sie würde mit Parker nur ein Glas Wein trinken. Er hatte ihr erzählt, er treffe sich danach mit ein paar Freunden im Athletic Club, um Basketball zu spielen.

Sie hatte Michael Nash gesagt, sie würde ein blaues Wollkleid mit weißem Kragen tragen. Jetzt, da sie es anhatte, fühlte sie sich übertrieben aufgemacht. Erin zog sie immer mit den Kleidern auf, mit denen ihre Mutter sie überschüttete. «Wenn du dich dazu durchringst, sie zu tragen, dann sehen wir anderen alle aus, als kauften wir in Billigläden ein.»

Stimmt nicht, dachte Darcy, während sie noch etwas mitternachtsgrauen Lidschatten auftrug. Erin sah immer fabelhaft aus, sogar im College, als sie so wenig Geld für Kleider hatte.

Sie entschloß sich, die Nadel aus Silber und Azurit zu tragen, die Erin ihr zum Geburtstag geschenkt hatte. «Auffallend, aber lustig», hatte Erin sie genannt. Die Anstecknadel war geformt wie Notenlinien. Die Noten waren in Azurit ausgeführt und hatten genau die gleiche meerblaue Farbe wie ihr Kleid. Silberne Armbänder und Ohrringe und schmale Wildlederstiefel vervollständigten ihre Aufmachung.

Aufmerksam betrachtete Darcy sich im Spiegel. Auf der Reise nach Kalifornien hatte ihre Mutter sie dazu überredet, ihren persönlichen Coiffeur aufzusuchen. Er hatte ihre Frisur geändert, hier und da ein paar Zentimeter abgeschnitten und dann die natürlichen blonden Glanzlichter in ihrem Haar betont. Sie mußte zugeben, daß das Resultat ihr gefiel. Sie zuckte mit den Achseln. Okay, ich sehe gut genug aus, damit Len Parker sich nicht davonmacht, wenn ich auftauche.

Parker war groß und klapperdürr, aber nicht unattraktiv. Er sagte, er sei Lehrer in einem College, kürzlich aus Wichita, Kansas, nach New York gezogen und kenne noch nicht viele Leute. Bei einem Glas Wein vertraute er ihr an, ein Freund habe ihm den Vorschlag gemacht, eine Bekanntschaftsanzeige aufzugeben. «Aber sie sind ganz schön teuer. Sie würden erstaunt sein. Es ist viel vernünftiger, auf die Anzeigen anderer Leute zu antworten, aber ich bin doch froh, daß Sie auf meine geschrieben haben.» Seine Augen waren hellbraun, groß und ausdrucksvoll. Er starrte Darcy an. «Eins muß ich wirklich sagen, Sie sind sehr hübsch.»

«Danke.» Warum verursachte etwas, das er an sich hatte, ihr Unbehagen? War er wirklich Lehrer, oder war er wie der andere Mann, den sie getroffen hatte, bevor sie nach Kalifornien ging? Dieser Bursche hatte behauptet, er sei leitender Mitarbeiter einer Werbeagentur, und keine Ahnung von den Agenturen gehabt, die sie ihm gegenüber erwähnt hatte.

Parker rutschte auf seinem Barhocker herum und schaukelte ein wenig damit. Er sprach leise, und im Stimmengewirr der Gespräche ringsum mußte Darcy sich vorbeugen, um ihn zu verstehen.

«Sehr hübsch», betonte er. «Wissen Sie, nicht alle Mädchen, die ich getroffen habe, waren hübsch. Wenn man die Briefe liest, die sie schreiben, dann könnte man annehmen, sie seien Miss Universum. Und dann erscheint eine graue Maus.»

Er winkte nach einem zweiten Glas Wein. «Sie auch?»

«Danke, ich hab noch.» Sorgfältig wählte Darcy ihre Worte. «Sicher waren nicht alle so unscheinbar. Ich wette, Sie haben auch ein paar wirklich hübsche Mädchen getroffen.»

Er schüttelte nachdrücklich den Kopf. «Nicht wie Sie. Überhaupt nicht wie Sie.»

Es war eine lange Stunde. Darcy hörte von Parkers Schwierigkeiten, eine Wohnung zu finden. Die Preise, lieber Gott. Manche Mädchen meinten, er müsse sie fein zum Essen ausführen. Also wirklich! Wer konnte sich das leisten?

Endlich gelang es Darcy, Erins Namen ins Spiel zu bringen. «Ich weiß. Meine Freundin und ich, wir haben durch diese Anzeigen auch ein paar seltsame Leute kennengelernt. Sie hieß Erin Kelley. Haben Sie sie zufällig getroffen?»

«Erin Kelley?» Parker schluckte heftig. «War das nicht das Mädchen, das letzte Woche ermordet wurde? Nein, ich habe sie nie getroffen. Und sie war Ihre Freundin? Ach, das tut mir aber leid. Schrecklich. Hat man den Mörder schon gefunden?»

Sie wollte nicht über Erins Tod sprechen. Selbst wenn Erin diesen Mann einmal getroffen hätte, wäre sie mit Sicherheit kein zweites Mal mit ihm ausgegangen. Sie schaute auf die Uhr. «Ich muß laufen. Und Sie kommen noch zu spät zu Ihrem Basketballspiel.»

«Ach, das macht nichts. Ich schwänze. Bleiben Sie zum Essen. Sie haben hier gute Hamburger. Teuer, aber gut.»

«Ich kann wirklich nicht. Ich habe eine Verabredung.»

Parker runzelte die Stirn. «Morgen abend? Ich meine, ich weiß, ich sehe nicht besonders aus, und Lehrer sind bekannt dafür, daß sie nicht viel verdienen, aber ich würde Sie wirklich gern wiedersehen.»

Darcy schob die Arme in ihren Mantel. «Ich kann wirklich nicht. Danke.»

Parker stand auf und schlug mit der Faust auf die Bar. «Na gut, dann können Sie die Drinks bezahlen. Sie meinen, Sie seien zu gut für mich. Dabei bin ich zu gut für Sie!»

Sie war erleichtert, als sie ihn das Restaurant verlassen sah. Als der Barkeeper mit der Rechnung kam, sagte er: «Miss, geben Sie sich nicht mit diesem Verrückten ab. Hat er wieder die Nummer mit dem Lehrer am College abgezogen? In Wirklichkeit ist er einer der Hausmeister an der Universität von New York. Durch die Anzeigen, die er aufgibt, verschafft er sich eine Menge kostenlose Drinks und Mahlzeiten. Sie sind billig davongekommen.»

Darcy lachte. «Ja, das glaub ich auch.» Ihr kam ein Gedanke. Sie griff in ihre Tasche und nahm Erins Bild heraus. «Haben Sie ihn zufällig jemals mit diesem Mädchen gesehen?»

Der Barkeeper, der aussah, als sei er vielleicht Schauspieler, betrachtete das Foto aufmerksam und nickte dann. «Allerdings. Vor etwa zwei Wochen. Sie war eine Wucht. Ließ ihn einfach hier sitzen.»

Nona war überrascht und erfreut, als sie um sechs Uhr einen Anruf von Vince D'Ambrosio erhielt. «Offensichtlich gehören Sie auch zu denen, die sich nicht an feste Bürostunden halten», sagte er. «Ich würde gern mit Ihnen über Ihre Sendung reden. Haben Sie in etwa einer Stunde Zeit, mit mir zu Abend zu essen?»

Sie hatte.

«Okay, bestellen Sie einen Tisch in einem guten Steaklokal in Ihrer Nähe.»

Lächelnd legte sie auf. D'Ambrosio war eindeutig ein Typ für Fleisch und Kartoffeln, aber sie würde ihren letzten Dollar darauf wetten, daß sein Cholesterinspiegel in Ordnung war.

Sie merkte, daß sie sich ganz unvernünftig freute, heute ihren neuen Donna-Karan-Overall zu tragen. Das dunkle Rot stand ihr, und der goldene Gürtel mit den verschlungenen Händen betonte ihre schlanke Taille. Nona hielt diese Taille für ihren größten Pluspunkt. Dann überkam sie ganz plötzlich überwältigende Traurigkeit. Erin hatte ihr diesen Gürtel zu Weihnachten angefertigt.

Sie schüttelte den Kopf, als wolle sie die Realität von Erins Tod leugnen, stand auf, ging um ihren Schreibtisch herum und ließ die Schultern kreisen. Sie hatte den ganzen Tag lang an der Dokumentarsendung gearbeitet und fühlte sich, als ob ihr Körper aus lauter Knoten bestünde. Um drei Uhr hatte Gary Finch, der Moderator von Hudson Cable, sie mit ihr zusammen angeschaut. Am Schluß hatte Finch, ein notorischer Perfektionist, gelächelt und gesagt: «Das wird fabelhaft.»

«Wenn Sir Hubert etwas billigt, ist das in der Tat ein großes Lob.» Nona reckte sich und versuchte sich zu entscheiden, ob sie Emma Barnes in Lancaster noch einmal anrufen sollte. Sie hatte es schon drei- oder viermal versucht. Zugegeben, Liz war schlau gewesen, als sie vorgeschlagen hatte, diese Mrs. Barnes in der Sendung auftreten und über ihre vermißte Tochter sprechen zu lassen, die Kontaktanzeigen beantwortet hatte. Liz war intelligent und hatte Einfälle. Aber sie hat versucht, mich auszustechen, als sie mit Hamilton über Mrs. Barnes sprach, entschied Nona. Sie will meinen Job. Soll sie es nur versuchen!

Nach einer letzten, langen Dehnung setzte sie sich an ihren Schreibtisch und wählte die Nummer in Lancaster. Wieder meldete sich niemand im Hause Barnes.

Vince erschien pünktlich um sieben. Er trug einen gutgeschnittenen grauen Nadelstreifenanzug und dazu eine braun und beige gemusterte Krawatte. Ihm sucht bestimmt keine Frau die Krawatten aus, dachte Nona und erinnerte sich, wie pingelig Matt mit Krawatten zu bestimmten Hemden und Anzügen gewesen war.

Das Restaurant lag am Broadway, ein paar Blocks von Nonas Apartment entfernt. «Heben wir uns die ernsthaften Sachen zum Dessert auf», schlug Vince vor. Beim Salat skizzierten sie kurz ihr persönliches Leben. «Wenn Sie eine Bekanntschaftsanzeige aufgäben, was würden Sie über sich selbst sagen?» fragte er.

Nona dachte nach. «Geschiedene Weiße, 41 Jahre alt, Redakteurin beim Kabelfernsehen.»

Er schlürfte seinen Scotch. «Weiter.»

«Eingefleischte Bewohnerin von Manhattan. Hält jeden, der anderswo lebt, für geisteskrank.»

Er lachte. Sie merkte, daß dabei freundliche Fältchen in seinen Augenwinkeln erschienen.

Nona trank von ihrem Wein. «Dieser Burgunder ist köstlich», sagte sie. «Sie sollten ihn auch bestellen, wenn das Steak kommt.»

«Werde ich. Bitte, beenden Sie Ihre Anzeige.»

«Abschluß in Barnard. Wie Sie sehen, habe ich nicht einmal für das College Manhattan verlassen. Allerdings war ich ein Jahr im Ausland, und ich reise gern, solange ich nicht mehr als drei Wochen fort bin.»

«Ihre Anzeige wird ganz schön teuer.»

«Jetzt mach ich's kurz. Sauber, aber nicht besonders ordentlich. Sie haben mein Büro gesehen. Habe keinen grünen Daumen. Gute Köchin, aber ich hasse komplizierte Gerichte. Ich liebe Jazz. Und, ach ja, ich bin eine gute Tänzerin.»

«So haben Sie sich mit Erin Kelley und Darcy Scott angefreundet, in einem Tanzkurs», bemerkte D'Ambrosio, und er sah, daß Schmerz Nonas Augen verdüsterte. Hastig fügte er hinzu: «Meine Anzeige ist ein bißchen kürzer. Ich arbeite für die Regierung. Geschiedener Weißer, 43 Jahre alt, FBI-Agent, aufgewachsen in Waldwick, New Jersey, Collegeabschluß an der NYU. Kann nicht tanzen, ohne über meine eigenen Füße zu stolpern. Reise gern, solange es nicht Vietnam ist. Drei Jahre dort waren genug. Und last not least habe ich einen fünfzehnjährigen Sohn, Hank, der ein prima Junge ist.»

Wie sie versprochen hatte, waren die Steaks erstklassig. Beim Kaffee sprachen sie über die Sendung. «Wir zeichnen sie in zwei Wochen auf», sagte Nona. «Sie möchte ich mir gern für den Schluß aufheben, damit die Leute eine ernüchternde Warnung vor den potentiellen Gefahren bei der Beantwortung dieser Anzeigen bekommen. Sie werden die Bilder der vermißten Mädchen zeigen, nicht?»

«Ja. Es besteht immer die Möglichkeit, daß ein Zuschauer vielleicht Informationen über eine von ihnen hat.»

Es war schneidend kalt, als sie das Restaurant verließen. Der eisige Winterwind ließ Nona keuchen. Vince nahm ihren Arm, als sie die Straße überquerten. Während des restlichen Weges zu ihrer Wohnung ließ er ihn nicht mehr los.

Er nahm ihre Einladung an, zu einem letzten Glas mit nach oben zu kommen. Froh erinnerte sich Nona, daß ihre Reinigungsfrau Lola dagewesen war. Die Wohnung würde präsentabel aussehen.

Das aus sieben Zimmern bestehende Apartment befand sich in einem Gebäude aus der Vorkriegszeit. Sie sah, wie D'Ambrosio die Augenbrauen hochzog, als er die große Halle, die hohen Decken, die langen Fenster auf den Central Park West, die Gemälde im Wohnzimmer und die massiven alten englischen Möbel in sich aufnahm. «Sehr schön», war sein Kommentar.

«Meine Eltern gaben mir die Wohnung, als sie nach Florida

zogen. Ich bin ihr einziges Kind, und so fühlt mein Vater sich zu Hause, wenn sie nach New York kommen. Er haßt Hotels.» Sie ging an die Bar. «Was möchten Sie?»

Sie goß Sambuca für sie beide ein und hielt dann inne. «Es ist erst Viertel nach neun. Macht es Ihnen etwas aus, wenn ich mir eine Minute nehme, um jemanden anzurufen?» Sie griff in ihre Tasche. Während sie die Nummer der Barnes' aufschlug, erklärte sie ihm den Grund des Anrufs.

Diesmal wurde der Hörer sofort aufgenommen. Nona erstarrte, als ihr klarwurde, daß die Laute, die sie im Hintergrund hörte, die Schreie einer Frau waren. Ein Mann meldete sich mit zerstreuter Stimme. Schockiert und verwirrt sagte er: «Wer immer am Apparat ist, bitte geben Sie die Leitung frei. Ich muß unverzüglich die Polizei anrufen. Wir waren den ganzen Tag fort und haben gerade die Post geöffnet. Sie enthielt ein an meine Frau adressiertes Päckchen.»

Die Schreie steigerten sich nun zu einem schrillen Kreischen. Nona winkte Vince, das tragbare Telefon auf dem Tisch neben ihm aufzunehmen.

«Unsere Tochter», fuhr die verwirrte Stimme fort. «Sie wird seit zwei Jahren vermißt. In dem Päckchen befinden sich einer von Claires eigenen Schuhen und ein hochhackiger Satinschuh.» Er begann zu schreien: «Wer hat das geschickt? Und warum hat er es geschickt? Bedeutet das, daß Claire tot ist?»

Der Portier half Darcy aus dem Taxi. Sie betrat das «Le Cirque» und spürte, wie sie sich zu entspannen begann. Sie hatte gar nicht gemerkt, wieviel Energie dieses Treffen mit Len Parker sie gekostet hatte. Ihr Kopf schwirrte noch immer von der Erkenntnis, daß er Erin getroffen hatte. Warum hatte er es geleugnet? Erin hatte ihn sitzenlassen. Gewiß hatte sie sich nie wieder mit ihm getroffen. Lag es einfach daran, daß er nicht befragt werden und die Lügen über seinen Hintergrund nicht eingestehen wollte?

Jedesmal, wenn ihr Vater und ihre Mutter in New York waren, aßen sie im «Le Cirque». Es war ein wundervolles Restaurant. Darcy ertappte sich bei der Frage, wieso sie nicht häufiger hinging. *Wie ist es möglich, daß zwei so schöne Menschen ein so unansehnliches Kind in die Welt setzen?* Wieso blieb ein einziger Satz so fest in ihrem Gedächtnis haften?

Die Bar lag auf der linken Seite. Sie war klein und anheimelnd, und man lungerte dort nicht herum, sondern wartete auf einen Gast oder einen freien Tisch. Ein junges Paar stand in der Nähe und unterhielt sich angeregt. Am Ende stand ein einzelner Mann. *Ich bin der am durchschnittlichsten aussehende Mann im Lokal.* Michael Nash hatte sich selbst unrecht getan. Dunkelblondes Haar, ein Gesicht, das ein ziemlich scharfes Kinn vor konventioneller Hübschheit bewahrte, ein langer, schlanker Körper, dunkelblauer Anzug mit feinen Nadelstreifen, blau und silbern gemusterte Krawatte. Als er sie offensichtlich erkannte und erfreut ansah, bemerkte Darcy, daß Michael Nashs Augen eine ungewöhnliche Farbe hatten, irgendwo zwischen Saphirblau und Mitternachtsblau.

«Darcy Scott.» Das war eine Feststellung, keine Frage. Er gab dem Oberkellner ein Zeichen und schob eine Hand unter ihren Ellbogen.

Sie erhielten einen sehr guten Tisch mit freiem Blick auf den Eingang. Michael Nash mußte hier ein häufiger und geschätzter Gast sein.

«Etwas zu trinken? Wein?»

«Weißwein, bitte. Und ein Glas Wasser.»

Er bestellte eine Flasche San Pellegrino und eine Flasche Chardonnay. Dann lächelte er. «Nachdem wir nun für das Notwendige gesorgt haben, wie ein alter Freund es ausdrückt – es ist schön, Sie kennenzulernen, Darcy.»

Während der nächsten halben Stunde merkte sie, daß er absichtlich dem Thema Erin auswich. Erst nachdem sie begonnen hatte, von dem Wein zu trinken und Stücke von einem Brötchen zu essen, sagte er: «Auftrag ausgeführt. Ich denke, Sie fangen endlich an, sich sicher zu fühlen.»

Darcy starrte ihn an. «Was meinen Sie damit?»

«Ich meine, daß ich Sie beobachtet habe. Ich habe gesehen, wie hastig Sie hereinkamen. Alles an Ihnen verriet starke Anspannung. Was war los?»

«Nichts. Ich würde wirklich gern über Erin sprechen.»

«Ich auch. Aber, Darcy . . .» Er hielt inne. «Schauen Sie, ich kann das, was ich den ganzen Tag tue, nicht verleugnen. Ich bin Psychiater.» Sein Lächeln wirkte entschuldigend.

Endlich spürte sie, daß sie sich entspannte. «Ich bin diejenige, die sich entschuldigen sollte. Sie haben vollkommen recht. Ich war tatsächlich ziemlich angespannt, als ich kam.» Sie erzählte ihm von Len Parker.

Er hörte aufmerksam zu,den Kopf leicht geneigt. «Sie werden natürlich der Polizei von diesem Mann berichten.»

«Ja, dem FBI.»

«Vincent D'Ambrosio? Wie ich schon erwähnte, als Sie mich anriefen, er kam am Dienstag in mein Büro. Leider konnte ich ihm sehr wenig sagen. Ich traf Erin vor mehreren Wochen zu einem Drink. Ich hatte sofort das Gefühl, daß ein Mädchen wie sie es nicht nötig hätte, auf Kontaktanzeigen zu antworten. Ich sagte ihr das auch ins Gesicht, und sie erzählte mir von der Sendung, die Ihre Freundin vorbereitet. Sie erwähnte Sie. Sagte, ihre beste Freundin beantworte mit ihr zusammen solche Anzeigen.»

Darcy nickte und hoffte, ihre Augen würden sich nicht mit Tränen füllen.

«Normalerweise verrate ich nicht, daß der Grund, warum ich diesen Weg gehe, ein Buch ist, an dem ich arbeite, aber Erin habe ich es gesagt. Wir tauschten einige Geschichten über unsere beiderseitigen Verabredungen aus. Ich habe versucht, mich an alles zu erinnern, was sie gesagt hat, aber sie hat keine Namen genannt, und es waren lustige Geschichten. Ich konnte nicht ahnen, daß jemand ihr Sorgen machte. Ich fragte, ob wir bald einmal zusammen essen könnten, und sie war einverstanden. Ich versuchte, mein Buch zu Ende zu schreiben, und sie wollte ein Collier fertigstellen, das sie entworfen hatte. Ich sagte, ich würde mich wieder melden. Als ich es tat, bekam ich keine Antwort. Nach dem, was Vincent D'Ambrosio sagte, war es bereits zu spät.»

«Das war der Abend, an dem sie dachte, sie würde sich mit einem Mann namens Charles North treffen. Obwohl er nicht erschienen ist, meine ich noch immer, daß ihr Tod etwas mit einer Annonce zu tun hat, die sie beantwortet hatte.»

«Wenn Sie das denken, warum antworten Sie dann jetzt auf Anzeigen?»

«Weil ich diesen Mann finden will.»

Er sah verwirrt aus, sagte aber nichts dazu. Sie studierten die Speisekarte und bestellten beide die Seezunge Dover.

Während sie aßen, schien Nash sie bewußt von Erins Tod ablenken zu wollen. Er erzählte ihr von sich. «Mein Vater verdiente sein Geld mit Plastik. Dann kaufte er ein ziemlich protziges Anwesen in Bridgewater. Er war ein netter, anständiger Mann, und jedesmal, wenn ich mich frage, wieso wir eigentlich zu dritt zweiundzwanzig Zimmer brauchten, erinnere ich mich daran, wie glücklich er war, wenn er damit angeben konnte.»

Er sprach auch über seine Scheidung. «Ich heiratete eine Woche nach meinem Collegeabschluß. Das war für uns beide ein schrecklicher Fehler. Keine finanziellen Probleme, aber ein Medizinstudium, vor allem, wenn man gleichzeitig noch eine psychoanalytische Ausbildung macht, ist ein langer, harter

Weg. Wir hatten keine Zeit füreinander. Nach vier Jahren reichte es ihr. Sheryl lebt jetzt in Chicago und hat drei Kinder.»

Nun war Darcy an der Reihe. Vorsichtig vermied sie es, die Namen ihrer berühmten Eltern zu nennen, und kam rasch darauf zu sprechen, wie sie die Werbeagentur verlassen und sich als Innenarchitektin selbständig gemacht hatte. Falls er die Lücken in ihrem Hintergrund bemerkte, so sagte er jedenfalls nichts dazu. Die Salate wurden gerade serviert, als ein mit ihren Eltern befreundeter Produzent an ihrem Tisch stehenblieb. «Darcy!» Eine herzliche Umarmung, ein Kuß. Er stellte sich Michael Nash vor. «Harry Curtis.» Dann wandte er sich wieder an Darcy. «Sie werden von Tag zu Tag hübscher. Wie ich höre, sind Ihre Eltern auf Tournee in Australien. Wie läuft es?»

«Sie sind gerade erst angekommen.»

«Nun, grüßen Sie sie herzlich von mir.» Noch eine Umarmung, und Curtis ging an seinen eigenen Tisch.

Nashs Augen verrieten keine Neugier. So ist das mit Psychiatern, dachte Darcy. Sie warten, bis man es ihnen von selbst erzählt. Sie gab keine Erklärung für das, was Curtis gesagt hatte.

Das Essen verlief angenehm. Nash gestand zwei Leidenschaften, Reiten und Tennis. «Das hält mich in Bridgewater.» Beim Espresso kam er auf das Thema von Erins Tod zurück. «Darcy, gewöhnlich biete ich den Leuten keine Ratschläge an, nicht einmal kostenlose, aber ich wünschte, Sie würden den Gedanken fallenlassen, diese Anzeigen zu beantworten. Der Mann vom FBI kam mir absolut kompetent vor, und soweit ich das beurteilen kann, wird er nicht lockerlassen, bis derjenige, der Erin ermordet hat, den Preis dafür bezahlt.»

«Das hat er mir auch wortreich zu verstehen gegeben. Vermutlich tut jeder von uns das, was er tun muß.» Sie brachte ein Lächeln zustande. «Als ich zum letzten Mal mit Erin sprach, sagte sie, sie hätte einen einzigen netten Mann getroffen, und ausgerechnet der habe nicht mehr angerufen. Ich wette meinen letzten Dollar darauf, daß Sie das waren.»

Er brachte sie in einem Taxi nach Hause, ließ den Fahrer warten und begleitete sie an die Tür. Der Wind blies scharf, und er drehte sich so, daß er sie vor seiner vollen Wucht abschirmte, während sie die Tür aufsperrte. «Darf ich Sie wieder anrufen?»

«Das würde mich freuen.» Einen Augenblick lang dachte sie, er werde ihre Wange küssen, doch er drückte ihr nur die Hand und ging zu dem wartenden Taxi zurück.

Der Wind zerrte an der Tür, so daß sie nur langsam zufiel. Als das Schloß klickte, ließ das Geräusch von Schritten sie zurückschauen. Durch das Glas sah sie die Gestalt eines Mannes, der die Stufen hinauflief. Einen Augenblick früher, und er wäre mit ihr im Hausflur gewesen. Während sie ihn anstarrte und ihr Mund zu trocken war, um zu schreien, hämmerte Len Parker an die Tür und trat dagegen. Dann drehte er sich um und rannte den Häuserblock entlang.

10

FREITAG, 1. MÄRZ

Greta Sheridan war unschlüssig, ob sie aufstehen oder versuchen sollte, noch eine Stunde zu schlafen. Ein böiger Märzwind rüttelte an den Fensterscheiben, und sie erinnerte sich, daß Chris sie gedrängt hatte, die Fenster auswechseln zu lassen.

Das frühmorgendliche Licht fiel gedämpft durch die geschlossenen Vorhänge. Sie schlief gern in einem kalten Zimmer. Der Quilt und die Decken waren warm, und der blauweiße Moiré-Himmel gab dem Bett etwas angenehm Geborgenes.

Sie hatte von Nan geträumt. Bis zum Jahrestag ihres Todes, dem 13. März, waren es noch zwei Wochen. Am Tag zuvor war Nan neunzehn geworden. In diesem Jahr hätte sie ihren vierunddreißigsten Geburtstag gefeiert.

Hätte.

Ungeduldig warf Greta die Decken zurück, griff nach ihrem Veloursmorgenrock und stand auf. Sie schlüpfte in ihre Hausschuhe, ging in die Halle und die gewundene Treppe hinunter ins Erdgeschoß. Sie verstand, warum Chris besorgt war. Es war ein großes Haus, und alle Welt wußte, daß sie allein lebte. «Du ahnst nicht, wie leicht es für einen Profi ist, eine Alarmanlage außer Betrieb zu setzen», hatte er sie mehrmals gewarnt.

«Ich liebe dieses Haus.» Jeder Raum enthielt so viele glückliche Erinnerungen. Irgendwie hatte Greta das Gefühl, sie würde, wenn sie dieses Haus verließe, auch die Erinnerungen verlassen. Und falls Chris demnächst endlich eine Familie gründet und mir ein paar Enkelkinder schenkt, dachte sie mit einem unbewußten Lächeln, dann wird es wunderbar für sie sein, wenn sie mich hier besuchen können.

Die *Times* lag vor der Seitentür. Während der Kaffee durch die Maschine lief, begann Greta zu lesen. Auf einer Innenseite stand ein Bericht über das Mädchen, das letzte Woche in New York tot aufgefunden worden war. Mord eines Nachahmungstäters. Was für ein entsetzlicher Gedanke. Wie konnte es zwei so bösartige Menschen geben, einen, der Nans Leben ausgelöscht hatte, und einen, der Erin Kelley umgebracht hatte? Wäre Erin Kelley wohl noch am Leben, wenn diese Sendung nicht ausgestrahlt worden wäre?

Und an was hatte sie sich zu erinnern versucht, als sie darauf bestanden hatte, sie sich anzusehen? Nan. Ach, Nan, dachte sie. Du hast mir etwas erzählt, das ich als wichtig hätte erkennen sollen.

Nan, wie sie über die Schule, ihre Unterrichtsstunden, ihre Freundinnen, ihre Verabredungen sprach. Nan, wie sie sich auf den Sommerkurs in Frankreich freute. Nan, die so gern tanzte. *«I Could Have Danced All Night.»* Das Lied hätte für sie geschrieben sein können.

Erin Kelley war ebenfalls mit einem hochhackigen Schuh aufgefunden worden. Hochhackig? Was war mit diesem Wort? Ungeduldig schlug Greta das Kreuzworträtsel der *Times* auf.

Das Telefon läutete. Es war Gregory Layton. Sie hatte ihn beim Clubdinner neulich abends getroffen. Er war Anfang sechzig, Bundesrichter und wohnte etwa 60 Kilometer entfernt in Kent. «Ein attraktiver Witwer», hatte Priscilla Clayburn ihr zugeflüstert. Er war tatsächlich attraktiv, und er bat sie, heute abend mit ihm zu essen. Greta willigte ein, und während sie den Hörer wieder auflegte, wurde ihr klar, daß sie sich auf den Abend freute.

Punkt neun Uhr kam Dorothy herein. «Hoffentlich müssen Sie heute vormittag nicht aus dem Haus gehen, Mrs. Sheridan. Dieser Wind ist gräßlich.» Sie trug die Post unter dem Arm, darunter auch ein dickes Päckchen. Sie legte alles auf den Tisch und runzelte die Stirn. «Sieht komisch aus, das Ding. Ich meine, weil kein Absender draufsteht. Hoffentlich ist es keine Bombe oder so was.»

«Wahrscheinlich wieder von einem Verrückten. Diese verdammte Fernsehsendung.» Greta fing an, die Schnur um das Päckchen zu lösen, doch plötzlich hatte sie ein Gefühl von Panik. «Sieht wirklich eigenartig aus. Ich rufe lieber Glenn Moore an.»

Polizeichef Moore war soeben in seinem Büro im Hauptquartier eingetroffen. «Rühren Sie das Päckchen nicht an, Mrs. Sheridan», sagte er energisch. «Wir kommen sofort.» Er rief die Staatspolizei an. Sie versprachen, rasch ein mobiles Untersuchungslabor zum Haus der Sheridans zu schicken.

Um zehn Uhr legte ein Beamter der Sprengstoffabteilung das Päckchen mit unendlicher Vorsicht unter einen Röntgenapparat.

Vom Wohnzimmer aus, in das sie und Dorothy verbannt worden waren, hörte Greta das erleichterte Lachen des Mannes. Mit Dorothy auf den Fersen lief sie eilig zurück in die Küche.

«Das hier geht nicht in die Luft, Madam», versicherte man ihr. «Nichts weiter drin als zwei verschiedene Schuhe.»

Greta sah Moores verblüfften Ausdruck und spürte, wie alles Blut aus ihrem Gesicht wich, als das Päckchen geöffnet wurde. Es enthielt einen Schuhkarton mit der Zeichnung eines Abendschuhs auf dem Deckel. Der Deckel wurde abgehoben. In Seidenpapier gewickelt, befanden sich in dem Karton ein hochhackiger Pumps mit Pailletten und ein verschrammter Laufschuh.

«Oh, Nan! Nan!» Greta spürte nicht, wie Moore sie auffing, als sie in Ohnmacht fiel.

Um drei Uhr früh am Freitag morgen wurde Darcy durch das beharrliche Läuten des Telefons aus einem unruhigen Schlaf gerissen. Sie griff nach dem Hörer und sah dabei auf den Radiowecker. Ihr «Hallo» war kurz und atemlos.

«Darcy.» Jemand flüsterte ihren Namen. Die Stimme kam ihr bekannt vor, aber sie konnte sie nicht unterbringen.

«Wer ist da?»

Das Flüstern wurde zum Schrei. «Schlagen Sie mir nie wieder die Tür vor der Nase zu! Haben Sie verstanden? Verstanden?»

Len Parker. Sie knallte den Hörer auf die Gabel und zog die Decken fest um sich. Einen Augenblick später begann das Telefon wieder zu läuten. Sie nahm nicht ab. Das Läuten hielt an. Fünfzehn-, sechzehn-, siebzehnmal. Sie hätte den Hörer aushängen können, aber sie konnte nicht ertragen, ihn zu berühren, da sie wußte, daß Parker am anderen Ende der Leitung war.

Endlich verstummte der Apparat. Sie riß den Stecker aus der Wand, rannte ins Wohnzimmer, schaltete den Anrufbeantworter ein und eilte dann wieder ins Bett, nachdem sie die Schlafzimmertür hinter sich zugeschlagen hatte.

Hatte er Erin das angetan? War er ihr gefolgt, als sie ihn sitzenließ? War er ihr vielleicht nachgegangen zu der Bar, wo sie jemanden namens Charles North treffen sollte? Hatte er sie vielleicht gezwungen, in ein Auto zu steigen?

Am Morgen würde sie Vince D'Ambrosio anrufen.

Sie lag noch zwei Stunden wach und fiel dann endlich wieder in einen unruhigen, von vagen, rastlosen Träumen gestörten Schlaf.

Um halb acht wachte sie mit einem instinktiven Angstgefühl auf. Dann erinnerte sie sich an den Grund dafür. Eine lange, heiße Dusche linderte die Spannung ein wenig. Sie zog Jeans, einen Rollkragenpullover und ihre Lieblingsstiefel an.

Der Anrufbeantworter hatte nur Anrufe aufgezeichnet, bei denen der Teilnehmer aufgelegt hatte.

Saft und Kaffee am Tisch vor dem Fenster. Sie starrte hinunter in den leblosen Garten. Um acht Uhr klingelte das Telefon. Bitte, nicht Len Parker. Ihr «Hallo» klang wachsam.

«Darcy, hoffentlich rufe ich nicht zu früh an. Ich wollte Ihnen nur sagen, wie gut mir der gestrige Abend mit Ihnen gefallen hat.»

Sie stieß einen erleichterten Seufzer aus. «Ach, Michael, ich kann Ihnen gar nicht sagen, wie froh ich war, mit Ihnen zusammenzusein.»

«Mit Ihnen stimmt doch etwas nicht. Was war los?»

Die Besorgnis in seiner Stimme war tröstlich. Sie erzählte ihm von Len Parker, dem Vorfall auf der Treppe, dem Anruf.

«Ich mache mir Vorwürfe, daß ich Sie nicht bis nach oben begleitet habe.»

«Aber nein, bitte nicht.»

«Darcy, rufen Sie den FBI-Agenten an und berichten Sie ihm von diesem Parker. Wie kann ich Sie bloß dazu bringen, daß Sie aufhören, auf solche Anzeigen zu antworten?»

«Gar nicht, fürchte ich. Aber ich rufe Vince D'Ambrosio gleich an.»

Nachdem sie sich verabschiedet hatte, legte sie mit merkwürdig getröstetem Gefühl auf.

Sie rief Vince vom Büro aus an. Bev stand mit großen Augen neben ihrem Schreibtisch, während sie mit einem anderen Beamten sprach. Vince war nach Lancaster geflogen. Der andere Beamte nahm die Information entgegen. «Wir arbeiten mit der Polizei zusammen. Den Burschen werden wir uns gleich vornehmen. Danke, Miss Scott.»

Nona rief an und erzählte ihr, warum Vince nach Lancaster geflogen war. «Darce, das ist so unheimlich. Wenn jemand die Episode aus *Authentische Verbrechen* gesehen hat und pervers genug war, sie nachzuahmen, dann ist das eine Sache, aber dies hier bedeutet, daß jemand vielleicht seit langem solche Verbrechen begeht. Claire Barnes wird seit zwei Jahren vermißt. Sie und Erin waren sich so ähnlich. Sie stand gerade vor ihrem ersten großen Durchbruch in einem Broadway-Musical. Und Erin hatte gerade ihren ersten großen Erfolg bei Bertolini.»

Ihr erster großer Erfolg bei Bertolini. Die Worte gingen Darcy nicht aus dem Kopf, während sie Anrufe empfing und selbst Leute anrief, die Zeitungen von Connecticut und New Jersey nach Verkaufsangeboten und Haushaltsauflösungen durchsah, rasch in das Apartment fuhr, das sie einrichtete, und schließlich zu einem Kaffee und einem Sandwich in eine Imbißstube einkehrte.

In diesem Moment wurde ihr klar, warum sie den Gedanken nicht losgeworden war. *Ihr erster großer Erfolg bei Bertolini.* Erin hatte ihr gesagt, sie werde für Entwurf und Anfertigung des Colliers 20000 Dollar bekommen. Im Strudel der Ereignisse hatte sie die seltsame Nachricht auf Erins Anrufbeantworter vergessen. Sie würde den Juwelier anrufen, sobald sie wieder im Büro war, um sich zu vergewissern.

Aldo Marco kam an den Apparat. War sie eine Angehörige, die Nachforschungen anstellte?

«Ich bin Erin Kelleys Testamentsvollstreckerin.» Die Worte hörten sich in ihren Ohren entsetzlich an.

Die Zahlung war bereits geleistet worden, und zwar an Miss Kelleys Manager, Mr. Stratton. Gab es damit ein Problem?

«Nein, sicher nicht.» Stratton gab sich also als Erins Manager aus.

Er war nicht zu Hause. Die Nachricht, die sie hinterließ, war brüsk. Er möge sie unverzüglich wegen Erins Scheck anrufen.

Jay Stratton meldete sich kurz vor fünf Uhr. «Tut mir leid. Natürlich hätte ich früher anrufen sollen. Ich war unterwegs. Wie soll ich den Scheck ausschreiben?» Er erzählte Darcy, er habe, während er außerhalb der Stadt gewesen sei, an nichts anderes gedacht als an Erin. «Dieses schöne, begabte Mädchen. Ich bin fest überzeugt, daß jemand von den Steinen wußte, sie deswegen umgebracht und dann versucht hat, es wie eine Nachahmungstat aussehen zu lassen.»

Vor allem Sie haben von den Steinen gewußt. Es kostete sie Mühe, Stratton zuzuhören und freundlich auf seine mitfühlenden Kommentare zu antworten. Er mußte die Stadt wieder für ein paar Tage verlassen. Sie willigte ein, ihn am Montag abend zu treffen.

Nachdem sie sich von ihm verabschiedet hatte, starrte Darcy minutenlang gedankenverloren vor sich hin und sagte dann laut: «Na ja, wie Sie schon sagten, Mr. Stratton, schließlich sollten sich zwei von Erins engsten Freunden besser kennenlernen.» Sie seufzte. Sie mußte unbedingt noch etwas Arbeit erledigen, ehe es Zeit wurde, sich für ihre Verabredung mit Chiffre 1527 umzuziehen.

Vince flog mit der ersten Maschine Freitag morgen nach Lancaster. Er hatte Claire Barnes' Vater gedrängt, niemandem außerhalb der Familie von dem Päckchen mit den Schuhen zu erzählen. Doch als er im Flughafen gelandet war, stand die Geschichte bereits in den Schlagzeilen der Lokalpresse. Er rief im Haus der Barnes' an und erfuhr vom Hausmädchen, daß Mrs. Barnes letzte Nacht eilig ins Krankenhaus gebracht worden war.

Lawrence Barnes war ein gewichtiger Managertyp, und Vince nahm an, daß er unter anderen Umständen eine gebieterische Präsenz besessen hätte. Er saß neben dem Bett, eine junge Frau an seiner Seite, und schaute ängstlich auf seine Frau nieder, die unter schweren Beruhigungsmitteln stand. Vince zeigte ihm seine Karte, und Barnes folgte ihm auf den Gang.

Er stellte ihm die junge Frau als seine zweite Tochter, Karen, vor. «Zufällig war ein Reporter in der Notaufnahme, als wir dort ankamen», sagte Barnes tonlos. «Er hörte Emma etwas über das Päckchen schreien und daß Claire tot sei.»

«Wo sind die Schuhe jetzt?»

«Zu Hause.»

Karen Barnes fuhr ihn hin, um sie zu holen. Sie war Anwältin in Pittsburgh und hatte nie die Hoffnung ihrer Eltern geteilt, Claire würde eines Tages plötzlich wieder auftauchen. «Wenn sie am Leben gewesen wäre, hätte sie auf keinen Fall die Chance verpaßt, in Tommy Tunes Show mitzuwirken.»

Das Haus der Barnes' war ein Bau im Kolonialstil und lag in einer eindrucksvollen Nachbarschaft. Das Grundstück ist mindestens einen Morgen groß, dachte Vince. Auf der Straße stand ein Übertragungswagen des Fernsehens. Karen fuhr rasch daran vorbei in die Einfahrt und auf die Rückseite des Hauses. Ein Polizist hinderte den Reporter daran, sie aufzuhalten.

Der Wohnraum war voll mit gerahmten Familienfotos, darunter viele, die Karen und Claire als Heranwachsende zeigten. Karen nahm ein Bild vom Klavier. «Das habe ich von Claire aufgenommen, als ich sie zum letzten Mal sah. Wir waren im Central Park, nur ein paar Wochen vor ihrem Verschwinden.»

Schlank. Hübsch. Blond. Mitte Zwanzig. Fröhliches Lächeln. Du hast den richtigen Geschmack, Bürschchen, dachte Vince bitter. «Darf ich das haben? Ich lasse Kopien machen und gebe Ihnen das Original gleich wieder zurück.»

Das Päckchen lag auf dem Tisch in der Halle. Gewöhnliches braunes Packpapier, ein Adressenaufkleber, den man überall kaufen konnte, Blockschrift. Der Poststempel stammte aus New York City. Der Schuhkarton trug keine Aufschriften bis auf eine zart gezeichnete Skizze eines hochhackigen Pumps auf dem Deckel. Die verschiedenen Schuhe. Der eine eine weiße Sandale von Bruno Magli, der andere eine zehenfreie, goldene Riemchensandalette mit hohem, dünnem Absatz. Beide hatten die gleiche Größe, sechs, schmal.

«Sind Sie sicher, daß diese Sandale ihr gehört?»

«Ja. Ich habe die gleichen. Wir haben sie an diesem letzten Tag in New York zusammen gekauft.»

«Wie lange hatte ihre Schwester schon auf Kontaktanzeigen geantwortet?»

«Ungefähr sechs Monate. Die Polizei hat alle überprüft, auf deren Anzeigen sie geschrieben hatte, zumindest alle, die sie finden konnte.»

«Hat sie jemals selbst Anzeigen aufgegeben?»

«Nicht, daß ich wüßte.»

«Wo wohnte sie in New York?»

«Westliche 63. Straße. Ein Apartment in einem Ziegelhaus. Mein Vater zahlte noch fast ein Jahr lang die Miete, nachdem sie verschwunden war, und gab dann die Wohnung auf.»

«Wohin haben Sie ihre Habseligkeiten gebracht?»

«Die Möbel lohnten den Transport nicht. Ihre Kleider und Bücher und alles andere sind oben in ihrem alten Zimmer.»

«Ich würde sie gerne sehen.»

Auf einem Regal im Wandschrank stand ein Pappkarton. «Den habe ich gepackt», sagte Karen zu ihm. «Ihr Adreßbuch, ihr Terminkalender, Briefmappe, etwas Post und dergleichen. Als wir sie als vermißt gemeldet haben, hat die New Yorker Polizei alle ihre persönlichen Papiere durchgesehen.»

Vince hob den Karton aus dem Schrank und öffnete ihn. Obenauf lag ein jetzt zwei Jahre alter Terminkalender. Er blätterte ihn durch. Von Januar bis August waren die Seiten mit Verabredungen gefüllt. Claire Barnes war nach dem 4. August nicht mehr gesehen worden.

«Was die Sache erschwert, ist, daß Claire ihre persönlichen Abkürzungen hatte.» Karen Barnes' Stimme zitterte. «Sehen Sie, da steht ‹Jim›. Damit war Jim Haworths Studio gemeint, wo sie Ballettstunden nahm. Hier, am 5. August, ‹Tommy›. Das bedeutete Probe für die Tommy-Tune-Show *Grand Hotel*. Sie war gerade engagiert worden.»

Vince blätterte zurück. Unter dem 15. Juli um fünf Uhr sah er «Charley».

Charley!

In beiläufigem Ton wies er auf den Eintrag hin. «Wissen Sie, wer das ist?»

«Nein. Obwohl sie einen Charley erwähnt hat, der sie einmal zum Tanzen ausgeführt hatte. Ich glaube, die Polizei hat ihn nicht finden können.» Karen Barnes' Gesicht wurde blaß. «Dieser Schuh! Solche Schuhe trägt man zum Tanzen.»

«Genau. Miss Barnes, erwähnen Sie diesen Namen bitte niemandem gegenüber. Übrigens, wie lange hatte Ihre Schwester in ihrer Wohnung gewohnt?»

«Ungefähr ein Jahr. Vorher hatte sie eine Wohnung im Village.»

«Wo?»

«Christopher Street. Christopher Street 101.»

Um Viertel vor fünf gab Darcy Bev die letzten Rechnungen, die zu bezahlen waren, und rief dann aus einem plötzlichen Impuls heraus die Mutter des genesenden jungen Mädchens an. Die Tochter sollte Ende nächster Woche nach Hause kommen. Der Anstreicher, den Darcy angeheuert hatte, ein fröhlicher Nachtwächter, war bereits an der Arbeit. «Bis Mittwoch ist das Zimmer fertig», versicherte Darcy der Frau.

Gott sei Dank, daß ich so vernünftig war, heute morgen ein paar Kleider mitzunehmen, dachte sie, als sie Pullover und Jeans auszog und eine langärmlige schwarze Seidenbluse mit ovalem Ausschnitt, einen wadenlangen italienischen Seidenrock in Grün- und Goldtönen und eine Stola anzog. Goldkette, ein schmales Goldarmband, goldene Ohrringe – alle Schmuckstücke hatte Erin angefertigt. Sie hatte das verrückte Gefühl, Erins Rüstung anzulegen, um in die Schlacht zu ziehen.

Sie löste die Spange aus ihrem Haar und bürstete es locker um ihr Gesicht.

Bev kam zurück, als sie gerade mit dem Auftragen des Lidschattens fertig war. «Sie sehen hinreißend aus, Darcy.» Bev zögerte. «Ich meine, ich hatte immer den Eindruck, als wollten Sie Ihr Aussehen herunterspielen, und jetzt, ich meine..., o Gott, ich kann es nicht richtig ausdrücken. Entschuldigung.»

«Erin sagte ungefähr dasselbe», beruhigte Darcy sie. «Sie drängte mich immer, mehr Make-up zu benutzen oder ein paar von den modischen Klamotten zu tragen, die meine Mutter mir schickt.»

Bev trug einen Rock und einen Pullover, die Darcy schon oft

an ihr gesehen hatte. «Übrigens, wie passen Ihnen Erins Sachen?»

«Perfekt. Ich bin so froh, daß ich sie bekommen habe. Gerade sind die Studiengebühren wieder gestiegen, und ich schwöre Ihnen, bei den heutigen Preisen war ich schon darauf gefaßt, mir wie Scarlett O'Hara aus Vorhängen ein Kleid nähen zu müssen.»

Darcy lachte. «Das ist noch immer meine Lieblingsszene in *Vom Winde verweht*. Hören Sie, ich weiß, daß ich Sie gebeten hatte, Erins Sachen möglichst nicht im Büro zu tragen, aber sie wäre die erste, die Ihnen sagen würde, Sie sollten Ihren Spaß daran haben. Also tun Sie es ruhig.»

«Meinen Sie wirklich?»

Darcy griff an ihrer treuen Lederjacke vorbei nach dem Kaschmirumhang. «Natürlich.»

Sie traf Chiffrenummer 1527, David Weld, um halb sechs im Grill von «Smith and Wollensky's». Er hatte gesagt, er würde auf dem letzten Barhocker sitzen oder «in der Nähe stehen». Braunes Haar. Braune Augen. Etwa einsachtzig groß. Dunkler Anzug.

Es war nicht schwer, ihn zu finden.

Netter Mann, entschied Darcy fünfzehn Minuten später, als sie einander an einem der kleinen Tische gegenübersaßen. Geboren und aufgewachsen in Boston. Arbeitete bei Holden's, der Warenhauskette. War in den letzten paar Jahren hin und her gependelt, als sie ihre Niederlassungen in den Drei-Staaten-Raum ausdehnten.

Sie hielt ihn für Mitte Dreißig und fragte sich dann, ob es irgend etwas an diesem Alter geben mochte, das ungebundene Singles zu Kontaktanzeigen trieb.

Es war nicht schwer, das Gespräch zu lenken. Er hatte das Northeastern-College besucht. Sein Vater und sein Großvater waren leitende Angestellte bei Holden's gewesen. Auch er hatte seit seiner Jugend dort gearbeitet. Nach der Schule. Samstags. In den Sommerferien. «Kam mir nie in den Sinn, etwas anderes zu machen», gestand er. «Der Einzelhandel liegt in der Familie.»

Er hatte Erin nie kennengelernt. Von ihrem Tod hatte er gelesen. «Da bekommt man ein seltsames Gefühl im Hinblick auf diese Anzeigen. Ich meine, ich will doch nur ein paar nette Frauen kennenlernen.» Pause. *«Sie sind nett.»*

«Danke.»

«Ich würde mich sehr freuen, mit Ihnen zu Abend zu essen, wenn Sie noch Zeit haben.» Er sah hoffnungsvoll aus, stellte diese Frage jedoch mit Würde.

Der hat keine Ego-Probleme, dachte Darcy. «Ich kann leider wirklich nicht, aber ich wette, daß Sie durch diese Anzeigen ein paar nette Frauen kennengelernt haben, oder?»

Er lächelte. «Ein paar sehr nette. Eine davon, Sie werden es kaum glauben, hat gerade angefangen, in einer der Niederlassungen von Holden's zu arbeiten. Sie ist Einkäuferin. Macht den gleichen Job, den ich auch hatte, bevor ich ins Management ging.»

«Ach, und welcher Job ist das?»

«Ich war Schuheinkäufer für unsere Häuser in New England.»

Vince kam am Freitag nachmittag um drei Uhr in sein Büro zurück. Man hatte die dringende Nachricht für ihn hinterlassen, er solle Polizeichef Moore in Darien anrufen. Von ihm erfuhr Vince von dem Päckchen, das im Haus der Sheridans angekommen war.

«Sind Sie sicher, daß das die Gegenstücke der Schuhe sind, die Nan Sheridan getragen hat?»

«Wir haben sie verglichen. Wir haben jetzt beide Paare.»

«Hat die Presse Wind davon bekommen?»

«Bis jetzt nicht. Wir versuchen, die Sache unter der Decke zu halten, aber wir haben keine Garantie. Sie kennen Chris Sheridan. Das war seine größte Sorge.»

«Meine ist es auch», sagte Vince rasch. «Wir wissen jetzt, daß dieser Mörder vor fünfzehn Jahren angefangen hat, wenn nicht noch früher. Er muß einen Grund dafür haben, diese Schuhe gerade jetzt zurückzuschicken. Ich möchte mit einem unserer Psychiater reden und seine Meinung einholen. Aber wenn jemand, der schon zu Nan Sheridans Tod verhört wurde, auch mit Claire Barnes in Verbindung gebracht werden kann, dann haben wir etwas, womit wir weitermachen können.»

«Was ist mit Erin Kelley? Beziehen Sie sie nicht ein?»

«Das weiß ich noch nicht. Ihr Tod hängt möglicherweise mit den vermißten Steinen zusammen und wurde nur als Nachahmungstat getarnt.» Vince verabredete, die Schuhe am folgenden Tag zu holen, und legte auf.

Sein Assistent, Ernie Cizek, berichtete ihm von Darcys Anruf und ihren Mitteilungen über Len Parker.

«Dieser Kerl ist ein komischer Vogel», sagte Cizek. «Hat einen Job als Hausmeister bei der NYU. Spezialist für elektrische Geräte. Kann einfach alles reparieren. Einzelgänger. Von paranoidem Geiz. Dabei, stellen Sie sich vor, ist seine Familie steinreich. Parker hat ein dickes Einkommen, das ein Treuhänder für ihn anlegt. Er hat nur einmal einen größeren Betrag abgehoben, vor ein paar Jahren. Der Treuhänder meint, er habe ein Grundstück gekauft. Scheint von seinem Hausmeistergehalt in einer billigen Absteige in der Ninth Avenue zu leben. Hat einen alten Kombiwagen. Keine Garage. Er parkt ihn auf der Straße.»

«Vorstrafenregister?»

«Ähnliche Sachen wie die, über die sich diese Miss Scott

beschwert hat. Hat Mädchen nach Hause verfolgt. Sie angeschrien. An Türen gehämmert. Er gibt jede Menge Anzeigen auf. Keine will etwas von ihm wissen. Bislang keine Tätlichkeiten. Er wurde zur Zurückhaltung ermahnt, aber nicht verurteilt.»

«Bringen Sie ihn jetzt herein.»

«Ich habe mit seinem Psychiater geredet. Der sagt, er sei harmlos.»

«Sicher ist er harmlos. Genauso harmlos wie die Voyeure, die ihre Phantasien angeblich niemals in die Tat umsetzen würden. Aber wir wissen es besser, nicht?»

Susans Ankündigung, sie wolle mit den Kindern über das Wochenende ihren Vater in Guilford, Connecticut, besuchen, wurde von ihrem Mann mit beflissener Zustimmung aufgenommen. Doug war mit der geschiedenen Immobilienmaklerin zum Tanzen verabredet und hatte sich schon gefragt, ob er absagen solle. Er war diese Woche an zwei Abenden sehr spät nach Hause gekommen, und obwohl Susan das Essen in New York am Montag abend gefallen zu haben schien, war etwas in ihrem Verhalten, das er nicht definieren konnte.

Wenn Susan bis Sonntag mit den Kindern zu ihrem Vater fuhr, hatte er zwei freie Abende. Er bot nicht an, sie zu begleiten. Das wäre auch eine leere Geste gewesen. Susans Vater hatte ihn nie gemocht und immer Späße darüber gemacht, wie wichtig Doug sein müsse, weil er so oft Überstunden machte. «Merkwürdig, daß du bei all deiner harten Arbeit so viel Geld von mir leihen mußtest, um das Haus zu kaufen, Doug. Ich würde gern einmal dein Budget mit dir durchgehen und sehen, wo das Problem liegt.»

Das konnte Doug sich vorstellen.

«Viel Spaß, Schatz», sagte Doug zu Susan, als er am Freitag morgen das Haus verließ. «Und viele Grüße an deinen Vater.»

Am gleichen Nachmittag, als das Baby schlief, rief Susan die Detektei an, um sich berichten zu lassen. Ruhig nahm sie die Informationen auf, die sie erhielt. Das Treffen mit der Frau in der Bar in SoHo. Die Verabredung, die sie zum Tanzen getroffen hatten. Die Wohnung in «London Terrace» unter dem Namen Douglas Fields. «Carter Fields ist ein alter Freund von ihm», sagte sie der Detektivin. «Sie sind von der gleichen Sorte. Machen Sie sich nicht die Mühe, ihm noch einmal zu folgen. Mehr will ich nicht hören.»

Ihr Vater lebte das ganze Jahr über in dem Haus aus der Zeit vor dem Unabhängigkeitskrieg, das früher ihr Sommerhaus gewesen war. Nach mehreren Herzanfällen war er immer so blaß, daß es Susan das Herz zerriß. Doch weder seine Haltung noch seine Stimme wirkten gebrechlich. Nach dem Essen gingen Beth und Donny in der Nachbarschft Freunde besuchen. Susan brachte Trish und das Baby zu Bett, goß Mokka auf und trug ihn in die Bibliothek.

Sie wußte, daß ihr Vater sie beobachtete, als sie seine Tasse mit Süßstoff und etwas Zitronenschale herrichtete.

«Wann erfahre ich eigentlich den Grund für diesen unerwarteten, wenn auch höchst willkommenen Besuch?»

Susan lächelte. «Jetzt, denke ich. Ich werde mich von Doug scheiden lassen.»

Ihr Vater wartete.

Versprich, daß du nicht sagen wirst, du hättest es ja gewußt, betete Susan im stillen. Dann fuhr sie fort: «Ich habe ihn von einer Detektei beobachten lassen. Er hat in New York unter dem Namen Douglas Fields eine Wohnung in Untermiete. Gibt sich als freiberuflicher Illustrator aus. Wie du weißt, kann Doug sehr gut zeichnen. Hat jede Menge Verabredungen. Und dazwischen jammert er mir vor, wie hart er arbeiten müsse, ‹all die späten Konferenzen›. Donny durchschaut seine Lügen bereits und reagiert mit Wut und Verachtung. Er wird besser dran sein, wenn er nichts mehr von seinem Vater erwartet, als wenn er immer hofft, er werde sich ändern.»

«Möchtest du zu mir ziehen, Susan? Hier ist genug Platz.»

Sie warf ihm ein dankbares Lächeln zu. «Du würdest binnen einer Woche verrückt. Nein. Das Haus in Scarsdale ist zu groß. Doug wollte es unbedingt kaufen, um den Leuten im Club Eindruck zu machen. Wir konnten es uns damals nicht leisten, und ich komme allmählich dahinter, daß wir es uns auch heute nicht leisten können. Ich werde es verkaufen, ein kleineres nehmen, und nächstes Jahr gebe ich das Baby in eine Tageskrippe – in der Stadt gibt es eine, die sehr gut ist. Dann suche ich mir einen Job.»

«Es wird nicht leicht für dich sein.»

«Aber besser, als es jetzt ist.»

«Susan, ich bemühe mich, nicht ‹ich hab's ja immer gewußt› zu sagen, aber nun ist es doch passiert. Dieser Bursche ist ein geborener Weiberheld, und er hat einen üblen Charakter. Erinnerst du dich noch an deinen achtzehnten Geburtstag? An dem Abend war er so betrunken, als er dich nach Hause brachte, daß ich ihn hinauswarf. Am nächsten Morgen waren alle Scheiben meines Autos eingeschlagen.»

«Du kannst noch immer nicht sicher sein, daß das Doug war.»

«Komm, Susan. Wenn du anfangen willst, den Fakten ins Auge zu sehen, dann bitte allen. Und sag mir noch etwas: Hast du ihn nicht gedeckt, als er nach dem Tod dieses Mädchens vernommen wurde?»

«Nan Sheridan?»

«Natürlich, Nan Sheridan.»

«Doug ist einfach nicht fähig –»

«Susan, um welche Zeit hat er dich abgeholt an dem Morgen, an dem sie starb?»

«Um sieben Uhr. Wir wollten zu einem Hockeyspiel nach Brown zurückfahren.»

«Susan, bevor sie starb, hat Großmutter mir die Wahrheit gesagt. Du hast geweint, weil du dachtest, Doug habe dich wieder versetzt. Er kam nach neun in unser Haus. Gib mir wenigstens die Befriedigung, daß du jetzt die Wahrheit sagst.»

Die Haustür schlug zu. Donny und Beth kamen herein. Donnys Gesicht wirkte glücklich und entspannt. Er sah allmählich genauso aus wie Doug in seinem Alter. Sie hatte sich im zweiten Jahr in der High-School in ihn verliebt.

Susan spürte einen stechenden Schmerz. Ich werde nie ganz über ihn hinwegkommen, gestand sie sich ein. *Doug, wie er sie anflehte: «Susan, mein Auto ging kaputt. Sie versuchen, mir etwas anzuhängen. Sie wollen einen Schuldigen. Bitte, sag, daß ich um sieben Uhr hier war.»*

Donny kam zu ihr, um ihr einen Kuß zu geben. Sie streckte die Hand aus und strich sein Haar glatt; dann wandte sie sich an ihren Vater. «Komm, Dad, du weißt, wie verwirrt Großmutter war. Schon damals konnte sie einen Tag nicht vom anderen unterscheiden.»

11

SAMSTAG, 2. MÄRZ

Es war halb drei am Samstag morgen, als er das Haus erreichte. Inzwischen war sein Bedürfnis, dort zu sein, überwältigend. Hier konnte Charley er selbst sein. Er brauchte sich nicht mehr hinter dem anderen zu verkriechen. Konnte im Gleichschritt mit Astaire tanzen, auf das Phantom in seinen Armen herunterlächeln, ihr leise ins Ohr singen. Die wunderbare Einsamkeit des Hauses, die gegen unziemliche Blicke zufällig Vorüberkommender geschlossenen Vorhänge, die Riegel, die ihn vor der Außenwelt sicherten, das grenzenlose Selbstgefühl, ungestört von Zuhörern oder Beobachtern, die Freiheit, in den köstlichen Erinnerungen zu schwelgen.

Nan. Claire. Janine. Marie. Sheila. Annette. Tina. Erin. Sie alle hatten ihn angelächelt, hatten sich so gefreut, bei ihm zu sein, und keine Gelegenheit bekommen, sich gegen ihn zu wenden, ihn zu verhöhnen, ihn verächtlich anzusehen. Am Ende, wenn sie begriffen hatten, war es wunderbar befriedigend gewesen. Er bedauerte, daß er Nan nicht die Chance gegeben hatte, zu verstehen, was da geschah, zu bitten. Leslie und Annette hatten um ihr Leben gefleht. Marie und Tina hatten geweint.

Manchmal kamen die Mädchen einzeln zu ihm zurück.

Manchmal erschienen sie zusammen. *Wechsle den Partner und tanze mit mir.*

Inzwischen mußten die beiden ersten Päckchen angekommen sein. Ach, wenn man nur der sprichwörtliche Lauscher an der Wand sein, den Augenblick beobachten könnte, in dem sie geöffnet wurden und der verwirrte Ausdruck dem Begreifen wich.

Nachahmungstäter.

So würden sie ihn nicht mehr nennen. War nun Janine die nächste gewesen oder Marie? Janine. Am 20. September vor zwei Jahren. Jetzt würde er ihr Päckchen abschicken.

Er ging in den Keller. Die Schachteln mit den Schuhen waren ein so erfreulicher Anblick. Er zog die Gummihandschuhe an, die er immer benutzte, wenn er irgend etwas anfaßte, das den Mädchen gehörte, und griff nach dem Karton hinter dem Schildchen «Janine». Er würde ihn ihrer Familie in White Plains schicken.

Sein Blick verweilte auf der letzten Beschriftung. «Erin.» Er begann zu kichern. Warum sollte er nicht auch ihren Karton jetzt schon abschicken? Damit wäre ihre Annahme, er sei ein Nachahmungstäter, erledigt. Sie hatte ihm gesagt, ihr Vater sei in einem Pflegeheim. Er würde den Karton an ihre New Yorker Adresse schicken.

Was aber, wenn niemand in ihrem Wohnhaus so schlau war, das Päckchen der Polizei zu übergeben? Welche Verschwendung, wenn es in einem Lagerraum verstauben würde!

Und wenn er die Schuhe zum Leichenschauhaus schickte? Schließlich war das ihre letzte Adresse in New York. Das wäre vielleicht komisch!

Zuerst mit aller Sorgfalt Schuhe und Kartons gründlich abwischen, um sicherzugehen, daß absolut keine Abdrücke darauf sind. Die Ausweise herausnehmen. Er hatte die Brieftaschen aus ihren Handtaschen genommen und vergraben.

Die nicht zueinander passenden Schuhe in frisches Seidenpapier wickeln. Die Deckel schließen. Er bewunderte seine Zeichnungen. Er wurde immer besser. Die auf Erins Schachtel war so gut, daß sie auch von einem Profi hätte stammen können.

Braunes Packpapier, Klebeband. Adreßschildchen. Alles hätte überall in den Vereinigten Staaten gekauft sein können.

Zuerst adressierte er Janines Päckchen.

Jetzt war Erin an der Reihe. Die Adresse des Leichenschauhauses würde er im New Yorker Telefonbuch finden.

Charley runzelte die Stirn. Und wenn irgendein Dummkopf im Postraum das Päckchen nicht öffnete, sondern dem Postboten zurückgab. «Hier arbeitet niemand, der so heißt.» Ohne Absenderangabe würde das Päckchen im Büro für unzustellbare Sendungen landen.

Es gab noch eine andere Möglichkeit. Wäre das ein Fehler? Nein. Eigentlich nicht. Er kicherte wieder. Das wird sie gewiß in Trab halten!

Er begann, in Druckschrift den Namen der Person zu schreiben, die er als Empfängerin für Erins Stiefel und den Tanzschuh ausgewählt hatte.

DARCY SCOTT...

Am Samstag traf Darcy Chiffre 1143, Albert Booth, zum Brunch im «Victory Café». Sie schätzte ihn auf ungefähr vierzig. Bei ihrem Telefongespräch hatte sie in Erfahrung bringen können, daß er in seiner Anzeige behauptete, Computerexperte zu sein, gern las, Ski lief, Golf spielte, Walzer tanzte, müßig durch Museen streifte und Platten hörte. Es hieß in der Annonce auch, er habe Sinn für Humor.

Das allerdings überdehnte die Wahrheit gewaltig, entschied Darcy, nachdem Booth sie gefragt hatte, ob ihr das Treffen mit einem Mann, von dem sie nur die Chiffre kannte, das Gefühl gebe, «eine Nummer zu sein». Nachdem sie ihre erste Tasse Kaffee ausgetrunken hatte, zweifelte sie einfach an allem, was er behauptet hatte, außer an seinen Computerkenntnissen. Er hatte das verweichlichte Aussehen eines Stubenhockers, und rein gar nichts an ihm ließ auf einen Skiläufer, Golfspieler, Walzertänzer oder Wanderer schließen.

Seine Konversation drehte sich ausschließlich um die Vergangenheit, Gegenwart und Zukunft von Computern. «Vor vierzig Jahren brauchte ein Computer zwei Zimmer voller schwerer Geräte, um das zu leisten, was der auf Ihrem Schreibtisch heute leistet.»

«Ich habe mir erst voriges Jahr endlich einen gekauft.»

Er sah schockiert aus.

Bei Eiern à la Benedict ließ er seinen Abscheu vor der Art erkennen, wie clevere Studenten die Schulregister manipulierten, indem sie in Computersysteme eindrangen. «Sie sollten für fünf Jahre ins Gefängnis. Und außerdem eine dicke Geldstrafe bezahlen.»

Darcy war sicher, die Entweihung des Allerheiligsten oder der Bundeslade wäre für ihn nicht schwerwiegender gewesen.

Bei der letzten Tasse Kaffee schloß er mit der Darlegung seiner Theorie, zukünftige Kriege würden von Experten gewonnen oder verloren, die in der Lage seien, feindliche Computer zu knacken. «Alle Zahlen verändern, verstehen Sie? Sie glauben, sie hätten in Colorado zweitausend nukleare Sprengköpfe. Jemand macht daraus zweihundert. Armeen schwärmen aus. Die Statistiken verändern sich. Wo ist die Fünfte Division? Die Siebente? Sie wissen es nicht mehr. Richtig?»

«Richtig.»

Booth lächelte plötzlich. «Sie können gut zuhören, Darcy. Nicht viele Mädchen können gut zuhören.»

Das war die Eröffnung, die sie brauchte. «Ich habe gerade erst angefangen, auf Kontaktanzeigen zu antworten. Sie haben sicher die unterschiedlichsten Frauen kennengelernt. Welcher Typ ist am häufigsten?»

«Die meisten sind ziemlich langweilig.» Albert beugte sich über den Tisch. «Hören Sie, wollen Sie wissen, mit wem ich erst vor zwei Wochen ausgegangen bin?»

«Mit wem denn?»

«Mit diesem Mädchen, das ermordet wurde. Erin Kelley.»

Darcy hoffte, daß sie nicht übertrieben reagierte. «Und wie war *sie*?»

«Hübsches Mädchen. Nett. Sie machte sich über etwas Sorgen.»

Darcy umklammerte ihre Kaffeetasse. «Hat Sie Ihnen gesagt, worüber?»

«Allerdings. Sie sagte mir, sie stelle irgendeine Halskette fertig, und das sei ihr erster wirklich großer Auftrag, und sobald sie das Geld dafür bekommen habe, wolle sie sich nach einer neuen Wohnung umsehen.»

»Hat sie einen Grund genannt?»

«Sie sagte, der Hausmeister streife sie immer, wenn sie an ihm vorbeiginge, und komme unter Vorwänden in ihre Wohnung. Ein undichtes Rohr, eine Störung der Heizung, solche Sachen. Sie sagte, vermutlich sei er harmlos, aber es sei irgendwie unheimlich, wenn sie in ihr Schlafzimmer komme und ihn dort vorfinde. Wahrscheinlich ist so etwas an dem Tag passiert, bevor ich sie traf.»

«Meinen Sie nicht, daß Sie das der Polizei mitteilen sollten?»

«Kommt gar nicht in Frage! Ich arbeite bei IBM. Sie wollen nicht, daß irgendeiner ihrer Angestellten jemals in der Zeitung erscheint, außer, wenn er heiratet oder beerdigt wird. Ich erzähle der Polizei davon, und sie fangen an, mich zu überprüfen. Stimmt's? Aber ich frage mich doch, ob ich ihnen eine anonyme Mitteilung zukommen lassen sollte?»

Der riesige Ermittlungsapparat des FBI lief auf Hochtouren, um das Geschäft zu finden, in dem der hochhackige Abendschuh, der in das Haus von Claire Barnes geschickt worden war, sowie der, den man an Erin Kelleys Leiche gefunden hatte, gekauft worden war. Im Falle von Nan Sheridan hatte die Polizei vor fünfzehn Jahren den Schuh bis zu einem Geschäft in Connecticut zurückverfolgt. Dort hatte sich damals aber niemand daran erinnern können, wer ihn gekauft hatte.

Der Schuh von Claire Barnes war teuer, ein Modell von Charles Jourdan, das in besseren Warenhäusern im ganzen Land verkauft wurde. Zweitausend Paare, um genau zu sein. Unmöglich, allen nachzugehen. Erin Kelleys Schuh stammte von Salvatore Ferragamo und war ein aktuelles Modell.

FBI-Agenten und Kriminalbeamte der New Yorker Polizei schwärmten aus und besuchten Warenhäuser, Schuhsalons und Discountläden.

Len Parker wurde zur Vernehmung hereingeführt. Sofort begann er sich zu beschweren, wie grob Darcy zu ihm gewesen sei. «Ich wollte mich bloß entschuldigen. Ich wußte, daß ich mich mies benommen hatte. Vielleicht hatte sie wirklich eine Verabredung zum Abendessen. Ich bin ihr gefolgt, und sie hatte nicht gelogen. Ich wartete draußen in der Kälte, während sie in diesem schicken Restaurant aß.»

«Sie standen einfach da?»

«Ja.»

«Und dann?»

«Danach stieg sie mit einem Mann in ein Taxi. Ich nahm auch eins. Sie stieg am Ende des Blocks aus. Der Mann begleitete sie bis an die Tür und ging dann. Ich rannte hin. Nach allem, was ich durchgemacht hatte, um mich zu entschuldigen, schlug sie mir die Tür vor der Nase zu.»

«Was ist mit Erin Kelley? Sind Sie der auch gefolgt?»

«Warum sollte ich? Sie hatte mich sitzenlassen. Vielleicht war ich selbst schuld. Ich war schlechter Laune, als ich sie sah. Ich sagte ihr, alle Frauen seien nur hinter dem Geld her.»

«Warum haben Sie das dann Darcy Scott gegenüber nicht zugegeben? Als sie Sie fragte, leugneten Sie, Erin getroffen zu haben.»

«Weil ich wußte, daß ich dann hier landen würde.»

«Sie wohnen Ecke Ninth Avenue und 48. Straße?»

«Ja.»

«Ihr Treuhänder bei der Bank meint, Sie hätten noch einen anderen Wohnsitz. Sie haben vor fünf oder sechs Jahren eine große Summe abgehoben.»

«Es war mein Geld, mit dem ich machen kann, was ich will.»

«Haben Sie sich noch eine Wohnung gekauft?»

«Beweisen Sie mir das doch!»

Nachdem er am Samstag nachmittag mit Len Parker fertig war, fuhr Vince D'Ambrosio zur Christopher Street 101 und läutete. Gus Boxer kam mit verdrossener Miene an die Tür. Er trug ein langärmeliges Unterhemd. Fleckige Hosenträger hielten formlose Hosen. Die FBI-Marke schien ihn nicht zu beeindrucken. «Ich habe Feierabend. Was wollen Sie?»

«Ich möchte mit Ihnen reden. Soll ich das hier machen oder im Hauptquartier? Und tun Sie nicht so empört. Ich habe Ihre Akte auf meinem Schreibtisch, Mr. Hoffman.»

Boxers Blick wurde unstet. «Kommen Sie rein. Und reden Sie nicht so laut.»

«Mir war nicht bewußt, daß ich laut rede.»

Boxer führte ihn in seine Erdgeschoßwohnung. Wie Vince aufgrund seiner Kleidung erwartet hatte, war das Apartment ein Spiegelbild seiner Persönlichkeit. Schäbige, fleckige Polstermöbel, Überreste eines Teppichs. Ein wackliger Tisch mit einem Stapel Pornomagazinen.

Vince ließ sie durch die Hände gleiten. «Ganz schöne Sammlung haben Sie da!»

«Gibt es ein Gesetz dagegen?»

Vince warf die Hefte auf den Tisch. «Hören Sie, Hoffman, wir haben nichts Konkretes gegen Sie vorliegen, aber Ihr Name hat die unangenehme Eigenschaft, immer wieder im Computer aufzutauchen. Vor zehn Jahren waren Sie Hausmeister in einem Haus, in dessen Keller ein zweiundzwanzigjähriges Mädchen tot aufgefunden wurde.»

«Damit hatte ich nichts zu tun.»

«Sie hatte sich bei der Verwaltung beschwert und gesagt, sie habe Sie in ihrer Wohnung angetroffen, wo Sie den Wandschrank durchsuchten.»

«Ich suchte nach einem undichten Rohr. In der Wand hinter dem Schrank verlief eine Wasserleitung.»

«Dieselbe Geschichte haben Sie vor zwei Wochen Erin Kelley erzählt, nicht?»

«Wer sagt das?»

«Sie hat jemandem gesagt, sie werde so bald wie möglich umziehen, weil sie Sie in ihrem Schlafzimmer angetroffen hat.»

«Ich habe –»

«Nach einem undichten Rohr gesucht. Ich weiß. Nun lassen Sie uns über Claire Barnes reden. Wie oft sind Sie unerwartet in deren Wohnung eingedrungen, als sie hier wohnte?»

«Niemals.»

Als er Boxer verlassen hatte, ging Vince direkt in sein Büro. Er traf gerade noch rechtzeitig ein, um einen Anruf von Hank anzunehmen. Ob es in Ordnung sei, wenn er erst gegen acht oder so komme? In der Schule fand ein Basketballspiel statt, und hinterher wollten einige aus der Clique noch Pizza essen gehen.

Prima Junge, sagte Vince sich wieder, während er Hank

versicherte, das sei in Ordnung. War den jahrelangen Versuch wert, seine Ehe mit Alice zu retten. Nun ja, wenigstens war sie jetzt glücklich. Ein verwöhntes Leben mit einem Mann, dessen Brieftasche genauso dick war wie sein Bauch. Und er? Ich würde gern jemanden kennenlernen, gestand Vince sich ein, und dann merkte er, daß er plötzlich Nona Roberts' Gesicht vor sich sah.

Sein Assistent Ernie sagte ihm, sie hätten Glück gehabt. Ein Inspektor aus dem Revier Innenstadt Nord hatte Petey Potters gefunden, den Obdachlosen, der auf dem Pier lebte, wo Erin Kelleys Leiche gefunden worden war. Sie brachten Petey zur Vernehmung ins Revier. Vince drehte sich um und lief zu den Aufzügen.

Petey hatte Schwierigkeiten mit dem Sehen. Er sah alles doppelt. Das passierte manchmal, wenn er ein paar Flaschen spanischen Rotwein intus hatte. Statt dreier Polizisten sah er drei Paar Zwillingspolizisten. Niemand schaute freundlich.

Petey dachte an das tote Mädchen. Wie kalt sie sich angefühlt hatte, als er ihr die Halskette abgenommen hatte.

Was sagte der Bulle da? «Petey, auf Erin Kelleys Hals sind Fingerabdrücke. Wir werden sie mit deinen vergleichen.»

Verschwommen fiel Petey einer seiner Freunde ein, der zufällig jemanden gestochen hatte. Er saß jetzt seit fünf Jahren im Knast, obwohl der, den er gestochen hatte, kaum einen Kratzer davongetragen hatte. Petey hatte nie Probleme mit den Bullen gehabt. Nie. Er konnte keiner Fliege was zuleide tun.

Das sagte er ihnen. Er merkte, daß sie ihm nicht glaubten.

«Hören Sie», vertraute er ihnen unaufgefordert an. «Ich hab dieses Mädchen gefunden. Ich hatte nicht mal genug Geld, um mir 'ne Tasse Kaffee zu kaufen.» Tränen traten ihm in die Augen, als er sich daran erinnerte, wie durstig er gewesen war. «Ich konnte sehen, daß die Halskette aus echtem Gold war. Eine lange Kette mit vielen goldenen Münzen. Ich dachte, wenn ich sie nicht nehm, dann nimmt sie der nächstbeste, der vorbeikommt. Vielleicht auch der eine oder andere Polizist, von dem ich gehört habe.» Er bedauerte sofort, daß er das gesagt hatte.

«Was hast du mit der Halskette gemacht, Petey?»

«Hab sie für fünfundzwanzig Eier an diesen Kerl verkauft, der in der Seventh Avenue beim Central Park South arbeitet.»

«An-und-Verkauf-Bert», bemerkte einer der Polizisten. «Wir knöpfen ihn uns vor.»

«Wann hast du die Leiche gefunden, Petey?» fragte Vince.

«Als ich spätmorgens aufwachte.» Petey blinzelte. Seine Augen nahmen einen listigen Ausdruck an. «Aber ganz früh, ich meine, wirklich früh, als es noch stockfinster war, hörte ich einen Wagen auf dem Pier, der an meinem Platz vorbeifuhr und dann anhielt. Ich dachte, das ist vielleicht ein Drogendeal, und blieb drinnen. Ehrlich.»

«Auch noch, als du wußtest, daß er weggefahren war?» fragte einer der Kriminalbeamten. «Du hast nicht mal rausgelugt?»

«Na ja, als ich sicher war, daß er weg war ...»

«Hast du ihn noch gesehen, Petey?»

Sie glaubten ihm. Er wußte das. Wenn er ihnen nur noch was erzählen könnte, damit sie das Gefühl hätten, er arbeite mit. Petey zwang seinen Alkoholnebel, für den Bruchteil einer Sekunde aus seinem Hirn zu weichen. Ihm schoß durch den Kopf, wie er tagelang mit einer Flasche schmutzigem Wasser und einem Scheibenputzer an der Ausfahrt des West Side Highway in der 56. Straße gestanden hatte. Er hatte reichlich Gelegenheit gehabt, sich zu merken, wie Autos von hinten aussahen.

Wieder sah er die Rücklichter des Wagens, der vom Pier verschwand. Da war etwas mit dem Rückfenster. «Es war ein Kombiwagen», sagte er triumphierend. «Bei Birdies Grab, es war ein Kombiwagen.»

Als der Nebel zurückkam, mußte Petey sich zwingen, nicht zu kichern. Birdie war vermutlich noch höchst lebendig.

Darcy und Nona hatten geplant, am Samstag abend zusammen zu essen. Andere Freunde riefen an und sagten, sie sollten mit ihnen kommen, aber Darcy war noch nicht in der Stimmung, Leute zu treffen.

Sie verabredeten, sich in Jimmy Nearys Restaurant in der 57. Straße zu treffen. Darcy kam als erste. Jimmy hatte den linken hinteren Ecktisch für sie reserviert. «Erin war eines der hübschesten Mädchen, die je durch diese Tür gekommen sind, sie möge in Frieden ruhen.» Er tätschelte Darcys Hand. «Sie waren ihr eine wunderbare Freundin. Und glauben Sie nicht, ich wüßte das nicht. Manchmal, wenn sie vorbeikam, um schnell etwas zu essen, setzte ich mich einen Augenblick zu ihr. Ich sagte ihr, sie solle sich in acht nehmen, wenn sie diese verrückten Annoncen beantwortete.»

Darcy lächelte. «Ich bin überrascht, daß sie Ihnen davon erzählt hat, Jimmy. Sie muß doch gewußt haben, daß Sie das nicht billigen würden.»

«Allerdings nicht. Letzten Monat suchte sie in ihrer Jackentasche nach einem Taschentuch, und dabei fiel eine Anzeige heraus, die sie aus einer Zeitschrift gerissen hatte. Sie fiel auf den Boden, und als ich sie aufhob, sah ich, was es war. Ich sagte zu ihr: ‹Erin, ich hoffe, Sie geben sich nicht mit solchen Dummheiten ab.›»

«Genau das habe ich befürchtet», sagte Darcy zu ihm. «Das FBI versucht jetzt, alle zu finden, denen Erin geschrieben oder die sie getroffen hat, aber ich bin sicher, die Liste ist nicht vollständig.» Darcy beschloß, ihm nicht zu sagen, daß auch sie Annoncen beantwortete. «Erinnern Sie sich noch, was in der Anzeige stand?»

Neary runzelte nachdenklich die Stirn. «Nein, aber ich hab sie genau gesehen, und es wird mir schon wieder einfallen. Etwas mit Singen oder – ach, es wird schon wiederkommen. Schauen Sie, da kommt Nona mit noch jemandem.»

Vince folgte Nona an den Tisch. «Ich bleibe nur eine Minute», sagte er zu Darcy. «Ich will Sie nicht beim Essen stören, aber ich habe versucht, Sie zu erreichen, Nona angerufen und erfahren, daß Sie hier sind.»

«Das ist schon in Ordnung, und es wäre nett, wenn Sie blieben.» Darcy merkte, daß Nonas Augen glänzten, wie sie es nie zuvor gesehen hatte. «Hat man Ihnen ausgerichtet, daß Erin einem ihrer Kandidaten erzählt hat, sie habe den Hausmeister wieder in ihrer Wohnung angetroffen?»

«Ich habe Boxer heute gesehen.» Vince zog eine Augenbraue hoch. *«Wieder?»*

«Erin hat mir schon voriges Jahr von solchen Vorfällen erzählt, aber sie hat sie immer als harmlos abgetan. Offenbar hat sie vor zwei Wochen ihre Meinung geändert.»

«Wir behalten ihn und auch andere Leute im Auge. Ich würde gern etwas von dem Typ von gestern abend hören.»

«Er war ein netter Bursche . . .»

Die Kellnerin kam, um ihre Bestellungen aufzunehmen. Sie schaute Darcy mit einem raschen, mitfühlenden Lächeln an.

Dubonnet für Darcy und Nona. Ein Bier für Vince.

Darcy und Nona entschieden sich für Rotbarsch. Energisch sagte Nona zu Vince: «Irgendwann müssen Sie doch auch essen.»

Er bestellte Corned beef und Kohl.

Vince kam wieder auf Darcys andere Verabredung zurück.

«Ich möchte von jedem erfahren, den Sie treffen. Sie haben schon zwei gefunden, die zugaben, Erin gekannt zu haben. Bitte, lassen Sie mich entscheiden, wer wichtig ist und wer nicht.»

Sie erzählte ihm von David Welch. «Er ist ein Manager aus Boston, der für die Holden-Kette arbeitet. Soweit ich ihn verstanden habe, ist er in den letzten zwei Jahren, seit sie neue Warenhäuser eröffnet haben, zwischen Boston und New York hin und her gependelt.» Sie hatte das Gefühl, Vince D'Ambrosios Gedanken lesen zu können. *Seit zwei Jahren zwischen New York und Boston hin und her.* Sie sagte: «Das einzige, was mir auffiel, ist, daß er Einkäufer für Schuhe war.»

«Einkäufer für Schuhe! Wie heißt der Mann?» Vince schrieb in sein Notizbuch. «David Welch, Chiffre 1527. Sie können sicher sein, daß wir ihn überprüfen. Darcy, hat Nona Ihnen von den Schuhen erzählt, die den Eltern des Mädchens aus Lancaster zugeschickt wurden?»

«Ja.»

Er zögerte, schaute sich um und sah, daß die Leute am Nebentisch in ihr eigenes Gespräch vertieft waren. «Wir versuchen, das nicht bekannt werden zu lassen. Gestern sind wieder zwei nicht zusammenpassende Schuhe angekommen. Es waren die Gegenstücke zu denen, die Nan Sheridan vor fünfzehn Jahren trug.»

Darcy umklammerte die Tischkante. «Dann ist Erins Tod vielleicht doch keine Nachahmungstat.»

«Wir wissen es einfach nicht. Wir stellen Nachforschungen an, um festzustellen, ob jemand, der Claire Barnes kannte, vielleicht auch Nan Sheridan kannte.»

«Und Erin?» fragte Nona.

«Dann wäre natürlich klar, daß wir es hier mit einem neuen Ted Bundy zu tun haben, der jahrelang mit Serienmorden davonkam.» Vince legte seine Gabel ab. «Ich muß es Ihnen ohne Umschweife sagen. Eine Menge Leute, die auf diese Anzeigen antworten, erweisen sich als sehr verschieden davon, wie sie sich selbst beschreiben. Alle jungen Frauen, die unser Computer als mögliche Opfer eines Serienmörders ausgemacht hat, sind in Ihrer Altersklasse, Ihrer Intelligenzklasse, Ihrer Aussehensklasse. Mit anderen Worten, unser Mörder kann sich mit fünfzig Mädchen treffen, und dann kommt eine, die ihn antörnt. Ich weiß, ich kann Sie nicht davon abhalten, diese Annoncen zu beantworten. Offen gesagt, Sie haben ein paar sehr interessante Leute für unsere Nachforschungen aufgetrieben. Trotzdem sind Sie nicht darauf trainiert, den Lockvogel zu spielen. Sie sind eine überaus nette, verwundbare junge Frau, die nicht die Fähigkeit besitzt, sich selbst zu schützen, wenn sie plötzlich feststellt, daß jemand sie in die Enge getrieben hat.»

«Ich habe nicht die Absicht, mich in die Enge treiben zu lassen.»

Vince trank noch rasch einen Kaffee und ging dann. Er erklärte, sein Sohn Hank komme mit dem Zug aus Long Island, und er wolle in der Wohnung sein, wenn er einträfe.

Nonas Augen folgten ihm, als er innehielt, um die Rechnung zu bezahlen. «Hast du seine Krawatte bemerkt?» fragte sie. «Heute war sie blauschwarz kariert, und das zu einer braunen Tweedjacke.»

«So? Na, dich scheint das nicht zu stören.»

«Nein, es gefällt mir. Vince D'Ambrosio ist so entschlossen, den zu finden, der dieses Mädchen umgebracht hat, daß er todsicher alles Unwichtige ausblendet. Zufällig habe ich im Haus der Barnes' in Lancaster angerufen, als sie gerade das Päckchen mit den Schuhen aufgemacht hatten, und ich kann dir sagen, es brach mir das Herz, sie zu hören. Heute habe ich Nan Sheridans Bruder angerufen und ihn gefragt, ob er in die

Sendung kommen wolle. In seiner Stimme konnte ich denselben Schmerz hören. Oh, Darcy, um Himmels willen, sei bloß vorsichtig.»

12

SONNTAG, 3. MÄRZ

Am Sonntag morgen um neun Uhr rief Michael Nash an. «Ich habe an Sie gedacht, mir sogar Sorgen gemacht. Wie geht's?»

Sie hatte einigermaßen gut geschlafen. «Ganz gut, denke ich.»

«Hätten Sie Lust zu einer Fahrt nach Bridgewater, New Jersey, und einem frühen Abendessen?» Er wartete ihre Antwort nicht ab. «Für den Fall, daß Sie noch nicht aus dem Fenster geschaut haben, es ist ein herrlicher Tag. Fühlt sich richtig nach Frühling an. Meine Haushälterin ist eine großartige Köchin und muß wegen Frustration in Therapie, wenn ich nicht wenigstens am Wochenende einmal einen Gast mit nach Hause bringe.»

Irgendwie hatte sie sich vor diesem Tag gefürchtet. Wenn sie keine anderen Pläne hatten, hatten sie und Erin sich sonntags oft zum Brunch getroffen und den Nachmittag im Lincoln Center oder in einem Museum verbracht. «Das hört sich gut an.» Sie machten aus, daß er sie um halb zwölf abholen sollte.

«Und machen Sie sich bloß nicht fein. Wenn Sie gern reiten, ziehen Sie Jeans an. Ich habe ein paar verdammt gute Pferde.»

«Ich reite schrecklich gern.»

Sein Wagen war ein zweisitziger Mercedes. «Todschick», sagte Darcy.

Nash trug ein Mao-Hemd mit Stehkragen, Jeans und ein Fischgrätjackett. Neulich abends beim Essen hatte sie den Eindruck gehabt, er habe freundliche Augen. Heute waren sie noch immer freundlich, aber es war noch etwas anderes da. Vielleicht, sagte sie sich, ist das einfach der Blick, den ein Mann bekommt, wenn er sich für eine Frau interessiert. Darcy stellte fest, daß der Gedanke ihr gefiel.

Die Fahrt war angenehm. Als sie auf Route 287 südlich vorankamen, verschwanden die Vorstädte. Die Häuser, die man von der Straße aus sah, waren nun immer weiter voneinander entfernt. Nash sprach mit liebevoller Wärme über seine Eltern. «Um mit dem alten Werbespot zu reden: ‹Mein Vater machte sein Geld auf die altmodische Art: Er verdiente es.› Als ich geboren wurde, ging es gerade richtig los. Zehn Jahre lang zogen wir jedes Jahr um. Ein Haus wurde größer als das andere, bis er das gegenwärtige Anwesen kaufte. Da war ich elf. Wie ich Ihnen schon sagte, mein Geschmack war etwas schlichter, aber, mein Gott, er war so stolz an dem Tag, an dem wir einzogen. Trug meine Mutter über die Schwelle.»

Irgendwie war es leicht, mit Michael Nash über ihre berühmten Eltern und die Villa in Bel-Air zu reden. «Ich fühlte mich da immer wie ein Wechselbalg, als müsse die Prinzessin, die Tochter des königlichen Paares, in einer Hütte leben, und ich nähme zu Unrecht ihren Platz ein.» *Wie ist es nur möglich, daß zwei so schöne Menschen ein so unansehnliches Kind in die Welt setzen?*

Erin war der einzige Mensch, der davon gewußt hatte. Jetzt ertappte Darcy sich dabei, daß sie es Michael Nash erzählte. Dann fügte sie hinzu: «He, heute ist Sonntag. Sie haben frei, Doktor. Seien Sie vorsichtig, Sie haben so eine Art, als könnten Sie einfach zu gut zuhören.»

Er schaute sie an. «Und als Sie aufwuchsen, haben Sie nie in den Spiegel gesehen und erkannt, was für ein dummer Satz das war?»

«Hätte ich das sollen?»

«Ich denke schon.» Er steuerte den Wagen vom Highway aus durch den malerischen Ort und dann über eine Landstraße. «Da, wo der Zaun ist, beginnt unser Grundstück.»

Es dauerte eine volle Minute, bis sie in das Tor einbogen. «Mein Gott, wie viele Morgen haben Sie denn?»

«Vierhundert.»

Beim Essen im «Le Cirque» hatte er gesagt, das Haus sei überladen. Im stillen stimmte Darcy ihm zu, entschied aber trotzdem, daß es ein imposantes und stattliches Anwesen war. Die Bäume und Pflanzen waren kahl, und es gab keine Blumen, aber die immergrünen Sträucher, die die lange Einfahrt säumten, waren üppig und voll. «Falls Sie feststellen, daß es Ihnen hier gefällt, kommen Sie nächsten Monat wieder; dann lohnt sich die Fahrt», sagte Nash.

Mrs. Hughes, die Haushälterin, hatte ein leichtes Mittagessen vorbereitet. Geviertelte Sandwiches ohne Kruste, belegt mit Huhn, Schinken und Käse, dann Kekse und Kaffee. Sie betrachtete Darcy wohlwollend und Michael streng. «Ich hoffe, das ist genug, Miss. Der Doktor sagte, da Sie früh zu Abend essen, solle ich es nicht übertreiben.»

«Es ist genau richtig», antwortete Darcy aufrichtig. Sie aßen im Frühstückszimmer neben der Küche. Michael machte mit ihr einen kurzen Rundgang durch das Haus.

«Perfekt wie aus einer Zeitschrift für Innenarchitektur», sagte er, «finden Sie nicht? Antiquitäten, die ein Vermögen gekostet haben. Ich habe den Verdacht, daß die Hälfte davon gefälscht ist. Eines Tages werde ich alles verändern, aber im Augenblick lohnt sich die Mühe nicht. Wenn ich nicht gerade

Gäste habe, lebe ich in meinem Arbeitszimmer. Da sind wir.»

«Das ist wirklich ein angenehmes Zimmer», sagte Darcy mit aufrichtigem Vergnügen. «Warm. Bewohnt. Wunderbarer Blick. Gute Beleuchtung. Dieses Aussehen versuche ich Räumen zu geben, wenn ich sie ausstatte.»

«Sie haben mir wirklich nicht viel über Ihren Beruf erzählt. Ich möchte mehr darüber hören, aber wie wär's jetzt mit einem Ritt? John hält die Pferde bereit.»

Darcy hatte im Alter von drei Jahren zu reiten begonnen. Das war eine der wenigen Aktivitäten, die sie nicht mit Erin geteilt hatte. «Sie hatte Angst vor Pferden», erzählte Darcy Michael, als sie sich auf die kohlschwarze Stute schwang.

«Dann ist ein Ritt für Sie ja heute Gott sei Dank nicht mit Erinnerungen befrachtet. Das ist gut.»

Die Luft, frisch und sauber, schien endlich den Duft der Beerdigungsblumen aus ihrer Nase zu vertreiben. Sie ritten in leichtem Galopp über Michaels Grundstück, ließen die Pferde langsamer gehen, als sie den Ort durchquerten, und schlossen sich anderen Reitern an, die er als seine Nachbarn vorstellte.

Um sechs Uhr aßen sie in dem kleinen Speisezimmer zu Abend. Es war kälter geworden. Ein Feuer flackerte im Kamin, der Weißwein war kaltgestellt, auf der Anrichte stand dekantierter Rotwein. John Hughes, jetzt in Livree, servierte das wunderbar zubereitete Mahl. Krabbencocktail, Kalbsmedaillons, winzige Spargelstangen, Röstkartoffeln. Grüner Salat mit Pfefferkäse. Sorbet. Espresso.

Darcy seufzte, als sie den Kaffee trank. «Ich kann Ihnen gar nicht genug danken. Wenn ich den ganzen Tag allein zu Hause verbracht hätte, wäre es ziemlich schlimm gewesen.»

«Und wenn ich hier den ganzen Tag allein zugebracht hätte, wäre das ziemlich langweilig gewesen.»

Als sie gingen, konnte sie zufällig hören, wie Mrs. Hughes mit ihrem Mann sprach. «Endlich einmal ein nettes Mädchen. Ich hoffe, der Doktor bringt sie wieder mit.»

13

MONTAG, 4. MÄRZ

Am Montag abend traf Jay Stratton sich in der «Oak Bar» des Hotels «Plaza» mit Merrill Ashton. Das Armband, ein Brillantband in hübscher viktorianischer Fassung, gefiel Ashton auf Anhieb. «Frances wird es zauberhaft finden», sagte er begeistert. «Ich bin wirklich froh, daß Sie mich auf die Idee gebracht haben, es für sie zu bestellen.»

«Ich wußte, daß es Ihnen gefallen würde. Ihre Gattin ist eine sehr hübsche Frau. Das Armband wird ihr gut stehen. Wie ich Ihnen schon sagte, möchte ich, daß Sie es schätzen lassen, wenn Sie nach Hause kommen. Wenn der Juwelier Ihnen sagt, es sei auch nur einen Cent weniger wert als 40 000 Dollar, dann kommt unser Handel nicht zustande. Tatsächlich wird er Ihnen zweifellos sagen, daß Sie ein gutes Geschäft gemacht haben. Ich hoffe, zu Weihnachten werden Sie an ein weiteres Schmuckstück für Frances denken. Ein Brillantcollier? Brillantohrringe? Wir werden sehen.»

«Das hier ist also ein unter Selbstkostenpreis angebotener Lockvogel für mich?» kicherte Ashton, während er nach seinem Scheckbuch griff. «Gutes Geschäft.»

Jay spürte das besondere Prickeln, das sich einstellte, wenn er Risiken einging. Jeder anständige Juwelier würde Ashton sagen, daß das Armband auch bei einem Preis von 50000 Dollar noch ein gutes Geschäft war. Morgen hatte er zum Mittagessen eine Verabredung mit Enid Armstrong. Er konnte es gar nicht erwarten, ihren Ring in die Hand zu bekommen.

Danke, Erin, dachte er, als er den Scheck einsteckte.

Ashton lud Stratton zu einem kleinen Imbiß ein, ehe er zum Flughafen aufbrach. Er nahm die Maschine um neun Uhr dreißig zurück nach Winston-Salem. Stratton erklärte, er müsse um sieben einen Kunden treffen. Er fügte nicht hinzu, daß Darcy Scott nicht gerade die Art von Kundin war, die er sich wünschte. Er hatte einen Scheck über 17500 Dollar in der Tasche; die 20000 von Bertolini abzüglich seiner Provision.

Er verabschiedete sich überschwenglich von Ashton. «Meine besten Grüße an Ihre Frau. Ich weiß, wie glücklich Sie sie machen werden.»

Stratton bemerkte nicht, daß ein anderer Mann leise von einem nahen Tisch aufstand und Merrill Ashton in die Halle folgte.

«Dürfte ich Sie einen Augenblick sprechen, Sir?»

Ashton nahm die Karte, die ihm dargeboten wurde. *Nigel Bruce, Lloyd's of London*.

«Ich verstehe nicht», stammelte Ashton.

«Sir, wenn Mr. Stratton herauskommt, möchte ich nicht gesehen werden. Würde es Ihnen etwas ausmachen, wenn wir in das Juweliergeschäft gleich da drüben gingen? Einer unserer Experten wird zu uns kommen. Wir möchten gern einen Blick auf das Schmuckstück werfen, das Sie gerade gekauft haben.» Der Versicherungsdetektiv hatte Mitleid, als er Ashtons verwirrte Miene sah. «Reine Routine, Sir.»

«Routine! Wollen Sie damit andeuten, daß das Armband, das ich gerade gekauft habe, gestohlen ist?»

«Ich deute gar nichts an, Sir.»

«Doch, das tun Sie. Nun, wenn mit diesem Armband irgend etwas nicht stimmt, dann möchte ich es auf der Stelle wissen. Der Scheck ist noch nicht eingelöst. Ich kann ihn morgen früh sperren lassen.»

Der Reporter der *New York Post* hatte seine Sache gut gemacht. Irgendwie hatte er in Erfahrung gebracht, daß in Nan Sheridans Haus ein Päckchen eingetroffen war und daß es die Gegenstücke der nicht zueinander passenden Schuhe enthielt, die sie getragen hatte, als sie tot aufgefunden wurde. Nan Sheridans Foto; Erins Foto; Claire Barnes' Foto. Alle drei nebeneinander groß auf der Titelseite. SERIENMÖRDER LÄUFT FREI HERUM.

Darcy las die Zeitung in einem Taxi auf dem Weg zum «Plaza».

«Wir sind da, Miss.»

«Was? Oh, gut. Vielen Dank.»

Sie war froh, daß sie an diesem Tag einen Termin nach dem anderen hatte. Wieder hatte sie Kleidung zum Wechseln ins Büro mitgenommen, diesmal war es das rote Wollensemble, das sie beim letzten Einkaufsbummel mit ihrer Mutter gekauft hatte. Als sie aus dem Taxi stieg, erinnerte sie sich, daß sie es getragen hatte, als sie zum letzten Mal mit Erin sprach. Wenn ich sie doch nur noch einmal gesehen hätte, dachte sie.

Es war zehn vor sieben, etwas zu früh für ihr Treffen mit Jay Stratton. Darcy beschloß, noch kurz in den «Oak Room» zu schauen. Fred, der Oberkellner des Restaurants, war ein alter Freund. Solange sie sich erinnern konnte, hatten ihre Eltern im «Plaza» gewohnt, wenn sie nach New York kamen.

Etwas, das Michael Nash gestern gesagt hatte, nagte an ihr. Hatte er ihr nicht zu verstehen gegeben, daß sie noch immer ihren kindlichen Groll über eine achtlose, ja grausame Bemerkung hege, die mit der Gegenwart nichts zu tun hatte? Sie stellte fest, daß sie sich auf die nächste Begegnung mit Nash freute. Es war, als bekomme sie eine Gratisbehandlung. Aber ich möchte ihn danach fragen, gestand sie sich ein, als Fred strahlend herbeieilte, um sie zu begrüßen.

Pünktlich um sieben ging sie nach nebenan in die Bar. Jay Stratton saß an einem Ecktisch. Sie hatte ihn nur einmal gesehen, und zwar in Erins Wohnung. Ihr erster Eindruck war entschieden ungünstig gewesen. Er war wütend über das fehlende Bertolini-Collier gewesen, und als sie es dann gefunden hatten, hatte er auf ängstliche Sorge um den nicht vorhandenen Beutel mit Brillanten umgeschaltet. Die Sache mit dem Collier hatte ihn wesentlich mehr interessiert als die Tatsache, daß Erin vermißt wurde. Heute gab er sich wie ein anderer Mensch. Er bemühte sich, größtmöglichen Charme zu versprühen. Irgendwie war Darcy sicher, daß sie den wahren Jay Stratton in Erins Wohnung erlebt hatte.

Sie fragte ihn, wo er Erin kennengelernt habe.

«Lachen Sie nicht. Sie hat auf eine Kontaktanzeige geantwortet, die ich aufgegeben hatte. Ich kannte sie flüchtig und rief sie an. Einer von diesen glücklichen Zufällen. Bertolini hatte mit mir über die Neufassung dieser Steine gesprochen, und als ich Erins Brief las, fiel mir das wunderbare Stück ein, mit dem sie den N. W. Ayer-Preis gewonnen hatte. So kamen wir zusammen. Es war rein geschäftlich, obwohl sie mich bat, sie zu einer Wohltätigkeitsveranstaltung zu begleiten. Ein Kunde hatte ihr die Einladungen gegeben. Wir tanzten die ganze Nacht durch.»

Warum hält er es für nötig, mir zu sagen, es sei «rein geschäftlich» gewesen? fragte sich Darcy. War es für Erin auch rein geschäftlich gewesen? Erst vor sechs Monaten hatte Erin fast sehnsüchtig gesagt: «Weißt du, Darce, ich bin an einem Punkt, wo ich wirklich gern einen netten Mann kennenlernen und mich wahnsinnig verlieben möchte.»

Der Jay Stratton, der ihr gegenüber am Tisch saß, aufmerksam, gutaussehend, fähig, Erins Talent zu erfassen, mochte durchaus diesem Wunsch entsprochen haben.

«Auf welche Anzeige von Ihnen hat sie geantwortet?»

Stratton zuckte die Achseln. «Ehrlich gesagt, ich gebe so viele auf, daß ich sie vergesse.» Er lächelte. «Sie sehen schokkiert aus, Darcy. Ich will Ihnen dasselbe erklären, was ich Erin erklärt habe. Eines Tages werde ich eine sehr reiche Frau heiraten. Ich habe sie noch nicht kennengelernt, aber seien Sie versichert, so wird es kommen. Durch diese Anzeigen lerne ich viele Frauen kennen. Es ist nicht sehr schwierig, ältere Frauen ganz sanft dazu zu überreden, daß sie ihre Einsamkeit lindern, indem sie sich selbst ein besonders schönes Schmuckstück gönnen oder ihre Ringe, Halsketten oder Armbänder umarbeiten lassen. Sie sind glücklich, ich bin glücklich.»

«Warum erzählen Sie mir das?» fragte Darcy. «Ich hoffe nicht, daß Sie mich auf diese Art ohne Anstrengung loswerden wollen. Ich betrachte den heutigen Abend nicht als Rendezvous. Für mich ist er ‹rein geschäftlich›.»

Stratton schüttelte den Kopf. «So anmaßend wäre ich nie. Ich sage Ihnen genau dasselbe, was ich Erin gesagt habe, nachdem sie mir erklärt hatte, warum sie auf Bekanntschaftsanzeigen antwortet. Der Dokumentarfilm Ihrer Redakteursfreundin, nicht?»

«Ja.»

«Was ich zu erklären versuchte, und vermutlich habe ich mich ungeschickt ausgedrückt, ist, daß es zwischen Erin und mir keinen romantischen Funken gab. Und noch etwas liegt mir am Herzen. Ich möchte mich aufrichtig für mein Verhalten bei unserer ersten Begegnung entschuldigen. Bertolini ist ein guter Kunde von mir. Ich hatte nie zuvor mit Erin gearbeitet. Ich kannte sie nicht gut genug, um völlig sicher zu sein, daß sie nicht aus einer Laune heraus verreisen und den Ablieferungstermin vergessen würde. Glauben Sie mir, es war mir furchtbar unangenehm, als ich darüber nachdachte und mir über den Eindruck klarwurde, den ich auf Sie gemacht haben muß, als Sie krank vor Sorge um Ihre Freundin waren und ich nur über Ablieferungstermine redete.»

Ein feiner Vortrag, dachte Darcy. Ich sollte ihn warnen und ihm sagen, daß ich den größten Teil meines Lebens mit den beiden besten Schauspielern des Landes verbracht habe. Sie fragte sich, ob es angebracht wäre, in Applaus auszubrechen. «Haben Sie den Scheck für das Collier?»

«Ja. Ich wußte nicht, wie ich ihn ausstellen soll. Finden Sie *Nachlaß Erin Kelley* angemessen?»

Nachlaß Erin Kelley. All die Jahre hindurch war Erin fröhlich ohne die Dinge ausgekommen, die die meisten ihrer Freundinnen als wesentlich ansahen. So stolz, daß sie ihren Vater in einem privaten Pflegeheim unterbringen konnte. Eben auf der Schwelle zum ganz großen Erfolg. Darcy schluckte den Kloß, der ihr in der Kehle saß, und sagte: «Ja, das geht.»

Sie blickte auf den Scheck nieder. 17 500 Dollar für den Nachlaß Erin Kelley, gezogen auf die Chase Manhattan Bank und unterschrieben von Jay Charles Stratton.

14

DIENSTAG, 5. MÄRZ

Als Agent Vincent D'Ambrosio am Dienstag morgen die Sheridan-Galerie betrat, schaute er sich rasch um, bevor er nach oben in Chris Sheridans Büro geführt wurde. Die Möbel erinnerten ihn an das, was sich in Nona Roberts' Wohnzimmer befand. Merkwürdig. Eines der Dinge, die immer auf seiner Liste gestanden hatten, war der Besuch von Kursen über Kunst und antike Möbel. Der Lehrgang des FBI über Kunstdiebstahl hatte seinen Appetit auf dieses Gebiet nur verstärkt.

Bis dahin, dachte Vince, während er einer Sekretärin durch den Korridor folgte, lebe ich mit Alices Fehlern. Als sie sich scheiden ließen, hatte er schon aufgehört, Fairneß von ihr zu erwarten. «Nimm mit, was du willst, wenn es dir so wichtig ist», hatte er ihr angeboten.

Und sie hatte ihn beim Wort genommen.

Sheridan telefonierte gerade. Er lächelte und winkte Vince zu einem Stuhl. Scheinbar achtlos hörte Vince dem Gespräch zu. Es ging anscheinend um eine Sammlung, die stark überschätzt wurde.

Sheridan sagte gerade: «Sagen Sie Lord Kilman, daß sie ihm diese Summe vielleicht versprechen, sie aber nie werden bezahlen können. Wir können uns glücklich schätzen, wenn wir vernünftige Erstgebote bekommen. Der Markt gibt nicht mehr soviel her wie vor ein paar Jahren. Wäre er denn bereit, noch drei bis fünf Jahre abzuwarten? Wenn nicht, soll er sich unsere Schätzungen genau ansehen. Ich denke, dann wird er sehen, daß viele der Stücke, die er vor nicht allzu langer Zeit gekauft hat, ihm trotzdem noch einen hübschen Profit einbringen.»

Zuversicht. Sachkunde. Angeborene Wärme. So hatte Vince Chris Sheridan eingeschätzt, als er letzte Woche in Darien gewesen war. Neulich hatte er Sporthemd und Anorak getragen. Heute war er in einen anthrazitgrauen Anzug mit weißem Hemd und grauroter Krawatte gekleidet, ganz Geschäftsmann.

Chris legte auf und streckte die Hand über den Schreibtisch, um Vince zu begrüßen. Vince entschuldigte sich, ihn erst so kurz vorher benachrichtigt zu haben, und kam gleich zur Sache. «Als ich Sie letzte Woche sah, war ich ziemlich sicher, daß es sich bei dem Mord an Erin Kelley um eine Nachahmungstat handelte, und zwar wegen der *Authentische Verbrechen*-Sendung über Ihre Schwester. Aber jetzt bin ich nicht mehr so sicher.» Er erzählte ihm von Claire Barnes und dem Päckchen, das in ihrem Haus angekommen war.

Chris hörte aufmerksam zu. «Noch eine.»

Vince kam es so vor, als klinge aller noch vorhandene Schmerz über den Mord an seiner Schwester in diesen beiden Worten mit.

«Kann ich irgendwie behilflich sein?» fragte Chris.

«Ich weiß nicht», sagte Vince unverblümt. «Wer immer Ihre Schwester umgebracht hat, er muß sie gekannt haben. Die passende Schuhgröße kann kein Zufall sein. Wir haben drei Möglichkeiten. Derselbe Mörder hat all die Jahre hindurch weiter junge Frauen getötet. Derselbe Mörder hörte zu töten auf und fing vor ein paar Jahren wieder damit an. Die dritte Möglichkeit ist, daß Nans Mörder seine Vorgehensweise jemand anderem anvertraute, der beschloß, an seiner Stelle weiterzumachen. Letzteres ist die unwahrscheinlichste Alternative.»

«Sie versuchen also, jemanden zu finden, der Nan gekannt hat und auch die anderen Frauen kannte?»

«Richtig. Obwohl in Erin Kelleys Fall wegen der fehlenden Brillanten immer noch die Möglichkeit besteht, daß wir es mit einem anderen Schuldigen zu tun haben. Deshalb möchten wir beide Alternativen verfolgen. Der Grund für mein Kommen ist, daß ich versuche, eine einzelne Person mit Nan, Erin Kelley und Claire Barnes in Verbindung zu bringen.»

«Jemanden, der vor fünfzehn Jahren meine Schwester kannte und in jüngster Zeit durch Kontaktanzeigen diese Mädchen kennengelernt hat?»

«Sie haben's erfaßt. Darcy Scott war Erin Kelleys beste Freundin. Die beiden hatten nur auf die Anzeigen geschrieben, weil eine Freundin von ihnen, die beim Fernsehen ist, eine Dokumentarsendung plant und sie gebeten hatte, bei den Recherchen mitzuhelfen. Darcy war einen Monat lang verreist. Sie gab Erin ein Muster der Briefe, die sie abschickte, und ein paar Fotos. Wir wissen, daß Erin einige dieser Annoncen für beide Mädchen beantwortet hat. Darcy hofft, daß Erins Mörder auch mit ihr Kontakt aufnehmen wird.»

Chris runzelte die Stirn. «Wollen Sie damit sagen, daß Sie einer anderen jungen Frau gestatten, sich als mögliches Opfer anzubieten?»

Vince hob die Hände, als wolle er diese Annahme von sich weisen. «Sie kennen Darcy Scott nicht. Ich gestatte ihr gar nichts. Sie selbst ist entschlossen, das zu machen. Allerdings muß ich ihr zugestehen, daß sie bereits ein paar sehr interessante Personen aufgetrieben und Informationen beschafft hat, die uns weiterhelfen könnten.»

«Trotzdem finde ich die Idee unmöglich», sagte Chris gepreßt.

«Ich auch. Nachdem wir uns darüber einig sind, will ich Ihnen sagen, wie Sie vielleicht helfen können. Je eher wir diesen Burschen fassen, desto geringer die Gefahr, daß Darcy Scott oder einer anderen jungen Frau etwas passiert. Wir gehen nach Brown, um ein Verzeichnis aller Personen zu bekommen, die dort studierten oder unterrichteten, als Ihre Schwester da war. Wir vergleichen diese Namen mit allen, von denen wir wissen, daß Erin oder Darcy sich mit ihnen getroffen haben oder treffen. Außerdem fände ich es gut, wenn Sie neben den Schuljahrbüchern, die wir uns selbst besorgen können, alle Schnappschüsse, Alben und dergleichen ausgraben würden, aus denen man auf Freunde oder Bekannte Ihrer Schwester schließen kann. Sie müssen wissen, daß nicht jeder, der eine Kontaktanzeige beantwortet, seinen richtigen Namen benutzt. Ich möchte, daß Darcy Scott sich Nans Fotos anschaut. Vielleicht erkennt sie jemanden, den sie bei ihren Recherchen getroffen hat.»

«Natürlich haben wir zahllose Schnappschüsse von Nan», sagte Chris langsam. «Vor zehn Jahren, nach dem Tod meines Vaters, konnte ich meine Mutter überreden, die meisten davon einzupacken und in den Speicher zu bringen. Mutter gab zu, daß Nans Zimmer allmählich zum Schrein wurde.»

«Gut gemacht», sagte Vince. «Sie müssen ziemlich überzeugend gewesen sein.»

Chris lächelte kurz. «Ich wies sie darauf hin, daß es einer der hellsten Räume im Haus ist und ein wunderbares Besuchszimmer für zukünftige Enkel wäre. Das Problem ist nur, wie meine Mutter mir häufig in Erinnerung ruft, daß ich diese Enkel noch nicht geliefert habe.» Das Lächeln verschwand. «Ich kann erst am Wochenende nach Connecticut fahren. Am Sonntag bringe ich alles mit zurück.»

Vince stand auf. «Das ist sehr freundlich von Ihnen. Ich weiß, wie schwer das alles für Ihre Mutter ist, aber wenn es dazu führt, daß wir den Kerl finden, der für den Tod Ihrer Schwester verantwortlich ist, dann wird ihr das schließlich auch Frieden geben, glauben Sie mir.»

Als er sich umwandte, um zu gehen, ertönte sein Piepser. «Dürfte ich vielleicht in meinem Büro anrufen?»

Sheridan reichte ihm das Telefon und beobachtete, wie D'Ambrosios Stirn sich bewölkte. «Was ist mit Darcy?»

Chris Sheridan spürte plötzlich eine kalte, düstere Vorahnung. Er kannte dieses Mädchen nicht, empfand aber unvermittelt Angst um sie. Er hatte nie jemandem gesagt, daß er an dem Morgen nach Nans Geburtstagsparty gehört hatte, wie seine Schwester zum Joggen aufbrach. Er war noch schlaftrunken gewesen und hatte eigentlich aufstehen wollen. Irgendein Instinkt hatte ihn gedrängt, ihr zu folgen. Doch dann hatte er ihn achselzuckend abgetan und sich auf die andere Seite gedreht, um weiterzuschlafen.

Vince legte den Hörer auf und wandte sich wieder an Chris. «Gibt es irgendeine Möglichkeit, daß Sie diese Bilder sofort beschaffen? Die Polizei von White Plains hat angerufen. Der Vater von Janine Wetzl, einem der vermißten Mädchen, hat gerade das gleiche Päckchen bekommen wie Ihre Mutter und die Familie Barnes. Ihren eigenen Schuh und einen hochhackigen weißen Satinpumps.» Er schlug mit der Hand auf den Tisch. «Und während ein Beamter diesen Anruf entgegennahm, rief Darcy Scott an. Sie hatte soeben ein Päckchen aufgemacht, das mit der Morgenpost gekommen war. Die Gegenstücke der Schuhe, die an Erins Leiche gefunden wurden, hat man an Darcy Scott geschickt.»

Chris wußte, die Frustration und Wut, die er an Vince D'Ambrosio sah, spiegelten seinen eigenen Ausdruck wider. «Warum, zum Teufel, macht er das?» stieß er hervor. «Um zu beweisen, daß die Mädchen tot sind? Zum Spott? Was bringt ihn dazu?»

«Wenn ich das weiß, weiß ich auch, wer er ist», sagte Vince ruhig. «Dürfte ich jetzt vielleicht noch einmal Ihr Telefon benutzen? Ich muß Darcy Scott anrufen.»

In dem Moment, als Darcy das Päckchen sah, hatte sie Bescheid gewußt. Der Postbote kam, als sie gerade zur Arbeit gehen wollte. Er hatte ihr das Päckchen, die Briefe und Werbesendungen gegeben. Danach hatte er verwirrt ausgesehen, erinnerte sich Darcy, weil sie seinen Gruß nicht erwidert hatte.

Steif wie ein Automat war sie nach oben in ihre Wohnung gegangen und hatte das Päckchen auf den Tisch am Fenster gelegt. Absichtlich behielt sie die Handschuhe an, als sie es öffnete, die Schnur aufknotete und das Klebeband aufschlitzte.

Die Zeichnung des Schuhs auf dem Deckel. Den Deckel abnehmen. Das Seidenpapier auseinanderfalten. Darunter Erins Stiefel und einen rosasilbernen Abendschuh nebeneinander liegen sehen.

Der Schuh ist so hübsch, dachte sie. Er hätte wunderbar zu dem Kleid gepaßt, in dem Erin beerdigt wurde.

Sie brauchte Vince D'Ambrosios Nummer nicht nachzuschlagen, ihr Gehirn hielt sie mühelos parat. Er war nicht da, aber man versprach ihr, ihn zu benachrichtigen. «Können Sie zu Hause auf ihn warten?»

«Ja.»

Ein paar Minuten später rief er an und war binnen einer halben Stunde in ihrer Wohnung. «Das ist hart für Sie.»

«Ich habe mit dem Handschuh den Absatz des Abendschuhs berührt», gestand sie. «Ich mußte einfach wissen, ob er Erins Schuhgröße hatte. Er hatte.»

Vince sah sie mitfühlend an. «Vielleicht sollten Sie es heute langsam angehen lassen.»

Darcy schüttelte den Kopf. «Das wäre für mich das Allerschlimmste.» Sie versuchte zu lächeln. «Ich habe einen Termin für einen großen Auftrag, und dann, Sie werden es nicht erraten, habe ich heute abend eine Verabredung.»

Als Vince mit dem Päckchen gegangen war, fuhr Darcy direkt zu dem Hotel in der 23. Straße, das soeben den Besitzer gewechselt hatte. Es war klein, hatte insgesamt dreißig Gästezimmer, sah heruntergekommen und stark renovierungsbedürftig aus, aber es bot ungeheure Möglichkeiten. Die neuen Besitzer, ein Ehepaar Ende Dreißig, erklärten, die Kosten der Grundrenovierung würden für die Neumöblierung sehr wenig Geld übriglassen. Sie waren entzückt über ihren Vorschlag, das Haus im Stil eines englischen Landgasthofs auszustatten. «Ich kann bei Privatverkäufen eine Menge gut erhaltener Sofas und Polstersessel und Lampen und Tische besorgen», sagte sie. «Wir können diesem Haus viel Charme geben. Schauen Sie sich das ‹Algonquin› an. Die intimste Bar in Manhattan, und es wird Ihnen schwerfallen, einen Sessel zu finden, der nicht abgewetzt ist.»

Mit dem Ehepaar ging sie durch die Zimmer, notierte sich die verschiedenen Zuschnitte und Maße und hielt fest, welche Möbel noch brauchbar waren. Der Tag verging rasch. Sie hatte vorgehabt, nach Hause zu gehen und sich für ihre Verabredung umzuziehen, überlegte es sich aber anders. Als Doug Fields anrief, um das Treffen noch einmal zu bestätigen, sagte er ihr, er kleide sich zwanglos. «Sporthosen und Pullover sind für mich so etwas wie meine Uniform.»

Sie trafen sich um sechs in der Grillbar in der 23. Straße. Darcy kam auf die Minute pünktlich. Doug Fields kam eine Viertelstunde zu spät. Er platzte herein, eindeutig irritiert und voller Entschuldigungen. «Ich schwöre, so einen Verkehr habe ich hier noch nie erlebt. Es waren so viele Autos wie auf einem Fließband in Detroit. Tut mir schrecklich leid, Darcy. Ich lasse nie jemanden warten. Das liegt mir nicht.»

«Es spielt wirklich keine Rolle.» Er sieht gut aus, dachte Darcy. Attraktiv. Warum mußte er gleich betonen, daß er nie jemanden warten läßt?

Bei einem Glas Wein hörte sie ihm zu, und zwar auf zwei Ebenen. Er war amüsant, selbstsicher, beredt. Überaus liebenswürdig. Er war in Virginia aufgewachsen und dort zur Universität gegangen, bis er sein Jurastudium abgebrochen hatte. «Ich hätte einen lausigen Anwalt abgegeben. Bin nicht zupackend genug, um den richtigen Nerv zu treffen.»

Den Nerv zu treffen. Darcy dachte an die Quetschungen an Erins Hals.

«Ich hab dann Kunst studiert. Meinem Vater habe ich gesagt, statt über Büchern zu grübeln, machte ich Karikaturen von den Professoren. Es war eine gute Entscheidung. Ich illustriere gern und lebe gut davon.»

«Da gibt es den alten Spruch: ‹Wenn du ein Jahr lang glücklich sein willst, mußt du in der Lotterie gewinnen; wenn du dein Leben lang glücklich sein willst, mußt du deinen Beruf lieben.›» Darcy hoffte, entspannt zu klingen. Er war ein Mann, der Erin gefallen hätte, einer, dem sie nach ein oder zwei Verabredungen vertraut hätte. Ein Künstler? Die Zeichnung? War denn jeder verdächtig?

Die unvermeidliche Frage kam. «Warum hat ein hübsches Mädchen wie Sie es nötig, auf Bekanntschaftsanzeigen zu antworten?»

Diesmal war die Frage leicht zu parieren. «Warum hat ein gutaussehender, erfolgreicher Mann wie Sie es nötig, Bekanntschaftsanzeigen aufzugeben?»

«Das ist ganz einfach», sagte er prompt. «Ich war acht Jahre verheiratet, und jetzt bin ich es nicht mehr. Ich habe kein Interesse an ernsthaften Beziehungen. Lernt man im Haus von Freunden eine Frau kennen und geht ein paarmal mit ihr aus, schon schauen einen alle an und warten auf die große Ankündigung. Durch die Annoncen lerne ich viele nette Frauen kennen. Ich lege einfach die Karten auf den Tisch und warte ab, ob es klickt. Sagen Sie, wie viele Verabredungen aufgrund von Anzeigen hatten Sie diese Woche?»

«Sie sind die erste.»

«Und vorige Woche? Bei Montag angefangen?»

Montag stand ich an Erins Sarg, dachte Darcy. Dienstag sah ich zu, wie der Sarg begraben wurde. Mittwoch war ich zu Hause und habe das Dokumentarspiel über den Mord an Nan Sheridan gesehen. Donnerstag hatte sie Len Parker getroffen. Freitag David Weld, den sanften, eher schüchternen Mann, der behauptete, er sei Manager bei einer Warenhauskette und habe Erin nicht gekannt. Samstag Albert Booth, den Computerspezialisten, der sich für die Wunder des Desktop Publishing begeisterte und wußte, daß Erin sich vor ihrem Hausmeister fürchtete.

«Ach, kommen Sie, geben Sie doch zu, daß Sie vorige Woche Verabredungen hatten», drängte Doug. «Ich habe Sie am Mittwoch angerufen, und Sie hatten erst heute abend Zeit.»

Verblüfft merkte Darcy, daß Leute in letzter Zeit häufig ihre Fragen wiederholen mußten. «Entschuldigung. Ja, ich hatte letzte Woche ein paar Verabredungen.»

«Und? War es lustig?»

Sie dachte daran, wie Len Parker an die Tür gehämmert hatte. «So kann man es auch ausdrücken.»

Er lachte. «Das spricht Bände. Ich habe auch ein paar ausgefallene Typen getroffen. Jetzt kennen Sie meine Lebensgeschichte. Wie wär's, wenn Sie mir Ihre erzählten?»

Sie gab eine sorgfältig revidierte Fassung zum besten.

«Sie haben viel ausgelassen», sagte Doug, «das spüre ich, aber wenn Sie mich besser kennen, füllen Sie die Lücken auf.»

Sie lehnte ein zweites Glas Wein ab. «Ich muß wirklich gehen.»

Er versuchte nicht, sie aufzuhalten. «Ich eigentlich auch. Wann sehe ich Sie wieder, Darcy? Morgen abend? Essen wir zusammen?»

«Ich habe wirklich zu tun.»

«Donnerstag?»

«Ich arbeite an einem Auftrag, der mich ganz in Anspruch nimmt. Rufen Sie mich in ein paar Tagen an?»

«Ja. Und wenn Sie mich dann wieder abweisen, verspreche ich, nicht zu insistieren. Aber ich hoffe, Sie tun es nicht.»

Er ist wirklich nett, dachte Darcy, oder er ist ein verdammt guter Schauspieler.

Doug setzte sie in ein Taxi und winkte dann rasch eines für sich selbst heran. In der Wohnung zog er schnell den Pullover und die Sporthosen aus und schlüpfte wieder in den Anzug, den er im Büro getragen hatte. Um Viertel vor acht saß er im Zug nach Scarsdale. Um Viertel vor neun las er Trish eine Gutenachtgeschichte vor, während Susan für ihn ein Steak briet. Sie verstand vollkommen, wie anstrengend diese späten Termine waren. «Du arbeitest zuviel, Doug, Lieber», hatte sie beruhigend gesagt, als er ins Haus gestapft war und ärgerlich verkündet hatte, er habe den früheren Zug um Haaresbreite verpaßt.

Jay Stratton wurde stundenlang intensiv verhört, aber er blieb gelassen. Seine einzige Erklärung für die Brillanten in dem Armband, das er an Merrill Ashton verkauft hatte, war, es müsse sich um einen schrecklichen Irrtum handeln. Erin Kelley hatte den Auftrag gehabt, Fassungen für eine Reihe edler Brillanten zu entwerfen. Stratton behauptete, irgendwie habe er einen Fehler gemacht und unabsichtlich einige Steine, die in dem Kelley übergebenen Brillantbeutel sein sollten, durch andere ersetzt. Das sollte nicht heißen, daß diese anderen Steine nicht genauso wertvoll wären. Man solle sich die verschiedenen Versicherungspolicen ansehen.

Ein Durchsuchungsbefehl förderte in seiner Wohnung und in seinem Banksafe keine weiteren fehlenden Brillanten zutage. Er wurde wegen Verdachts der Hehlerei angezeigt und gegen Kaution freigelassen. Verächtlich schritt er mit seinem Anwalt aus dem Revier.

Vince hatte ihn zusammen mit Inspektoren des Sechsten Reviers vernommen. Sie alle wußten, daß er schuldig war; Vince sagte: «Da geht einer der überzeugendsten Schwindler, die ich je gesehen habe, und ihr könnt mir glauben, ich habe viele gesehen.»

Das Verrückte daran ist, dachte Vince, als er sich auf den Rückweg in sein Büro machte, daß Darcy Scott am Ende eine Zeugin *für* Stratton ist. Sie hat den Safe für ihn geöffnet und wird schwören, daß der Beutel mit den Brillanten nicht da war. Die große Frage war natürlich, ob Stratton den Nerv gehabt hätte, diese Brillanten als vermißt zu melden, wenn er nicht gewußt hätte, daß Erin Kelley nie wieder auftauchen würde und nicht sagen konnte, was aus ihnen geworden war.

Im Büro gab Vince barsch seine Befehle. «Ich möchte alles, und ich meine wirklich *alles*, über Jay Stratton wissen. Jay Charles Stratton.»

15

MITTWOCH, 6. MÄRZ

Chris Sheridan betrachtete Darcy Scott. Was er sah, gefiel ihm. Sie trug eine in der Taille gegürtete Lederjacke, braune Hosen, die in verschrammten, aber feinen Lederstiefeln steckten, einen geknoteten Seidenschal, der ihren zierlichen Nacken betonte. Ihr braunes Haar, mit blonden Glanzlichtern durchsetzt, fiel weich und locker um ihr Gesicht. Haselnußbraune Augen mit grünen Flecken waren von dunklen Wimpern gesäumt. Ihre schwarzen Augenbrauen betonten ihren porzellanzarten Teint. Er schätzte sie auf Ende Zwanzig.

Sie erinnert mich an Nan. Diese Erkenntnis schockierte ihn. Aber sie sehen sich nicht ähnlich, dachte er. Nan war die typische nordische Schönheit gewesen mit ihrer rosaweißen Haut, ihren lebhaften blauen Augen und dem goldblonden Haar. Wo also war die Ähnlichkeit? Sie lag in der vollkommenen Anmut, mit der Darcy sich bewegte. Nan war genauso gegangen, nämlich so, als würde sie in einen Tanzschritt gleiten, sobald Musik erklänge.

Darcy war sich bewußt, daß Chris Sheridan sie musterte. Auch sie hatte ihn betrachtet. Sie mochte die ausgeprägten Züge, den leichten Höcker auf seinem Nasenrücken, der vermutlich von einem Bruch herrührte. Die Breite seiner Schultern und ein allgemeiner Eindruck von disziplinierter Fitneß ließen auf einen Sportler schließen.

Vor ein paar Jahren hatten sich sowohl ihre Mutter als auch ihr Vater Schönheitsoperationen unterzogen. «Hier ein Abnäher, dort eine Naht», hatte ihre Mutter lachend gesagt. «Schau nicht so mißbilligend, Darcy, Liebes. Vergiß nicht, daß unser Aussehen für unseren Marktwert sehr wichtig ist.»

Wie völlig irrelevant, sich jetzt daran zu erinnern, dachte Darcy. Versuchte sie einfach, dem verzögerten Schock über das Päckchen mit Erins Stiefel und dem Tanzschuh auszuweichen? Gestern hatte sie den ganzen Tag lang die Fassung bewahrt, doch heute früh um vier Uhr war sie aufgewacht, und ihr Gesicht und ihr Kopfkissen waren tränennaß gewesen. Bei dieser Erinnerung biß sie sich auf die Lippen, doch sie konnte nicht verhindern, daß ihr Tränen in die Augen stiegen. «Entschuldigen Sie bitte», sagte sie rasch und versuchte, forsch zu klingen. «Es war sehr nett von Ihnen, daß Sie gestern abend wegen der Bilder nach Connecticut gefahren sind. Vince D'Ambrosio sagte mir, Sie hätten dafür extra Ihre Pläne ändern müssen.»

«Die waren nicht so wichtig.» Chris spürte, daß Darcy Scott nicht wollte, daß er auf ihren Kummer einging. «Eine schreckliche Menge Zeug», sagte er sachlich. «Ich habe alles auf einem Tisch im Konferenzzimmer ausgebreitet. Ich schlage vor, Sie schauen es sich an. Wenn Sie die Sachen lieber bei sich zu Hause oder in Ihrem Büro haben wollen, lasse ich sie Ihnen bringen. Wenn Sie nur einen Teil haben wollen, können wir auch das einrichten. Die meisten Leute auf den Bildern kenne ich. Natürlich sind auch einige dabei, die ich nicht kenne. Also, schauen wir sie uns an.»

Sie gingen nach unten. Darcy merkte, daß in der Viertelstunde, die sie in Sheridans Büro verbracht hatte, die Menschenmenge, die die Gegenstände der nächsten Auktion besichtigte, beträchtlich angewachsen war. Sie liebte Auktionen. Als junges Mädchen hatte sie sie regelmäßig besucht, zusammen mit dem Händler, der ihre Eltern vertrat. Selbst konnten sie nie hingehen. Wenn bekannt wurde, daß einer von ihnen sich für den Kauf eines Gemäldes oder einer Antiquität interessierte, schoß sofort der Preis in die Höhe. Wenn sie ihre Mutter und ihren Vater die Geschichte ihrer Käufe erzählen hörte, fühlte sie sich unbehaglich.

Sie ging neben Sheridan zum hinteren Teil des Gebäudes, als sie einen Zylinderschreibtisch erspähte. Sofort ging sie darauf zu. «Ist das wirklich ein Roentgen?»

Chris strich mit der Hand über die Mahagonioberfläche. «Ja, ist es. Sie kennen sich aus in Antiquitäten. Sind Sie in dieser Branche tätig?»

Darcy dachte an den Roentgen in der Bibliothek des Hauses in Bel-Air. Ihre Mutter erzählte gern, wie Marie Antoinette ihn als Geschenk für ihre Mutter, Kaiserin Maria Theresia, nach Österreich geschickt hatte; deshalb war er während der Französischen Revolution nicht verkauft worden. Dieser hier war offenbar auch aus Frankreich herausgebracht worden.

«Sind Sie in der Branche tätig?» wiederholte Chris.

«Oh, Verzeihung.» Darcy lächelte und dachte an das Hotel, das sie mit Gelegenheitskäufen aus Haushaltsauflösungen einrichtete. «In gewisser Weise könnte man es so ausdrükken.»

Chris zog die Augenbrauen hoch, fragte aber nicht weiter. «Hier entlang.» Eine geräumige Halle führte zu einem Raum mit Doppeltüren. Darin stand ein georgianischer Eßtisch unter einer Schutzdecke. Alben, Jahrbücher, gerahmte Bilder, Schnappschüsse und Dias waren auf dem Tisch aufgereiht.

«Vergessen Sie nicht, daß diese Aufnahmen vor über fünfzehn Jahren gemacht wurden», gab Sheridan zu bedenken.

«Ich weiß.» Darcy betrachtete die zahlreichen Gegenstände. «Wie oft benutzen Sie diesen Raum?»

«Nicht sehr oft.»

«Wäre es möglich, alles hier zu lassen? Ich würde dann mehrmals kommen. Wenn ich im Büro bin, habe ich nämlich immer viel zu tun. Meine Wohnung ist nicht groß, und ich bin ohnehin nicht oft dort.»

Chris wußte, daß ihn das nichts anging, aber er konnte sich die Bemerkung nicht verkneifen. «Agent D'Ambrosio sagte mir, daß Sie auf Bekanntschaftsanzeigen antworten.» Er sah an Darcys Gesichtsausdruck, daß sie sich verschloß.

«Erin wollte nicht auf diese Annoncen schreiben», sagte Darcy. «Ich habe sie überredet. Das kann ich nur gutmachen, indem ich mich bemühe, bei der Suche nach ihrem Mörder zu helfen. Sind Sie einverstanden, wenn ich mehrfach komme und gehe? Ich verspreche Ihnen, ich werde weder Sie noch Ihre Mitarbeiter stören.»

Chris wurde klar, was Vince D'Ambrosio gemeint hatte, als er sagte, Darcy Scott werde bezüglich der Annoncen tun, was sie wolle. «Sie stören niemanden. Eine der Sekretärinnen ist immer um acht Uhr hier. Das Reinigungspersonal arbeitet bis ungefähr zehn Uhr abends. Ich werde Bescheid geben, daß man Sie einläßt. Nein, noch besser ist es, wenn ich Ihnen einen Schlüssel gebe.»

Darcy lächelte. «Ich verspreche auch, mich nicht mit Sèvres-Porzellan davonzumachen. Ist es Ihnen recht, wenn ich jetzt noch eine Weile bleibe? Ich habe ein paar freie Stunden.»

«Natürlich. Und vergessen Sie nicht, ich kenne viele von diesen Leuten. Wenn Sie einen Namen wissen wollen, fragen Sie mich.»

Um halb vier kam Sheridan zurück; ihm folgte ein Mädchen, das ein Teetablett trug. «Ich dachte, Sie könnten eine Pause vertragen. Wenn ich darf, werde ich Ihnen Gesellschaft leisten.»

«Das wäre nett.» Darcy verspürte auf einmal leichte Kopfschmerzen. Ihr fiel ein, daß sie das Mittagessen ausgelassen hatte. Sie nahm eine Tasse Tee, goß ein paar Tropfen Milch aus einem zarten Limoges-Kännchen hinein und versuchte, nicht zu ängstlich auszusehen, als sie nach einem Zuckerplätzchen griff. Sie wartete, bis das Mädchen gegangen war, und sagte dann: «Ich weiß, wie schwer es für Sie gewesen sein muß, all das zusammenzusuchen. Solche Erinnerungen sind ziemlich bedrückend.»

«Das meiste hat meine Mutter gemacht. Sie überrascht mich. Als das Päckchen mit den Schuhen ankam, ist sie in Ohnmacht gefallen, aber jetzt geht es ihr nur noch darum, alles zu tun, um Nans Mörder zu finden und daran zu hindern, noch jemandem Schaden zuzufügen.»

«Und Sie?»

«Nan war sechs Minuten älter als ich. Das ließ sie mich nie vergessen. Sie nannte mich ihren ‹kleinen Bruder›. Sie war kontaktfreudig. Ich war schüchtern. Irgendwie glichen wir einander aus. Ich hatte schon vor langer Zeit die Hoffnung aufgegeben, ihren Mörder vor Gericht zu sehen. Jetzt wird diese Hoffnung wieder lebendig.» Er betrachtete den Stapel Bilder, den sie ausgebreitet hatte. «Irgend jemand dabei, den Sie kennen?»

Darcy schüttelte den Kopf. «Bisher nicht.»

Um Viertel vor fünf streckte sie den Kopf in sein Büro. «Ich gehe jetzt.»

Chris sprang auf. «Hier ist der Schlüssel. Ich wollte ihn Ihnen geben, wenn ich nach unten ginge.»

Darcy steckte ihn ein. «Vermutlich komme ich morgen früh wieder.»

Chris konnte nicht widerstehen. «Haben Sie jetzt eine dieser Verabredungen? Entschuldigen Sie. Ich habe kein Recht, Sie danach zu fragen. Ich bin nur besorgt, weil ich es so gefährlich finde.»

Er war froh zu sehen, daß Darcy sich diesmal nicht versteifte. Sie sagte nur: «Es wird schon gutgehen.» Mit einem halben Winken ging sie hinaus.

Er starrte ihr nach und erinnerte sich an das einzige Mal, als er zur Jagd gegangen war. Das Reh hatte aus einem Bach getrunken. Es hatte die Gefahr gespürt, den Kopf gehoben, gelauscht und sich zur Flucht angeschickt. Einen Moment später war es zu Boden gesunken. Er hatte nicht in die begeisterten Rufe eingestimmt, in die der Rest der Jagdgesellschaft ausgebrochen war. Sein Instinkt hatte ihn gedrängt, dem Tier eine Warnung zuzurufen. Der gleiche Instinkt machte sich jetzt wieder bemerkbar.

«Kommen Sie mit der Sendung voran?» fragte Vince Nona, während er versuchte, auf dem grünen Zweiersofa in ihrem Büro eine bequeme Stellung zu finden.

«Ja und nein», seufzte Nona. Müde fuhr sie sich mit der Hand durchs Haar. «Am schwersten ist es, eine Ausgewogenheit zu finden. Als Sie mir schrieben und mich baten, auch die möglichen Gefahren beim Beantworten dieser Anzeigen zu erwähnen, hatte ich keine Ahnung, was die nächste Woche bringen würde. Ich glaube noch immer, daß mein ursprüngliches Konzept richtig ist. Ich möchte eine umfassende Darstellung geben und dann mit der Warnung schließen.» Sie lächelte ihm zu. «Ich bin froh, daß Sie angerufen und vorgeschlagen haben, einen Teller Pasta essen zu gehen.»

Es war ein langer Tag gewesen. Um halb fünf hatte Vince einen Einfall gehabt. Er hatte eine Liste der Daten zusammenstellen lassen, an denen die acht jungen Frauen verschwunden waren, und hatte die Ermittler angewiesen, Bekanntschaftsanzeigen aus Zeitungen und Zeitschriften der New Yorker Gegend zu sammeln, die drei Monate vor diesen Daten erschienen waren.

Eine gewisse Zufriedenheit über diese möglichen neuen Hinweise hatte ihn spüren lassen, wie erschöpft er war. Der Gedanke, in seine Wohnung zu gehen und in seinem vernachlässigten Kühlschrank etwas Eßbares zu suchen, deprimierte ihn. So hatte er fast unbewußt nach dem Hörer gegriffen und Nona angerufen.

Jetzt war es sieben Uhr. Er war gerade in ihrem Büro eingetroffen, und Nona war zum Gehen bereit.

Das Telefon läutete. Nona wandte den Blick zum Himmel, griff nach dem Hörer und meldete sich. Vince sah, wie ihr Gesichtsausdruck sich veränderte.

«Da hast du recht, Matt. Du kannst immer sicher sein, mich hier zu finden. Was kann ich für dich tun?» Sie lauschte. «Matt, begreif doch endlich. Ich habe nicht die Absicht, dich auszukaufen. Nicht heute und nicht morgen. Vielleicht erinnerst du dich; als wir voriges Jahr einen Käufer hatten, fandest du den Preis nicht hoch genug. Das übliche. Jetzt kann ich warten. Du kannst warten. Was soll die Eile? Braucht Jeanie Zahnspangen oder so was?»

Nona lachte, als sie auflegte. «Das war der Mann, den ich lebenslänglich zu lieben und zu ehren versprochen hatte. Das Dumme ist nur, daß er das vergaß.»

«So etwas kommt vor.»

Sie gingen ins «Pasta Lovers» in der 58. Straße. «Hierher komme ich oft, wenn ich allein bin», sagte Nona zu ihm. «Warten Sie, bis Sie die Nudeln probiert haben. Die vertreiben jede Depression.»

Ein Glas Rotwein. Salat. Warmes Brot. «Da ist ein Zusammenhang», hörte Vince sich sagen. «Es muß eine Verbindung zwischen einem einzigen Mann und all diesen Mädchen geben.»

«Ich dachte, Sie wären überzeugt, daß außer bei Nan Sheridan die Verbindung in den Kontaktanzeigen besteht.»

«Bin ich auch. Aber verstehen Sie, es kann kein *Zufall* sein, daß er jeweils den Schuh in der richtigen Größe hatte. Sicher, er hätte die Schuhe kaufen können, nachdem er die Mädchen getötet hatte, aber den Schuh, den er an Nan Sheridans Fuß hinterließ, hatte er schon bei sich, als er sie angriff. Diese Art Mörder hält sich gewöhnlich an ein Muster.»

«Sie sprechen also von jemandem, der diese Mädchen kennenlernte, irgendwie ihre Schuhgröße in Erfahrung brachte, ohne daß sie mißtrauisch wurden, und sie dann in eine Situation lockte, wo sie spurlos verschwanden?»

«Richtig.» Bei Linguini mit Muschelsauce erzählte er ihr von seinem Plan, Kontaktanzeigen zu analysieren, die im New Yorker Raum in den drei Monaten vor dem jeweiligen Verschwinden der Frauen erschienen waren, um festzustellen, ob die gleiche Anzeige mehrmals auftauchte. «Natürlich könnte das wieder eine Sackgasse sein», räumte er ein. «Soweit wir wissen, gibt derselbe Kerl ein Dutzend verschiedener Annoncen auf.»

Beide bestellten koffeinfreien Cappuccino. Nona begann von ihrer Sendung zu berichten. «Ich habe noch immer keinen Psychiater angeheuert», sagte sie. «Auf keinen Fall will ich einen dieser Showprofis, die immer zu allem ihren Senf dazugeben.»

Vince erzählte ihr von Michael Nash. «Ein sehr redegewandter Mann. Schreibt ein Buch über Kontaktanzeigen. Er hat Erin gekannt.»

«Darcy hat mir von ihm erzählt. Eine sehr gute Idee, Mr. D'Ambrosio.»

Vince brachte Nona in einem Taxi nach Hause und ließ es warten, während er sie in das Gebäude begleitete. «Ich glaube, wir sind beide ganz schön fertig», sagte er als Erwiderung auf ihren Vorschlag, einen Schlaftrunk zu nehmen. «Aber bitte, lassen Sie uns das nachholen.»

«In Ordnung.» Nona grinste. «Ich bin müde, und meine Putzhilfe war seit letzten Freitag nicht mehr hier. Ich glaube nicht, daß ich Sie jetzt schon mit meinem wahren Ich konfrontieren kann.»

Vince mußte sich daran erinnern, daß er technisch gesehen noch immer im Dienst war. Das hielt ihn jedoch nicht davon ab, sich zu überlegen, wie es sich anfühlen würde, Nona Roberts in den Armen zu halten.

Als er in seine Wohnung kam, war eine Nachricht auf dem Anrufbeantworter. Von Ernie, seinem Assistenten. «Nichts Dringendes, aber ich dachte, das würde Sie interessieren, Vince. Wir haben das Register der Studenten von Brown aus der Zeit, als Nan Sheridan dort war. Raten Sie mal, wer auch dort war und mit ihr zusammen verschiedene Kurse besucht hat! Niemand anders als unser Freund, der Juwelier Jay Stratton.»

Um halb sechs war Darcy mit Chiffre 4307, Cal Griffin, in der Bar im «Tavern on the Green» verabredet. Er ist nicht Anfang Dreißig, war ihr erster Eindruck. Eher um die Fünfzig. Ein bulliger Mann, der sich das Haar quer über den Kopf frisierte, um kahle Stellen zu verbergen, und sich teuer und konservativ kleidete. Er stammte aus Milwaukee, kam aber, wie er erklärte, regelmäßig nach New York.

Darauf folgte ein vielsagendes Zwinkern. Sie solle ihn nicht falsch verstehen, er sei ein glücklich verheirateter Mann, aber wenn er geschäftlich nach New York käme, wäre es wirklich nett, eine Freundin zu haben. Noch ein Zwinkern. Sie könne ihm glauben, er wisse, wie man eine Frau zu behandeln habe. Welche Show hatte sie noch nicht gesehen? Er wußte, wie man an Freikarten kam. Welches war Darcys Lieblingsrestaurant? Das «Lutèce»? Teuer, aber seinen Preis wert.

Darcy schaffte es, ihn zu fragen, wann er zum letzten Mal in New York gewesen sei.

Zu lange her. Vorigen Monat war er mit Frau und Kindern – fabelhafte Teenager, aber man weiß ja, wie Teenager sind – zum Skifahren in Vail gewesen. Sie hatten dort ein Haus. Jetzt bauten sie ein größeres. Geld spielte keine Rolle. Wie auch immer, die Kinder brachten ihre Freunde mit, und es war ein Tohuwabohu. Rock and Roll und so. Macht einen verrückt, nicht? Sie hatten eine große Stereoanlage im Haus.

Darcy hatte ein Perrier bestellt. Nachdem sie es zur Hälfte getrunken hatte, schaute sie auffällig auf die Uhr. «Mein Chef war wirklich böse, daß ich gegangen bin», sagte sie. «Ich muß mich beeilen.»

«Vergessen Sie ihn», befahl Griffin. «Sie und ich, wir machen uns einen netten Abend.»

Sie saßen auf einer Sitzbank. Ein bulliger Arm legte sich um sie. Ein feuchter Kuß traf ihr Ohr.

Darcy wollte keine Szene machen. «Oh, mein Gott», sagte sie und wies auf einen nahen Tisch, an dem ein einzelner Mann saß, der ihnen den Rücken zuwandte. «Das ist mein Mann. Ich muß von hier verschwinden.»

Der Arm ließ ihre Taille los. Griffin sah erschrocken aus. «Ich will keine Schwierigkeiten.»

«Ich schleiche mich einfach davon», flüsterte Darcy.

Auf dem Heimweg im Taxi hatte sie Mühe, nicht laut zu lachen. Na ja, eines jedenfalls war sicher – er war es nicht.

Das Telefon läutete, als sie den Schlüssel im Schloß drehte. Es war Doug Fields. «Hallo, Darcy. Warum muß ich dauernd an Sie denken? Ich weiß, Sie sagten, Sie hätten heute abend zu tun, aber meine Pläne haben sich geändert, und darum wollte ich's doch versuchen. Wie wär's mit einem Hamburger im ‹J. P. Clarke's› oder so?»

Darcy fiel ein, daß sie vergessen hatte, Vince D'Ambrosio von Doug Fields zu erzählen. Ein netter Kerl. Attraktiv. Illustrator. Die Art Mann, für die Erin sich ohne weiteres hätte interessieren können. «Hört sich gut an», antwortete sie. «Wann?»

Für wie dumm hält Doug mich eigentlich? dachte Susan, während sie mit Donny am Küchentisch saß und seine Geometrie-Hausaufgabe durchsah. Die Studienberaterin hatte sie heute nachmittag angerufen. Ob es zu Hause Probleme gäbe? Donny, der immer ein guter Schüler gewesen war, hatte in allen Fächern schlechtere Noten bekommen. Er wirkte zerstreut und deprimiert.

«Ja, gut so», sagte sie fröhlich. «Wie *mein* Geometrielehrer zu sagen pflegte: ‹Das zeigt, was Sie leisten können, Miss Frawley, wenn Sie es wirklich wollen.›»

Donny lächelte und sammelte seine Bücher ein. «Mami ...» Er zögerte.

«Donny, du hast immer mit mir reden können. Was ist los?»

Er schaute sich um.

«Die Kleinen sind im Bett. Beth nimmt eine ihrer stundenlangen Duschen. Wir können reden», versicherte Susan ihm.

«Und Dad ist in einer seiner Konferenzen», sagte Donny bitter.

Er argwöhnt etwas, dachte Susan. Es hatte keinen Sinn, ihn schützen zu wollen. Die Gelegenheit war so gut wie jede andere, um offen mit ihm zu reden. «Donny, Dad ist nicht in einer Konferenz.»

«Du weißt das?» Erleichterung malte sich auf seinem verstörten Gesicht ab.

«Ja, ich weiß es. Aber wie hast du es herausgefunden?»

Er schaute zu Boden. «Patrick Driscoll, einer der Jungs aus der Mannschaft, war am Freitag abend, als wir Großpapa besuchten, in New York. Dad war mit irgendeiner Frau in einem Restaurant. Sie hielten sich an den Händen und küßten sich. Patrick sagt, es sei eindeutig gewesen. Seine Mutter will es dir sagen, aber sein Vater läßt sie nicht.»

«Donny, ich habe vor, mich von deinem Vater scheiden zu lassen. Ich tue das nicht gern, aber das Leben, das wir jetzt führen, ist für keinen von uns angenehm. Dann brauchen wir nicht mehr dauernd auf ihn zu warten und uns seine Lügen anzuhören. Ich hoffe, daß er sich weiterhin um euch Kinder kümmern wird, aber ich kann nicht dafür garantieren. Es tut mir leid. Es tut mir schrecklich, schrecklich leid.» Sie merkte, daß sie weinte.

Donny tätschelte ihre Schulter. «Mami, er verdient dich nicht. Ich verspreche, ich werde dir mit den anderen Kindern helfen. Ich schwöre, ich werde meine Sache besser machen, als er sie mit uns gemacht hat.»

Donny sieht Doug zwar sehr ähnlich, dachte Susan, aber Gott sei Dank hat er genug von meinen Genen in sich, um sich niemals so zu verhalten wie sein Vater. Sie küßte Donny auf die Wange. «Laß es uns vorerst für uns behalten, ja? Okay.»

Susan ging um elf Uhr zu Bett. Doug war noch immer nicht zu Hause. Sie schaltete die Spätnachrichten ein und schaute entsetzt zu, wie der Moderator die Geschichte mit den vermißten Frauen schilderte und von den Päckchen mit den ungleichen Schuhen berichtete, die ar. ihre Familien geschickt worden waren.

Gerade sagte er: «Obwohl das FBI sich nicht dazu äußern will, haben wir aus gutunterrichteter Quelle erfahren, daß die zuletzt zurückgeschickten Schuhe die Gegenstücke derer sind, die Erin Kelley trug, als ihre Leiche aufgefunden wurde. Wenn das stimmt, gibt es wahrscheinlich eine Verbindung zum Verschwinden zweier junger Frauen, die aus Lancaster und White Plains stammten und in Manhattan wohnten, sowie zu dem noch immer unaufgeklärten Mord an Nan Sheridan.»

Nan Sheridan. Erin Kelley.

«Oh, mein Gott», stöhnte Susan. Mit geballten Fäusten starrte sie auf den Bildschirm.

Bilder von Claire Barnes, Erin Kelley, Janine Wetzl und Nan Sheridan flimmerten über die Mattscheibe.

Der Moderator sagte: «Die Spur des Todes scheint an jenem kalten Märzmorgen begonnen zu haben, der nächste Woche fünfzehn Jahre zurückliegt, als Nan Sheridan auf dem Joggingpfad in der Nähe ihres Hauses erwürgt wurde.»

Susans Kehle wurde eng. Vor fünfzehn Jahren hatte sie für Doug gelogen, als er wegen Nans Tod vernommen wurde. Wären diese anderen jungen Frauen nicht verschwunden, wenn sie das nicht getan hätte? In der Nacht vor fast zwei Wochen, als Erin Kelleys Tod durchgegeben wurde, hatte Doug einen Alptraum gehabt. Er hatte im Schlaf *Erin* gerufen.

«... Das FBI arbeitet mit der New Yorker Polizei zusammen und versucht, den Käufer der Abendschuhe zu finden. Die Akte über Nan Sheridans Tod ist wieder geöffnet worden ...»

Und wenn sie Doug erneut vernehmen würden? Oder *mich* wieder vernehmen würden, dachte Susan. War sie verpflichtet, zu sagen, daß sie vor fünfzehn Jahren gelogen hatte?

Donny. Beth. Trish. Conner. Was für ein Leben würden sie haben, wenn sie als Kinder eines Serienmörders aufwuchsen?

Der New Yorker Kommissar wurde interviewt. «Wir glauben, daß wir es mit einem skrupellosen Serienmörder zu tun haben.»

Skrupellos.

«Was soll ich tun?» flüsterte Susan vor sich hin. Die Worte ihres Vaters klangen ihr in den Ohren. «Er neigt zur Skrupellosigkeit ...»

Vor zwei Jahren, als sie Doug auf sein Verhältnis mit dem Au-pair-Mädchen angesprochen hatte, hatte sich sein Gesicht vor Wut verzerrt. Die Angst, die sie damals empfunden hatte, überfiel sie jetzt wieder. Als die Nachrichten zu Ende waren, sah Susan endlich der Tatsache ins Auge, die sie nie hatte wahrhaben wollen. «An diesem Abend habe ich gedacht, er würde mir etwas antun.»

Tanzen wir? Tanzen wir? Tanzen wir? Fliegen wir auf einer Wolke von Musik ...? Tanzen wir, Arm in Arm, tanzen wir, tanzen wir?

Charley lachte laut vor Begeisterung über die Musik. Er tanzte im Gleichschritt mit Yul Brynner, stampfte mit den Füßen auf, wirbelte eine imaginäre Darcy in seinen Armen herum. Dazu würden sie nächste Woche tanzen! Und dann Astaire! Was für eine Freude! Was für eine Freude! Nur noch sieben Tage: Nans fünfzehnter Todestag!

Wir wissen ja, daß so etwas geschieht; also, tanzen wir? Tanzen wir? Tanzen wir?

Die Musik verklang. Er griff nach der Fernbedienung und schaltete den Videorecorder aus. Wenn er nur über Nacht hierbleiben könnte. Aber das wäre töricht. Er mußte das tun, wozu er gekommen war.

Die Kellertreppe knarrte, und er runzelte die Stirn. Darum mußte er sich kümmern. Annette war diese Treppe hinuntergelaufen, als sie floh. Das hektische Klappern ihrer Absätze auf dem nackten Holz hatte ihn fasziniert. Wenn Darcy auf dieselbe Weise zu entkommen versuchte, wollte er nicht, daß ein Knarren das Geräusch ihrer Schuhe bei der aussichtslosen Flucht störte.

Darcy. Wie schwer es gewesen war, ihr gegenüberzusitzen.

Er hatte sagen wollen: «Komm mit mir.» Er hatte sie herbringen wollen. Wie das Phantom der Oper, das seine Geliebte in die Unterwelt einlädt.

Die Schuhkartons. Noch fünf. Marie und Sheila und Leslie und Annette und Tina. Plötzlich merkte er, daß er Lust hatte, sie alle gleichzeitig zurückzuschicken. Er wollte es hinter sich haben. Und dann würde es nur noch einen geben.

Nächste Woche würde nur noch Darcys Karton hier sein. Vielleicht würde er ihn nie zurückschicken.

Er öffnete den Riegel der Tiefkühltruhe, hob den schweren Deckel an und schaute in den leeren Innenraum. Er wartet auf eine neue Eisjungfrau, dachte Charley. Diese würde er nicht wieder hergeben.

16

DONNERSTAG, 7. MÄRZ

«Wie gut kannten Sie Nan Sheridan?» fragte Vince barsch. Er und ein Inspektor des Reviers Innenstadt Nord wechselten sich mit ihren Fragen an Jay Stratton ab.

Stratton blieb unerschütterlich. «Sie studierte in Brown, als ich auch dort war.»

«Sie gingen aus Brown fort und kamen zurück, als sie im zweiten Studienjahr war?»

«Richtig. In meinem ersten Jahr war ich kein guter Student. Mein Onkel dachte, es würde mir guttun, ein bißchen reifer zu werden. Ich ging für zwei Jahre zum Peace Corps.»

«Ich wiederhole: Wie gut kannten Sie Nan Sheridan?»

Tja, wie gut, dachte Stratton. Die entzückende Nan. *Mit ihr zu tanzen war, als halte man eine Fee in den Armen.*

D'Ambrosios Augen verengten sich. Er hatte in Strattons Gesicht etwas gesehen. «Sie haben mir nicht geantwortet.»

Stratton zuckte die Achseln. «Es gibt keine Antwort darauf. Natürlich erinnere ich mich an sie. Ich war dort, als die ganze Studentenschaft endlos über die Tragödie diskutierte.»

«Waren Sie zu ihrer Geburtstagsparty eingeladen?»

«Nein, war ich nicht. Nan Sheridan und ich hatten zufällig einige gemeinsame Kurse belegt. Punkt.»

«Sprechen wir über Erin Kelley. Sie hatten es schrecklich eilig, der Versicherungsgesellschaft diese fehlenden Brillanten zu melden.»

«Wie Miss Scott zweifellos bestätigen kann, war meine erste Reaktion, als ich mit ihr sprach, Ärger. Ich kannte Erin wirklich nur flüchtig. Es war ihre Arbeit, die ich kannte. Als sie den Termin für die Ablieferung des Colliers bei Bertolini nicht einhielt, war ich überzeugt, sie hätte ihn einfach vergessen. In dem Moment, als ich Darcy Scott traf, wurde mir klar, wie dumm das war. Ihre schreckliche Sorge ließ mich die Situation klar erkennen.»

«Bringen Sie oft wertvolle Steine durcheinander?»

«Natürlich nicht.»

Vince versuchte es auf andere Weise. «Sie haben Nan Sheridan nicht gut gekannt, aber kannten Sie jemanden, der in sie verliebt war? Außer Ihnen, natürlich», fügte er bewußt hinzu.

17

FREITAG, 8. MÄRZ

Am Freitag nachmittag ging Darcy in die Wohnung auf der West Side, in der sie das Zimmer für Lisa, das genesende junge Mädchen, eingerichtet hatte. Sie brachte Pflanzen für die Fensterbank, ein paar Kissen und ein Kosmetikset aus Porzellan mit, das sie bei einer Haushaltsauflösung erworben hatte. Und Erins vielgeliebtes Poster.

Die großen Stücke waren bereits da; das Messingbett, die Kommode, der Nachttisch, der Schaukelstuhl. Der indianische Teppich, der in Erins Wohnzimmer gelegen hatte, paßte perfekt in diesen Raum. Pastellfarben gestreifte Tapeten gaben dem Zimmer Bewegung. Fast wie ein Karussell, dachte Darcy. Vorhänge und Bettüberwurf hatten die gleichen Streifen wie die Tapete. Gestärkte weiße Baumwollrüschen nahmen das strahlende Weiß von Decke und Zierleisten auf.

Sorgfältig suchte Darcy nach dem richtigen Platz für das Poster. Es stellte ein Gemälde von Egret dar, eines seiner frühen, weniger bekannten Werke: eine junge Tänzerin, die mit ausgestreckten Armen auf den Fußspitzen durch die Luft wirbelt. Er hatte dem Bild den Titel *Junge Frau, die gerne tanzt* gegeben.

Sie schlug Bilderhaken in die Wand und dachte an all die

Tanzkurse, die sie und Erin besucht hatten. «Warum sollten wir bei Regen und Kälte draußen joggen, wo wir doch beim Tanzen genausoviel Bewegung haben?» hatte Erin gesagt. «Es gibt ja den alten Spruch: ‹Wenn du ein bißchen Spaß in dein Leben bringen willst, versuch's mit Tanzen›.»

Darcy trat zurück, um zu prüfen, ob das Poster auch gerade hing. Das tat es. Was also ging ihr nicht aus dem Kopf? *Die Kontaktanzeigen*. Warum gerade jetzt? Achselzuckend schloß sie ihren Werkzeugkasten.

Sie fuhr direkt zur Sheridan-Galerie. Bisher hatte sich das Betrachten der alten Fotos als nutzlos erwiesen. Sie hatte eines von Jay Stratton gefunden, aber Vince D'Ambrosio hatte seinen Namen bereits durch die Studentenliste erfahren. Gestern hatte Chris Sheridan gesagt, die Chance, das Große Los zu gewinnen, sei wahrscheinlich größer als die, auf ein vertrautes Gesicht zu stoßen.

Sie hatte befürchtet, er bereue vielleicht, daß er ihr den Konferenzraum überlassen hatte, aber das war nicht der Fall. «Sie sehen müde aus», hatte er gestern am späten Nachmittag zu ihr gesagt. «Wie ich hörte, sind Sie schon seit dem frühen Morgen hier.»

«Ich konnte ein paar Termine verlegen. Das hier erschien mir wichtiger.»

Gestern abend hatte sie Chiffre 3823 getroffen, Owen Larkin, einen Internisten aus dem New York Hospital. Er war ziemlich von sich eingenommen gewesen. «Wenn man Arzt und unverheiratet ist, dann bieten einem sämtliche Krankenschwestern dauernd selbstgekochte Mahlzeiten an.» Er stammte aus Tulsa und haßte New York. «Sobald ich meine Facharztausbildung hinter mir habe, gehe ich sofort wieder nach Hause in Gottes eigenes Land. Diese überfüllten Städte liegen mir nicht.»

Beiläufig hatte sie Erins Namen erwähnt. In vertraulichem Ton hatte er darauf erwidert: «Ich habe sie nicht kennengelernt, aber einer meiner Freunde im Krankenhaus, der solche Anzeigen beantwortet, hat sie getroffen. Nur einmal. Er hält die Daumen und hofft, daß sie nicht Buch geführt hat. In einer Morduntersuchung vernommen zu werden, wäre das letzte, was er brauchen könnte.»

«Wann ist er ihr begegnet?»

«Anfang Februar.»

«Ich frage mich, ob ich ihn wohl kenne.»

«Nur, wenn Sie ihn um diese Zeit herum getroffen haben. Er hatte sich damals von seiner Freundin getrennt, und inzwischen sind sie wieder zusammen.»

«Wie heißt er?»

«Brad Whalen. Sagen Sie, ist das ein Verhör? Reden wir besser über Sie und mich.»

Brad Whalen. Noch ein Name, den Vince D'Ambrosio überprüfen konnte.

Chris stand am Fenster seines Büros, als er das Taxi vorfahren und Darcy aussteigen sah. Er schob die Hände in die Hosentaschen. Es war windig, und er beobachtete, wie Darcy die Tür des Taxis schloß und sich dem Gebäude zuwandte. Sie hielt den Halsausschnitt ihrer Jacke zu und beugte sich leicht nach vorn, während sie den Gehsteig überquerte.

Gestern hatte er viel zu tun gehabt. Ein paar wichtige japanische Kunden hatten das Silber aus dem Wallens-Nachlaß besichtigt, das nächste Woche versteigert werden sollte. Den größten Teil des Nachmittags hatte er mit ihnen verbracht.

Mrs. Vail, die in der Galerie für Ordnung sorgte, hatte Darcy Scott mit Morgenkaffee, einem leichten Mittagessen und Tee bewirtet. «Das arme Mädchen wird sich noch die Augen ruinieren, Mr. Sheridan», hatte sie gejammert.

Um halb fünf war Chris in den Konferenzraum gegangen. Er hatte erkannt, welchen Fehler er gemacht hatte, als er sagte, die Aufgabe sei hoffnungslos. So ernst hatte er das nicht gemeint. Aber wenn man sie analysierte, waren Darcy Scotts Chancen, jemanden zu treffen, der Nan gekannt hatte, und ihn dann auf einem fünfzehn Jahre alten Foto zu erkennen, ziemlich gering.

Gestern hatte sie ihn gefragt, ob Nan sich je mit einem Mann namens Charles North getroffen habe.

Er wußte nichts davon. Als er nach Darien gekommen war, hatte Vince D'Ambrosio ihm und seiner Mutter die gleiche Frage gestellt.

Chris merkte, daß er Lust hatte, nach unten zu gehen und jetzt mit Darcy zu sprechen. Er fragte sich, ob sie wieder das Gefühl haben würde, er wolle sie loswerden.

Das Telefon läutete. Er ließ seine Sekretärin den Hörer abnehmen. Einen Augenblick später sagte sie über die Sprechanlage: «Es ist Ihre Mutter, Chris.»

Greta kam gleich zur Sache. «Chris, du weißt ja, es war die Rede von jemandem, der Charles heißt. Nachdem wir alle Bilder herausgesucht hatten, habe ich mich entschlossen, Nans restliche Sachen durchzusehen. Es hat ja keinen Sinn, daß du das eines Tages machen mußt. Ich habe ihre Briefe wieder gelesen. Es gibt einen vom September vor ... vor ihrem Tod. Sie hatte gerade das Wintersemester begonnen. Sie schrieb, sie sei mit einem Burschen namens Charley tanzen gegangen, und er habe sie aufgezogen, weil sie flache Schuhe trug.

Sie hat sich so ausgedrückt: ‹Kannst du dir vorstellen, daß ein Junge meiner Generation findet, Mädchen sollten Stöckelschuhe tragen?›»

«Um drei Uhr war ich mit meinen Patienten fertig, und ich fand es einfacher, herzukommen und mit Ihnen zu reden, als die Sache am Telefon zu besprechen.» Michael Nash veränderte leicht seine Haltung und versuchte, auf dem grünen Zweiersofa in Nonas Büro eine bequemere Stellung zu finden. Unwillkürlich überlegte er, warum eine offensichtlich intelligente und kontaktfreudige Person wie Nona Roberts ihren Besuchern dieses Folterobjekt zumutete.

«Tut mir leid, Doktor.» Nona räumte Aktenordner von dem einzigen bequemen Stuhl, der neben ihrem Schreibtisch stand. «Bitte.»

Bereitwillig wechselte Nash den Platz.

«Ich sollte das Ding wirklich abschaffen», entschuldigte sich Nona. «Ich komme bloß nie dazu. Immer gibt es Interessanteres zu tun, als Möbel umzuräumen.» Sie lächelte schuldbewußt. «Aber sagen Sie das bloß nicht Darcy.»

Er erwiderte das Lächeln. «In meinem Beruf ist man zur Verschwiegenheit verpflichtet. So, und womit kann ich Ihnen behilflich sein?»

Ein wirklich attraktiver Mann, dachte Nona. Ende Dreißig. Eine gewisse Reife, die er wahrscheinlich durch seinen Beruf als Psychiater erworben hat. Darcy hatte ihr von ihrem Besuch in seinem Haus in New Jersey erzählt. Heirate nie des Geldes wegen, wie Nonas alte Tanten zu sagen pflegten, aber es ist genauso leicht, einen reichen Mann zu lieben wie einen armen. Nicht, daß Darcy es nötig gehabt hätte, Geld zu heiraten, Gott bewahre! Aber Nona hatte bei ihr immer eine gewisse Einsamkeit gespürt, das verlorene kleine Mädchen. Ohne Erin mußte das schlimmer werden. Es wäre wunderbar, wenn sie jetzt den richtigen Mann kennenlernte.

Sie merkte, daß Dr. Michael Nash sie mit einem amüsierten Ausdruck beobachtete. «Na, habe ich bestanden?» fragte er.

«Gewiß.» Sie griff nach dem Ordner mit den Unterlagen für

die Dokumentarsendung. «Darcy hat Ihnen wahrscheinlich gesagt, warum sie und Erin auf Kontaktanzeigen antworteten.»

Nash nickte.

«Wir haben die Sendung so ziemlich fertig, aber ich möchte, daß ein Psychiater sich über die Menschen äußert, die Anzeigen aufgeben oder beantworten, und über ihre Motive spricht. Vielleicht wäre es möglich, ein paar Hinweise auf Verhaltensweisen zu geben, die Warnsignale sein könnten. Drücke ich mich da richtig aus?»

«Sie sagen es sehr deutlich. Vermutlich wird sich der FBI-Agent auf den Aspekt der Serienmorde konzentrieren.»

Nona spürte, wie sie sich versteifte. «Ja.»

«Mrs. Roberts, Nona, wenn Sie gestatten, ich wünschte, Sie könnten jetzt Ihren Gesichtsausdruck sehen. Sie und Darcy sind einander sehr ähnlich. Sie müssen aufhören, sich selbst zu quälen. Sie sind nicht mehr für Erin Kelleys Tod verantwortlich als eine Mutter, die mit ihrem Kind spazierengeht und miterleben muß, wie es von einem außer Kontrolle geratenen Auto überfahren wird. Manche Dinge sind eben Schicksal. Trauern Sie um Ihre Freundin. Tun Sie alles, was Sie können, um andere davor zu warnen, daß da draußen ein Verrückter herumläuft. Aber versuchen Sie nicht, Gott zu spielen.»

Nona bemühte sich, mit klarer Stimme zu sprechen. «Ich wünschte, das würde mir jemand fünfmal am Tag sagen. Für mich ist es schon schlimm, aber für Darcy ist es zehnmal schlimmer. Ich hoffe, Sie haben ihr das auch gesagt.»

Michael Nash lächelte breit. «Meine Haushälterin hat mich diese Woche dreimal angerufen und Speisepläne vorgeschlagen, damit ich Darcy auch ja wieder mitbringe. Sie wird am Sonntag nach Wellesley fahren, um Erins Vater zu besuchen, aber am Samstag ißt sie mit mir zu Abend.»

«Gut! Und jetzt zu unserer Sendung. Wir zeichnen sie am kommenden Mittwoch auf, und sie wird Donnerstag abend ausgestrahlt.»

«Normalerweise scheue ich vor solchen Sachen zurück. Zu viele meiner Kollegen drängen sich bei Kriminalprozessen auf den Bildschirm oder in den Zeugenstand. Doch hier kann ich vielleicht einen Beitrag leisten. Sie können mit mir rechnen.»

«Großartig.» Beide standen gleichzeitig auf. Nona wies mit der Hand auf die Schreibtische in dem Raum vor ihrem Büro. «Wie ich hörte, schreiben Sie ein Buch über Bekanntschaftsanzeigen. Wenn Sie weitere Recherchen brauchen – die meisten unverheirateten Mitarbeiter hier spielen das Spiel mit.»

«Danke, aber ich habe schon ziemlich viel Material. Ich werde mein Manuskript gegen Ende des Monats abliefern.»

Nona beobachtete Nashs lange, leichtfüßige Schritte, während er zum Aufzug ging. Sie schloß die Tür ihres Büros und wählte Darcys Privatnummer.

Als sich der Anrufbeantworter meldete, sagte sie: «Ich weiß, daß du noch nicht zu Hause bist, aber ich mußte es dir sagen. Ich habe soeben Michael Nash kennengelernt, und er ist wirklich ein Schatz.»

Dougs Antennen fingen eine Warnung auf. Als er heute früh mit Susan telefoniert und ihr gesagt hatte, er habe sie letzte Nacht nicht durch einen Anruf wecken wollen, um ihr mitzuteilen, er könne nicht nach Hause kommen, hatte sie lieb und freundlich reagiert.

«Das war nett von dir, Doug. Ich bin nämlich früh zu Bett gegangen.»

Das Warnsignal war ertönt, als er aufgelegt hatte und sich darüber klargeworden war, daß sie ihn nicht gefragt hatte, ob er heute abend pünktlich kommen werde. Bis vor ein paar

Wochen hatte sie immer routinemäßig gejammert: «Doug, diese Leute müssen doch begreifen, daß du eine Familie hast. Es ist nicht fair, wenn sie Abend für Abend von dir erwarten, daß du zu späten Sitzungen dableibst.»

Sie hatte ganz glücklich gewirkt, als sie ihn in New York zum Abendessen getroffen hatte. Vielleicht sollte er noch einmal anrufen und vorschlagen, sie solle heute abend wieder zum Essen kommen.

Vielleicht wäre es besser, früh nach Hause zu fahren und etwas mit den Kindern zu unternehmen. Letztes Wochenende waren sie nicht dagewesen.

Wenn Susan böse würde, wirklich böse, und das gerade jetzt, wo die Kontaktanzeigenmorde so hochgespielt wurden und man sich wieder für Nan interessierte ...!

Dougs Büro lag im 43. Stock des World Trade Center. Ohne etwas zu sehen, starrte er auf die Freiheitsstatue hinunter.

Es war Zeit, die Rolle des hingebungsvollen Ehemannes und Vaters zu spielen.

Noch etwas. Er würde für eine Weile aufhören, das Apartment zu benutzen. Seine Kleider. Seine Skizzen. Die Annoncen. Wenn er nächste Woche Gelegenheit dazu hätte, würde er sie ins Landhaus bringen.

Vielleicht sollte er auch den Kombiwagen dort abstellen.

War es möglich? Darcy blinzelte und griff nach dem Vergrößerungsglas. Der kleine Schnappschuß von Nan Sheridan und ihren Freundinnen am Strand. Der Strandwart im Hintergrund. Sah er bekannt aus, oder war sie verrückt?

Sie hörte Chris Sheridan nicht hereinkommen. Als er ruhig sagte: «Ich will Sie nicht stören, Darcy», fuhr sie zusammen.

Chris entschuldigte sich eilig. «Ich habe angeklopft. Sie haben mich nicht gehört. Tut mir schrecklich leid.»

Darcy rieb sich die Augen. «Sie brauchen doch nicht anzuklopfen. Das ist Ihr Zimmer. Ich glaube, ich werde allmählich nervös.»

Er schaute auf das Vergrößerungsglas in ihrer Hand. «Glauben Sie, daß Sie auf etwas gestoßen sind?»

«Ich weiß es nicht genau. Aber dieser Mann da...» Sie zeigte mit dem Finger auf die Gestalt hinter der Mädchengruppe. «Er sieht aus wie jemand, den ich kenne. Erinnern Sie sich, wo dieses Bild aufgenommen wurde?»

Chris betrachtete es. «Auf Belle Island. Das ist ein paar Kilometer von Darien entfernt. Eine von Nans besten Freundinnen hat dort ein Sommerhaus.»

«Kann ich das Bild mitnehmen?»

«Natürlich.» Besorgt beobachtete Chris, wie Darcy den Schnappschuß in ihre Aktentasche schob und die Bilder, die sie durchgesehen hatte, zu sauberen Stapeln ordnete. Ihre Bewegungen waren langsam, fast mechanisch, als sei sie schrecklich müde.

«Darcy, haben Sie heute abend eine Ihrer Verabredungen?»

Sie nickte.

«Drinks, Abendessen?»

«Ich versuche, es bei einem Glas Wein bewenden zu lassen. In der Zeit kann ich feststellen, ob sie Erin getroffen haben oder nicht oder sich komisch anhören, wenn sie leugnen, sie gekannt zu haben.»

«Sie steigen doch nicht zu ihnen ins Auto oder gehen in ihre Wohnung?»

«Gott behüte, nein.»

«Das ist gut. Sie sehen aus, als hätten Sie nicht viel Kraft, sich zu wehren, wenn jemand über Sie herfällt.» Chris zögerte. «Ob Sie's glauben oder nicht, ich bin nicht gekommen, um Sie nach Dingen zu fragen, die mich nichts angehen. Ich wollte Ihnen nur sagen, daß meine Mutter einen Brief von Nan gefunden hat; sie hat ihn ungefähr sechs Monate vor ihrem Tod geschrieben. Darin schreibt sie etwas von einem gewissen Charley, der meinte, Mädchen sollten Stöckelschuhe tragen.»

Darcy schaute zu ihm auf. «Haben Sie das Vince D'Ambrosio erzählt?»

«Noch nicht. Ich werde es natürlich tun. Aber ich dachte, ob es nicht eine gute Idee wäre, wenn Sie mit meiner Mutter sprechen würden. Nachdem sie alle diese Bilder herausgesucht hatte, hat sie Nans Briefe durchgesehen. Niemand hatte das von ihr verlangt. Ich meine nur, wenn meine Mutter etwas weiß, dann kommt es vielleicht schneller an die Oberfläche, wenn sie mit einer anderen Frau spricht, die die Art Schmerz versteht, mit dem sie all die Jahre gelebt hat.»

Nan war sechs Minuten älter als ich. Das ließ sie mich nie vergessen. Sie war kontaktfreudig. Ich war schüchtern.

Chris Sheridan und seine Mutter hatten sich vermutlich mit Nan Sheridans Tod abgefunden, dachte Darcy. Die Sendung *Authentische Verbrechen*, der Mord an Erin, die zurückgeschickten Schuhe und jetzt ich. Sie mußten alle Wunden, die vielleicht verheilt waren, wieder aufreißen. Für sie wie für mich wird es erst wieder Frieden geben, wenn das hier vorbei ist.

Der Kummer in Chris Sheridans Gesicht ließ ihn für einen Augenblick nicht mehr so selbstsicher und kultiviert wirken wie noch vor ein paar Tagen.

«Ich würde Ihre Mutter gern kennenlernen», sagte Darcy. «Sie wohnt in Darien, nicht wahr?»

«Ja. Ich fahre Sie hin.»

«Ich fahre Sonntag früh nach Wellesley, um Erin Kelleys Vater zu besuchen. Wenn es Ihnen recht ist, komme ich am späten Sonntag nachmittag auf dem Rückweg bei Ihnen vorbei.»

«Das wird ja ein langer Tag für Sie. Wäre es nicht besser, Sie kämen morgen?»

Darcy fand es lächerlich, in ihrem Alter noch zu erröten. «Morgen habe ich etwas vor.»

Sie stand auf, um zu gehen. Um halb sechs traf sie sich mit Robert Kruse. Bis jetzt hatte niemand sonst angerufen. Und weitere Verabredungen durch Kontaktanzeigen hatte sie nicht.

Nächste Woche würde sie anfangen, auf die Annoncen zu antworten, die Erin angestrichen hatte.

Len Parker hatte bei der Arbeit Ärger gehabt. Er war einer der Hausmeister der New Yorker Universität, und es gab nichts, was er nicht reparieren konnte. Er hatte das zwar nicht gelernt, aber er hatte ein instinktives Gefühl für Drähte, Schlösser und Schlüssel, Scharniere und Schalter. Eigentlich war er nur für die routinemäßige Instandhaltung zuständig, aber wenn er etwas sah, das kaputt war, dann reparierte er es, ohne darüber zu sprechen. Das war das einzige, was ihm Frieden gab.

Aber heute waren seine Hände ungeschickt gewesen. Er hatte seinen Treuhänder beschimpft, weil der angedeutet hatte, er besitze vielleicht irgendwo ein Haus. Wen ging das etwas an? Wen?

Seine Familie? Was war mit ihr? Seine Brüder und Schwestern luden ihn nicht einmal ein. Sie waren froh, ihn los zu sein.

Dieses Mädchen, Darcy. Vielleicht war er gemein zu ihr gewesen, aber sie wußte nicht, wie kalt es gewesen war, als er vor diesem feinen Restaurant gestanden und auf sie gewartet hatte, um sich zu entschuldigen.

Er hatte Mr. Doran, dem Treuhänder, davon erzählt. Mr. Doran hatte gesagt: «Lenny, wenn Sie nur begreifen würden, daß Sie genug Geld haben, um jeden Abend Ihres Lebens im ‹Le Cirque› oder sonstwo zu essen.»

Mr. Doran verstand ihn einfach nicht.

Lenny erinnerte sich, wie seine Mutter immer seinen Vater angeschrien hatte. «Du mit deinen verrückten Investitionen wirst noch dafür sorgen, daß die Kinder nicht einmal mehr ein Dach über dem Kopf haben!» Lenny krümmte sich dann ängstlich in seinem Bett zusammen. Er haßte den Gedanken, draußen in der Kälte zu sein.

Hatte er damals angefangen, im Pyjama nach draußen zu gehen, damit er daran gewöhnt war, wenn es wirklich passierte? Niemand wußte, daß er das tat. Als sein Vater dann endlich das große Geld verdient hatte, war er gewohnt, in der Kälte zu stehen.

Er konnte sich nur schwer erinnern. Das verwirrte ihn so. Manchmal bildete er sich Sachen ein, die gar nicht passiert waren.

Wie Erin Kelley. Er hatte ihre Adresse nachgeschlagen. Sie hatte ihm gesagt, sie wohne in Greenwich Village, und da stand sie: Erin Kelley, Christopher Street 101.

Eines Abends war er ihr gefolgt, oder?

Oder irrte er sich?

Hatte er nur geträumt, sie sei in diese Bar gegangen, und er habe draußen gestanden? Sie setzte sich hin und bestellte etwas. Was, wußte er nicht. Wein? Mineralwasser? Welchen Unterschied machte das? Er hatte zu entscheiden versucht, ob er zu ihr hineingehen sollte oder nicht.

Dann war sie herausgekommen. Er hatte sie gerade ansprechen wollen, als der Kombiwagen vorfuhr.

Er konnte sich nicht erinnern, ob er den Fahrer gesehen hatte. Manchmal träumte er von einem Gesicht.

Erin stieg ein.

Das war der Abend, an dem sie angeblich verschwunden war.

Die Sache war nur die, daß Lenny nicht genau wußte, ob er

alles nicht nur geträumt hatte. Und wenn er das der Polizei erzählte, würden sie vielleicht sagen, er sei verrückt, und ihn wieder dahin schicken, wo man ihn einsperrte.

18

SAMSTAG, 9. MÄRZ

Am Samstag um die Mittagszeit saßen die FBI-Agenten Vince D'Ambrosio und Ernie Cizek in einem dunkelgrauen Chrysler auf der gegenüberliegenden Straßenseite vor dem Eingang von Christopher Street 101.

«Da kommt er», sagte Vince. «Feingemacht für seinen freien Tag.»

Gus Boxer trat aus dem Gebäude. Er trug eine schwarz-rot karierte Holzfällerjacke über weiten dunkelbraunen Polyesterhosen, schwere Schnürstiefel und eine schwarze Mütze mit einem Schirm, der sein Gesicht halb verdeckte.

«Das nennen Sie feingemacht?» rief Ernie aus. «Ich dachte, so würde man sich nur anziehen, um eine Wette einzulösen!»

«Sie haben ihn eben nie in Unterhemd und Hosenträgern gesehen. Gehen wir.» Vince öffnete die Fahrertür.

Sie hatten sich bei der Hausverwaltung erkundigt. Boxer hatte jeden zweiten Samstag von zwölf Uhr mittags bis Montag morgen frei. In seiner Abwesenheit kümmerte sich der stellvertretende Hausmeister José Rodriguez um Beschwerden der Mieter und kleinere Reparaturen.

Rodriguez öffnete, als sie geläutet hatten. Er war ein untersetzter Mann Mitte Dreißig und wirkte unkompliziert. Vince fragte sich, wieso die Hausverwaltung ihn nicht ganztags beschäftigte. Er und Ernie zeigten ihre FBI-Ausweise. «Wir gehen von Wohnung zu Wohnung und fragen die Mieter nach Erin Kelley. Einige von ihnen waren nicht da, als wir zuletzt hier waren.»

Vince fügte nicht hinzu, daß er heute ganz genau wissen wollte, was die Mieter von Gus Boxer hielten.

Im dritten Stock hatte er Erfolg. Eine achtzigjährige alte Dame kam an die Tür, ohne die Sperrkette zu öffnen. Vince zeigte seine Dienstmarke. Rodriguez erklärte: «Das ist schon in Ordnung, Miss Durkin. Sie wollen Ihnen nur ein paar Fragen stellen. Ich bleibe hier stehen, wo Sie mich sehen können.»

«Ich verstehe nicht», schrie die alte Frau.

«Ich möchte nur ...»

Rodriguez berührte D'Ambrosios Arm. «Sie hört besser als Sie und ich», flüsterte er. «Kommen Sie, Miss Durkin, Sie haben Erin Kelley doch gern gehabt. Wissen Sie noch, wie sie Sie immer fragte, ob sie Ihnen etwas aus dem Supermarkt mitbringen sollte, und wie sie Sie manchmal zur Kirche gebracht hat? Sie wollen doch auch, daß die Polizei den Mann schnappt, der ihr das angetan hat, nicht?»

Die Tür öffnete sich, soweit die Kette das zuließ. «Stellen Sie Ihre Fragen.» Miss Durkin schaute Vince streng an. «Und schreien Sie nicht. Davon bekomme ich Kopfschmerzen.»

In den nächsten fünfzehn Minuten mußten die beiden FBI-Agenten sich anhören, was eine gebürtige New Yorkerin von achtzig Jahren davon hielt, wie die Stadt regiert wurde. «Ich habe mein ganzes Leben hier verbracht», verkündete Miss Durkin forsch, und ihr graues Haar wippte lebhaft. «Früher haben wir nie die Türen verschlossen. Warum auch? Niemand tat einem etwas zuleide. Aber heute! Da gibt es all diese Verbrechen, und keiner tut etwas dagegen. Widerlich. Ich sage Ihnen, man sollte all diese Drogenhändler dahin bringen, wo der Pfeffer wächst!»

«Sie haben vollkommen recht, Miss Durkin», sagte Vince müde. «Und jetzt zu Erin Kelley.»

Das Gesicht der alten Frau wurde traurig. «Ein netteres Mädchen können Sie sich nicht vorstellen. Ich würde gern den Mann in die Hand bekommen, der ihr das angetan hat. Vor ein paar Jahren saß ich zufällig am Fenster und schaute auf das Miethaus auf der anderen Straßenseite. Eine Frau wurde ermordet. Sie kamen herüber und stellten Fragen, aber May und ich – sie ist meine Nachbarin – beschlossen, den Mund zu halten. Wir haben alles gesehen. Wir wissen, wer es war. Aber die Frau war auch nicht besser, sie hatte es verdient.»

«Sie waren Zeugin eines Mordes und haben der Polizei nichts gesagt?» fragte Ernie ungläubig.

Sofort preßte sie die Lippen zusammen. «Wenn ich das gesagt habe, dann habe ich mich falsch ausgedrückt. Ich meinte, ich habe meinen Verdacht, und May auch. Aber mehr ist es nicht.»

Verdacht! Sie hat diesen Mord gesehen, dachte Vince. Und er wußte auch, daß niemand jemals sie oder ihre Freundin May dazu bringen würde, eine Aussage zu machen. Mit einem inneren Seufzer sagte er: «Miss Durkin, Sie sitzen am Fenster. Ich habe so das Gefühl, als wären Sie eine gute Beobachterin. Haben Sie Erin Kelley an jenem Abend mit irgend jemand fortgehen sehen?»

«Nein. Sie ging allein.»

«Trug sie etwas bei sich?»

«Nur ihre Schultertasche.»

«War sie groß?»

«Erin trug immer eine große Schultertasche. Oft hatte sie

Schmuck bei sich und wollte keine Tasche, die man ihr aus der Hand reißen konnte.»

«Es war also allgemein bekannt, daß sie Schmuckstücke bei sich trug?»

«Vermutlich. Alle wußten, daß sie Schmuckdesignerin war. Von der Straße aus konnte man sie an ihrem Arbeitstisch sitzen sehen.»

«Hatte sie viele Verabredungen mit Männern?»

«Sie hatte welche. Aber ich würde nicht sagen, viele. Natürlich kann sie sich draußen mit Männern getroffen haben. So machen es die jungen Leute ja heute. Zu meiner Zeit holte einen der junge Mann zu Hause ab, oder man setzte keinen Fuß vor die Tür. Damals war es besser.»

«Da haben Sie wohl recht.» Sie standen noch immer im Flur. «Miss Durkin, könnten wir vielleicht für einen Moment hereinkommen? Ich möchte nicht, daß jemand mithört.»

«Haben Sie Schmutz an den Schuhsohlen?»

«Nein, Madam.»

«Ich warte vor der Tür, Miss Durkin», versprach Rodriguez.

Die Wohnung hatte den gleichen Schnitt wie die, in der Erin Kelley gelebt hatte. Sie war makellos sauber. Viel zu große Polstermöbel mit Schutzdeckchen, Stehlampen mit eleganten Seidenschirmen, polierte Beistelltische, gerahmte Familienfotos von backenbärtigen Männern und streng dreinblickenden Frauen. Vince erinnerte sich an das Wohnzimmer seiner Großmutter in Jackson Heights.

Sie wurden nicht eingeladen, Platz zu nehmen.

«Miss Durkin, sagen Sie mir, was Sie von Gus Boxer halten.»

Ein damenhaftes Schnauben. «Ach, der! Glauben Sie mir, dies hier ist eine der wenigen Wohnungen, in die er nicht eindringt, um nach einem seiner berühmten undichten Rohre zu suchen. Dabei gibt es hier eines. Ich mag diesen Mann nicht. Ich weiß nicht, warum die Hausverwaltung ihn behält.

Läuft in diesen abstoßenden Kleidern herum. Mürrisch. Ich kann mir nur vorstellen, daß die Hausverwaltung ihm nicht viel bezahlen muß. Eine Woche vor ihrem Verschwinden hörte ich, wie Erin Kelley ihm sagte, wenn sie ihn noch einmal in ihrer Wohnung anträfe, würde sie die Polizei rufen.»

«Das hat Erin ihm gesagt?»

«Allerdings. Und sie hatte recht.»

«Wußte Gus Boxer vom Wert der Juwelen, mit denen Erin Kelley umging?»

«Gus Boxer weiß alles, was in diesem Haus vor sich geht.»

«Sie haben uns sehr geholfen, Miss Durkin. Fällt Ihnen vielleicht sonst noch irgend etwas ein?»

Sie zögerte. «Vor Erins Verschwinden lungerte ein paar Wochen lang ein junger Bursche draußen vor dem Haus herum. Immer dann, wenn es dunkel wurde, so daß man ihn nicht deutlich sehen konnte. Was er wollte, weiß ich natürlich nicht. Aber an diesem Dienstag abend, als Erin zum letzten Mal das Haus verließ, konnte ich erkennen, daß sie allein war und diese große Schultertasche trug. Meine Brille war beschlagen, und ich bin nicht sicher, daß der Bursche auf der anderen Straßenseite derselbe war, aber ich glaube es, und als Erin die Straße hinunterging, bewegte er sich in die gleiche Richtung.»

«Sie haben ihn an diesem Abend nicht deutlich gesehen, aber an anderen Abenden. Wie hat er ausgesehen, Miss Durkin?»

«Dünn wie eine Bohnenstange. Hochgeschlagener Kragen. Hände in den Taschen, die Arme gegen den Körper gedrückt. Mageres Gesicht. Dunkles, unfrisiertes Haar.»

Len Parker, dachte Vince. Er schaute Ernie an, der offensichtlich den gleichen Einfall hatte.

«Darauf hab ich mich gefreut.» Darcy lehnte sich auf dem Beifahrersitz des Mercedes zurück und lächelte Michael an. «War eine harte Woche.»

«Das hab ich mitbekommen», sagte er trocken. «Dauernd habe ich versucht, Sie zu Hause oder im Büro zu erreichen.»

«Ich weiß. Tut mir leid.»

«Ihnen soll gar nichts leid tun. Herrlicher Tag für einen Ausritt, nicht?»

Sie waren auf der Route 202 und näherten sich Bridgewater. «Ich habe nie viel über New Jersey gewußt», bemerkte Darcy.

«Bis auf die Witze, die darüber gemacht werden. Alle meinen, New Jersey sei dieses Autobahnstück mit all den Raffinerien. Ob Sie's glauben oder nicht, es hat eine längere Küste als die meisten anderen Staaten der Ostküste und mit die höchste Anzahl von Pferden pro Kopf der Bevölkerung.»

«Na, allerhand!» Darcy lachte.

«Allerhand. Wer weiß? Mit meinem missionarischen Eifer kann ich Sie vielleicht bekehren.»

Mrs. Hughes war ein einziges, breites Lächeln. «Ach, Miss Scott, als der Doktor gesagt hat, daß Sie kommen, habe ich ein richtig schönes Abendessen geplant.»

«Wie lieb von Ihnen.»

«Das Gästezimmer oben am Treppenabsatz ist fertig. Nach Ihrem Ritt können Sie sich dort erfrischen.»

«Wunderbar.»

Falls das möglich war, war der Tag noch vollkommener als der letzte Sonntag. Kühl. Sonnig. Ein Hauch von Frühling lag in der Luft. Es gelang Darcy, sich ganz der Freude des Galopps hinzugeben.

Als sie anhielten, um die Pferde ausruhen zu lassen, sagte Michael: «Ich brauche nicht zu fragen, ob Sie sich wohl fühlen. Man sieht's.»

Am Spätnachmittag wurde es empfindlich kühl. In Michaels Arbeitszimmer war ein Feuer angezündet worden. Der Kamin zog kräftig und ließ die Flammen hochzüngeln.

Michael schenkte ihr Wein ein, mixte für sich einen Old-Fashioned, setzte sich neben sie auf das bequeme Ledersofa und legte die Füße auf den Couchtisch. Sein Arm lag auf der Rückenlehne des Sofas. «Wissen Sie», sagte er, «ich habe diese Woche weiter über das nachgedacht, was Sie mir erzählt haben. Es ist schrecklich, daß eine beiläufige Bemerkung ein Kind so verletzen kann. Aber Sie können sich doch täglich im Spiegel vom Gegenteil überzeugen, oder?»

«Nein, kann ich nicht.» Darcy zögerte. «Ich will um Gottes willen nicht den Anschein erwecken, als wollte ich eine Gratisberatung, aber ich mußte es Ihnen erzählen. Nun, vergessen Sie's.»

Seine Hand streifte ihr Haar. «Was ist? Schießen Sie los. Spucken Sie's aus.»

Sie sah ihn direkt an, konzentrierte sich auf die Freundlichkeit in seinen Augen. «Michael, ich habe den Eindruck, Sie verstehen, wie verheerend diese Bemerkung für mich war, aber anscheinend denken Sie – ich weiß nicht, wie ich es ausdrücken soll –, ich hätte unbewußt die ganzen Jahre über meiner Mutter und meinem Vater die Schuld gegeben.»

Michael stieß einen Pfiff aus. «He, Sie machen mich arbeitslos. Die meisten Leute brauchen ein Jahr Therapie, ehe sie zu einer solchen Schlußfolgerung kommen.»

«Sie haben mir nicht geantwortet.»

Er küßte sie auf die Wange. «Das habe ich auch nicht vor. Kommen Sie, ich glaube, Mrs. Hughes hat das gemästete Kalb auf dem Tisch.»

Um zehn Uhr kamen sie zu ihrer Wohnung zurück. Er parkte den Wagen und begleitete sie zur Tür. «Diesmal gehe ich erst, wenn ich sicher bin, daß Sie unbehelligt im Haus sind. Ich wünschte, Sie würden mir erlauben, Sie morgen nach Wellesley zu fahren. Es ist eine ganz schön lange Strecke für einen Tag.»

«Das macht mir nichts aus. Und auf dem Rückweg habe ich noch einen Termin.»

«Noch eine Haushaltsauflösung?»

Sie wollte nicht über die Bilder von Nan Sheridan sprechen. «So ungefähr. Eine Suchaktion.»

Er legte ihr die Hände auf die Schultern, hob ihr Gesicht an, drückte seine Lippen auf ihre. Sein Kuß war liebevoll, aber kurz. «Darcy, rufen Sie mich morgen abend an, wenn Sie nach Hause kommen. Ich will nur wissen, ob alles in Ordnung ist.»

»Mach ich. Danke.»

Sie stand innen hinter der Tür, bis der Wagen um die Ecke verschwunden war. Dann rannte sie summend die Treppe hinauf.

Hank sollte am frühen Samstag abend kommen. Wir haben so wenig Zeit füreinander, dachte Vince bedrückt, als er die Tür zu seiner Wohnung öffnete. Als sie noch verheiratet waren, hatten er und Alice in Great Neck gewohnt. Nach der Trennung hätte Pendeln nicht viel Sinn gehabt; also verkauften sie das Haus, und er hatte sich diese Wohnung an der Second Avenue genommen. Die Gegend von Gramercy Park. Natürlich nicht Gramercy Park selbst. Nicht bei seinem Gehalt.

Doch er mochte seine Wohnung. Sie lag im achten Stock, und die Fenster boten einen typischen Innenstadt-Ausblick. Rechts ein Zipfel vom Park mit seinen eleganten Ziegelhäusern, unten vor der Tür der mörderische Verkehr der Second Avenue, gegenüber eine Mischung aus Wohn- und Bürohäusern mit Restaurants, Delikatessengeschäften, koreanischen Lebensmittelläden und einem Videogeschäft.

Er hatte zwei Schlafzimmer, zwei Bäder, ein recht geräumiges Wohnzimmer, eine Eßnische und eine winzige Küche. Das zweite Schlafzimmer war für Hank, aber er hatte Bücherregale und einen Schreibtisch hineingestellt und benutzte es auch als Arbeitszimmer.

Wohnraum und Eßnische waren für seinen Geschmack zu verspielt und modisch möbliert. In dem Jahr vor ihrer Trennung hatte Alice das Wohnzimmer in Pastellfarben neu eingerichtet. Blasse Pfirsichtöne und Weiß für das Anbausofa, pfirsichfarbener Teppich, pfirsichfarben gemusterter Sessel ohne Armlehnen. Glastische. Lampen, die aussahen wie Knochen in der Wüste. Dieses Zeug hatte sie ihm überlassen, und die traditionellen Möbel, die er mochte, hatte sie mitgenommen. Demnächst, wenn er dazu kam, wollte Vince alles hinauswerfen und gute, altmodische, bequeme Möbel kaufen. Er war das Gefühl leid, in Barbies Traumhaus gestolpert zu sein.

Hank war noch nicht da. Vince stellte sich unter die heiße Dusche, zog frische Unterwäsche, einen Pullover, eine leichte Baumwollhose und Mokassins an. Er öffnete ein Bier, streckte sich auf dem Sofa aus und überdachte den Fall.

Die Ermittlungen waren rätselhaft. Unter jedem Stein, den man aufhob, fand man neue Hinweise.

Boxer. Erin hatte gedroht, seinetwegen zur Polizei zu gehen. Gestern hatte Darcy Scott angerufen und gesagt, sie habe ein Foto von Nan Sheridan auf Belle Island mit einem Strandwärter im Hintergrund, der Boxer sein könnte. Sie hatten das Bild abgeholt und untersuchten es.

Miss Durkin hatte jemanden gesehen, dessen Beschreibung sich ganz nach diesem Spinner Len Parker anhörte; er hatte in der Christopher Street herumgelungert, und sie meinte, er sei Erin Kelley an dem Abend, an dem sie verschwand, gefolgt.

Es gab eine direkte Verbindung zwischen diesem Schwindler Jay Stratton und Nan Sheridan. Und eine direkte Verbindung zwischen Jay Stratton und Erin Kelley.

Vince hörte, wie der Schlüssel im Schloß gedreht wurde. Hank stürmte herein. «He, Dad!» Er ließ seine Reisetasche fallen. Schnelle Umarmung.

Vince spürte, wie das krause Haar seine Wange streifte. Er mußte sich immer beherrschen, damit die heftige Liebe, die er für seinen Sohn empfand, nicht allzu deutlich hervortrat. Das würde den Jungen in Verlegenheit bringen. «Hallo, Kumpel. Wie geht's?»

«Prima, denke ich. Hab eine Supernote in Chemie.»

«Hast ja auch genug dafür gelernt.»

Hank zog seine Schuljacke aus und schleuderte sie durch den Raum. «Junge, gut, daß die Prüfungen vorbei sind.» Mit langen Schritten ging er in die Küche und öffnete die Tür des Kühlschranks. «Dad, das sieht aus, als könntest du einen Essensdienst gebrauchen.»

«Ich weiß. War eine harte Woche.» Vince hatte einen Einfall. «Ich habe neulich abends ein fabelhaftes neues Nudelrestaurant entdeckt. In der 58. Straße. Hinterher könnten wir ins Kino gehen.»

«Spitze.» Hank reckte sich. «Oh, Mann, es tut gut, hier zu sein. Mom und Blubber sind sauer aufeinander.»

Das geht mich nichts an, dachte Vince, aber er fragte doch. «Warum?»

«Sie will eine Rolex zum Geburtstag. Für sechzehneinhalb.»

«Sechzehneinhalbtausend Dollar? Und ich dachte schon, sie sei teuer, als ich mit ihr verheiratet war.»

Hank lachte. «Ich liebe Mom, aber du kennst sie ja. Sie denkt in großem Maßstab. Wie geht es mit den Serienmorden voran?»

Das Telefon läutete. Vince runzelte die Stirn. Nicht schon

wieder an Hanks Abend, dachte er und beobachtete, daß Hank interessiert aufschaute. «Vielleicht hat es einen Durchbruch gegeben», sagte er, als Vince den Hörer abnahm.

Es war Nona Roberts. «Vince, tut mir leid, daß ich Sie zu Hause störe, aber Sie gaben mir Ihre Nummer. Ich war den ganzen Tag bei Dreharbeiten und bin gerade erst ins Büro zurückgekommen. Mr. Nash hat eine Nachricht hinterlassen. Sein Verleger will nicht, daß er über Bekanntschaftsanzeigen redet, wo er doch gerade ein Buch darüber schreibt, das im Herbst erscheinen soll. Fällt Ihnen vielleicht ein anderer Psychiater ein, der für dieses Thema besonders geeignet wäre?»

«Ich habe mit einigen zu tun, die Mitglieder der AAPL sind. Das ist eine Organisation von Seelenklempnern, die Spezialisten für Psychiatrie und Recht sind. Ich werde versuchen, bis Montag jemanden für Sie aufzutreiben.»

«Tausend Dank. Und bitte, entschuldigen Sie die Störung. Ich gehe ins ‹Pasta Lovers›, um noch einen Teller von diesen Spaghetti zu essen.»

«Wenn Sie zuerst hinkommen, verlangen Sie einen Tisch für drei. Hank und ich wollten gerade losgehen.» Vince merkte, daß er aufdringlich klang. «Außer natürlich, wenn Sie mit Ihren eigenen Freunden unterwegs sind.» Oder Ihrem *Freund*, dachte er.

«Ich bin allein. Hört sich großartig an. Bis nachher also.» Das Telefon klickte an seinem Ohr.

Vince sah Hank an. «Bist du einverstanden, Chef?» fragte er. «Oder hätten wir lieber nur zu zweit gehen sollen?»

Hank griff nach der Jacke, die auf dem lehnenlosen Sessel gelandet war. «Aber überhaupt nicht. Ist doch meine Pflicht, mir anzusehen, mit wem du umgehst.»

19

SONNTAG, 10. MÄRZ

Am Sonntag morgen um sieben Uhr fuhr Darcy nach Massachusetts. Wie oft sind Erin und ich zusammen diese Strecke gefahren, um Billy zu besuchen, dachte sie, während sie den Wagen auf den East River Drive steuerte. Sie fuhren abwechselnd, hielten unterwegs bei «McDonald's» an, um sich Kaffee mitzunehmen, und beschlossen immer, sie sollten sich eine Thermosflasche kaufen, wie sie sie damals im College gehabt hatten.

Als sie sich beim letzten Mal darauf geeinigt hatten, hatte Erin gelacht. «Der arme Billy wird tot und begraben sein, bevor wir jemals diese Thermoskanne bekommen.»

Jetzt war Erin diejenige, die tot und begraben war.

Darcy fuhr ohne Unterbrechung durch und erreichte Wellesley um halb zwölf. Sie hielt vor St. Paul's und zog die Klingel des Refektoriums. Der Geistliche, der Erins Begräbnismesse abgehalten hatte, war da. Sie trank Kaffee mit ihm. «Ich habe im Pflegeheim Bescheid gegeben», sagte sie zu ihm, «aber ich wollte es auch Ihnen sagen. Wenn Billy irgend etwas braucht, wenn es ihm schlechter geht oder wenn er zu Bewußtsein kommt, dann lassen Sie mich bitte benachrichtigen.»

«Er wird nicht mehr zu sich kommen», sagte der Priester leise. «Ich glaube, das ist für ihn eine besondere Gnade.»

Sie ging in die Mittagsmesse und dachte an die Grabrede vor weniger als zwei Wochen. «Wer kann den Anblick des kleinen Mädchens vergessen, das den Rollstuhl seines Vaters in diese Kirche schob?»

Sie ging zum Friedhof. Der dunkelbraune Erdhügel über Erins Grab hatte sich noch nicht gesetzt; gefrorene Stellen glänzten in den schrägen Strahlen der schwachen Märzsonne. Darcy kniete nieder, zog ihren Handschuh aus und legte eine Hand auf das Grab. «Erin. Ach, Erin.»

Vom Friedhof aus fuhr sie zum Pflegeheim und setzte sich eine Stunde lang an Billys Bett. Er öffnete die Augen nicht, aber sie hielt seine Hand und sprach die ganze Zeit leise auf ihn ein. «Bei Bertolini sind sie ganz begeistert von dem Collier, das Erin entworfen hat. Sie soll noch viele andere Stücke für sie anfertigen.»

Sie sprach über ihren eigenen Beruf. «Wirklich, Billy, wenn Sie Erin und mich gesehen hätten, wie wir auf Speichern nach Schätzen stöberten, hätten Sie uns für verrückt gehalten. Sie hat ein paar Möbel erspäht, die mir entgangen wären.»

Als sie ging, beugte sie sich über ihn und küßte ihn auf die Stirn. «Alles Gute, Billy.»

Er drückte schwach ihre Hand. Er weiß, daß ich hier bin, dachte sie. «Ich komme bald wieder», versprach sie.

Ihr Wagen war ein Buick-Kombi mit Mobiltelefon. Der Verkehr nach Süden kam nur langsam voran, und um fünf Uhr rief sie im Haus der Sheridans in Darien an. Chris meldete sich. «Es wird später, als ich erwartet hatte», erklärte sie. «Ich möchte die Pläne Ihrer Mutter nicht durcheinanderbringen – oder Ihre, was das betrifft.»

«Keine Pläne», versicherte er ihr. «Kommen Sie einfach vorbei.»

Um Viertel vor sechs bog sie in die Einfahrt der Sheridans ein. Es war schon fast dunkel, aber Außenlampen erhellten das hübsche Tudor-Haus. Die lange Einfahrt beschrieb vor dem Hauseingang einen Kreis. Darcy parkte direkt hinter der Biegung.

Offenbar hatte Chris Sheridan auf sie gewartet. Die Vordertür öffnete sich, und er kam heraus, um sie zu begrüßen. «Sie haben es geschafft», sagte er. «Schön, Sie zu sehen, Darcy.»

Er trug ein Oxford-Hemd, Cordhosen und Mokassins. Als er die Hand ausstreckte, um ihr aus dem Wagen zu helfen, bemerkte sie wieder, wie breit seine Schultern waren. Sie war froh, daß er nicht Jackett und Krawatte trug. Unterwegs war ihr eingefallen, daß sie um die Abendessenszeit herum eintreffen würde und mit ihren eigenen Cordhosen und ihrem Wollpullover nicht passend gekleidet war.

Das Innere des Hauses war eine reizvolle Mischung aus bewohntem Komfort und exquisitem Geschmack. Die hohe Eingangshalle war mit Perserteppichen ausgelegt. Ein Waterford-Kronleuchter und passende Wandleuchter setzten die herrlichen Schnitzereien der geschwungenen Treppe ins rechte Licht. An der Wand neben der Treppe hingen Gemälde, die Darcy gern genauer betrachtet hätte.

«Wie die meisten Leute benutzt meine Mutter das kleine Wohnzimmer mehr als alle anderen Räume», sagte Chris zu ihr. «Hier durch.»

Darcy schaute im Vorübergehen in das Wohnzimmer. Chris bemerkte ihren Blick und sagte: «Das ganze Haus ist mit amerikanischen Antiquitäten ausgestattet. Alles zwischen frühem Kolonialstil und griechischen Kopien. Meine Großmutter war fasziniert von Antiquitäten, und ich nehme an, wir haben durch Osmose gelernt.»

Greta Sheridan saß in einem bequemen Sessel am Kamin. Ringsum lag die *New York Times* verstreut. Die Sonntagsbeilage war auf der Rätselseite aufgeschlagen, und sie studierte ein Kreuzworträtsel-Wörterbuch. Anmutig stand sie auf. «Sie müssen Darcy Scott sein.» Sie nahm Darcys Hand. «Das mit Ihrer Freundin tut mir sehr leid.»

Darcy nickte. Was für eine schöne Frau, dachte sie. Viele der Filmstars, mit denen ihre Mutter eng befreundet war, hätten Greta Sheridan um ihre hohen Wangenknochen, ihre noblen Züge und ihre schlanke Figur beneidet. Sie trug blaßblaue Wollhosen, einen passenden Pullover mit Schalkragen, Brillantohrringe und eine Brillantnadel in Form eines Hufeisens.

Angeborene Klasse, dachte Darcy.

Chris schenkte Sherry ein. Auf dem Couchtisch stand eine Platte mit Käse und Crackern. Er stocherte im Feuer herum.

Greta Sheridan erkundigte sich nach der Fahrt. «Sie sind mutiger als ich, morgens nach Massachusetts und ein paar Stunden später wieder zurückzufahren.»

«Ich fahre viel Auto.»

«Darcy, wir kennen uns jetzt fünf Tage», bemerkte Chris. «Würden Sie mir bitte sagen, was genau Sie eigentlich machen?» Er wandte sich an Greta. «Als ich Darcy zum ersten Mal durch den Hauptgang der Galerie führte, erkannte sie aus dem Augenwinkel den Roentgen-Sekretär. Bei der Gelegenheit sagte sie mir, sie sei quasi auch in der Branche tätig.»

Darcy lachte. «Sie werden's nicht glauben, aber es ist so.»

Greta Sheridan war fasziniert. «Was für eine fabelhafte Idee. Wenn Sie interessiert sind, werde ich für Sie die Augen offenhalten. Sie würden staunen, was für wunderbare Möbel die Leute hier in der Gegend verschenken oder billig abgeben.»

Um halb sieben sagte Chris: «Ich koche. Ich hoffe, Sie sind keine Vegetarierin, Darcy. Es gibt Steaks, in der Schale gebakkene Kartoffeln, Salat. Etwas für Gourmets.»

«Ich bin keine Vegetarierin. Hört sich wunderbar an.»

Als er gegangen war, begann Greta Sheridan von ihrer Tochter und der Nachstellung ihrer Ermordung in der Fernsehserie *Authentische Verbrechen* zu sprechen. «Als ich diesen Brief bekam, in dem stand, ein Mädchen in New York werde beim Tanzen Nan zu Ehren sterben, dachte ich, ich würde verrückt. Es gibt nichts Schlimmeres, als eine Tragödie, von der man weiß, daß sie passieren wird, nicht verhindern zu können.»

«Außer, wenn man das Gefühl hat, man hätte dazu beigetragen», sagte Darcy. «Daß ich Erin gedrängt habe, diese verfluchten Anzeigen zu beantworten, kann ich nur wiedergutmachen, indem ich den Mörder daran hindere, noch jemanden umzubringen. Offenbar empfinden Sie genauso. Ich kann mir vorstellen, wie schwer es Ihnen fallen muß, Nans Briefe und Bilder durchzusehen, und ich bin Ihnen sehr dankbar.»

«Ich habe noch einige gefunden. Sie sind hier.» Greta wies auf einen Stapel kleiner Alben auf dem Kaminsims. «Die lagen auf einem der oberen Regale der Bibliothek und sind deshalb nicht weggeräumt worden.» Sie griff nach dem obersten. Darcy zog einen Stuhl neben sie, und zusammen beugten sie sich über das Album. «In diesem letzten Jahr hatte Nan angefangen, sich für Fotografie zu interessieren», sagte Greta. «Wir schenkten ihr zu Weihnachten eine Canon; diese Bilder wurden also alle zwischen Ende Dezember und Anfang März aufgenommen.»

Wie jung sie noch war, dachte Darcy. Sie hatte ganz ähnliche Alben von den Mädchen in Mount Holyoke. Der einzige Unterschied bestand darin, daß Mount Holyoke ein reines Mädchencollege war. Auf diesen Bildern waren ebenso viele Jungen wie Mädchen abgebildet. Sie begannen sie durchzusehen.

Chris erschien an der Tür. «Noch fünf Minuten.»

«Sie sind ein guter Koch», sagte Darcy anerkennend, während sie den letzten Bissen Steak aß.

Sie begannen über Nans Hinweis auf jemanden namens Charley zu sprechen, der es schön fand, wenn Mädchen Stöckelschuhe trugen. «Daran hatte ich mich zu erinnern versucht», sagte Greta. «In der Sendung und in den Zeitungen sprachen sie von hochhackigen Schuhen. Es war Nans Brief über Stöckelschuhe, der mir nicht aus dem Sinn ging. Leider hat er nicht viel geholfen, oder?»

«Noch nicht», sagte Chris.

Chris trug ein Tablett mit Kaffee in das Arbeitszimmer.

«Du gibst einen prachtvollen Butler ab», sagte seine Mutter liebevoll.

«Da du dich weigerst, eine Hilfe im Haus wohnen zu lassen, mußte ich das wohl lernen.»

Darcy dachte an die Villa in Bel-Air mit den drei Dienstboten, die im Haus lebten.

Als sie mit dem Kaffee fertig war, stand sie auf, um zu gehen. «Tut mir leid, das hier zu unterbrechen, aber ich brauche mehr als eine Stunde bis nach Hause, und wenn ich mich zu sehr entspanne, werde ich noch am Steuer einschlafen.» Sie zögerte. «Könnte ich dieses erste Album vielleicht noch einmal sehen?»

In dem ersten Album befand sich auf der vorletzten Seite eine Gruppenaufnahme. «Der große Junge im Schulpullover», sagte Darcy. «Der, der das Gesicht von der Kamera abwendet. Er hat etwas an sich.» Sie zuckte die Achseln. «Ich habe so ein Gefühl, als hätte ich ihn irgendwo schon einmal gesehen.»

Greta und Chris Sheridan betrachteten das Bild. «Einige

der Jungen erkenne ich», sagte Greta, «aber diesen nicht. Wie ist es mit dir, Chris?»

«Nein, aber schau. Janet ist auch auf dem Bild. Sie war eine von Nans engsten Freundinnen», erklärte er Darcy. «Sie wohnt in Westport.» Er wandte sich an seine Mutter. «Warum bittest du sie nicht, bald einmal vorbeizukommen?»

«Sie hat mit ihren Kindern sehr viel zu tun. Aber ich könnte zu ihr fahren.»

Als Darcy sich verabschiedete, lächelte Greta Sheridan und sagte: «Darcy, ich habe Sie den ganzen Abend beobachtet. Hat Ihnen schon einmal jemand gesagt, daß Sie, ausgenommen die Haarfarbe, eine auffallende Ähnlichkeit mit Barbara Thorne haben?»

«Noch nie», sagte Darcy aufrichtig. Es war nicht der Augenblick, um zu sagen, daß Barbara Thorne ihre Mutter war. Sie erwiderte das Lächeln. «Aber es freut mich wirklich sehr, Mrs. Sheridan, daß Sie es gesagt haben.»

Chris begleitete sie zum Auto. «Sind Sie auch nicht zu müde für die Fahrt?»

«Oh, nein. Sie sollten sehen, welche Strecken ich zurücklege, wenn ich auf der Jagd nach Möbeln bin.»

«Also sind wir wirklich in der gleichen Branche tätig.»

«Ja, aber Sie gehen den oberen Weg...»

«Kommen Sie morgen in die Galerie?»

«Ich werde kommen. Gute Nacht, Chris.»

Greta Sheridan wartete an der Tür. «Sie ist ein reizendes Mädchen, Chris. Reizend.»

Chris zuckte mit den Schultern. «Das finde ich auch.» Er erinnerte sich, wie Darcy gestern errötet war, als er sie gebeten hatte, nach Darien zu kommen.

«Aber fang bloß nicht an zu kuppeln, Mutter. Ich hab so eine Ahnung, als sei sie schon vergeben.»

Das ganze Wochenende über hatte Doug sich so benommen, wie sich eine Ehefrau einen hingebungsvollen Gatten und Vater nur wünschen konnte. Obwohl sie wußte, daß er bloß Theater spielte, hatte Susan ihre Angst besänftigen können, Doug sei vielleicht ein Serienmörder.

Er ging zu Donnys Basketballtraining und organisierte dann ein Spiel auf dem Schulhof mit den Kindern, die noch Zeit hatten. Danach führte er alle zu «Burger King» zum Mittagessen. «Es geht doch nichts über gesundes Essen», hatte er gescherzt.

Das Lokal war voll mit jungen Familien. Diese Art von Gemeinsamkeit hat uns gefehlt, dachte Susan. Jetzt ist es zu spät. Sie sah über den Tisch hinweg zu Donny, der kaum ein Wort gesprochen hatte.

Nachdem sie wieder zu Hause waren, spielte Doug mit dem Baby und half ihm, aus Bauklötzen eine Burg zu bauen. «Setzen wir den kleinen Prinzen hinein.» Conner hatte vor Wonne gekreischt.

Er ging mit Trish hinaus zum Rollerfahren. «Wir schlagen jeden in diesem Block, was, Kinder?»

Mit Beth führte er ein freundschaftliches Vater-Tochter-Gespräch. «Mein kleines Mädchen wird von Tag zu Tag hübscher. Ich werde noch einen Zaun um dieses Haus bauen müssen, um all die Jungs fernzuhalten, die hinter dir her sind.»

Während sie das Abendessen zubereitete, küßte er Susans Nacken. «Wir sollten bald mal tanzen gehen, Schatz. Weißt du noch, wie wir im College immer getanzt haben?»

Wie ein kalter Windstoß beendete das die Vorstellung, es sei vielleicht lächerlich, daß sie ihn schlimmerer Dinge verdächtigt hatte als der Schürzenjägerei. *Tanzschuhe, die an Leichen aufgefunden wurden.*

Später, im Bett, streckte Doug die Hände nach ihr aus. «Susan, hab ich dir je gesagt, wie sehr ich dich liebe?»

«Oft, aber ein Anlaß ist mir besonders im Gedächtnis geblieben.» *Als ich nach Nan Sheridans Tod für dich gelogen habe.*

Doug stützte sich auf einen Ellbogen und schaute im Dunkeln auf sie herab. «Wann war denn das?» fragte er scherzend.

Er darf nicht merken, was ich denke. «An unserem Hochzeitstag natürlich.» Sie lachte nervös. «Oh, Doug, nicht. Bitte, ich bin wirklich müde.» Sie konnte seine Berührung nicht ertragen. Sie merkte, daß sie Angst vor ihm hatte.

«Susan, was, zum Teufel, ist mit dir los? Du zitterst ja.»

Der Sonntag verlief genauso. Familiäres Beisammensein. Aber Susan bemerkte den mißtrauischen Ausdruck in Dougs Augen, die Sorgenfalten um seinen Mund. *Bin ich verpflichtet, meinen Verdacht der Polizei mitzuteilen? Und wenn ich zugebe, daß ich vor fünfzehn Jahren für ihn gelogen habe, kann ich dann auch ins Gefängnis kommen? Was soll aus den Kindern werden? Wenn er ahnte, daß ich der Polizei vielleicht sagen will, daß ich am Morgen von Nans Tod für ihn gelogen habe, würde er dann versuchen, mich daran zu hindern?*

20

MONTAG, 11. MÄRZ

Am Montag morgen rief Vince Nona an. «Ich habe einen Psychiater für Ihre Sendung. Dr. Martin Weiss. Netter Mann. Vernünftig. Mitglied der AAPL und sehr erfahren. Er drückt sich ohne Umschweife aus und ist bereit, in der Sendung mitzuwirken. Wollen Sie sich seine Telefonnummer aufschreiben?»

«Aber natürlich.» Nona wiederholte die Nummer und fügte dann hinzu: «Ich mag Hank, Vince. Er ist schrecklich nett.»

«Er möchte wissen, ob Sie ihm zuschauen wollen, wenn die Baseball-Saison anfängt.»

«Und ob ich das will.»

Nona rief Dr. Weiss an. Er willigte ein, am Mittwoch um vier Uhr nachmittags ins Studio zu kommen. «Wir drehen um fünf. Ausgestrahlt wird die Sendung Donnerstag abend um acht.»

Darcy verbrachte einen großen Teil des Montags im Lagerhaus und wählte Möbel für das Hotel aus. Um vier Uhr kam sie in der Sheridan-Galerie an. Die Auktion war in vollem Gange. Sie sah Chris seitlich in der ersten Reihe stehen. Er wandte ihr den Rücken zu. Sie schlüpfte durch den Gang ins Konferenzzimmer. Viele der Schnappschüsse waren datiert. Sie wollte andere aus der gleichen Zeitspanne finden. Vielleicht käme noch ein weiteres Bild des Studenten zum Vorschein, der ihr vage bekannt vorgekommen war.

Um halb sieben war sie noch immer in die Arbeit vertieft. Chris kam herein. Sie blickte auf und lächelte. «Das Bieten da draußen hörte sich ja heiß an. War es ein guter Tag?»

«Sehr. Keiner hat mir gesagt, daß Sie hier sind. Ich habe das Licht gesehen.»

«Das freut mich. Chris, sieht dieser Bursche hier aus wie der, den ich Ihnen gestern gezeigt habe?»

Er betrachtete das Bild. «Ja, tut er. Meine Mutter hat vor ein paar Minuten angerufen. Sie hat heute Janet gesehen. Der Junge war einer von vielen, die nach Nans Tod vernommen wurden. Er war in sie verliebt, glaube ich. Sein Name war Doug Fox.» Als er Darcys schockierten Ausdruck sah, fragte er: «Sie kennen ihn also?»

«Als Doug Fields. Durch eine Kontaktanzeige.»

Doug rief über die Mittagszeit an. «Schatz, sie haben eine dringende Konferenz einberufen. Ich kann nicht reden, aber eine Firma, die wir unserem größten Kunden empfohlen haben, geht pleite.»

Susan wartete, bis sie Trish zum Schulbus gebracht und Conner zum Mittagsschlaf hingelegt hatte, dann nahm sie den Telefonhörer und bat die Auskunft um die Nummer des FBI-Hauptquartiers in Manhattan.

Sie wählte und wartete. Eine Stimme meldete sich: *«Federal Bureau of Investigation.»*

Es war noch nicht zu spät, um wieder aufzulegen. Susan schloß die Augen und zwang sich, nicht zu flüstern. «Ich möchte mit jemandem über die Tanzschuhmorde sprechen. Vielleicht habe ich eine Information.»

Irgendwie brachte sie den Nachmittag und Abend hinter

sich. Sie badete das Baby und Trish und half Donny und Beth bei den Schulaufgaben.

Endlich konnte sie das Licht ausschalten und zu Bett gehen. Stundenlang fand sie keinen Schlaf. Er hatte es geschafft, am Wochenende einmal zu Hause zu bleiben. Jetzt war er wieder unterwegs. Wenn er für den Tod dieser Mädchen verantwortlich war, dann war sie genauso schuldig.

Es wäre so einfach, wenn sie nur weglaufen könnte. Die Kinder ins Auto packen und so weit wegfahren wie nur möglich.

Aber so ging es nicht.

Am Montag abend traf Darcy Nona zum Essen in «Neary's Pub» und berichtete ihr über Doug Fox. «Vince war unterwegs, als ich ihn zu erreichen versuchte», sagte sie. «Ich habe bei seinem Assistenten eine Nachricht hinterlassen.» Sie brach ein Stück ihres Brötchens ab und bestrich es mit etwas Butter. «Nona, Doug Fox oder Doug Fields, wie er sich mir vorstellte, ist genau der Typ, der Erin gefallen und dem sie vertraut hätte. Er sieht gut aus, ist intelligent, künstlerisch begabt, und er hat eines von den jungenhaften Gesichtern, die fürsorgliche Naturen wie Erin ansprechen.»

Nona sah ernst drein. «Es ist ziemlich beängstigend, daß er bei Nan Sheridans Tod vernommen worden ist. Du solltest ihn besser nicht wiedersehen. Vince hat gesagt, daß natürlich viele Männer nicht ihren richtigen Namen angeben, wenn sie auf solche Anzeigen antworten.»

«Aber wie viele andere wurden bei Nan Sheridans Tod vernommen?»

«Du solltest dir nicht zuviel erhoffen. Bislang hat die Polizei nicht viel mehr herausgefunden, als daß Jay Stratton auch in Brown war und daß Erins Hausmeister vor fünfzehn Jahren in der Nähe von Nan Sheridans Wohnort gearbeitet hat.»

«Ich möchte es einfach hinter mir haben», seufzte Darcy.

«Laß uns nicht mehr darüber reden. Du kannst ja an gar nichts anderes mehr denken. Wie läuft die Arbeit?»

«Ach, die hab ich natürlich vernachlässigt. Aber heute hatte ich einen netten Anruf wegen eines Zimmers, das ich für ein sechzehnjähriges Mädchen eingerichtet habe. Sie hatte einen schrecklichen Unfall. Ich habe ein paar von Erins Sachen verwendet. Die Mutter wollte mir mitteilen, daß ihre Tochter Lisa am Samstag aus dem Krankenhaus nach Hause gekommen ist und das Zimmer wunderbar gefunden hat. Und weißt du, was sie sagte, was Lisa am meisten gefreut hat?»

«Was denn?»

«Erinnerst du dich an das Poster, das Erin an der Wand gegenüber ihrem Bett hängen hatte? Das mit dem Gemälde von Egret?»

«Natürlich. *Junge Frau, die gerne tanzt.*»

Sie hatten nicht gemerkt, daß Jimmy Neary an ihren Tisch gekommen war. «Das war's!» sagte er heftig. «Bei Gott, das war's! Das war die Anfangszeile der Anzeige, die Erin aus der Tasche fiel, genau hier an dieser Stelle.»

21

DIENSTAG, 12. MÄRZ

Am Dienstag ließ Susan einen Babysitter kommen und nahm den Zug nach New York. Vince hatte sie gebeten, in sein Büro zu kommen. «Ich kann verstehen, wie schwer das für Sie ist, Mrs. Fox», hatte er behutsam gesagt, ihr aber nicht verraten, daß er schon eine Verbindung zu ihrem Mann hergestellt hatte. «Wir werden alles tun, um unsere Ermittlungen aus den Medien herauszuhalten, aber je mehr wir wissen, desto einfacher ist es.»

Um elf Uhr war Susan im Hauptquartier des FBI. «Sie können die Agentur Harkness anrufen», sagte sie zu Vince. «Sie haben Doug beschattet. Mir wäre es am liebsten, wenn er nur ein Schürzenjäger wäre, aber wenn er mehr als das ist, kann ich die Sache nicht laufenlassen.»

Vince sah den gequälten Ausdruck im Gesicht der hübschen jungen Frau, die ihm gegenübersaß. «Nein, Sie können es nicht laufenlassen», sagte er ruhig. «Aber es ist ein weiter Weg von der Erkenntnis, daß Ihr Mann etwas mit anderen Frauen hat, bis zu dem Gedanken, er könnte ein Serienmörder sein. Wie sind Sie darauf gekommen?»

«Ich war erst zwanzig, und ich war so verliebt in ihn.» Susan sprach wie mit sich selbst.

«Wie lange ist das her?»

«Fünfzehn Jahre.»

Vince verzog keine Miene. «Was ist damals geschehen, Mrs. Fox?»

Susan fixierte einen Punkt an der Wand hinter Vince und sagte ihm, wie sie für Doug gelogen hatte, als Nan Sheridan gestorben war, und daß Doug in der Nacht, in der Erins Leiche entdeckt wurde, im Schlaf ihren Namen gerufen hatte.

Als sie fertig war, sagte Vince: «Weiß die Agentur Harkness, wo seine Wohnung ist?»

«Ja.» Nachdem sie alles ausgesprochen hatte, was sie wußte oder argwöhnte, fühlte Susan sich todmüde. Nun mußte sie für den Rest ihres Lebens mit dem leben, was sie getan hatte.

«Mrs. Fox, das gehört zu den schwersten Dingen, die Sie je werden tun müssen. Wir müssen mit der Agentur Harkness sprechen. Die Tatsache, daß sie Ihren Mann beschattet haben, könnte überaus wertvoll sein. Können Sie für die beiden nächsten Tage ganz normal mit ihm umgehen? Vergessen Sie nicht, unsere Ermittlungen könnten ihn auch entlasten.»

«Meinen Mann zu täuschen, ist nicht schwer. Die meiste Zeit bemerkt er mich gar nicht, außer, wenn er sich über etwas beschwert.»

Als sie gegangen war, rief Vince Ernie herein. «Wir haben unseren ersten großen Durchbruch, und ich möchte nichts vermasseln. Wir werden folgendermaßen vorgehen ...»

Am Dienstag nachmittag wurde gegen Jay Charles Stratton Anklage wegen schweren Diebstahls erhoben. Die Kriminalbeamten der New Yorker Polizei hatten in Zusammenarbeit mit den Sicherheitsbeamten von Lloyd's of London den Juwelier gefunden, der als Hehler einige von den gestohlenen Brillanten übernommen hatte. Der Rest der Steine, die angeblich in dem fehlenden Beutel gewesen waren, fand sich in einem privaten Schließfach, das unter dem Namen Jay Charles gemietet worden war.

Es war eine lange Konferenz gewesen, und die Spannung, die den ganzen Tag im Büro geherrscht hatte, war ungeheuer. Wie erklärt man seinem besten Kunden, daß die Buchhalter einer Firma einem Sand in die Augen gestreut hatten? Solche Dinge durften einfach nicht mehr passieren.

Doug rief mehrmals zu Hause an und war überrascht, als der Babysitter ans Telefon kam. Irgend etwas stimmte da ganz und gar nicht. Es war nicht so schwer, mit Susan ins reine zu kommen. Nun schwand seine Zuversicht. Sie argwöhnte doch nicht etwa ... Oder doch?

Am Dienstag abend ging Darcy nach der Arbeit sofort nach Hause. Sie wollte sich nur eine Dose Suppe wärmen und früh zu Bett gehen. Die Spannung der letzten beiden Wochen machte sich bemerkbar. Sie wußte es.

Um acht Uhr rief Michael an. «Ich habe schon viele müde Stimmen gehört, aber Ihre verdient den ersten Preis.»

«Ja, das glaube ich.»

«Sie haben sich zuviel zugemutet, Darcy.»

«Keine Sorge. Für den Rest der Woche gehe ich nach der Arbeit sofort nach Hause.»

«Das ist eine gute Idee, Darcy, ich werde ein paar Tage nicht in der Stadt sein, aber halten Sie sich den Samstag für mich frei, ja? Oder den Sonntag. Oder noch besser, Samstag und Sonntag.»

Darcy lachte. «Halten wir den Samstag fest. Viel Spaß.»

«Es ist kein Spaß, sondern ein Psychiatriekongreß. Ich soll für einen Freund einspringen, der absagen mußte. Wollen Sie wissen, wie es ist, wenn vierhundert Psychiater gleichzeitig in einem Raum versammelt sind?»

«Das kann ich mir überhaupt nicht vorstellen.»

22

MITTWOCH, 13. MÄRZ

Endspurt, dachte Nona, als sie ihr Cape ablegte und auf das Zweiersofa warf. Es war noch nicht ganz acht Uhr morgens. Sie war dankbar, daß Connie schon da war und Kaffee aufgesetzt hatte.

Connie folgte ihr ins Büro. «Die Sendung wird toll, Nona.»

«Ich glaube, Cecil B. DeMille hat einen seiner Monumentalfilme schneller fertig gehabt als ich diese Sendung», sagte Nona trocken.

«Sie mußten aber auch alle Ihre regelmäßigen Sendungen weiterführen, während Sie diese zusammengestellt haben», bemerkte Connie.

«Ja, sicher. Rufen Sie alle Gäste noch einmal an, damit sie ihre Zusage bestätigen. Haben Sie ihnen die Termine schriftlich mitgeteilt?»

«Natürlich.» Connie sah erstaunt aus, weil Nona überhaupt danach fragte.

Nona grinste. «Tut mir leid. Es ist nur so, daß Hamilton wegen dieser Sendung solche Schwierigkeiten gemacht hat, und Liz ist entschlossen, alles, was daran gut ist, als ihr Verdienst auszugeben und mich die Kritik einstecken zu lassen ...»

«Ich weiß.»

«Manchmal frage ich mich, wer dieses Büro leitet, Connie, Sie oder ich. Nur in einem Punkt wünschte ich, wir wären uns nicht ähnlich.»

Connie wartete.

«Ich wünschte, Sie könnten mit Pflanzen reden. Sie sind wie ich. Sie sehen sie nicht einmal.» Sie wies auf die Pflanze auf der Fensterbank. «Das arme Ding verdurstet. Geben Sie ihm ein bißchen Wasser, ja?»

Len Parker war am Mittwoch morgen müde. Gestern hatte er nicht aufhören können, an Darcy Scott zu denken. Nach der Arbeit hatte er sich vor ihrem Haus herumgetrieben und gesehen, wie sie gegen halb sieben oder sieben aus einem Taxi stieg. Er hatte bis zehn gewartet, aber sie hatte das Haus nicht mehr verlassen. Er hatte wirklich mit ihr reden wollen. Sonst war er immer wütend auf sie gewesen, weil sie ihn so schlecht behandelt hatte. Neulich war ihm etwas eingefallen, das wichtig war, aber jetzt war es wieder fort. Er fragte sich, ob er sich wieder daran erinnern würde.

Er zog seine Arbeitsuniform an. Das Schöne an einer solchen Uniform war, daß man kein Geld für Arbeitskleidung ausgeben mußte.

Vinces Sekretärin hatte eine Nachricht von Darcy Scott notiert, als er am Mittwoch morgen in sein Büro kam. Darcy würde den ganzen Tag beruflich unterwegs sein, wollte ihn aber wissen lassen, daß Erin vermutlich auf eine Anzeige geantwortet hatte, die mit den Worten *Suche junge Frau, die gerne tanzt* begann. Hört sich genau nach der Art von Anzeige an, auf die auch die anderen vermißten Mädchen geantwortet haben könnten, dachte Vince.

Die Kontaktanzeigen zurückzuverfolgen, war ein mühseliger Job. Jeder, der seine wahre Identität nicht preisgeben wollte, konnte ein paar falsche Daten nennen, ein Konto eröffnen und ein Schließfach mieten, an das Zeitungen und Zeitschriften die Antworten auf die Chiffre-Anzeigen schickten. Keine Wohnadresse, die man ausfindig machen konnte. Die Leute, die diese Schließfächer vermieteten, boten ihren Kunden Diskretion.

Es würde eine lange Suche sein. Aber diese Anzeige hatte etwas an sich. Er rief die Ermittler an. Sie waren dabei, Doug Fox, auch als Doug Fields bekannt, einzukreisen. Die Akte der Agentur Harkness über ihn war der Traum eines FBI-Fahnders.

Fields hatte die Wohnung vor zwei Jahren untervermietet, von dem Zeitpunkt an, als Claire Barnes verschwunden war.

Joe Pabst, der Mann von Harkness, hatte in dem Restaurant in SoHo in der Nähe von Fox gesessen. Es war klar gewesen, daß Fox die Frau durch eine Kontaktanzeige kennengelernt hatte.

Er hatte eine Verabredung mit ihr getroffen, gemeinsam tanzen zu gehen.

Er hatte einen Kombiwagen.

Pabst war sicher, daß Fox eine geheime Absteige hatte. Er hatte mitgehört, wie er der Maklerin in SoHo erzählt hatte, er habe eine Wohnung, in die er sie gern einladen würde.

Er gab sich als Illustrator aus. Der Hausmeister des «London Terrace»-Gebäudes war in Fields' Wohnung ein und aus gegangen und hatte gesagt, es lägen wirklich gute Zeichnungen herum.

Und er war im Falle Nan Sheridan vernommen worden.

Doch all das waren nur Indizien, erinnerte Vince sich. Gab Fox Anzeigen auf oder antwortete er auf Anzeigen, oder beides? Wäre es besser, sein Telefon im «London Terrace» für eine Weile anzuzapfen und zu sehen, was dabei herauskam?

Sollte man ihn zur Vernehmung vorladen? Das würde gar nicht so einfach sein.

Nun, zumindest Darcy Scott war bereits auf die Möglichkeit vorbereitet, daß Fox derjenige war. Sie würde sich von ihm nicht in die Enge treiben lassen.

Und wäre es nicht ein Pluspunkt, wenn sich herausstellte, daß Fox die Anzeige aufgegeben hatte, von der sie wußten, daß Erin Kelley sie mit sich herumgetragen hatte? *Suche junge Frau, die gerne tanzt.*

Um die Mittagszeit erhielt Vince aus dem Hauptquartier in Quantico einen Hinweis von VICAP. Polizeireviere aus dem ganzen Land hatten sich gemeldet. Vermont. Washington, D. C. Ohio. Georgia. Kalifornien. Fünf weitere Päckchen mit nicht zusammenpassenden Schuhen waren eingegangen. Alle enthielten einen Schuh oder Stiefel und einen hochhackigen Abendschuh. Alle waren an Familien von jungen Frauen geschickt worden, die in der VICAP-Akte standen, jungen Frauen, die in New York gelebt hatten und innerhalb der beiden letzten Jahre als vermißt gemeldet worden waren.

Um halb vier war Vince bereit, sein Büro zu verlassen und zu Hudson Cable Network zu fahren. Seine Sekretärin hielt ihn auf, als er an ihrem Schreibtisch vorbeikam, und reichte ihm den Telefonhörer. «Mr. Charles North. Er sagt, es sei wichtig.»

Vince zog die Augenbrauen hoch. Der hochgestochene Anwalt wird doch nicht etwa anfangen, kooperativ zu sein, dachte er. «D'Ambrosio», meldete er sich barsch.

«Mr. D'Ambrosio, ich habe lange nachgedacht.»

Vince wartete.

«Es gibt nur eine mögliche Erklärung, die mir dafür einfällt, daß meine Pläne dem falschen Mann zu Ohren gekommen sind.»

Vince spürte, wie sein Interesse erwachte.

«Als ich Anfang Februar nach New York kam, um die letzten Vorbereitungen für meinen Umzug zu treffen, habe ich als Gast meines Seniorpartners eine Wohltätigkeitsveranstaltung im ‹Plaza› besucht. Das *21st Century Playwrights' Festival Benefit*. Es waren etliche Berühmtheiten da. Ich wurde während der Cocktailstunde vielen Leuten vorgestellt. Der Seniorpartner meiner Sozietät wollte mich bekannt machen. Unmittelbar vor dem Essen sprach ich mit vier oder fünf Leuten. Einer davon bat mich um meine Visitenkarte, aber sein Name fällt mir nicht mehr ein.»

«Wie sah er aus?»

«Leider habe ich ein sehr schlechtes Gedächtnis für Gesichter und Namen, was jemandem in Ihrem Beruf merkwürdig vorkommen muß. Ich weiß es nicht mehr genau. Etwa einsachtzig groß. Ende Dreißig oder Anfang Vierzig. Eher Ende Dreißig, denke ich. Sprachlich gewandt.»

«Wenn wir Ihnen eine Liste der Gäste geben, die bei dieser Wohltätigkeitsveranstaltung waren, glauben Sie, daß der Name des Mannes Ihnen dann wieder einfällt?»

«Ich weiß nicht. Könnte sein.»

«Gut, Mr. North. Ich danke Ihnen. Wir beschaffen die Liste, und vielleicht können Sie Ihren Seniorpartner fragen, ob er die Namen von Leuten erkennt, mit denen Sie sich unterhalten haben.»

North klang beunruhigt. «Und wie soll ich ihm erklären, wozu ich diese Information brauche?»

Der Anflug von Dankbarkeit, den Vince empfunden hatte, weil der Mann ihm zu helfen versuchte, verschwand. «Mr. North», sagte er kurz angebunden, «Sie sind Anwalt. Sie sollten daran gewöhnt sein, Informationen einzuholen, ohne selbst welche zu geben.» Er legte auf und rief nach Ernie. «Ich brauche die Gästeliste des *21st Century Playwrights' Benefit* im

‹Plaza› Anfang Februar», sagte er. «Sollte nicht schwer zu beschaffen sein. Sie wissen ja, wo Sie mich erreichen können.»

Es war der 13. März, der Jahrestag von Nans Tod. Gestern wäre sie vierunddreißig geworden.

Schon vor langer Zeit hatte Chris angefangen, seinen Geburtstag am 24. März zu feiern, an dem auch Greta Geburtstag hatte. So war es für sie beide einfacher. Gestern hatte seine Mutter angerufen, bevor er zur Arbeit ging. «Chris, ich danke meinem Schöpfer jeden Tag dafür, daß ich dich habe. Herzlichen Glückwunsch zum Geburtstag, mein Liebling.»

Heute morgen hatte er sie angerufen. «Unser schwerer Tag, Mutter.»

«Das wird er vermutlich immer bleiben. Bist du sicher, daß du bei dieser Sendung mitmachen willst?»

«Wollen? Nein. Aber ich glaube, wenn es irgendwie dazu beiträgt, diesen Fall zu lösen, dann ist es der Mühe wert. Vielleicht erinnert sich jemand, der zusieht, an etwas, das Nan betrifft.»

«Hoffentlich.» Greta seufzte. Dann sagte sie in anderem Ton: «Wie geht's Darcy? Chris, sie ist so reizend.»

«Ich glaube, die ganze Sache setzt ihr sehr zu.»

«Wird sie auch in der Sendung auftreten?»

«Nein. Und sie will auch nicht zusehen, wenn sie aufgezeichnet wird.»

In der Galerie war es ein ruhiger Tag. Chris hatte Gelegenheit, seine Papiere aufzuarbeiten. Er hatte Anweisung gegeben, ihm Bescheid zu sagen, falls Darcy käme. Doch sie ließ sich nicht blicken. Vielleicht fühlte sie sich nicht wohl. Um zwei rief er in ihrem Büro an. Ihre Sekretärin sagte, sie habe den ganzen Tag außerhalb zu tun und wolle danach direkt nach Hause gehen.

Um halb vier rief Chris ein Taxi, um zu «Hudson Cable» zu fahren.

Bringen wir's hinter uns, dachte er grimmig.

Die für die Sendung vorgesehenen Gäste versammelten sich im Konversationszimmer. Nona machte sie miteinander bekannt. Die Corras, ein Paar von Mitte Vierzig. Sie hatten sich voneinander getrennt. Jeder hatte eine Kontaktanzeige aufgegeben, und sie hatten ihre Anzeigen gegenseitig beantwortet. Das war der Katalysator, der sie wieder zusammenbrachte.

Die Daleys, ein seriös aussehendes Paar in den Fünfzigern. Keiner von beiden war je verheiratet gewesen. Beiden war es peinlich gewesen, Anzeigen aufzugeben und zu beantworten. Sie hatten sich vor drei Jahren kennengelernt. «Es war von Anfang an gut», sagte Mrs. Daley. «Ich war immer viel zu zurückhaltend. Auf dem Papier konnte ich aufschreiben, was ich niemandem sagen konnte.» Sie war Wissenschaftlerin und in der Forschung tätig; er war Collegeprofessor.

Adrien Greenfield, die lebhafte Geschiedene Ende Vierzig. «Ich habe mehr Spaß», erzählte sie den anderen. «Tatsächlich passierte ein Druckfehler. In der Anzeige sollte stehen, ich sei verträglich. Statt dessen schrieben sie, ich sei vermögend. Ich habe einen ganzen Lastwagen voll Post bekommen.»

Wayne Harsh, der schüchterne Vorstandsvorsitzende einer Firma, die Spielzeug herstellte. Ende Zwanzig. Der Traum jeder Mutter von ihrem künftigen Schwiegersohn, entschied Vince. Harsh genoß seine Verabredungen. In seiner Anzeige hatte er geschrieben, es frustriere ihn, daß Kinder in aller Welt sich an dem Spielzeug freuten, das seine Firma herstelle, während er kinderlos sei. Er wünsche sich eine liebe, kluge Frau in den Zwanzigern, die ihrerseits einen netten Kerl wolle, der pünktlich nach Hause komme und seine schmutzige Wäsche nicht auf den Boden werfe.

Die Turteltauben, die Caironès. Sie verliebten sich beim ersten Treffen nach der Anzeige ineinander. Einen Monat später waren sie verheiratet.

«Bis sie kamen, machte ich mir Sorgen, weil wir keine jungen Paare hatten», hatte Nona Vince anvertraut, als er eintraf. «Diese beiden geben einem den Glauben an Romantik zurück.»

Vince sah den Psychiater, Dr. Martin Weiss, hereinkommen und stand auf, um ihn zu begrüßen.

Weiss war ein Mann Ende Sechzig mit markantem Gesicht, üppigem Silberhaar und durchdringenden blauen Augen. Sie gingen hinüber zum Tisch mit der Kaffeekanne.

«Danke, daß Sie so kurzfristig gekommen sind, Doktor», sagte Vince.

«Hallo, Vince.»

Vince drehte sich um und sah, daß Chris auf sie zukam. Ihm fiel ein, daß dies der Jahrestag von Nan Sheridans Tod war. «Nicht der beste Tag für Sie», sagte er.

Um Viertel vor fünf lehnte Darcy sich mit geschlossenen Augen im Taxi zurück. Wenigstens hatte sie heute verlorene Zeit eingeholt. Die Maler würden kommenden Montag im Hotel anfangen. Heute morgen hatte sie einen Prospekt des «Pelham Hotel» in London hingebracht. «Das ist ein überaus elegantes und intimes Hotel. Es ist Ihrem Haus ähnlich, denn die Zimmer sind nicht groß, der Empfangsbereich ist klein, der Salon daneben bestens geeignet, um Besucher zu empfangen. Achten Sie auf die kleine Bar in der Ecke. Natürlich wird unsere Einrichtung nicht annähernd so großartig sein, aber wir können einen ähnlichen Effekt erzielen.»

Es war nicht zu übersehen, daß die Besitzer entzückt waren.

Jetzt, dachte Darcy, muß ich mich mit der Schaufensterdekorateurin von Wilston's in Verbindung setzen. Sie war schokkiert gewesen, als sie erfahren hatte, daß die Stoffe oft für eine lächerliche Summe verkauft wurden, wenn eine Dekoration entfernt wurde. Viele Meter erstklassiger Stoffe.

Sie schüttelte den Kopf und versuchte, bohrende Kopfschmerzen zu vertreiben. Ich weiß nicht, ob ich mir eine Infektion geholt habe oder nur Kopfweh, aber ich werde heute wieder früh schlafen gehen. Das Taxi fuhr vor ihrem Haus vor.

In der Wohnung blinkte der Anrufbeantworter. Bev hatte eine Nachricht hinterlassen. «Darcy, vor etwa zwanzig Minuten hatten Sie einen ganz verrückten Anruf. Rufen Sie mich unbedingt gleich zurück.»

Rasch wählte Darcy die Nummer ihres Büros. «Was war los, Bev?»

«Es war irgendeine Frau, die anrief. Sie sprach ganz leise. Ich konnte sie kaum verstehen. Sie wollte wissen, wo sie Sie erreichen könne. Ich wollte ihr nicht Ihre Privatnummer geben, also sagte ich, ich würde es Ihnen ausrichten. Sie sagte, sie sei in der Bar gewesen an dem Abend, an dem Erin verschwand, hätte es aber nicht zugeben wollen, weil der Mann, mit dem sie sich getroffen hatte, nicht ihr Ehemann war. Sie sah, daß Erin jemanden traf, der hereinkam, als sie gerade gehen wollte. Zusammen gingen sie hinaus. Sie hat ihn deutlich gesehen.»

«Wie kann ich sie erreichen?»

«Gar nicht. Sie wollte ihren Namen nicht nennen. Sie möchte, daß Sie sie in dieser Bar treffen. Es ist ‹Eddie's Aurora› in der 4. Straße beim Washington Square. Sie sagte, Sie sollten allein kommen und sich an die Bar setzen. Wenn sie sich von zu Hause loseisen kann, wird sie gegen sechs da sein. Länger sollen Sie nicht warten. Falls es heute abend nicht klappt, ruft sie morgen wieder an.»

«Danke, Bev.»

«Hören Sie, Darcy, ich bleibe länger im Büro. Ich muß für

eine Prüfung lernen, und in meiner Wohnung habe ich keine Ruhe, weil meine Mitbewohnerin dauernd Besuch hat. Rufen Sie mich wieder an, ja? Ich möchte nur wissen, daß mit Ihnen alles in Ordnung ist.»

«Es wird schon nichts passieren. Aber ich werde Sie anrufen.»

Darcy vergaß, daß sie müde war. Es war fünf vor fünf. Sie hatte gerade noch Zeit, ihr Gesicht zu erfrischen, ihr Haar zu bürsten und ihre staubigen Jeans mit Rock und Pullover zu vertauschen. Oh, Erin, dachte sie. Vielleicht ist es bald zu Ende.

Nona sah den Abspann ablaufen, während die Gäste sich leise unterhielten. Sie waren noch zu sehen, aber das Mikrophon war ausgeschaltet. «Amen», sagte sie, als der Bildschirm dunkel wurde. Sie sprang auf und rannte die Stufen zum Podium hinunter. «Sie waren wunderbar!» sagte sie. «Jeder einzelne von Ihnen. Ich kann Ihnen gar nicht genug danken.»

Einige der Teilnehmer antworteten mit einem entspannten Lächeln. Chris, Vince und Dr. Weiss standen gleichzeitig auf.

«Ich bin froh, daß es vorbei ist», sagte Chris.

«Verständlich», sagte Martin Weiss. «Nach allem, was ich heute gehört habe, sind Sie und Ihre Mutter bei dieser ganzen Sache bemerkenswert stark gewesen.»

«Man tut, was man tun muß, Doktor.»

Nona trat zu ihnen. «Die anderen gehen, aber ich möchte gern, daß Sie noch zu einem Cocktail in mein Büro kommen. Sie haben ihn bestimmt verdient.»

«Oh, ich glaube nicht . . .» Weiss schüttelte den Kopf und zögerte dann. «Ich muß in meiner Praxis Bescheid sagen. Kann ich das von Ihrem Büro aus tun?»

«Natürlich.»

Chris wußte nicht, ob er zusagen sollte. Er merkte, wie

niedergeschlagen er sich fühlte. Darcys Sekretärin hatte gesagt, sie wolle gleich nach Hause fahren. Er überlegte, ob er sie zu einem schnellen Abendessen würde überreden können. «Kann ich dann auch einmal telefonieren?»

«Soviel Sie wollen.»

Der Piepser an Vinces Gürtel meldete sich. «Ich hoffe, Sie haben eine Menge Telefone hier, Nona.»

Vince telefonierte vom Schreibtisch der Sekretärin aus, und man richtete ihm aus, er solle Ernie im Büro des *21st Century Playwrights' Festival Office* anrufen. Als er ihn erreichte, war Ernie ganz ungeduldig, seine Neuigkeiten loszuwerden.

«Ich habe die Gästeliste. Raten Sie mal, wer an diesem Abend da war!»

«Wer denn?»

«Erin Kelley und Jay Stratton.»

«Gütiger Himmel!» Er dachte an die Beschreibung, die North ihm von dem Mann gegeben hatte, der ihn um seine Visitenkarte gebeten hatte. Groß. Ende Dreißig oder Anfang Vierzig. Beredt. Aber Erin Kelley! An dem Nachmittag, als Darcy in Erins Wohnung das rosasilberne Kleid ausgewählt hatte, in dem ihre Freundin begraben werden sollte. Darcy hatte ihm gesagt, Erin habe es *für eine Wohltätigkeitsveranstaltung* gekauft. Dann, als er das Päckchen mit den Schuhen abgeholt hatte, das in Darcys Wohnung geschickt worden war, hatte sie gesagt, der Abendschuh in dem Karton passe besser zu Erins rosasilbernem Kleid als das Paar, das Erin selbst gekauft hatte. Plötzlich wußte er, warum die Schuhe so gut zu dem Kleid paßten. Erins Mörder war bei der Wohltätigkeitsveranstaltung gewesen und hatte sie in diesem Kleid gesehen.

«Holen Sie mich in Nona Roberts' Büro ab», sagte er zu Ernie. «Wir können genausogut zusammen in die Innenstadt fahren.»

Im Büro wirkte Dr. Weiss entspannter. «Keine Probleme. Ich hatte Angst, daß einer meiner Patienten mich heute abend brauchen könnte. Mrs. Roberts, ich nehme Ihr freundliches Angebot gerne an. Mein jüngster Sohn studiert Medienwissenschaften und wird im Juni fertig. Wie kann er beim Fernsehen unterkommen?»

Chris Sheridan hatte das Telefon von Nonas Schreibtisch zum Fensterbrett getragen. Abwesend befühlte er die staubige Pflanze. Darcy war nicht zu Hause. Als er es im Büro versuchte, hatte ihre Sekretärin ausweichend geantwortet. Irgend etwas in dem Sinne, sie rechne damit, später von ihr zu hören.

«Es hat sich ein sehr wichtiger Termin ergeben.»

Seine Intuition war alarmiert. Etwas stimmte nicht.

Darcy sollte nicht länger als bis sechs Uhr warten. Sie blieb bis halb sieben und beschloß dann, für heute aufzugeben. Offensichtlich hatte die Frau, die angerufen hatte, sich nicht freimachen können. Sie bezahlte ihr Perrier und ging.

Sie trat hinaus auf die Straße. Der Wind hatte wieder aufgefrischt und schien ihr durch Mark und Bein zu gehen. Hoffentlich finde ich ein Taxi, dachte sie.

«Darcy! Ich bin so froh, daß ich Sie noch erwischt habe. Ihre Sekretärin sagte, Sie wären hier. Steigen Sie ein.»

«Sie sind meine Rettung. So ein Glücksfall.»

Len Parker verbarg sich in einem Türeingang auf der anderen Straßenseite und sah den verschwindenden Rücklichtern nach. Es war genau wie letztes Mal, als Erin Kelley herausgekommen war und jemand sie aus diesem Kombiwagen gerufen hatte.

Und wenn das dieselbe Person wäre, die Erin Kelley umgebracht hatte? Sollte er diesen FBI-Agenten anrufen? Er hieß D'Ambrosio. Er hatte seine Karte.

Würden sie ihn für verrückt halten?

Erin Kelley hatte ihn sitzenlassen, und Darcy Scott hatte sich geweigert, mit ihm zu Abend zu essen.

Aber er war gemein zu ihnen gewesen.

Vielleicht sollte er anrufen.

Er hatte in den letzten Tagen eine Menge Geld für Taxis ausgegeben, um Darcy Scott zu folgen.

Und ein Anruf würde ihn nur einen Vierteldollar kosten.

Chris wandte sich vom Fenster ab. Er mußte einfach fragen. Vince D'Ambrosio war gerade wieder ins Zimmer gekommen.

«Wissen Sie, ob Darcy heute abend wieder auf eine dieser verdammten Anzeigen eingeht?» fragte er.

Vince sah die Sorge in Sheridans Gesicht und ignorierte den angriffslustigen Ton. Er wußte, daß er nicht ihm galt. «Von Nona habe ich gehört, Darcy wolle früh zu Bett gehen.»

«Das wollte sie auch.» Das Lächeln verschwand aus Nonas Gesicht. «Als ich in ihrem Büro anrief, sagte ihre Sekretärin, sie werde von dem Hotel, das sie einrichtet, direkt nach Hause fahren.»

«Nun, dann hat sie ihre Meinung geändert», erwiderte Chris. «Ihre Sekretärin klang sehr geheimnisvoll.»

«Wie ist ihre Büronummer?» Vince ergriff den Hörer. Als Bev abhob, meldete er sich mit Namen. «Ich mache mir Sorgen um Miss Scotts Pläne. Wenn Sie wissen, was sie vorhatte, dann sagen Sie es mir.»

«Es wäre mir wirklich lieber, wenn sie Sie zurückrufen würde –» begann Bev, wurde aber unterbrochen.

«Hören Sie, Miss, ich möchte mich nicht in Miss Scotts Privatleben einmischen, aber wenn dies etwas mit einer Bekanntschaftsanzeige zu tun hat, dann will ich das wissen. Wir sind der Lösung dieses Falles sehr nahe, aber noch haben wir niemanden verhaftet.»

«Nun, wenn Sie versprechen, nicht einzugreifen –»

«Wo ist Darcy Scott?»

Bev sagte es ihm. Vince gab ihr Nonas Nummer. «Bitten Sie Miss Scott, mich sofort anzurufen, wenn Sie von ihr hören.» Er legte auf. «Sie trifft sich mit einer Frau, die behauptet, sie habe Erin Kelley an dem Abend, an dem sie verschwand, ‹Eddie's Aurora› im Village verlassen sehen und könne den Mann beschreiben, den sie draußen traf. Diese Frau hat sich nicht gemeldet, weil sie mit einem Mann zusammen war, der nicht ihr Ehemann war.»

«Glauben Sie das?» fragte Nona.

«Hört sich nicht gut an. Aber wenn Darcy sie in dieser Bar trifft, ist es wohl okay. Wie spät ist es?»

«Halb sieben», sagte Dr. Weiss.

«Dann müßte Darcy jeden Moment in ihrem Büro anrufen. Sie sollte nur bis sechs warten, ob die Anruferin auftaucht.»

«Ist Erin Kelley nicht dasselbe passiert?» fragte Chris. «Soweit ich verstanden habe, ging sie in ‹Eddie's Aurora›, wurde versetzt, ging hinaus und verschwand.»

Vince spürte, wie sich in seinem Nacken eine Gänsehaut bildete. «Ich rufe dort an.» Als er die Bar erreichte, stellte er eine Reihe kurzer Fragen, hörte zu und knallte dann den Hörer auf die Gabel. «Der Barkeeper sagt, eine junge Frau, auf die Darcys Beschreibung paßt, sei vor ein paar Minuten gegangen. Niemand sei aufgetaucht, um sich mit ihr zu treffen.»

Chris fluchte lautlos. Der Augenblick, als er vor fünfzehn Jahren Nans Leiche gefunden hatte, stand ihm mit schrecklicher Klarheit vor Augen.

Eine Empfangssekretärin klopfte an die halb geöffnete Tür. «Mr. Cizek vom FBI sagt, Sie erwarteten ihn», sagte sie zu Nona.

Nona nickte. «Führen Sie ihn bitte herein.»

Cizek zog die dicke Gästeliste der *Playwrights'*-Gala aus

einem ausgebeulten Manila-Umschlag, während er durch die Tür kam. Sie steckte fest. Er riß daran, und dabei löste sich die Büroklammer. Einzelne Seiten fielen zu Boden. Nona und Dr. Weiss halfen, sie einzusammeln.

Chris ballte die Fäuste und lockerte sie wieder, wie Vince bemerkte. «Wir haben zwei stark Verdächtige», sagte er zu Chris, «und wir sind beiden auf den Fersen.»

Dr. Weiss betrachtete eine der Seiten, die er aufgehoben hatte. Als denke er laut nach, bemerkte er: «Ich hätte gedacht, er sei zu beschäftigt mit seinen Kontaktanzeigen, um auf Parties zu gehen.»

Rasch blickte Vince auf. «Von wem sprechen Sie?»

Weiss schien verlegen. «Dr. Michael Nash. Verzeihen Sie. Das war eine unprofessionelle Bemerkung.»

«An diesem Punkt ist nichts unprofessionell», sagte Vince scharf. «Es könnte sehr wichtig sein, daß Dr. Nash bei der Wohltätigkeitsveranstaltung war. Es klingt gerade so, als würden Sie ihn nicht mögen. Warum?»

Alle Blicke waren auf Martin Weiss gerichtet. Er schien mit sich zu ringen und sagte dann langsam: «Das darf diesen Raum nicht verlassen. Eine von Nashs früheren Patientinnen, die jetzt bei mir in Behandlung ist, sah ihn in einem Restaurant mit einer jungen Frau, die sie kannte. Als sie diese junge Frau das nächste Mal sah, zog sie sie damit auf.»

Vince spürte, daß seine Nerven prickelten, wie sie es immer taten, wenn er bei einem Fall den Durchbruch spürte. «Weiter, Doktor.»

Weiss sah unbehaglich aus. «Die junge Freundin meiner Patientin sagte, sie habe den Mann kennengelernt, indem sie auf seine Kontaktanzeige antwortete, und war nicht überrascht, als sie erfuhr, daß er in bezug auf seinen Namen und seinen Hintergrund gelogen hatte. Sie hatte sich mit ihm sehr unbehaglich gefühlt.»

Vince spürte, daß Dr. Weiss seine Worte sorgfältig wählte. «Doktor», sagte er, «Sie wissen, womit wir es zu tun haben. Sie müssen offen zu mir sein. Wie ist Ihre ehrliche Meinung über Dr. Michael Nash?»

«Ich finde es unethisch von ihm, unter Vorspiegelung falscher Tatsachen für ein psychologisches Sachbuch zu recherchieren», sagte Weiss vorsichtig.

«Sie weichen aus», sagte Vince zu ihm. «Wenn Sie im Zeugenstand wären, wie würden Sie ihn dann beschreiben?»

Weiss wandte den Blick ab. «Einzelgänger», sagte er tonlos. «Er verdrängt. An der Oberfläche nett, aber im Grunde antisozial. Hat vermutlich tief verwurzelte Probleme, die sich schon in der Kindheit bemerkbar machten. Allerdings ist er ein geborener Heuchler und könnte die meisten Kollegen täuschen.»

Chris spürte, wie das Blut in seinen Schläfen pochte. «Hat Darcy sich mit diesem Mann getroffen?»

«Ja», flüsterte Nona.

«Doktor», fuhr Vince rasch fort, «ich möchte mich sofort mit dieser jungen Frau in Verbindung setzen und feststellen, was für eine Anzeige er aufgegeben hat.»

«Meine Patientin hat sie mitgebracht, um sie mir zu zeigen», sagte Weiss. «Ich habe sie in meiner Praxis.»

«Erinnern Sie sich vielleicht, ob sie mit den Worten *Suche junge Frau, die gerne tanzt* begann?» fragte Vince.

Als Weiss sagte: «Ja, so lautete sie», meldete sich Vinces Piepser. Er griff nach dem Telefon, wählte und bellte seinen Namen. Nona, Chris, Dr. Weiss und Ernie warteten in absoluter Stille, als sie sahen, daß die Falten auf Vince D'Ambrosios Stirn sich vertieften. Während er den Hörer noch in der Hand hielt, sagte er: «Dieser Spinner Len Parker hat gerade angerufen. Er war Darcy gefolgt. Sie kam aus dieser Bar und stieg in den gleichen Kombiwagen, mit dem Erin Kelley in der Nacht wegfuhr, als sie verschwand.» Er hielt inne und sagte dann knapp: «Es ist ein schwarzer Mercedes, zugelassen auf Dr. Michael Nash aus Bridgewater, New Jersey.»

«Sie fahren heute einen anderen Wagen.»

«Diesen benutze ich meist auf dem Land.»

«Sie sind früh von Ihrem Kongreß zurückgekommen.»

«Der Redner, für den ich einspringen sollte, konnte schließlich doch noch kommen.»

«Ach so. Michael, Sie sind reizend, aber ich möchte heute abend eigentlich gleich nach Hause.»

«Was haben Sie gestern abend gegessen?»

Darcy lächelte. «Eine Dose Suppe.»

«Lehnen Sie den Kopf zurück und ruhen Sie sich aus. Schlafen Sie, wenn Sie können. Mrs. Hughes wird ein gemütliches Feuer und ein fabelhaftes Abendessen machen, und dann können Sie auf dem ganzen Heimweg schlafen.» Er streckte die Hand aus und streichelte sanft ihr Haar. «Ärztliche Anordnung, Darcy. Sie wissen, daß ich mich gern um Sie kümmere.»

«Es ist schön, wenn sich jemand um einen kümmert. Oh!» Sie griff nach dem Autotelefon. «Darf ich schnell meine Sekretärin anrufen? Ich hatte versprochen, mich bei ihr zu melden.»

Er legte seine Hand auf ihre und drückte sie. «Ich fürchte, das wird warten müssen, bis wir im Haus sind. Das Telefon ist kaputt. Und jetzt entspannen Sie sich einfach.»

Darcy wußte, daß Bev mindestens noch einige Stunden im Büro bleiben würde. Sie schloß die Augen und begann einzuschlummern. Als sie durch den Lincoln-Tunnel fuhren, schlief sie fest.

«Wir lassen Nashs Wohnung überprüfen», sagte Vince. «Aber er würde sie niemals dorthin oder in seine Praxis bringen. Der Portier würde sie sehen.»

«Darcy sagte mir, sein Anwesen in Bridgewater sei ein Besitz von vierhundert Morgen. Sie ist schon zweimal dort gewesen.» Nona stützte sich auf den Schreibtisch, um nicht zu zittern.

«Wenn er ihr heute abend also vorgeschlagen hätte, mit ihm hinzufahren, würde sie keinen Verdacht schöpfen.» Vince spürte wachsenden Zorn auf sich selbst.

Ernie kam aus dem Nebenzimmer zurück. «Ich habe mit den Beschattern gesprochen. Doug Fox ist zu Hause in Scarsdale. Jay Stratton ist mit irgendeinem späten Mädchen im ‹Park Lane›.»

«Damit fallen sie aus.» Das ergibt einen Sinn, dachte Vince wütend. Nash hinterließ am selben Abend, an dem er mit ihr wegfuhr, auf Erins Anrufbeantworter die Nachricht, sie solle ihn zu Hause anrufen. Ich habe nie daran gedacht, dem nachzugehen. Jetzt hinterläßt er bei Darcys Sekretärin eine falsche Nachricht und tut vermutlich so, als hätte die Sekretärin ihm gesagt, wo er Darcy finden könne. Wir wissen, daß Darcy ihm vertraut. Natürlich steigt sie in seinen Wagen. Und wenn dieser Spinner Parker sie nicht verfolgt hätte, wäre wohl auch sie spurlos verschwunden.

«Wie finden wir Darcy?» fragte Chris verzweifelt. Qualvolle Angst bedrückte seine Brust und ließ ihn kaum atmen. Er wußte, irgendwann in der letzten Woche hatte er sich heftig in Darcy Scott verliebt.

Vince war am Telefon und gab Anweisungen ins Hauptquartier durch. «Benachrichtigt die Polizei von Bridgewater», sagte er gerade. «Sie sollen uns dort treffen.»

«Seien Sie vorsichtig, Vince», warnte Ernie. «Wir haben absolut keine Beweise, und der einzige Zeuge ist ein anerkannter Irrer.»

Chris fuhr zu ihm herum. «Seien *Sie* vorsichtig!» Er fühlte, wie Weiss beschwichtigend seinen Arm berührte.

«Stellen Sie fest, wo Nashs Haus liegt», sagte Vince. «Und

halten Sie in der 13. Straße in zehn Minuten einen Hubschrauber bereit.»

Fünf Minuten später hockten sie in einem Streifenwagen mit Blinklicht und heulender Sirene und rasten die Ninth Avenue hinunter. Vince saß vorne neben dem Fahrer, Nona, Chris und Ernie Cizek auf der Rückbank. Chris hatte kurzerhand erklärt, er werde Vince begleiten. Nona hatte Vince flehentlich angesehen.

Vince gab die erschreckende Information, die er von der Polizei aus Bridgewater erhielt, nicht weiter. Auf Nashs Anwesen befanden sich eine Reihe von Außengebäuden, die über die vierhundert Morgen verstreut lagen, teilweise auch im Wald. Eine Suche konnte lange dauern.

Und mit jeder Minute, die wir verlieren, läuft für Darcy die Uhr ab, dachte er.

«Darcy, wir sind da.»

Darcy bewegte sich. «Ich bin wirklich eingeschlafen, nicht?» Sie gähnte. «Bitte entschuldigen Sie die langweilige Gesellschaft.»

«Ich war froh, daß Sie schliefen. Ruhe heilt den Geist und den Körper.»

Darcy schaute hinaus. «Wo sind wir?»

«Nur ein paar Kilometer vom Haus entfernt. Ich habe hier ein kleines Versteck, wo ich schreibe und wo ich neulich mein Manuskript vergessen habe. Macht es Ihnen etwas aus, wenn wir kurz anhalten, damit ich es hole? Eigentlich könnten wir drinnen auch ein Glas Sherry trinken.»

«Wenn es nicht zu lange dauert. Ich möchte früh nach Hause, Michael.»

«Das können Sie, ich verspreche es Ihnen. Kommen Sie mit herein. Tut mir leid, daß es so dunkel ist.»

Seine Hand schob sich unter ihren Arm. «Wie haben Sie dieses Haus bloß gefunden?» fragte Darcy, als er die Tür öffnete.

«Reines Glück. Ich weiß, von außen sieht es nach nichts aus, aber innen ist es recht hübsch.»

Er stieß die Tür auf und griff nach dem Lichtschalter. Darunter bemerkte Darcy einen Knopf mit der Aufschrift «Notruf».

Sie sah sich in dem großen Raum um. «Oh, das ist hübsch», sagte sie und betrachtete die Sitzecke beim Kamin, die offene Küche, den polierten Holzboden. Dann bemerkte sie den großen Fernseher und die teuren Stereolautsprecher. «Was für wunderbare Apparate. Ist das nicht Verschwendung für ein Haus, das Sie nur zum Schreiben benutzen?»

«Oh, nein.» Er nahm ihr den Mantel ab. Darcy fröstelte, obwohl es im Zimmer angenehm warm war. Eine Flasche Wein stand in einem Silberkübel auf dem Couchtisch vor dem Sofa.

«Kümmert sich Mrs. Hughes um dieses Haus?»

«Nein, sie weiß gar nicht, daß es existiert.» Er ging durch den ganzen Raum und schaltete die Stereoanlage ein.

Die Anfangstakte von *Till There Was You* schallten aus den Wandlautsprechern.

«Kommen Sie her, Darcy.» Er goß Sherry in ein Glas und reichte es ihr. «An einem kalten Abend schmeckt das wunderbar, nicht?»

Er lächelte sie liebevoll an. Was hatte sie denn nur? Warum spürte sie plötzlich etwas Verändertes? Seine Stimme klang leicht undeutlich, fast, als habe er getrunken. Seine Augen. Das war es. Etwas war mit seinen Augen.

Ihr Instinkt riet ihr, zur Tür zu laufen, aber das war lächerlich. Hektisch dachte sie nach, was sie sagen könnte. Ihr Blick traf die Treppe. «Wie viele Zimmer haben Sie oben?» In ihren eigenen Ohren klang die Frage unvermittelt.

Er schien es nicht zu merken. «Nur ein kleines Schlafzimmer und ein Bad. Das hier ist eines dieser wirklich altmodischen Landhäuser.»

Das Lächeln war noch da, aber seine Augen veränderten sich, die Pupillen weiteten sich. *Wo waren sein Computer und sein Drucker und seine Bücher und die sonstigen Utensilien eines Autors?*

Darcy spürte, daß sich auf ihrer Stirn Schweiß bildete. Was war mit ihr los? War sie verrückt, zu argwöhnen... was? Es waren nur ihre Nerven. Das hier war doch Michael.

Er nahm sein Glas, setzte sich in den großen Sessel gegenüber dem Sofa und streckte die Beine aus. Er wandte keinen Blick von ihrem Gesicht.

«Darf ich mich umschauen?» Sie ging ziellos durch den Raum und hielt inne, als wolle sie die wenigen Ziergegenstände betrachten, fuhr mit der Hand über die Anrichte, die den Küchenbereich vom übrigen Raum trennte. «Was für schöne Schränke.»

«Ich habe sie anfertigen lassen, aber selbst eingebaut.»

«Tatsächlich!»

Seine Stimme war freundlich, hatte aber einen härteren Unterton bekommen. «Ich sagte Ihnen ja, mein Vater war ein Selfmademan. Er wollte, daß ich fähig wäre, alles selbst zu machen.»

«Dann hat er Sie aber gut angelernt.» Sie konnte unmöglich noch länger herumstehen. Sie drehte sich um, ging auf das Sofa zu und trat dabei auf etwas Hartes, das fast von den Fransen des Teppichs im Sitzbereich verdeckt wurde.

Darcy ignorierte es und setzte sich rasch hin. Ihre Knie zitterten so, daß sie das Gefühl hatte, sie würden unter ihr nachgeben. *Was war los? Warum hatte sie solche Angst?*

Dies war Michael, der nette, rücksichtsvolle Michael. Sie wollte jetzt nicht an Erin denken, aber Erins Gesicht ging ihr nicht aus dem Sinn. Sie nahm einen kleinen Schluck Sherry, um die Trockenheit in ihrem Mund zu vertreiben.

Die Musik hörte auf. Michael sah ärgerlich aus, stand auf und ging zur Stereoanlage. Von dem Regal darüber nahm er einen Stapel Kassetten und begann sie durchzusehen. «Ich habe nicht gemerkt, daß das Band schon fast zu Ende war.»

Es war, als rede er mit sich selbst. Darcy umklammerte den Stiel des Glases. Nun zitterten ihre Hände. Ein paar Tropfen Sherry fielen auf den Boden. Sie griff nach der Cocktailserviette und beugte sich nieder, um sie aufzutupfen.

Als sie sich wieder aufrichten wollte, bemerkte sie, daß tatsächlich etwas in den Fransen des Teppichs lag, etwas, das im Licht der Lampe neben dem Sofa glänzte. Darauf mußte sie getreten sein. Vermutlich war es ein Knopf. Sie griff danach. Die Spitzen ihres Daumens und Zeigefingers glitten in einen Hohlraum und trafen sich. Es war kein Knopf, es war ein Ring. Darcy hob ihn auf und starrte ihn ungläubig an.

Ein goldenes E auf einem Onyxhintergrund in ovaler Fassung. *Erins Ring.*

Erin war in diesem Haus. Erin hatte auf Michael Nashs Kontaktanzeige geschrieben.

Blankes Entsetzen überkam Darcy. Michael hatte gelogen, als er behauptete, Erin nur einmal zu einem Drink im «Pierre» getroffen zu haben:

Plötzlich begann die Stereoanlage zu dröhnen.

«Entschuldigung», sagte Michael. Noch immer wandte er ihr den Rücken zu.

«*Change Partners and Dance.*» Er summte die ersten Takte mit, bevor er den Ton leiser stellte und sich ihr zuwandte.

Hilfe, betete Darcy. Hilfe! Er darf den Ring nicht sehen. Er starrte sie an. Sie preßte die Hände zusammen und schaffte es, den Ring auf ihren Finger zu streifen, als Michael mit ausgestreckten Armen auf sie zukam.

«Wir haben noch nie miteinander getanzt, Darcy. Ich kann gut tanzen, und ich weiß, daß Sie es auch können.»

Erins Leiche war mit einem Abendschuh am Fuß gefunden worden. Hatte sie hier in diesem Raum mit ihm getanzt? War sie hier in diesem Raum gestorben?

Darcy lehnte sich auf dem Sofa zurück. «Ich wußte gar nicht, daß Sie gern tanzen, Michael. Als ich von den Kursen erzählte, die Nona, Erin und ich besucht haben, hatte ich nicht den Eindruck, daß Sie das sonderlich interessiert.»

Er ließ die Arme sinken und griff nach seinem Sherryglas. Er hockte sich auf den Sessel, diesmal so dicht am Rand, daß ihn scheinbar nur seine auf den Boden gestellten Beine abstützten.

Fast, als könne er sie jeden Moment anspringen.

«Ich tanze schrecklich gern», sagte er. «Aber ich fand es ungesund, Sie an den Spaß zu erinnern, den Sie bei diesen Tanzkursen mit Erin hatten.»

Darcy neigte den Kopf, als denke sie über seine Antwort nach. «Man hört ja auch nicht auf, Auto zu fahren, weil jemand, den man gern hatte, einen Autounfall hatte, oder?» Sie wartete nicht auf eine Antwort, sondern versuchte, das Thema zu wechseln. Sie betrachtete den Stiel des Glases. «Hübsche Gläser», bemerkte sie.

«Die habe ich in Wien gekauft», sagte er. «Tatsächlich schmeckt der Sherry daraus noch besser.»

Sie lächelte mit ihm. Jetzt hörte er sich wieder wie der Michael an, den sie kannte. Der seltsame Ausdruck in seinen Augen war für einen Augenblick vergangen. *Laß ihn so bleiben, sagte ihr ihre Intuition. Rede mit ihm. Sorge dafür, daß er mit dir redet.*

«Michael.» Sie gab ihrer Stimme einen zögernden, vertraulichen Klang. «Darf ich Sie etwas fragen?»

«Natürlich.» Er sah interessiert aus.

«Neulich haben Sie mir, glaube ich, zu verstehen gegeben,

ich ließe meine Eltern für die Bemerkung bezahlen, die mich so verletzt hat, als ich ein Kind war. Ist es wirklich möglich, daß ich so egoistisch bin?»

Während des zwanzigminütigen Fluges im Hubschrauber sprach niemand. Vince war in rasender Eile innerlich alle Details der Ermittlungen durchgegangen. Michael Nash. Ich saß in seinem Büro und fand, er höre sich wie einer der wenigen vernünftigen Seelenklempner an. Bin ich jetzt auf dem Holzweg? Wie kann ich wissen, ob jemand mit Nashs Geld nicht noch irgendeine Zuflucht in Connecticut oder im Staat New York hat?

Vielleicht hatte er die, aber bei all seinem Reichtum sprach einiges dafür, daß er seine Opfer hierherbringen würde. Trotz des Dröhnens der Rotoren hörte Vince innerlich die Namen von Serienmördern, die ihre Opfer im Keller oder Speicher ihres eigenen Hauses versteckt hatten.

Der Hubschrauber kreiste über der Landstraße. «Da!» Vince zeigte nach rechts, wo zwei Scheinwerfer nach oben strahlten und Lichtbahnen in die Dunkelheit schnitten. «Die Polizei von Bridgewater hat gesagt, sie würden unmittelbar vor Nashs Grundstück parken. Gehen wir runter.»

Von außen war das Haus ruhig. Mehrere Fenster des Hauptgeschosses waren erleuchtet. Vince bestand darauf, daß Nona mit dem Piloten draußen blieb. Mit Ernie und Chris im Gefolge rannte er von der seitlichen Rasenfläche aus die lange Einfahrt hinauf und läutete. «Überlassen Sie mir das Reden.»

Über die Sprechanlage meldete sich eine Frau. «Wer ist da?»

Vince biß die Zähne zusammen. Wenn Nash da war, war er ausreichend gewarnt. «FBI-Agent Vincent D'Ambrosio, Madam. Ich muß mit Dr. Nash sprechen.»

Einen Augenblick später wurde die Tür einen Spalt geöffnet. Die Sicherheitskette blieb geschlossen. «Darf ich Ihren Ausweis sehen, Sir?» Der höfliche Ton eines geübten Dieners, diesmal eines Mannes.

Vince reichte ihn durch die Tür.

«Schneller», drängte Chris.

Die Sicherheitskette wurde gelöst, die Tür geöffnet. Hausmeisterehepaar, dachte Vince. Danach sahen sie aus. Er fragte sie, wer sie seien.

«John und Irma Hughes. Wir arbeiten für Doktor Nash.»

«Ist er da?»

«Ja, er ist da», antwortete Mrs. Hughes. «Er war den ganzen Abend da. Er beendet sein Buch und will nicht gestört werden.»

«Sie sind wirklich sehr introspektiv, Darcy», sagte Michael. «Das habe ich Ihnen vorige Woche schon gesagt. Sie haben Ihren Eltern gegenüber leichte Schuldgefühle, nicht?»

«Ja, ich glaube schon.» Darcy konnte sehen, daß seine Pupillen jetzt fast wieder normal waren. Die blaugraue Farbe seiner Augen war sichtbar.

Auf dem Band fing das nächste Lied an. «*Red Roses for a Blue Lady.*» Michaels rechter Fuß begann sich im Takt der Musik zu bewegen.

«*Sollte* ich denn Schuldgefühle haben?» fragte sie schnell.

«Wo ist Dr. Nashs Zimmer?» fragte Vince. «Ich übernehme die Verantwortung dafür, daß wir ihn stören.»

«Er schließt immer die Tür ab, wenn er seine Ruhe haben will, und antwortet nicht. Er besteht darauf, nicht gestört zu werden, wenn er in seinem Zimmer ist. Wir haben ihn nicht einmal mehr gesehen, seit wir am späten Nachmittag vom Einkaufen zurückgekommen sind, aber sein Wagen steht in der Einfahrt.»

Chris hatte genug gehört. «Er ist nicht oben. Er fährt in einem Kombiwagen herum und tut weiß Gott was.» Chris ging auf die Treppe zu. «Wo, zum Teufel, ist sein Zimmer?»

Mrs. Hughes schaute ihren Mann flehentlich an und führte sie dann die Treppe hinauf. Auf ihr wiederholtes Klopfen meldete sich niemand.

«Haben Sie einen Schlüssel?» fragte Vince.

«Der Doktor hat mir verboten, ihn zu benutzen, wenn er die Tür abgeschlossen hat.»

«Holen Sie ihn.»

Wie Vince erwartet hatte, war das große Schlafzimmer leer. «Mrs. Hughes, wir haben einen Zeugen, der heute abend gesehen hat, wie Darcy Scott in den Kombiwagen des Doktors gestiegen ist. Hat Dr. Nash ein Studio oder ein Landhaus auf seinem Grundstück oder sonstwo, wohin er sie gebracht haben könnte?»

«Da müssen Sie sich irren», protestierte die Frau. «Er hat Miss Scott zweimal mitgebracht. Sie sind gute Freunde.»

«Mrs. Hughes, Sie haben meine Frage nicht beantwortet.»

«Auf dem Grundstück gibt es Scheunen und einen Stall und ein paar Lagerhäuser. Ein anderes Haus, wohin er eine junge Dame bringen könnte, gibt es nicht. In New York hat er noch eine Wohnung und seine Praxis.»

Ihr Mann nickte zustimmend. Vince konnte sehen, daß sie die Wahrheit sagten.

«Sir», sagte Mrs. Hughes schüchtern, «wir arbeiten seit vierzehn Jahren für Dr. Nash. Wenn Miss Scott bei ihm ist, versichere ich Ihnen, daß Sie sich keine Sorgen zu machen brauchen. Dr. Nash kann keiner Fliege etwas zuleide tun.»

Wie lange hatten sie gesprochen? Darcy wußte es nicht. Im Hintergrund spielte leise die Musik. *«Begin the Beguine.»* Wie oft hatte sie ihre Mutter und ihren Vater zu dieser Musik tanzen sehen?

«Eigentlich waren meine Eltern diejenigen, die mir wirklich das Tanzen beigebracht haben», sagte sie zu Nash. «Manchmal legten sie einfach Platten auf und tanzten Foxtrott oder Walzer. Sie können es wirklich gut.»

Seine Augen schauten noch immer freundlich. Es waren die gleichen Augen, die sie sonst an ihm gesehen hatte. Solange er keinen Verdacht schöpfte, daß sie Bescheid wußte, würde er vielleicht mit ihr fortgehen und sie zum Abendessen in sein Haus fahren. Ich muß dafür sorgen, daß er sich weiter mit mir unterhalten will.

Ihre Mutter hatte immer gesagt: «Darcy, du hast wirklich schauspielerisches Talent. Warum wehrst du dich so dagegen?»

Wenn ich es habe, dann laß es mich jetzt beweisen, betete sie.

Ihr ganzes Leben lang hatte sie ihre Eltern darüber diskutieren hören, wie eine Szene zu spielen sei. Sie mußte etwas gelernt haben.

Ich darf ihn nicht merken lassen, welche Angst ich habe, dachte Darcy. Ich muß meine Nervosität überspielen. Wie würde meine Mutter diese Szene darstellen, eine Frau, die im Haus eines Serienmörders in der Falle sitzt? Mutter würde aufhören, an Erins Ring an ihrem Finger zu denken, und genau das tun, was Darcy auch zu tun versuchte. Sie würde spielen, Michael Nash sei Psychiater und sie eine Patientin, die ihm vertraut.

Was sagte Michael gerade?

«Haben Sie bemerkt, Darcy, daß Sie ganz lebhaft werden, wenn Sie sich gestatten, über Ihre Eltern zu sprechen? Ich glaube, Sie haben eine erfreulichere Kindheit gehabt, als Ihnen bewußt ist.»

Immer drängten sich die Leute um sie. Einmal war die Menschenmenge so groß, daß sie die Hand ihrer Mutter verlor.

«Sagen Sie mir, woran Sie denken, Darcy. Sagen Sie es. Lassen Sie es heraus.»

«Ich hatte solche Angst. Ich konnte sie nicht sehen. In diesem Moment wußte ich, ich haßte ...»

«Was haßten Sie?»

«Die Menschenmenge. Von ihnen getrennt zu werden ...»

«Das war nicht die Schuld Ihrer Eltern.»

«Wenn sie nicht so berühmt gewesen wären ...»

«Sie nahmen ihnen diesen Ruhm übel ...»

«Nein.» Es funktionierte. Seine Stimme klang wieder normal. Ich mag nicht darüber reden, dachte sie, aber ich muß. Ich muß aufrichtig zu ihm sein. Das ist meine einzige Chance. Mutter. Vater. Helft mir. Seid für mich hier. «Sie sind so weit weg.» Sie wußte nicht, daß sie das laut gesagt hatte.

«Wer?»

«Meine Mutter und mein Vater.»

«Im Augenblick, meinen Sie?»

«Ja. Sie sind mit ihrem Stück auf Tournee in Australien.»

«Sie hören sich so verloren an, so verängstigt. Haben Sie Angst, Darcy?»

Das darf er nicht denken. «Nein, es tut mir bloß leid, daß ich sie sechs Monate nicht sehen werde.»

«Glauben Sie, daß Sie sich an dem Tag, an dem Sie damals von ihnen getrennt wurden, zum ersten Mal verlassen fühlten?»

Am liebsten hätte sie geschrien: «Ich fühle mich jetzt verlassen!» Statt dessen richtete sie ihre Gedanken auf die Vergangenheit. «Ja.»

«Sie haben gezögert. Warum?»

«Es gab noch ein anderes Mal. Da war ich sechs. Ich war im Krankenhaus, und sie dachten, ich würde es nicht überleben...» Sie versuchte, ihn nicht anzusehen. Sie hatte Angst, seine Augen würden wieder leer und dunkel werden.

Sie dachte an die Gestalt aus «*Tausendundeiner Nacht*», die Geschichten erzählt hatte, um am Leben zu bleiben.

Ein Gefühl der Hilflosigkeit überschwemmte Chris. Darcy war vor ein paar Tagen in diesem Haus gewesen, und zwar mit dem Mann, der Nan und Erin Kelley und all die anderen Mädchen getötet hatte, und sie würde sein nächstes Opfer sein.

Sie waren in der Küche, wo Vince offene Telefonleitungen zum FBI und zur Staatspolizei geschaltet hatte. Weitere Helikopter waren unterwegs.

Nona stand neben Vince und sah aus, als werde sie gleich in Ohnmacht fallen. Die Hughes, verwirrt und erschrocken, saßen Seite an Seite an dem langen Refektoriumstisch. Ein Ortspolizist sprach mit ihnen und fragte sie nach Nashs Aktivitäten aus. Ernie Cizek saß im Hubschrauber, der in geringer Höhe das Grundstück überflog. Chris hörte den Lärm der Maschine durch das geschlossene Fenster. Sie suchten nach Michael Nashs schwarzem Mercedes-Kombi. Streifenwagen der Ortspolizei schwärmten über das Gelände aus und überprüften die äußeren Gebäude.

Grimmig erinnerte sich Chris, welches Glück er gehabt hatte, als er voriges Jahr einen Mercedes-Kombi kaufen konnte. Der Verkäufer hatte ihn überredet, ein Lojack-System einbauen zu lassen. «Das wird gleich mit verdrahtet», hatte er erklärt. «Sollte Ihr Wagen jemals gestohlen werden, ist er binnen Minuten zu orten. Sie telefonieren der Polizei Ihre Lojack-Codenummer durch, und die wird in einen Computer eingegeben. Ein Transmitter aktiviert dann das System in Ihrem Auto. Viele Streifenwagen sind dazu ausgerüstet, dem Signal zu folgen.»

Chris besaß den Wagen erst eine Woche, als er draußen vor der Galerie gestohlen wurde. Im Kofferraum lag ein Gemälde im Wert von 100 000 Dollar. Er war nur schnell in sein Büro gegangen, um seine Aktentasche zu holen, und als er wiederkam, war der Wagen weg. Er hatte telefoniert und den Diebstahl gemeldet, und binnen fünfzehn Minuten hatten sie den Kombi aufgespürt und festgehalten.

Wenn Nash Darcy jedoch nur in einem gestohlenen Wagen mitgenommen hätte, den man verfolgen konnte!

«Oh, mein Gott!» Chris rannte durch den Raum und packte Mrs. Hughes am Arm. «Bewahrt Nash seine persönlichen Akten hier oder in New York auf?»

Sie schaute verblüfft. «Hier. In einem Raum neben der Bibliothek.»

«Ich will sie sehen.»

Vince sagte in den Telefonhörer. «Bleibt dran.» Dann fragte er: «Was ist, Chris?»

Chris antwortete nicht. «Wie lange hat der Doktor den Kombiwagen schon?»

«Etwa sechs Monate», antwortete John Hughes. «Er wechselt die Autos regelmäßig aus.»

«Dann wette ich, daß er es hat.»

Die Aktenordner standen in einer Reihe hübscher Mahagonischränke. Mrs. Hughes wußte, wo der Schlüssel versteckt war.

Der Ordner für den Mercedes war leicht zu finden. Chris ergriff ihn. Sein triumphierender Schrei ließ die anderen herbeilaufen. Er nahm den Lojack-Prospekt aus dem Ordner. Die Codenummer für Nashs schwarzen Mercedes stand darin.

Der Polizist aus Bridgewater begriff, was Chris gefunden hatte. «Geben Sie her», sagte er. «Ich gebe die Nummer telefonisch durch. Unsere Streifenwagen haben das System.»

«Sie waren im Krankenhaus, Darcy.» Michaels Stimme klang ruhig.

Ihr Mund war so trocken. Sie hätte gern ein Glas Wasser gehabt, aber sie wagte nicht, ihn abzulenken. «Ja, ich hatte Gehirnhautentzündung. Ich weiß noch, wie elend ich mich fühlte. Ich dachte, ich würde sterben. Meine Eltern saßen an meinem Bett. Ich hörte den Arzt sagen, er glaube nicht, daß ich es schaffen würde.»

«Wie haben Ihre Eltern reagiert?»

«Sie haben sich umarmt. Mein Vater sagte: ‹Barbara, wir haben ja noch uns.›»

«Und das hat Sie verletzt, nicht?»

«Ich wußte, daß sie mich nicht brauchten», flüsterte sie.

«Ach, Darcy, wissen Sie denn nicht, daß man, wenn man glaubt, jemanden zu verlieren, den man liebt, instinktiv nach jemandem oder etwas sucht, woran man sich klammern kann? Sie versuchten, damit fertig zu werden, oder besser, sich darauf vorzubereiten, es zu bewältigen. Ob Sie's glauben oder nicht, das ist eine gesunde Reaktion. Und seither haben Sie immer versucht, Ihre Eltern auszuschließen, nicht wahr?»

Hatte sie das getan? Sich immer gegen die Kleider gewehrt, die ihre Mutter ihr kaufte, gegen die Geschenke, mit denen sie sie überschütteten, ihren Lebensstil kritisiert, etwas, das zu erreichen sie ihr ganzes Leben lang gearbeitet hatten . . . Sogar ihr Beruf. War das Trotz, um etwas zu beweisen? «Nein, das ist es nicht.»

«Was ist es nicht?»

«Mein Beruf. Ich liebe das, was ich tue, wirklich.»

«Ich liebe, was ich tue.» Michael wiederholte die Worte langsam und rhythmisch. Auf dem Band hatte ein neues Lied begonnen. *«Save the Last Dance for Me.»* Er stand auf. «Und ich liebe das Tanzen. *Jetzt*, Darcy. Aber vorher habe ich ein Geschenk für Sie.»

Entsetzt sah sie zu, wie er aufstand und hinter den Sessel griff. Er wandte sich ihr zu, einen Schuhkarton in der Hand. «Ich habe für Sie diese hübschen Tanzschuhe gekauft, Darcy.»

Er kniete vor dem Sofa nieder und zog ihr die Stiefel aus. Ihr Instinkt warnte Darcy, sich nicht zu wehren. Sie grub ihre Fingernägel in die Handflächen, um nicht zu schreien. Erins Ring hatte sich gedreht, und sie spürte, wie sich das erhabene E in ihre Haut drückte.

Michael öffnete den Schuhkarton und faltete das Seidenpapier auseinander. Er nahm einen Schuh heraus und hielt ihn hoch, damit sie ihn bewundern konnte. Es war ein zehenfreier, hochhackiger Satinpumps. Die Knöchelriemen waren fast durchsichtige Bänder aus Gold und Silber. Michael nahm Darcys rechten Fuß in die Hand und schob ihn in den Schuh. Dann band er einen doppelten Knoten in die langen Riemen. Er griff in den Karton, nahm den anderen Schuh heraus und streichelte ihren Knöchel, während er ihn ihr über den Fuß streifte.

Als sie beide Schuhe trug, schaute er auf und lächelte. «Fühlen Sie sich wie Aschenputtel?» fragte er.

Sie konnte nicht antworten.

«Das Radargerät zeigt an, daß der Kombi in nordwestlicher Richtung etwa fünfzehn Kilometer von hier geparkt ist», sagte der Polizist aus Bridgewater knapp, als der Streifenwagen über die Landstraße raste. Vince, Chris und Nona waren bei ihm.

«Das Signal wird stärker», sagte er ein paar Minuten später. «Wir kommen näher.»

«Nahe genug sind wir erst, wenn wir da sind», platzte Chris heraus. «Können Sie nicht schneller fahren?»

Sie schnitten eine Kurve. Der Fahrer trat heftig auf die Bremse. Der Wagen schlingerte und fuhr dann wieder geradeaus. «Oh, verflucht!»

«Was ist?» rief Vince.

«Da hinten reißen sie die Straße auf. Wir kommen nicht durch. Und die verdammte Umleitung kostet Zeit.»

Musik füllte den Raum, konnte aber sein manisches Lachen nicht übertönen. Darcys Schritte paßten sich seinem Rhythmus an. «Ich tanze nicht oft Wiener Walzer», schrie er, «aber heute abend hatte ich das mit Ihnen vor.» Wirbeln, Kreisen, Drehen. Darcys Haar flog um ihr Gesicht. Sie keuchte, aber er schien es nicht zu merken.

Der Walzer endete. Er nahm seinen Arm nicht von ihrer Taille. Seine Augen waren wieder glitzernde, dunkle, leere Löcher.

«Can't Get Started with You.» Leichtfüßig glitt er in einen anmutigen Foxtrott. Sie folgte ihm mühelos. Er hielt sie eng an sich gedrückt, preßte sie fast an sich. Sie konnte nicht atmen. Hatte er es so mit den anderen gemacht? Ihr Vertrauen erworben? Sie in dieses entlegene Haus gebracht? Wo waren ihre Leichen? Hier in der Nähe irgendwo vergraben?

Welche Chance hatte sie, ihm zu entkommen? Er würde sie fangen, ehe sie zur Tür gelangte. Beim Eintreten hatte sie den Notrufknopf bemerkt. War er an eine Alarmanlage angeschlossen? Wenn er wußte, daß jemand unterwegs war, würde er sie vielleicht nicht umbringen.

Michaels Verhalten wurde immer drängender. Sein Arm lag wie Stahl um ihre Taille, während er in völligem Einklang mit der Musik dahinglitt. «Wollen Sie mein Geheimnis wissen?» flüsterte er. «Das ist nicht mein Haus. Es ist Charleys Haus.»

«Charley?»

Rückschritt. Gleiten. Drehen.

«Ja, das ist mein richtiger Name. Edward und Janice Nash waren mein Onkel und meine Tante. Sie adoptierten mich, als ich ein Jahr alt war, und änderten meinen Namen von Charley in Michael.»

Er starrte auf sie herab. Darcy konnte es nicht ertragen, in diese Augen zu schauen.

Rückschritt. Seitschritt. Gleiten.

«Was war mit Ihren richtigen Eltern?»

«Mein Vater brachte meine Mutter um. Er kam auf den elektrischen Stuhl. Immer, wenn mein Onkel wütend auf mich war, sagte er, ich würde genau wie mein Vater. Meine Tante war nett zu mir, als ich klein war, aber dann hörte sie auf, mich zu lieben. Sie sagte, sie seien verrückt gewesen, mich zu adoptieren. Sie sagte, das schlechte Blut käme durch.»

Ein neues Lied. Frank Sinatra sang schmachtend: *«Hey there, Cutes, put on your dancing boots and come dance with me.»*

Schritt. Schritt. Gleiten.

«Ich bin froh, daß Sie mir das sagen, Michael. Reden hilft, finden Sie nicht?»

«Ich möchte, daß Sie mich Charley nennen.»

«Gut.» Sie versuchte, nicht zaghaft zu klingen. Er durfte ihre Angst nicht sehen.

«Wollen Sie nicht wissen, was mit meiner Mutter und meinem Vater passiert ist? Ich meine, den Leuten, die mich großgezogen haben?»

«Doch, gern.» Darcy dachte daran, wie müde ihre Beine waren. Sie war nicht an Stöckelschuhe gewöhnt. Sie hatte das Gefühl, die engen Fesselriemen schnitten ihre Blutzirkulation ab.

Seitschritt. Drehung.

Sinatra drängte: *«Romance with me on a crowded floor ...»*

«Als ich einundzwanzig war, hatten sie einen Bootsunfall. Das Boot flog in die Luft.»

«Das tut mir leid.»

«Mir nicht. Ich hatte das Boot manipuliert. Ich bin *wirklich* wie mein leiblicher Vater. Sie werden müde, Darcy.»

«Nein. Nein. Es geht mir gut. Es macht Spaß, mit Ihnen zu tanzen.» Ruhig bleiben ... ruhig bleiben.

«Bald können Sie sich ausruhen. Waren Sie überrascht, als Sie Erins Schuhe zurückbekamen?»

«Ja, sehr.»

«Sie war so hübsch. Sie mochte mich. Bei unserer Verabredung erzählte ich ihr von meinem Buch, und sie sprach über die Sendung und darüber, daß sie und Sie auf Bekanntschaftsanzeigen antworteten. Das war wirklich lustig. Ich hatte schon beschlossen, daß Sie die nächste nach ihr sein würden.»

Die nächste nach ihr.

«Warum haben Sie uns ausgesucht?»

«Sie haben beide auf die besondere Anzeige geschrieben. Alle Mädchen, die ich hierherbrachte, haben das getan. Aber Erin schrieb auch auf eine meiner anderen Anzeigen, die, die ich dem FBI-Agenten gezeigt habe.»

«Sie sind sehr schlau, Charley.»

«Gefallen Ihnen die Stöckelschuhe, die ich für Erin gekauft habe? Sie passen zu ihrem Kleid.»

«Ja, ich weiß.»

«Ich war auch bei der Wohltätigkeitsveranstaltung. Ich erkannte Erin nach dem Bild, das sie mir geschickt hatte, und schaute auf den Tischkarten nach ihrem Namen, um sicher zu sein, daß ich mich nicht irrte. Sie saß vier Tische weiter. Es war Schicksal, daß ich bereits für den nächsten Abend mit ihr verabredet war.»

Schritt. Schritt. Gleiten. Drehen.

«Woher wußten Sie Erins Schuhgröße? Meine Schuhgröße?»

«Das war ganz einfach. Ich kaufte Erins Schuhe in verschiedenen Größen. Ich wollte genau dieses Paar für sie. Wissen Sie noch, wie Sie letzte Woche einen Stein im Schuh hatten und ich Ihnen half, ihn herauszuholen? Da habe ich Ihre Größe gesehen.»

«Und die anderen?»

«Mädchen haben es gern, wenn man ihnen schmeichelt. Ich sage: ‹Sie haben so hübsche Füße. Welche Schuhgröße haben Sie?› Manchmal habe ich die Schuhe extra gekauft. Manchmal habe ich auch welche von denen genommen, die ich schon hatte.»

«Der echte Charles North hat gar keine Kontaktanzeigen aufgegeben, oder?»

«Nein. Ihn habe ich auch bei der Wohltätigkeitsveranstaltung getroffen. Er redete dauernd von sich selbst, und ich bat ihn um seine Geschäftskarte. Ich benutze nie meinen richtigen Namen, wenn ich Frauen anrufe, die auf die besondere Anzeige geantwortet haben. Sie haben es mir leichtgemacht. Sie haben mich angerufen.»

Ja, sie hatte ihn angerufen.

«Sie sagten, Erin mochte Sie, als Sie sie zum ersten Mal trafen. Hatten Sie keine Angst, sie würde Ihre Stimme erkennen, als Sie anriefen und sagten, Sie seien Charles North?»

«Ich habe vom Bahnhof aus angerufen, wo es sehr laut ist. Ich sagte ihr, ich müsse mich beeilen, um einen Zug nach Philadelphia zu erwischen. Ich sprach leiser und schneller als sonst. Genau wie heute nachmittag, als ich mit Ihrer Sekretärin gesprochen habe.» Das Timbre seiner Stimme veränderte sich und wurde höher. «Jetzt klinge ich wie eine Frau, nicht?»

«Und wenn ich heute abend nicht in diese Bar hätte gehen können? Was hätten Sie dann gemacht?»

«Sie hatten mir gesagt, daß Sie heute abend nichts vorhaben. Ich wußte, Sie würden alles tun, um den Mann zu finden, den Erin an dem Abend traf, an dem sie verschwand. Und ich habe mich nicht geirrt.»

«Ja, Charley, Sie hatten recht.»

Er drückte ihren Hals an sich.

Schritt. Schritt. Gleiten.

«Ich bin so froh, daß Sie beide auf meine besondere Anzeige geantwortet haben. Sie wissen wohl, welche? Sie fängt an mit *Suche junge Frau, die gerne tanzt.*»

«Because what is dancing but making love set to music playing?» fuhr Sinatra fort.

«Das ist eines meiner Lieblingslieder», flüsterte Michael. Er wirbelte sie herum, ohne ihre Hand loszulassen. Als er sie wieder an sich zog, wurde sein Ton vertraulich, sogar reuig. «Nan war schuld, daß ich anfing, Mädchen umzubringen.»

«Nan Sheridan?» Darcy mußte an Chris Sheridans Gesicht denken. Die Traurigkeit in seinen Augen, als er von seiner Schwester sprach. Seine Autorität und Präsenz in der Galerie. Seine Mitarbeiter, die ihn offensichtlich liebten. Seine Mutter. Die gute Beziehung zwischen ihnen. Sie hörte ihn noch sagen: «Ich hoffe, Sie sind keine Vegetarierin, Darcy. Es gibt etwas für Gourmets.»

Er war besorgt, weil sie auf diese Anzeigen antwortete. Wie recht er gehabt hatte. Ich wünschte, ich hätte eine Chance gehabt, dich kennenzulernen, Chris. Ich wünschte, ich könnte meinen Eltern noch sagen, daß ich sie geliebt habe.

«Ja, Nan Sheridan. Nach dem Abschluß in Stanford verbrachte ich ein Jahr in Boston, ehe ich Medizin studierte. Ich fuhr oft nach Brown hinunter. Dort lernte ich Nan kennen. Sie war eine wunderbare Tänzerin. Sie sind gut, aber sie war wunderbar.»

Die vertrauten Anfangstakte von *Good Night, Sweetheart.*

Nein, dachte Darcy. Nein.

Rückschritt. Seitschritt. Gleiten.

«Michael, ich wollte Sie noch etwas fragen, über meine Mutter», begann sie.

Er drückte ihren Kopf auf seine Schulter nieder. «Ich hab Ihnen doch gesagt, Sie sollen mich Charley nennen. Reden Sie jetzt nicht mehr», sagte er entschieden. «Wir wollen nur tanzen.»

«Time will heal your sorrow», klang durch den Raum. Darcy erkannte die Stimme des Sängers nicht.

«Good night, sweetheart, good night.» Die letzten Noten verklangen.

Michael ließ die Arme sinken und lächelte Darcy an. «Es ist Zeit», sagte er mit freundlicher Stimme, obwohl sein Gesichtsausdruck erschreckend war. «Ich zähle bis zehn, und Sie können versuchen, mir zu entkommen. Ist das nicht fair?»

Sie waren wieder auf der Landstraße. «Das Signal kommt von links. Warten Sie eine Minute, wir fahren zu weit», sagte der Polizist aus Bridgewater. «Hier muß irgendwo eine Seitenstraße sein.» Die Reifen quietschten, als sie wendeten.

Das Gefühl drohenden Unheils war in Chris fast übermächtig geworden. Er öffnete das Wagenfenster. «Da, um Gottes willen, *da* ist die Abzweigung!»

Der Streifenwagen hielt ruckartig an, setzte zurück, bog scharf nach rechts ein und raste den unebenen Weg hinunter.

Darcy glitt auf dem gebohnerten Boden aus. Die hochhackigen Schuhe waren ihr Feind, als sie zur Tür rannte. Sie mußte einen kostbaren Moment vergeuden, um stehenzubleiben und zu versuchen, die Knöchelriemen zu lösen, aber es gelang ihr nicht. Die Doppelknoten waren zu fest angezogen.

«Eins», rief Charley hinter ihr.

Sie erreichte die Tür und zerrte am Riegel. Er öffnete sich nicht. Sie versuchte den Türknopf zu drehen, aber er rührte sich nicht.

«Zwei. Drei. Vier. Fünf. Sechs. Ich zähle, Darcy.»

Der Notrufknopf. Sie preßte den Finger darauf.

Hahahahahahahaha... Ein hohles, spöttisches Lachen klang durch den Raum. Hahahaha... Der Notrufknopf hatte das Lachen ausgelöst.

Mit einem Schrei wich Darcy zurück. Jetzt lachte Charley ebenfalls.

«Sieben. Acht. Neun...»

Sie drehte sich um, sah die Treppe und rannte darauf zu.

«Zehn!»

Charley lief ihr nach, die Hände ausgestreckt, die Finger gekrümmt, die Daumen steif.

«Nein! Nein!» Darcy versuchte, die Treppe zu erreichen, glitt aus. Ihr Knöchel verdrehte sich. Ein scharfer, stechender Schmerz. Stöhnend stolperte sie auf die erste Stufe und spürte, wie sie nach hinten gezerrt wurde.

Sie merkte nicht, daß sie schrie.

«Da ist der Mercedes!» rief Vince. Der Streifenwagen kam quietschend zum Stehen.

Er sprang aus dem Wagen. Chris und der Polizist liefen ihm nach. «Sie bleiben da!» rief Vince Nona zu.

«Hören Sie.» Chris hob die Hand. «Da schreit jemand. Das ist Darcy.» Er und Vince warfen sich gegen die dicke Eichentür. Sie gab nicht nach.

Der Polizist zog seinen Revolver und schoß sechs Kugeln in das Schloß.

Als sich Chris und Vince nun erneut gegen die Tür warfen, ging sie auf.

Darcy versuchte, Charley mit den spitzen Pfennigabsätzen zu treten. Er wirbelte sie herum und schien die Absätze an seinen Beinen gar nicht zu spüren. Seine Hände lagen um ihren Hals. Sie versuchte, sie mit ihren Fingern zu lösen. Erin, Erin, war es bei dir auch so? Sie konnte nicht mehr schreien. Sie öffnete den Mund, um Luft zu holen, aber sie konnte nicht mehr atmen. Kam dieses Stöhnen von ihr? Sie versuchte, weiterzukämpfen, aber sie konnte die Arme nicht mehr heben.

Vage hörte sie abgehacktes Knallen. Versuchte jemand, ihr zu helfen? Es ist ... zu ... spät ..., dachte sie und spürte, wie sie in Dunkelheit versank.

Chris kam als erster durch die Tür. Darcy hing schlaff da wie eine Puppe, mit baumelnden Armen und eingeknickten Beinen. Lange, kraftvolle Finger umklammerten ihre Kehle. Ihr Schreien war verstummt.

Mit einem Wutschrei raste Chris durch den Raum und fiel über Nash her. Nash stürzte und riß Darcy mit sich. Seine Hände verkrampften sich und verstärkten dann ihren Griff um Darcys Hals.

Vince warf sich neben Nash zu Boden, schlang ihm einen Arm um den Hals und zwang seinen Knopf nach hinten. Der Polizist aus Bridgewater packte Nashs strampelnde Füße.

Charleys Hände schienen ein Eigenleben zu haben. Es gelang Chris nicht, seine Finger von Darcys Hals zu lösen. Nash schien übermenschliche Kräfte zu besitzen und unempfindlich gegen Schmerz zu sein. Verzweifelt schlug Chris die Zähne in die rechte Hand des Mannes, der Darcy erwürgte.

Charley heulte vor Schmerz auf, riß seine rechte Hand zurück und lockerte den Griff der linken.

Vince und der Polizist drehten ihm die Arme auf den Rükken und legten ihm Handschellen an, während Chris nach Darcy faßte.

Nona hatte von der Tür aus zugesehen. Jetzt eilte sie ins Haus und fiel zu Darcys Füßen auf die Knie. Darcys Augen schauten ins Leere. Ihr schlanker Hals hatte häßliche rote Flecken.

Chris legte die Lippen auf Darcys Mund, hielt ihr die Nase zu und blies kraftvoll Luft in ihre Lungen.

Vince schaute in Darcys glasige Augen und begann, ihr auf die Brust zu klopfen.

Der Polizist aus Bridgewater bewachte Nash, den er mit den Handschellen an das Treppengeländer gefesselt hatte. In singendem Tonfall begann Nash zu rezitieren: «Eene, meene, muh. Pack die Tänzerin beim Schuh ...»

Sie reagiert nicht, dachte Nona hektisch. Sie faßte Darcys Fußknöchel und bemerkte erst jetzt, daß Darcy Tanzschuhe trug. Das halte ich nicht aus, dachte Nona, das halte ich nicht aus. Ohne recht zu wissen, was sie tat, begann Nona die Knoten der Knöchelriemen zu lösen.

«Dies kleine Schweinchen ging zum Markt. Dies kleine Schweinchen blieb daheim. Sing es noch einmal, Mama. Ich habe zehn kleine Zehenschweinchen.»

Vielleicht sind wir zu spät gekommen, dachte Vince zornig, während er bei Darcy nach einer Reaktion forschte. Aber wenn wir zu spät gekommen sind, du lausiger Bastard, dann brauchst du nicht zu denken, du würdest beweisen, daß du verrückt bist, indem du Kinderreime singst.

Chris hob den Kopf und sog die Luft ein; für den Bruchteil einer Sekunde starrte er in Darcys Gesicht. Der gleiche Anblick wie bei Nan, als er sie an jenem Morgen gefunden hatte. Die Quetschungen am Hals. Der blauweiße Schimmer der Haut. *Nein! Das lasse ich nicht zu! Atme, Darcy!*

Nona weinte jetzt. Endlich war es ihr gelungen, einen der Knöchelriemen zu lösen. Sie schob ihn zurück, um Darcy den hochhackigen Schuh vom Fuß zu ziehen.

Sie spürte etwas. Irrte sie sich? Nein.

«Ihr Fuß bewegt sich!» schrie sie. «Sie versucht, den Schuh auszuziehen.»

Im gleichen Moment sah Vince an Darcys Hals den Puls wieder einsetzen, und Chris hörte einen langen Seufzer aus ihrem Mund.

23

DONNERSTAG, 14. MÄRZ

Am nächsten Morgen rief Vince Susan an. «Mrs. Fox, Ihr Mann ist vielleicht ein Schürzenjäger, aber er ist kein Verbrecher. Wir haben den Serienmörder verhaftet, und wir haben Beweise dafür, daß er allein für die Tanzschuhmorde verantwortlich ist, die mit Nan Sheridan begonnen haben.»

«Danke. Sie können sich sicher vorstellen, was das für mich bedeutet.»

«Wer war das?» Doug war heute nicht zur Arbeit gegangen. Er fühlte sich lausig. Nicht krank, nur lausig.

Susan sagte es ihm.

Er starrte sie an. «Soll das heißen, daß du dem FBI gesagt hast, du hieltest mich für einen Mörder? Hast du wirklich gedacht, ich hätte Nan Sheridan und all die anderen Frauen umgebracht?» Ungläubige Wut verdunkelte sein Gesicht.

Susan hielt seinem Blick stand. «Ich hielt das für möglich, und da ich vor fünfzehn Jahren für dich gelogen habe, hätte ich auch für die anderen Morde verantwortlich sein können.»

«Ich habe dir geschworen, daß ich an dem Morgen, an dem sie starb, gar nicht in Nans Nähe gekommen bin.»

«Offenbar stimmt das. Aber wo warst du dann, Doug? Sag es mir wenigstens jetzt.»

Die Wut schwand aus seinem Gesicht. Er wandte sich ab und drehte sich dann mit einem einschmeichelnden Lächeln wieder zu ihr um. «Susan, ich hab's dir damals schon gesagt: An diesem Morgen ging das Auto kaputt.»

«Ich will die Wahrheit wissen. Du bist sie mir schuldig.»

Doug zögerte und sagte dann langsam: «Ich war bei Penny Knowles. Susan, es tut mir leid. Ich wollte nicht, daß du es erfährst, weil ich Angst hatte, dich zu verlieren.»

«Du meinst, Penny Knowles war im Begriff, sich mit Bob Carver zu verloben, und wollte nicht das Risiko eingehen, das Geld der Carvers zu verlieren. Sie hätte eher zugesehen, wie du des Mordes angeklagt wirst, als für dich auszusagen.»

«Susan, ich weiß, daß ich damals viel herumgespielt habe...»

«Damals?» Susans Lachen klang rauh. «Du hast *damals* herumgespielt? Hör mir zu, Doug. In all diesen Jahren hat mein Vater nie die Tatsache überwunden, daß ich für dich einen Meineid geleistet habe. Geh, pack deine Sachen. Zieh in dein Junggesellenapartment. Ich lasse mich scheiden.»

Den ganzen Tag lang bettelte er um eine weitere Chance. «Susan, ich verspreche dir...»

«Geh.»

Er wollte nicht gehen, bevor Donny und Beth aus der Schule zurück waren. «Ich verspreche euch, ich werde euch Kinder oft sehen.» Als er die Einfahrt entlangging, rannte Trish ihm nach und umklammerte seine Knie. Er trug sie zurück und gab sie Susan. «Susan, bitte.»

«Leb wohl, Doug.»

Sie sahen zu, wie er abfuhr. Donny weinte. «Letztes Wochenende, Mami. Ich meine, wenn er immer so wäre...»

Susan versuchte, ihre eigenen Tränen zurückzuhalten. «Man soll niemals nie sagen, Donny. Dein Vater muß erst noch erwachsen werden. Warten wir ab, ob er es schafft.»

«Werden Sie sich Ihre Sendung ansehen?» fragte Vince, als er Nona am Donnerstag nachmittag anrief.

«Auf keinen Fall. Wir haben einen besonderen Vorspann vorbereitet. Ich habe ihn geschrieben. Ich habe ihn durchlebt.»

«Was würden Sie heute abend gern essen?»

«Ein Steak.»

«Ich auch. Was machen Sie übers Wochenende?»

«Es soll mild werden. Ich dachte, ich könnte zu den Hamptons hinausfahren. Nach den letzten paar Wochen muß ich wieder mal ans Meer.»

«Sie haben da ein Haus, nicht?»

«Ja. Ich habe meine Meinung geändert und werde Matt vielleicht doch auszahlen. Ich liebe mein Haus, und er ist wirklich sehr vergeßlich. Wollen Sie mitfahren?»

«Schrecklich gern.»

Chris brachte Darcy einen antiken Krückstock mit, den sie benutzen konnte, bis ihr verstauchter Knöchel geheilt war.

«Der ist ja großartig», sagte sie zu ihm.

Er schloß sie in die Arme. «Alles fertig? Wo sind deine Sachen?»

«Nur diese Tasche.» Greta hatte angerufen und darauf bestanden, daß Chris Darcy für ein langes Wochenende nach Darien mitbrachte.

Das Telefon läutete. «Ich nehme nicht ab», sagte Darcy. «Nein, warte. Ich habe versucht, meine Eltern in Australien zu erreichen. Vielleicht hat die Telefonistin sie endlich gefunden.»

Beide waren am Apparat, ihre Mutter und ihr Vater. «Es geht mir ausgezeichnet. Ich wollte bloß sagen . . .» Sie zögerte. «Daß ich euch wirklich vermisse . . . Ich . . . ich liebe euch . . .» Darcy lachte. «Wieso meint ihr, ich hätte jemanden kennengelernt?»

Sie zwinkerte Chris zu. «Ja, ich habe tatsächlich einen netten jungen Mann kennengelernt. Er heißt Chris Sheridan. Er wird euch gefallen. Er arbeitet in der gleichen Branche wie ich, nur ein paar Nummern größer. Er hat eine Antiquitätengalerie. Er sieht gut aus, ist nett und hat die Angewohnheit, immer dann aufzutauchen, wenn man ihn braucht ... Wie ich ihn kennengelernt habe?»

Nur Erin, dachte sie, hätte die Ironie ihrer Antwort zu schätzen gewußt. «Ob ihr's glaubt oder nicht, ich habe ihn durch eine Kontaktanzeige kennengelernt.»

Sie schaute zu Chris auf, und ihre Blicke trafen sich. Er lächelte. Ich habe mich geirrt, dachte sie. Auch Chris versteht.